中国当代文学的世界影响效果评估研究

以《白毛女》等十部作品为例

何明星◎著

ZHONGGUO DANGDAIWENXUE DE
SHIJIE YINGXIANG XIAOGUO PINGGU YANJIU

新华出版社

图书在版编目（CIP）数据

中国当代文学的世界影响效果评估研究：以《白毛女》等十部作品为例 / 何明星著.
－－ 北京：新华出版社，2018.12
ISBN 978-7-5166-1828-8

Ⅰ. ①中…　Ⅱ. ①何…　Ⅲ. ①中国文学－当代文学－文学研究
Ⅳ. ①I206.7

中国版本图书馆CIP数据核字(2018)第284556号

中国当代文学的世界影响效果评估研究：以《白毛女》等十部作品为例
作　　者：何明星

责任编辑：徐文贤　　　　　　　　　　封面设计：臻美书装

出版发行：新华出版社
地　　址：北京石景山区京原路8号　　　邮　　编：100040
网　　址：http://www.xinhuapub.com
经　　销：新华书店、新华出版社天猫旗舰店、京东旗舰店及各大网店
购书热线：010－63077122　　　　　中国新闻书店购书热线：010－63072012

照　　排：臻美书装
印　　刷：北京文林印务有限公司

成品尺寸：170mm×240mm　1/16
印　　张：22　　　　　　　　　　　字　　数：330千字
版　　次：2018年12月第一版　　　　印　　次：2018年12月第一次印刷
书　　号：ISBN 978-7-5166-1828-8
定　　价：60.00元

序 言：对于中国当代文学
世界影响效果的评估探索

如何评价中国当代文学世界影响效果，这是介于文学批评与传播学界之间的一个交叉领域，学术探讨的难题。学界比较认可的观点是，看一部作品是否具有世界文学的影响力，主要看三个方面的因素，一是是否把握了特定的时代精神；二是它的影响力是否超越了本民族或本语言的界限；三是它是否在另一语境下受到批评性的讨论和研究[1]。这种评价逻辑固然具有一定的合理性，但从研究方法上仍然属于定性研究。在大数据时代里如何找到可以核查、稽核的第三方数据支持相关定性研究的结论，学界尝试一直不多，而且最为关键的就是第三方数据的来源问题。

笔者自 2012 年开始一直在利用世界图书馆系统收藏中国出版社年度出版的中文书目，做中国图书的馆藏影响力研究项目，截止到 2018 已经进行了 7 年时间，一些成果得到了业界的积极反馈和认可。在进行中国图书的世界影响力研究的同时，笔者也尝试着对于一些作家作品进行传播效果的评估研究，得到了文学理论界以及作家本人的认可[2]。这更加增强了笔者利用大数据进行中国当代文学

---

[1] 王宁，世界文学语境中的中国当代文学，《当代作家评论》，2014 年第 6 期，第 10 页。

[2] 拙文"莫言作品的世界影响地图——基于全世界图书馆收藏数据的视角"刊发于《中国出版》（2012 年 11 月），曾征求过莫言的意见并获得认可；"新数据让你读懂中国文学影响力"一文在 2014 年 12 月 2 日《人民日报海外版》刊发时，笔者曾在麦家的杭州西溪办公室进行交流，麦家认为依据这样的数据研究是客观的——笔者注。

对外传播效果评估的研究信心。

本书对于中国当代文学世界影响的评估研究，主要基于如下三个层面：

第一，海外传播范围的大小。根据传播效果研究理论，一本图书能够被世界不同国家的图书馆收藏，是一本图书思想价值、作者影响以及出版社品牌等综合影响的结果，收藏的图书馆越多，表明其影响力越大，传播的范围越广。图书馆的收藏数据是中国当代文学图书在传播对象国到达率的客观标志，是在海外传播范围的有效证据。依据这一理论判断，本书选取了10本中国当代文学译作在海外图书馆的收藏数据，以此衡量10部文学作品在全世界的传播范围。

第二，专业研究评价以及读者反馈的多寡。包含书评在内的专业评价研究，是一本图书思想内容是否具有一定创新性的主要标志，对于文学作品而言同样如此。一本图书在西方社会影响力的形成，通常是由出版机构推荐给专业书评（舆论领袖）人，通过专业书评的评价，影响普通读者对于该书的关注，从而引起更多的读者参与，最后推动渠道的销售与再次推广，并最终反馈到作者那里。作者、传播者、读者（含专业研究）三股作用形成一个完整的循环。专业书评和读者评价数据，是文学作品在创新与艺术水平的直接评价。

第三，文学媒介的影响力。文学作品传播范围、读者反馈以及专业研究的多寡，还与文学媒介的影响力大小有一定关系。一个知名度不高的作品，一旦获得世界影响较大的文学媒介的出版、传播，往往会使这个作家如虎添翼；一个影响力正处于巅峰时期的作家作品，偶然由一个名不见经传的文学出版机构出版，也会带动这个出版机构的市场知名度，类似案例在中外文学史上不胜枚举。因此，本书特别关注《白毛女》等10部文学作品的中外出版机构的情况，有些列举了某个出版社某一年版本的馆藏范围，其意义就在于探讨文学媒介对于作品世界影响的推动作用。本书发现，文学期刊、文学杂志、文学图书出版机构的影响力大小，对于一部文学作品的传播起到的作用是不可忽视的。

文学艺术是一种极具有个性化的艺术创作，带有浓厚的作家本人特点。而一部作品之所以能够传播或者不被传播，除了与作品本身思想艺术创新水平的高低、文学传播媒介的影响力大小有关之外，还受制于时代的国际政治、经济、文化背景，这对于中国当代文学尤其是如此。本书里选取了1949年至1978年30年间10部影响较大的文学作品，是因为这些文学作品的时代背景是具有一致性的历史逻辑。自1840年鸦片战争开始，中国从一个主权国家沦为半殖民地国家，一直到 1949 年中华人民共和国的诞生为标志，才结束了一百多年来被侵略、被奴役的屈辱历史。作为一个东方大国获得政治、经济、文化的完全独立，对于占据世界支配地位 400 年来的西方资本主义国家而言，是一件重大的挑战。新中国在美苏两个大国形成的冷战格局中的前后选择，也直接推动了世界政治格局的转变和走向。追求民族独立与解放，一直是 1840 年以来中国现当代文学的历史基调。对于具有悠久历史的中国文学而言，一大批反映中华民族抵抗外来侵略与压迫的文学作品开始涌现，作品中所表现出来的为民族独立和解放而奋不顾身、可歌可泣的精神壮举，回望数千年的中国文学史，都是屈指可数的。独立与解放，是中华民族站起来的百年历程的精神主轴，自然也延续在 1949 年至 1978 年中国当代文学之中。

1949—1978 年中国文学作品，与改革开放之后以及新时期的文学具有根本的不同。改革开放之后至今的中国当代文学，无论是创作、出版传播还是文学批评，都与西方世界高度互动。这种互动首先是文学意识形态的激烈变革，深刻影响了作家的创作、文学出版与传播，导致文学题材、表现形式等诸多方面，与 1978 年之前的文学截然不同；其次是文学传播载体逐步迎来互联网传播的数字化时代，对于传统文学媒介的出版与传播是一个根本性颠覆，最终出现了全世界文学创作中独有的中国网络文学景观，这些都是 1978 年之前的中国当代文学所从来没有面对的新挑战。传播媒介与传播环境的不同，是本书决心单独选取 1949 年至 1978 年间 10 部文学作品进行研究的主要原因。

总之，文学世界影响评估研究更侧重文学传播研究，好比测量一条河流的浮标，河水的深度、水流的速度都可以通过这个标尺给出判断。尽管这种文学影响评估数据还有许多不足，特别是传播范围、专业研究评价以及读者反馈数据的收集和整理，限于研究手段的局限，还存在着各种各样的不足，有的作品较为全面，有的作品数据则较为单一。但中国当代文学史，是由作者、传播者、读者三个层面的互动构成的，综观中国当代文学史，无论是高校教材，还是学术界研究，都缺少了国际传播与域外读者这一极其重要的板块。这对于当代文学史是不完全的，最起码是不完整的。因此本书这种尝试研究是值得的。

目 录
CONTENTS

本书图表目录

第一章 《白毛女》在世界的传播与影响

在中国当代文学历史中，1949年至1978年的30年文学阶段，是一个具有鲜明特征的文学时期。其中大体可以分为"十七年文学"和"文革"时期的两个阶段。其中对于"十七年文学"，学术界比较一致的评价是：

第一，十七年文学最为突出的特点是这个时期出版的文学作品，集中体现了新中国成立后所洋溢的革命历史主义理想。这主要是新中国成立后中国人民高涨的民族热情和翻身做主人的喜悦，使整个国家都沉浸在浓郁的理想主义氛围中。革命理想主义作为一种具有鼓舞作用的价值观念成为文学创作的指导思想，形成了"十七年文学"独特的精神面貌。在作家笔下无论是对战争岁月的回顾，还是对建设时代的憧憬，都洋溢着理想主义的热情和信心。一些长篇革命史诗描绘了波澜壮阔的战争画卷，一些革命传奇表现了艰苦环境下中国人民的民间智慧和乐观天性，一些革命成长小说记录了年轻一代革命者，实践着革命理想不断迈向精神成熟的历程，十七年文学展现了新中国伊始全体民众的理想观和价值观，刻画了一大批朴厚、博大、真诚和正直的普通民众形象，一大批不畏艰险、勇于奋争、舍生取义和无私奉献的革命者形象。从革命理想主义这个视角，十七年文学展现了中国历史上这样的一代人：他们看上去拥有的是纯然单调的人生观，但他们更是内心丰富、精神富有的一代人。

第二，与这一特点紧密相关，十七年文学也被批评存在着严重的革命意识形态化和乌托邦色彩，其作品缺乏生动、细腻的思想感情描写，人物形象流于概念化、脸谱化和"高、大、全"式的标签化。这一点正是被20世纪80年代文化重新解释的"十七年"文学史、被"再解读"思潮处理的"十七年"文学史观批评得最多地方[1]。甚至可以说，改革开放后 80 年代文学批评的主要成就，主要是建立在对于十七年文学的反思与观察基础上的。

第三，尽管有各种不足，但十七年文学中的绝大部分作家作品，都已经成为中国当代文学经典。其中作品所洋溢的革命理想主义精神，在中国人民经历了战火硝烟的洗礼终于迎来了国家独立的那个特定时代，革命理想主义成为全国人民的精神信仰和行动指南绝非偶然，它在一个特定的历史时期确实为中国人民的革命实践提供了精神动力。几亿中国人和无数可敬可爱的中华英雄历经几十年艰苦的革命实践，这种纯洁高尚、可歌可泣的理想主义精神，即使在当今年代仍然具有不可磨灭的历史价值。

随着 20 世纪 80 年代整个社会的改革开放，商品经济的浪潮影响，人们的思想观念、个体自我价值的实现成为人们行为的重要依据，人生幸福成为个体追求的终极目标。尽管这些观念使个体在更大程度上获得了解放和自由，但被还原为"小我"的同时人们也逐渐陷入精神失重、信仰缺失的尴尬境地，对理想的召唤和重塑成为当今时代的重要任务之一。自 20 世纪 90 年代开始，十七年文学作品不断被翻拍成为新世纪的影像作品，其革命理想主义精神再次通过影像媒体扩大传播范围，并再度引起广泛关注和热烈讨论。十七年文学经典经过新世纪的再创作，弥补了十七年时期的概念化、脸谱化的缺陷，英雄人物形象更加丰满，除此之外，还有一个社会时代因素就是这些作品对精神信仰的倡导和反思，在某种程度上切合了构建新时代精神的迫切要求。从这个意义上说，十七年小说中的革命理想主义是构建新时代理想精神的主要思想源头之一。

《白毛女》就是这样一部反映时代精神的作品，自 1945 年诞生以来至 21 世纪的今天，在 70 多年的时间里，成为中国当代文学史上获得世界影响最大的一部艺术作品之一。按照一部文学作品所获得世界影响的三个标准，《白毛女》都完全符合，在时代因素方面既反映了中国 20 世纪新旧社会巨大变迁的时代精神，即广为人知的"旧社会将人逼成鬼，新社会将鬼变成人"，同时《白毛女》所获得的海内外社会反响最大、获得评价最多，而通过歌剧、芭蕾舞、电影等不同艺术形式的传播，其传播范围也是最为广泛的一部艺术作品。

---

[1] 程光炜，《我们如何整理历史——十七年文学研究潜含的问题》，《文艺研究》，2010 年第 10 期，第 16 页。

第一节 《白毛女》获得世界影响的原因

对于一部文学作品影响力的评判，只有经过历史时间的检验。70 多年后我们重新梳理《白毛女》的世界影响，发现其主要原因有二：

第一，文学艺术必须具有时代精神，这是一部作品获得广泛传播的基础。《白毛女》作为表达、阐释中国人民之所以能够获得独立和民族解放精神，堪称整个 20 世纪中国文学中最具有代表性作品之一，因此获得的传播最多、影响最广泛。

《白毛女》反映的是女主人翁喜儿在旧社会被地主逼债、家破人亡而逃进深山生活，成为头发变白的"白毛仙姑"，在共产党领导的新政权建立后，重新回到社会中生活，头发重新变黑的故事，阐释了"旧社会将人逼成鬼，新社会将鬼变成人"的时代主旨。这样一个时代精神主旨，使其迅速成为家喻户晓的一部文学作品。按照王培元的说法，"在中外文艺的历史上，还很少见到哪一部戏剧像《白毛女》这样，起到了如此巨大的宣传教育作用，发生了如此深远的政治影响。在这个意义上说，《白毛女》确实是一部划时代的作品——歌剧，是一部比较完美地实现了艺术与政治密切结合的作品，它把艺术作品所蕴藏和表现的政治鼓动力量发挥到了极致"。[1]

《白毛女》演出和出版后获得了轰动性的影响，当时的一些文艺界领导人都发表了自己的看法。比如郭沫若分别在 1947 年和 1948 年写了《序〈白毛女〉》和《悲剧的解放——为〈白毛女〉演出而作》，对《白毛女》的特点和意义提出了两点归纳，认为《白毛女》把五四以来的那种知识分子的孤芳自赏的作风完全洗刷干净了。这是一种全新的文艺形态，这种文艺形态跟所谓的新文学的传统，与知识分子的写作方式完全不同。另外，《白毛女》虽与旧有的民间形式有血肉的关联，但没有故步自封，而是从新的种子——人民的情绪中迸发出来，成长起来。"《白毛女》这个剧本的产生和演出……标志着悲剧的解放。这是人民解放胜利的凯歌或凯歌的前奏曲"。[2]

正是时代性使《白毛女》获得了广泛关注，并在不同的时代了获得了开放

---

[1] 王培元，《延安鲁艺风云录》，广西师范大学出版社，2004 年，第 254 页。
[2] 注释同上。

性的解读。何吉贤在《〈白毛女〉与中国当代文学 70 年》一文中分析了不同历史时期所获得的关注点：

在 1962 年《戏剧报》召开的座谈会是一次值得重视的讨论，这次由张庚主持的座谈会汇集了当时戏剧戏曲界、文学界、音乐界、舞台美术界的重要相关人物，进行了充分的讨论。以《白毛女》为代表的延安文艺是一种综合文学、音乐、戏剧、美术的艺术实践，同时又与政治和社会的变化有非常密切的关联，甚至就是具体政治的一部分。所以对于《白毛女》这样的批评和研究对象，与处理一般的文本、一般的文学现象是不一样的。1962 年的座谈会，参加的人的知识背景非常广泛，对《白毛女》这样丰富复杂的文本，就有较为细致和到位的理解。

90 年代之后，在新的知识背景和时代思潮下，《白毛女》又成了以"再解读"为代表的当代文学批评和研究的热点之一。《白毛女》从民间传说到歌剧到电影到芭蕾舞剧，有一个丰富、复杂的演变过程，支撑这个敞开的文本演变过程的是三个要素：新文化的要素、民间文化的要素和政治的要素。新的研究者抓住了这些要素当中存在的所谓"意义的裂隙"，展开了新的解读。其中以孟悦《〈白毛女〉演变的启示》最为著名。

孟悦认为，《白毛女》故事的叙事中，政治合法性的取得有赖于民间审美原理的确认。《白毛女》存在一个民间叙事动力机制，也即对于家庭的和谐美满和神圣不可侵犯。因此，在《白毛女》中，政治力量最初不过是民间伦理逻辑的一个功能，民间的伦理逻辑乃是政治主题合法性的基础、批准者和权威。在某种程度上，倒像是民间秩序塑造了政治话语的性质。李杨的《〈白毛女〉——在"革命政治"和"文化革命"之间》以瓦解民间和政治的二元对立为突破口，将孟悦的分析作了进一步的推进。李杨认为，对普通社会长期形成的伦理原则和审美原则，修复或者想象恰恰是最大的政治，现代中国的社会主义革命一直是对传统的修复，甚至是以传统的名义开始的，这也是社会主义革命在形式上不同于五四启蒙革命的地方，因此在他看来，呈现在歌剧《白毛女》中的民间传统其实只是对民间和传统的借用，不是在一个按照非政治的逻辑发展开来的故事最后被加上一个政治化的结局，而是政治的道德化，或者说这是现代政治创造的民间，一个打着民间或者传统旗号的现代政治 [1]。

---

[1] 何吉贤，《白毛女与中国当代文学 70 年》，《文艺报》，2015 年 12 月 18 日。

无论是 1962 年学界对于《白毛女》的精致分析，还是 90 年代对于《白毛女》借助西方文学批评理论所进行的政治与民间话语的二元分析，其实正是这部作品在内容与体裁方面所具有的时代性所带来的，时代性是一部经典文学作品所具有的开放特质。

第二，《白毛女》的创作与产生过程，融合了接受人群最为广泛民间文艺形式，并在创作过程中广泛吸收普通观众与读者的意见，堪称集体创作的佳话。这是这部作品获得上至最高领导人、下至普通民众都能够喜闻乐见的原因之一 [1]。

《白毛女》诞生在延安文艺座谈会之后，因此作者主动听取大众型、精英型读者意见而后进行文学创作的现象蔚然成风。从吸取各类读者意见进行创作的规模上看，《白毛女》是最突出的。可以说《白毛女》剧本的写作文本是由文学精英与各类读者共同打造的。对文稿具体写作有贡献的就有邵子南、林漫、贺敬之、丁毅等，而对于初稿本直接发表过意见的也有周扬、张庚、王滨、马可、张鲁、舒强、李波、卢肃、吴坚、司汀等一大批当时文艺界领导、演员、音乐家等。在《白毛女》创作阶段，就有鲁艺驻地桥镇乡桥儿沟的百姓、在鲁艺工作的勤务员、炊事员等看过演出并自由发表各种各样的看法。时任延安鲁艺戏剧音乐系主任的张庚描写过一个非常有趣的事例："有一个厨房的大师傅一面切菜，一面使劲地剁着砧板说：戏是好，可是那么混蛋的黄世仁不枪毙，太不公平！" [2]。这些对文本修订都有一定贡献。

据 1945 年的《解放日报》报道，《白毛女》公映后"收到不少的读者对于这戏的意见"，《解放日报》并为此特地新开辟了"书面座谈"栏目。在这个栏目下，分别于 1945 年 7 月 17 日和 8 月 2 日节略发表了近十封来信。在 7 月 21 日和 8 月 1 日发表季纯《白毛女的时代性》和解清《探讨批评的方法——读〈白毛女的时代性〉》两篇论争文章。到 10 月 1 日，由《解放日报》编辑部出面主动结束这次讨论的时候，编辑们手里还有近二十篇来稿未登出。新中国成立后，何其芳在一篇文章里面曾经涉及《白毛女》公演后普通读者的评论，他说"他们都热烈地赞扬了它（虽然也指出了一些缺点）"。不过此后人们大致连这个括号里的内容也都去掉了。统计这些读者来信发现，对《白毛女》持完全支持

---

[1] 贺敬之：《〈白毛女〉的创作与演出》；段宝林等著：《白毛女七十年》，上海人民出版社，2015 年版，第 158 页。

[2] 李卫国：《互动中的盘旋——十七年的读者与文学》，复旦大学 2004 届博士论。

态度的仅见1人（8月2日唱泉《〈白毛女〉观后感》），4人同时提出肯定与否定意见，其余3人只是提出"几个问题"。即使音乐、舞台设计这些前期投入相当精力而且看起来应当没有争议的地方也有人提出不同意见。张增对"适当运用、改造并创作民间歌曲"、"中外乐器大规模配合伴奏"等都大加赞赏。而8月2日发表的夏静《〈白毛女〉演出的效果》一文却列举了"音乐停顿的地方还很多"、"提琴与山西胡胡的混用有些地方不很和谐"、"河北梆子的配用感到有些浮浪"。[1]

　　通过当时的读者来信，可以发现，《白毛女》的创作和修订过程中，普通观众参与了很多意见。一是对于结尾处理，读者意见依旧存在很大差异。张或、萧蔚都认为"群众这时的行动是粗暴的、可怕的……在这种场合，黄世仁及穆仁智不挨打是不可想象的"，而做了干部的大春及老赵阻止群众和喜儿怒打地主的行为"事实上是不会有的"。此外他们还认为对黄世仁的母亲没有处理、穆仁智判三年徒刑都是惩罚过轻。而喜儿应该得到黄世仁的土地、粮食和房子。没有这样的结尾，他们认为"群众是不会如剧里所写的那样满足和高兴的"。张或还提出结尾处理太简单、"无力"，他认为"封建恶霸是一定要反扑、进行利诱及分化，甚至暗中勾搭敌人，利用他的钱和势，开始他可能拉拢部分落后群众，反过来政府和群众也要进一步地调查、揭发和使用各种适当斗争策略"。他提议"如果把这些在戏里用具体行动表现出来，斗争就有血有肉，就更生动、更有教育意义了"。当然，也有读者对《白毛女》的结尾持赞成态度。夏静表示自己看了最后一节之后，"在那种昂扬的群众场合，过去的许多哀愁和怨像梦一般的过去了"。陈陇表示戏剧的最后富有教育意义，"使我们看见了善与恶，产出了爱与憎的强烈的情感，同时也给予我们以斗争的方法"。郭有认为结尾是一个强烈对比："这是旧社会农民被压迫的情形，也是新社会解救农民的情形。"[2]

　　二是对于戏剧中的具体剧情安排，读者们也提出各种批评意见。这些意见又主要集中在四个方面。其一，山洞生活和神庙生活写得太多。张增转述他听到的另一位观众的话："写了那么多的山洞，那么多的庙，这是干什么呢？

---

[1] 李卫国：《互动中的盘旋——十七年的读者与文学》，复旦大学2004届博士论。

[2] 同上。

是反封建呢？或是反恶霸呢？"他同意这种观点，并且认为："作者在山洞里给喜儿安排了一副打火石，一些麦秸和一个烂碗片，如此穷得彻底的安排，反而是使人怀疑喜儿和她的孩子能在这里过冬并生活几年了。"陈陇怀疑这是"作者有意无意地、或多或少地做了传说的俘虏"的原因，他批评作者"在创作时没有大胆地割爱"。其二，穆仁智在众目睽睽之下带走喜儿的情节不合实际。萧蔚、赵豫、郭有写道："在这众人义愤又喜儿未婚夫都在的场合，穆仁智一个光人如敢公然抢人，群众的拳头打在他身上，要不像捣蒜一样那才怪呢"，"地主恶霸，在这种场合常是作个假慈善的"。其三，读者对剧中描写群众中间"只有赵老汉一个人仅仅知道八路军是红军"也提出反对。萧蔚、赵豫认为普通农民"对于红军的认识是不比能看书看报的人更少的"。其四，对最后一场开明士绅这个角色的设计，郭有认为这是全剧的"疏忽之处"。赵豫却很赞成，但是认为人物"事先没有伏线突然出现"影响了作品感染力，"让观众感到不自然，有些勉强"。出自专业型读者之手的两篇长文，单从题目就可以看出论辩性质。季纯认为《白毛女》之所以受到大众欢迎是因为"演员及某些部分的音乐演奏，与演出—服装、置景的吸引力的成就，在剧本方面是比较次要的。"对于剧本情节，他提出八点质疑：封建社会佃农的女儿长到十七岁，要么招婿要么嫁人甚至出家，不可能还留在家里；农历大年初一家家户户都在趋吉避凶问喜道贺，地主这时抢还在守丧的喜儿不合情理，和习俗相反等。较之以上节选的读者来信，季纯的意见更加条理化，但批评的方法却是如出一辙。解清马上作出了回应，在他的文章中，从三个方面清理了季纯的思路：评论方法上，"把现实主义看成照相，对作品的一草一木都不允许它和事实走样，这是大错特错的"；看问题的立场上，"显然不是人民大众的观点，显然有失人民大众的立场"；对文艺批评的态度，"批评要首先足够估计它的（即使极微小的）优点，是为着发扬优点的、为着进步、轻率抹杀的态度，是不妥当的"。

人们现在无从了解未发表的读者来信的内容，但是，起码可以肯定，《白毛女》得到的读者评论是复杂的。季纯文中所说应该反映了当时的某种客观情况："一方面有它的收获，另一方面也有需要继续努力于研究的地方。而且有些专门性问题，如音乐及剧本，因为正在摸索的过程中，要急于提出十分中肯的意见，也不是容易的事。"《解放日报》在8月2日之后沉默了将近两个月，10月1日才在第四版登出一则启事："关于《白毛女》的书面座谈也是受到读者欢迎的。

我们先后收到三十篇参加座谈的稿子，不过有许多篇因时局变化的影响未能及时发表，现在时间已隔很久，许多参加座谈的文艺工作者又离开了延安，因此，暂时不必再继续讨论下去了，只好留待以后有适当机会再说。"[1] 对于《白毛女》很多读者提出这样的问题：白毛女是不是实有其人？白毛女现在是否还活着？白毛女现在住在哪里？她现在在什么机关？担任什么工作？大春和喜儿是不是已经结婚了？他们现在的生活情况怎样？还有读者要求剧本的创作者将喜儿的通信地址和她的真实姓名告诉自己，以便跟喜儿通信[2]。

茅盾写于1948年的《赞颂〈白毛女〉》[3] 一文则强调了《白毛女》是一种新的人民文艺，但是它是一种非常高级的形式，因为原来说到民间文艺，好像是面对底层人的，是一种比较低级、粗俗的状态，走不进文艺的殿堂里边，《白毛女》出来后让人看到了这种状况的改变，用邵荃麟的话说，是从普及到提高的一个标志性成就。郭沫若、茅盾等人的评论代表了同时代人的"时论"，这些评论即使在今天看来，也颇具启发意义。

总之，《白毛女》是一部深嵌在时代变化中的代表性作品，《白毛女》从最初解放区的秧歌剧到新中国成立后芭蕾舞剧、电影，再到"文革"期间的"京剧"改编，舞台呈现和评价与时代的风潮变化休戚相关。正如整个中国当代文学跌宕起伏的过程一样，关于《白毛女》的舞台呈现和评价，也与时代的变化共同沉浮，并成为当代文艺乃至时代变化的风向标。[4]

第二节 《白毛女》的中外传播

从《白毛女》诞生至今的70年历程中，不同的历史时期都曾有个不同的版本，不同的演出也赋予了自己的理解与新的意义，这正是一部经典文艺作品的开放性所具有的特征之一。

歌剧《白毛女》首演在延安，之后公演了30多场，场场爆满。此后演出从

---

[1] 李卫国，《互动中的盘旋——十七年的读者与文学》，复旦大学2004届博士论文，中国知网。

[2] 详见《人民日报》1952年9月25日，"读者来信"栏目。

[3] 茅盾：《赞扬〈白毛女〉》。段宝林等：《〈白毛女〉七十年》，上海人民出版，2015年版，第147页。

[4] 《〈白毛女〉，在"政治革命"与"文化革命"之间》。段宝林等：《〈白毛女〉七十年》，上海人民出版社，2015年版，第81—112页。

延安到张家口、哈尔滨、北京，及至全中国，并出现了不同的演出团体。新中国成立后，东北电影制片厂1950年摄制了同名黑白故事片，由水华、王滨担任导演，杨润声任编剧，田华、李百万、陈强、张守维等主演。1951年，电影《白毛女》在全国25个城市的155家电影院同时公映，一天的观众竟达47.8万余人，创下了当时中外影片卖座率的最高纪录。到1956年就有5亿人观看了这部电影。不久，从歌剧到电影、再到芭蕾舞剧，传播范围从国内扩大到国际社会，率先在当时冷战背景下的社会主义阵营传播开来。《白毛女》迅速成为苏联及中东欧等社会主义民主国家影响最大的新中国文艺作品的代表。

《白毛女》这部诞生在共产党解放区的作品，从一开始就获得了西方媒体的关注。美国记者杰克·贝尔登（Belden, Jack. 1901—1989）在华北城镇看过歌剧《白毛女》的露天演出，他记载的演出场景比之国内相关文献要细致。看戏的有两千多人，大家都是席地而坐，演出不要售票。观众包括临近乡镇的干部、烧窑的工人、供销社的职员、背枪的民兵，还有衣着朴素的农村姑娘，小孩子们坐在前面，最后面的人站在小土丘上。

我在解放区所看过的戏剧中，这是最好的，大概也是最负盛名的。据我之见，共产党戏剧的弊端，尚不在于一味追求宣传效果，而是情节过于庞杂，每一情节都未能充分展开，因此戏剧效果大为减色。同时只偏重于情节和主题，而忽略了人物的塑造，因此剧中角色往往呆板干瘪，毫不生动。但是《白毛女》却不落俗套。……尽管故事情节过于夸张，但剧中并未出现荒诞不经的场面。由于演员感情真挚，再加上配歌和舞台效果运用得当，因而产生了极大的感染力。据我了解，观众中有许多妇女都有类似剧中人物那样的身世，因而剧中悲惨的情境在她们中间引起了特别强烈的共鸣。我看见她们时时用衣袖拭眼泪。不论是年老的还是年少的，不论是农民还是知识分子，都禁不住凄然泪下。坐在我身边的一位老大娘，一边看一边哭泣出声，直到终场。坦白地说，我自己也同那些妇女一样，被这出戏（或者说被观众的反映）感动得几乎要哭了。的确，共产党的戏剧都是感人至深的。[1]

在1948年6月来到国民党统治下上海的美国记者雷德曼，一直滞留到1950年9月才从天津回美国。他从多个角度报道了中国人民支持共产党的原因，并

---

[1] （美）杰克·贝尔登，《当中国震撼世界》，北京出版社，1980年，第254—255页。

因此一直对美国的远东政策持批判态度。他有幸在解放后的上海看到了《白毛女》。在他的著作《红色中国》（PROFLE OF RED CHINA）里，记载了观看该剧的场景。

我们在闷热的夏夜，大家坐在凳子上，有卖瓜子和热茶的，剧场里没有通风设备，我们就这样观看了《白毛女》。来看戏的好像是上海各个阶层的人都有。坐在我们左边的是一位中年妇女，她穿着蓝色棉衣，抱着小孩的，有时给孩子喂奶。在我们前几排有一家人，包括穿着灰色绢衣的大爷，穿着考究西服的年轻人，还有一个挽着发髻的妇人，拿着檀木扇子扇风，还有两个十几岁的男孩儿，穿着洋服和白色运动皮鞋。也有在地上吐痰的工人，隔着通道一直聊天的女佣人，也有开演之前高兴得一直唱着新的革命歌曲的学生，从附近的村子里集体坐车来的农民。

演出按时开始了，场景在农民家里，女儿在木盆旁弯着腰准备做晚饭。

随着剧情的展开，剧场里发生了似乎从未见过的事情。突然听不见吃西瓜、喝茶、说悄悄话、咳嗽、笑声、吐痰等各种声音，观众看得入迷，自己也融入到剧情里面。当演到年长的佃农谈起悲伤来，观众也一起哭了。地主婆说喜儿给自己做的汤不合自己的口味，往喜儿的舌头刺进去时观众也同样地发出痛苦的叫声。对于地主的好色，观众也咒骂了。喜儿逃出地主家时候，她打了地主婆一个嘴巴，坐在我们旁边的面目温柔的女人就突然狂热地鼓起掌来，差点把放在膝盖上的婴儿掉在地上。大家很热烈地欢迎解放军战士们，喜儿得到土地时，大家都喊道，"好、好"。[1]

在美国记者的眼中，《白毛女》成了解读共产党领导中国革命胜利原因的体裁之一。笔者依据 OCLC 数据库，在 2015 年 12 月底的检索发现，自 1945 年至 2015 年的 70 年间，以中文为主的载体形式有：《白毛女》图书有 172 种，含连环画、插图本等；互联网在线产品有 16 种；包含影像带、DVD 的有 50 种；各种简谱、五线谱的乐谱有 17 种；卡式磁带、唱片的音乐载体有 10 种。具体见下图 1：

---

[1] 参见 Lynn and Amos Landman. *PROFLE OF RED CHINA*，Simon & Schuster，1951， pp.84—85. 转引自（日）山田晃三，《〈白毛女〉在日本》，文化艺术出版社，2007 年，第 20—21 页。

表格 1：《白毛女》作品 70 年间的体裁、数量图

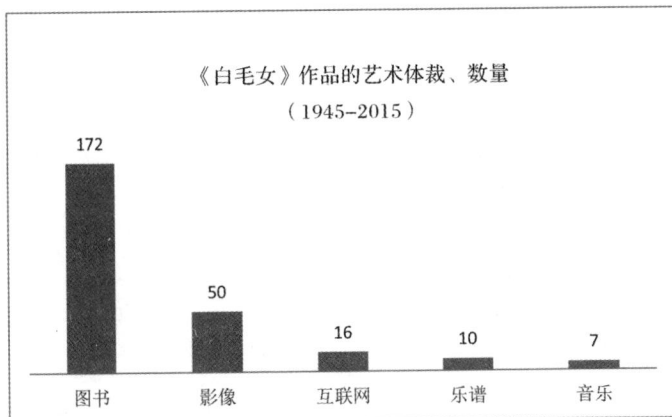

在上述不同体裁的《白毛女》中，笔者统计了用各种外文翻译出版、传播的译本、版本，列表如下：

表格 2：70 年来依然流通的《白毛女》译本、版本、体裁一览表

序号	书名	语言	作者、译者	出版社	年份	收藏图书馆数量
1	五幕中国戏剧（Five Chinese Communist Plays 白毛女、红色娘子军、智取威虎山、红灯记、杜鹃山）	英语	艾博·马丁（Ebon, Martin）	纽约：约翰·戴出版公司（John Day）	1975 1996	504
2	白毛女：五幕歌剧	英语	贺敬之、丁毅、马可	北京：外文出版社	1954 1969 1987	227
3	共产主义中国的现代戏剧（Modern Drama from Communiet China，龙须沟、妇女代表、马兰花、红灯记、白毛女）	英语	沃尔特、鲁斯·梅则夫(Walter J and Ruth I Meserve)编译	纽约：纽约大学出版社	1970	78
4	白毛女	日本语	鲁迅艺术学院文工团集体创作，岛田正雄翻译	东京：未来社	1952 1962	47

5	白毛女（中英文对照，插图本）	中英对照	贺友直、（美）德范克（DeFrancis, John）翻译	纽黑文：远东出版社、耶鲁大学	1976	31
6	白毛女	俄语	贺敬之，Kolokolov, V. S. 翻译	莫斯科：Izd—vo inostrannoĭ lit—ry	1952	4
7	白毛女（缩微）	英语	贺敬之、丁毅、马可	安阿伯：密歇根大学	1982 1954	1
8	白毛女：五幕歌剧 1	印尼语	贺敬之、丁毅，普·阿·杜尔译	北京：外文出版社	1958	1
9	白毛女：五幕歌剧 2	西班牙语	贺敬之、丁毅	北京：外文出版社	1958	1
10	白毛女	英语	贺敬之、丁毅；杨宪益、戴乃迭翻译	北京：外文出版社	1958	1
11	中国舞剧：白毛女（乐谱）	英语	中国舞剧团	上海：人民出版社	1972	1
12	白毛女：五幕歌剧（乐谱）	英语	贺敬之等	北京：外文出版社	1954	1
13	白毛女（磁带）	英语	马可等	中国香港：雨果唱片公司	1992	1
14	白毛女（磁带）	英语	马可等	中国香港：百利唱片公司	1994	1
15	白毛女（收入《NYO 1975》唱片）	英语	新西兰国家青年管弦乐队	惠灵顿：新西兰广播公司	1975	1
16	白毛女	罗马尼亚语	贺敬之、丁毅	布加勒斯特：青年出版社	1960	1
17	白毛女、红色娘子军歌曲选（乐谱）	日本语	上海舞剧团	出版社不详	不详	

在上表中所列出的，是笔者能够检索到的迄今依然流通的《白毛女》外译图书、磁带、唱片、乐谱。从外译语种上，目前仅发现有英语、俄语、日语、印度尼西亚语、西班牙语、罗马尼亚语，而实际上可能更多。比如根据文献记载，

曾经在斯里兰卡有僧伽罗文、在中东欧国宝还有捷克文的演出剧本，翻译语言达到十几种，但 OCLC 上能够检索到的语种只有 6 种。

（一）《白毛女》英译本的传播范围

外文出版社早在 1954 年就推出了英译本《白毛女：五幕歌剧》，曾以精装定价 1.9 元、平装定价 1.1 元人民币两种版本对外发行，1954 年版的数量为 23300 册[1]，开始并分别在 1969 年、1987 年两次再版。这是中国主动传播自己具有鲜明时代精神作品中比较成功的一个，《白毛女》通过歌剧、电影、芭蕾舞剧等西方观众易于接受的艺术形式，在海外获得影响最大。外文出版社同时还在 1958 年推出了印度尼西亚语和西班牙语译本，对外发行数量分别是 4125 册、7247 册。依据 OCLC 的数据库检索显示，外文出版社的英译本，全世界收藏图书馆数量为 227 家，超出了同一时期的《青春之歌》和《暴风骤雨》等最具有世界影响作品。但仍不能与美国的约翰·戴出版公司（The John Day Company）相比，这充分表明了出版机构之间存在着的巨大差距。

约翰·戴出版公司 1975 年的《白毛女》英译本，在全世界收藏图书馆数量最多，达到 504 家。在这部书中，《白毛女》只是"五幕中国戏剧"之一，这本书还收录了《红色娘子军》《智取威虎山》《红灯记》《杜鹃山》等五个最为知名的"样板戏"。但是第一本由欧美世界的本土出版机构翻译出版介绍《白毛女》的，是纽约大学出版社在 1970 年出版的英译本，书名为《共产主义中国的现代戏剧》（Modern Drama from Communiet China），收入了《龙须沟》《妇女代表》《马兰花》《红灯记》《白毛女》等五个当代中国的戏剧剧本。该书依据 OCLC 数据库检索，仅有 78 家收藏图书馆数量，要比约翰·戴出版公司少很多。

约翰·戴出版公司是纽约一家专门从事插图小说、时政书籍和口袋书的出版社，由李察·沃尔什（Richard J. Walsh）创办，在 1926 年命名约翰·戴（The John Day Company）有限公司，从 1926 年开始一直经营到 1968 结束，1974 年出售给托马斯.科威尔（Crowell）出版公司。约翰·戴出版公司 1931 年春天出版了赛珍珠（Pearl Buck，1892—1973）的《大地》（The Good Earth），该书出版

---

[1] 何明星，《中华人民共和国外文图书出版发行编年史》（上），学习出版社，2013 年，第 28 页。

后好评如潮，销量飙升，《大地》一下子成了 1931 年和 1932 年全美最畅销的书。并且，很快就有了德文、法文、荷兰文、瑞典文、丹麦文、挪威文等译本。约翰·戴公司也因为赛珍珠的《大地》，从一个负债累累的出版社一跃而成为纽约著名的出版公司。此后，沃尔什与赛珍珠还签订了协议：赛珍珠写什么，他就出什么。赛珍珠后来写成的《大地三部曲》之《儿子们》《分家》以及其他多种文学作品，都是由沃尔什的公司出版的。李察·沃尔什后来成为赛珍珠的丈夫，该公司曾出版过赛珍珠翻译的第一个《水浒传》译本（英文译名为"四海之内皆兄弟"）。

该书的编译者艾博·马丁（Ebon, Martin）1917 年生于德国汉堡，1938 年移民美国，曾从事心理咨询分析师等多个职业，1962 年开办出版公司，编辑和翻译了多部市场畅销的大众图书。收入《白毛女》英译本的《中国五幕戏剧》应该是出于市场目的编辑出版的英译作品，与北美一些汉学家出于研究当代中国社会的目的有所不同。这表明《白毛女》在欧美社会的影响程度，已经超过了学术研究的小圈子，而被主流社会所广泛知晓。通过该译本的 504（扣除 3 家中国大陆图书馆的数量，实际为 501 家）家世界收藏图书馆名单，可以确认这个判断是基本正确的。

表格 3：《白毛女》英译本（收入《中国五幕戏剧》，501 家）世界收藏图书馆一览表

序号	国家	图书馆名称
1		艾迪斯科文大学图书馆（EDITH COWAN UNIV LIBR）
2		拉特罗布大学图书馆（LATROBE UNIV LIBR）
3		澳大利亚国家图书馆（NATIONAL LIBR OF AUSTRALIA）
4		昆士兰公立图书馆（STATE LIBR OF QUEENSLAND）
5	澳大利亚 9 家	南澳大利亚州立图书馆（STATE LIBR OF SOUTH AUSTRALIA）
6		维多利亚公立图书馆（STATE LIBR OF VICTORIA）
7		墨尔本大学图书馆（UNIV OF MELBOURNE）
8		新威尔士大学图书馆（UNIV OF NEW S WALES）
9		悉尼大学图书馆（UNIV OF SYDNEY）
10	加拿大 22 家	道格拉斯学院图书馆（DOUGLAS COL LIBR）
11		兰加拉学院图书馆（LANGARA COL）

12	加拿大22家	西蒙弗雷泽大学图书馆（SIMON FRASER UNIV）
13		不列颠哥伦比亚大学图书馆（UNIV OF BRITISH COLUMBIA LIBR）
14		维多利亚大学（UNIV OF VICTORIA LIBRS）
15		温哥华公共图书馆（VANCOUVER PUB LIBR）
16		布斯大学图书馆（BOOTH UNIV COLL）
17		温尼伯大学图书馆（UNIV OF WINNIPEG LIBR）
18		新布伦瑞克大学（UNIV OF NEW BRUNSWICK）
19		纽芬兰大学伊莎白二世纪念图书馆 （MEMORIAL UNIV/NEWFOUNDLAND, ELIZABETH II）
20		达尔豪斯大学图书馆（DALHOUSIE UNIV, KILLAM LIBR）
21		布洛克大学图书馆（BROCK UNIV LIBR）
22		多伦多公共图书馆（TORONTO PUB LIBR）
23		渥太华大学图书馆（UNIV OF OTTAWA）
24		多伦多大学音乐图书馆（UNIV OF TORONTO MUSIC LIBR）
25		滑铁卢大学图书馆（UNIV OF WATERLOO LIBR）
26		威士顿大学图书馆（WESTERN UNIV）
27		约克大学图书馆（YORK UNIV LIBR）
28		毕索大学图书馆（BISHOPS UNIV）
29		康戈迪亚大学图书馆（CONCORDIA UNIV LIBR）
30		丹尼尔学院图书馆（VANIER COLLEGE LIBRARY）
31		萨斯喀彻温大学图书馆（UNIV OF SASKATCHEWAN LIBR）
32	德国2家	圣克里斯蒂安·森肯贝格大学 （UNIV BIBL JOHANN CHRISTIAN SENCKENBERG）
33		佛莱堡大学图书馆（UNIVERSITATSBIBLIOTHEK FREIBURG）
34	英国2家	伦敦大学亚非学院图书馆（SOAS UNIV OF LONDON）
35		苏塞克斯大学图书馆（UNIV OF SUSSEX LIBR）
36	中国香港2家	中国香港浸会大学图书馆（HONG KONG BAPTIST UNIV）
37		中国香港大学图书馆（UNIV OF HONG KONG）

38	以色列3家	希伯来大学（HEBREW UNIV）
39		以色列国家图书馆（NATIONAL LIBR OF ISRAEL）
40		海法大学图书馆（UNIV OF HAIFA）
41	日本1家	早稻田大学图书馆（WASEDA UNIV LIBR）
42	新西兰2家	汉密尔顿城市图书馆（HAMILTON CITY LIBR）
43		新西兰国家图书馆（NATIONAL LIBR OF NEW ZEALAND）
44	中国台湾1家	台湾中央图书馆（NATIONAL CENTRAL LIBR）
45	美国阿拉斯加3家	阿拉斯加锚公共图书馆（ANCHORAGE PUB LIBR）
46		阿拉斯加大学锚图书馆（UNIV OF ALASKA, ANCHORAGE）
47		阿拉斯加大学埃尔默·E·拉斯姆逊图书馆（UNIV OF ALASKA, ELMER E RASMUSON LIBR）
48	美国阿拉巴马州4家	奥本大学图书馆（AUBURN UNIV）
49		奥本蒙哥马利大学图书馆（AUBURN UNIV AT MONTGOMERY）
50		杰克逊威尔州立大学图书馆（JACKSONVILLE STATE UNIV）
51		阿拉巴马大学图书馆（UNIV OF ALABAMA）
52	美国阿肯色州5家	阿肯色科技大学图书馆（ARKANSAS TECH UNIV）
53		亨德森州立大学图书馆（HENDERSON STATE UNIV）
54		国家公园学院图书馆（NATIONAL PARK COLL LIBR）
55		阿肯色大学穆斯林图书馆（UNIV OF ARKANSAS MULLINS）
56		中阿肯色大学图书馆（UNIV OF CENT ARKANSAS）
57	美国亚利桑那州3家	亚利桑那州立大学图书馆（ARIZONA STATE UNIV）
58		马理科帕社区学院西区图书馆（MARICOPA COMMUN COL DIST）
59		亚利桑那大学图书馆（UNIV OF ARIZONA）
60	美国加利福尼亚州54家	阿拉米达免费图书馆（ALAMEDA FREE LIBR）
61		Alibris网上图书馆（ALIBRIS）
62		巴斯托学院图书馆（BARSTOW COL LIBR）
63		博格玛瑞博物馆图书馆（BRUGGEMEYER MEM LIBR）

64		喀伯林学院图书馆（CABRILLO COL LIBR）
65		加里福尼亚技术学院图书馆（CALIFORNIA INST OF TECH）
66		加利福尼亚州立理工大学 SLO 图书馆 （CALIFORNIA POLYTECHNIC STATE UNIV, SLO）
67		加利福尼亚州立理工大学 POMON 图书馆 （CALIFORNIA STATE POLYTECHNIC UNIV, POMON）
68		加利福尼亚州立大学东湾图书馆 （CALIFORNIA STATE UNIV EAST BAY）
69		加利福尼亚州立大学贝克斯菲尔德图书馆 （CALIFORNIA STATE UNIV, BAKERSFIELD）
70		加利福尼亚州立大学多明格斯山图书馆 （CALIFORNIA STATE UNIV, DOMINGUEZ HILLS）
71		加利福尼亚州立大学富瑞森图书馆 （CALIFORNIA STATE UNIV, FRESNO）
72	美国加利福尼 亚州 54 家	加利福尼亚州立大学福勒顿图书馆 （CALIFORNIA STATE UNIV, FULLERTON）
73		加利福尼亚州立大学长滩图书馆 （CALIFORNIA STATE UNIV, LONG BEACH）
74		加利福尼亚州立大学北岭图书馆 （CALIFORNIA STATE UNIV, NORTHRIDGE）
75		加利福尼亚州立大学斯坦尼斯洛斯图书馆 （CALIFORNIA STATE UNIV, STANISLAUS）
76		查普曼大学李瑟比图书馆（CHAPMAN UNIV LEATHERBY LIBR）
77		西特鲁苏社区学院图书馆（CITRUS COMMUN COL DIST）
78		洪堡州立大学图书馆（HUMBOLDT STATE UNIV）
79		科恩县立图书馆系统（KERN CNTY LIBR SYST）
80		洛杉矶公共图书馆（LOS ANGELES PUB LIBR）
81		洛约拉马利蒙特大学（LOYOLA MARYMOUNT UNIV）
82		默塞德县立图书馆（MERCED CNTY LIBR）
83		奥克塞德学院图书馆（OCCIDENTAL COL LIBR）
84		佩伯代因大学图书馆（PEPPERDINE UNIV）

85		瑞航德学院图书馆（RIO HONDO COLL LIBR）
86		萨克拉门托公共图书馆（SACRAMENTO PUB LIBR）
87		圣玛丽学院图书馆（SAINT MARY'S COL LIBR）
88		圣地亚哥州立大学图书馆（SAN DIEGO STATE UNIV LIBR）
89		旧金山公共图书馆（SAN FRANCISCO PUB LIBR）
90		旧金山大学图书馆（SAN FRANCISCO STATE UNIV LIBR）
91		圣若泽州立大学（SAN JOSE STATE UNIV）
92		圣地亚哥社区大学圣安娜学院（SANTA ANA COL, RSCCD）
93		圣克拉拉大学图书馆（SANTA CLARA UNIV）
94		圣塔莫尼卡学院图书馆（SANTA MONICA COL LIBR）
95		沙斯塔公共图书馆（SHASTA PUB LIBR）
96		索诺马州立大学（SONOMA STATE UNIV）
97		斯坦福大学图书馆（STANFORD UNIV LIBR）
98	美国加利福尼亚州54家	克莱蒙特学院（THE CLAREMONT COLLEGES）
99		托兰斯公共图书馆（TORRANCE PUB LIBR）
100		加州大学南部联合分校图书馆 （UNIV OF CALIFORNIA S REG LIBR FAC）
101		加州大学戴维斯分校施罗德图书馆 （UNIV OF CALIFORNIA, DAVIS, SHIELDS LIBR）
102		加州大学欧文分校图书馆（UNIV OF CALIFORNIA, IRVINE）
103		加州大学洛杉矶分校图书馆（UNIV OF CALIFORNIA, LOS ANGELES）
104		加州大学默塞德分校图书馆（UNIV OF CALIFORNIA, MERCED）
105		加州大学北部联合分校图书馆（UNIV OF CALIFORNIA, N REG LIBR）
106		加州大学河滨分校图书馆（UNIV OF CALIFORNIA, RIVERSIDE）
107		加州大学圣地亚哥分校（UNIV OF CALIFORNIA, SAN DIEGO）
108		加州大学圣科鲁兹分校（UNIV OF CALIFORNIA, SANTA CRUZ）
109		圣地亚哥大学J科普利图书馆 （UNIV OF SAN DIEGO, J S COPLEY LIBR）

110	美国加利福尼亚州54家	旧金山大学格里森图书馆 （UNIV OF SAN FRANCISCO, GLEESON LIBR）
111		南加州大学图书馆（UNIV OF SOUTHERN CALIFORNIA）
112		太平洋大学图书馆（UNIV OF THE PACIFIC）
113		世界学院图书馆（WORLD COL, W LIBR）
114	美国科罗拉多州6家	科罗拉多州立大学图书馆（COLORADO STATE UNIV）
115		丹佛公共图书馆（DENVER PUB LIBR）
116		刘易斯堡学院图书馆（FORT LEWIS COL）
117		科罗拉多大学波尔多分校（UNIV OF COLORADO AT BOULDER）
118	美国科罗拉多州6家	科罗拉多大学博尔德分校图书馆 （UNIV OF COLORADO AT COLORADO SPRINGS）
119		丹佛大学图书馆（UNIV OF DENVER UNIV LIBR）
120	美国康涅狄格州7家	康涅狄格学院图书馆（CONNECTICUT COL）
121		东哈特福德公共图书馆（EAST HARTFORD PUB LIBR）
122		新不列颠公共图书馆（NEW BRITAIN PUB LIBR）
123		三一学院图书馆（TRINITY COL）
124		康涅狄格大学图书馆（UNIV OF CONNECTICUT）
125		卫斯理大学图书馆（WESLEYAN UNIV）
126		耶鲁大学图书馆（YALE UNIV LIBR）
127	美国华盛顿特区8家	美国大学图书馆（AMERICAN UNIV）
128		美国天主教大学图书馆（CATHOLIC UNIV OF AMERICA）
129		乔治·华盛顿大学图书馆（GEORGE WASHINGTON UNIV）
130		乔治敦大学图书馆（GEORGETOWN UNIV）
131		霍华德大学图书馆（HOWARD UNIV）
132		美国国会图书馆（LIBRARY OF CONGRESS）
133		美国国务院图书馆（US DEPT OF STATE）
134		特拉华大学图书馆（UNIV OF DELAWARE）

135		布里瓦德县公共图书馆（BREVARD CNTY LIBR SYST）
136		布劳沃德学院图书馆（BROWARD COL）
137		佛罗里达学院（COLLEGE OF CENT FLORIDA）
138		东佛罗里达州立学院图书馆（EASTERN FLORIDA STATE COLL）
139	美国佛罗里达州15家	佛罗里达大学大西洋学院图书馆（FLORIDA ATLANTIC UNIV）
140		佛罗里达盖特威学院图书馆（FLORIDA GATEWAY COLL）
141		佛罗里达州立大学音乐图书馆（FLORIDA STATE UNIV, MUSIC LIBR）
142		杰克逊威尔公共图书馆（JACKSONVILLE PUB LIBR）
143		迈阿密戴德学院图书馆（MIAMI DADE COL）
144		迈阿密戴德公共图书馆（MIAMI—DADE PUB LIBR SYST）
145		佛罗里达棕榈滩县公共学校图书馆（SCHOOL DIST OF PALM BEACH CNTY）
146	美国佛罗里达州15家	佛罗里达公共图书馆（STATE LIBR OF FLORIDA）
147		史丹森大学图书馆（STETSON UNIV）
148		迈阿密大学图书馆（UNIV OF MIAMI）
149		佛罗里达大学图书馆（UNIV OF S FLORIDA）
150		亚特兰大大都会州立学院（ATLANTA METROP STATE COLL）
151		亚特兰大富尔顿公共图书馆系统（ATLANTA—FULTON PUBLIC LIBRARY SYS）
152		道尔顿州立学院图书馆（DALTON STATE COL）
153		埃默里大学图书馆（EMORY UNIV）
154	美国佐治亚州10家	佐治亚州立大学图书馆（GEORGIA STATE UNIV）
155		肯尼索州立大学图书馆（KENNESAW STATE UNIV）
156		莫瑟尔大学塔弗图书馆（MERCER UNIV, TARVER LIBR）
157		奥格尔索普大学图书馆（OGLETHORPE UNIV）
158		佐治亚西南联合图书馆（SOUTHWEST GEORGIA REG LIBR）
159		佐治亚大学图书馆（UNIV OF GEORGIA）

160	美国夏威夷 1 家	夏威夷大学马诺阿图书馆（UNIV OF HAWAII AT MANOA LIBR）
161	美国爱荷华州 9 家	贝理雅克利夫大学（BRIAR CLIFF UNIV）
162		中央学院图书馆（CENTRAL COL）
163		康奈尔学院图书馆（CORNELL COL）
164		格里尼尔学院图书馆（GRINNELL COL）
165		爱荷华州立大学图书馆（IOWA STATE UNIV）
166		路德学院图书馆（LUTHER COL）
167		西北学院图书馆（NORTHWESTERN COL）
168		爱荷华大学图书馆（UNIV OF IOWA LIBR）
169		北爱荷华大学图书馆（UNIV OF NORTHERN IOWA）
170	美国伊利诺伊州 21 家	芝加哥公共图书馆（CHICAGO PUB LIBR）
171		德保罗大学图书馆（DEPAUL UNIV）
172		多米尼加大学图书馆（DOMINICAN UNIV）
173		西伊利诺伊大学图书馆（EASTERN ILLINOIS UNIV）
174		富兰克林公园公共图书馆（FRANKLIN PARK PUB LIBR DIST）
175		哈里斯堡库第 3 学区图书馆（HARRISBURG CUSD# 3）
176		伊利诺伊州立图书馆（ILLINOIS STATE LIBR）
177		林肯图书馆（LINCOLN LIBR）
178		新特里尔中学第 203 学区图书馆（NEW TRIER HIGH SCH DIST 203）
179		东北伊利诺伊大学图书馆（NORTHEASTERN ILLINOIS UNIV）
180		北伊利诺伊大学图书馆（NORTHERN ILLINOIS UNIV）
181		西北大学图书馆（NORTHWESTERN UNIV）
182		奥尼尔中心学院图书馆（OLNEY CENTRAL COLLEGE）
183		罗斯福大学图书馆（ROOSEVELT UNIV）
184		南伊利诺伊大学（SOUTHERN ILLINOIS UNIV）
185		南伊利诺斯大学艾德华兹维尔分校图书馆（SOUTHERN ILLINOIS UNIV AT EDWARDSVILLE）

186	美国伊利诺伊州21家	芝加哥大学图书馆（UNIV OF CHICAGO）
187		伊利诺伊大学图书馆（UNIV OF ILLINOIS）
188		圣弗兰西斯大学（UNIV OF ST FRANCIS）
189		香槟免费图书馆（URBANA FREE LIBR, THE）
190		西伊利诺伊大学图书馆（WESTERN ILLINOIS UNIV）
191	美国印第安纳州13家	艾伦县立公共图书馆（ALLEN CNTY PUB LIBR）
192		安德森大学图书馆（ANDERSON UNIV）
193		厄勒姆学院图书馆（EARLHAM COL）
194		加里公共图书馆（GARY PUB LIBR）
195		哈蒙德公共图书馆（HAMMOND PUB LIBR）
196		汉诺威学院达根图书馆（HANOVER COL, DUGGAN LIBR）
197	美国印第安那州13家	印第安纳州立大学图书馆（INDIANA STATE UNIV）
198		印第安纳大学科科莫分校图书馆（INDIANA UNIV, KOKOMO）
199		印第安纳公共图书馆（INDIANAPOLIS PUB LIBR）
200		普渡大学图书馆（PURDUE UNIV）
201		圣约瑟夫学院图书馆（SAINT JOSEPHS COL）
202		伊凡斯维尔大学图书馆（UNIV OF EVANSVILLE）
203		圣母院大学图书馆（UNIV OF NOTRE DAME）
204	美国堪萨斯州14家	阿特伍德中学图书馆（ATWOOD HIGH SCH LIBR）
205		伯特利学院图书馆（BETHEL COL）
206		卡耐基图书馆克莱市分馆（CLAY CTR CARNEGIE LIBR）
207		恩波利亚州立大学图书馆（EMPORIA STATE UNIV）
208		海斯公共图书馆（HAYS PUB LIBR）
209		哈钦森公共图书馆（HUTCHINSON PUB LIBR）
210		堪萨斯州立大学图书馆（KANSAS STATE UNIV）
211		曼哈顿公共图书馆（MANHATTAN PUB）
212		北堪萨斯图书馆（NORTH CENT KANSAS LIBR）

213		南堪萨斯图书馆系统（SOUTHWEST KANSAS LIBR SYST）
214	美国堪萨斯州 14家	堪萨斯州立图书馆（STATE LIBR OF KANSAS）
215		堪萨斯大学图书馆（UNIV OF KANSAS）
216		威奇塔公共图书馆（WICHITA PUB LIBR）
217		威奇塔州立大学图书馆（WICHITA STATE UNIV）
218		东肯塔基大学图书馆（EASTERN KENTUCKY UNIV）
219		坎贝尔堡图书馆（FORT CAMPBELL, RF SINK LIBR）
220	美国肯塔基州 8家	哈赞德社区学院图书馆（HAZARD COMMUN COL）
221		路易斯维尔公共图书馆（LOUISVILLE FREE PUB LIBR）
222		默里州立大学图书馆（MURRAY STATE UNIV）
223		北肯塔基大学图书馆（NORTHERN KENTUCKY UNIV）
225	美国肯塔基州 8家	路易斯维尔大学音乐图书馆 （UNIV OF LOUISVILLE, SCH OF MUSIC LIBR）
226		西肯塔基大学图书馆（WESTERN KENTUCKY UNIV）
227		罗耀拉大学图书馆（LOYOLA UNIV）
228	美国路易斯安 那州4家	路易斯安那州立图书馆（STATE LIBR OF LOUISIANA）
229		图兰大学图书馆（TULANE UNIV）
230		路易斯安那大学梦露图书馆 （UNIV OF LOUISIANA AT MONROE LIBR）
231		波士顿学院图书馆（BOSTON COL）
232		波士顿公共图书馆（BOSTON PUB LIBR）
233		波士顿大学图书馆（BOSTON UNIV）
234		布里奇沃特州立学院（BRIDGEWATER STATE UNIV）
235	美国马萨诸塞 州19家	爱默生学院图书馆（EMERSON COL）
236		哈佛大学哈佛学院图书馆（HARVARD UNIV, HARVARD COL LIBR）
237		民兵图书馆系统（MINUTEMAN LIBR NETWORK）
238		蒙特霍利约克学院图书馆（MOUNT HOLYOKE COL）
239		东北大学图书馆（NORTHEASTERN UNIV）

240		萨福克大学图书馆（SUFFOLK UNIV）
241		塔夫茨大学图书馆（TUFTS UNIV）
242		马萨诸塞大学阿姆赫斯特分校 （UNIV OF MASSACHUSETTS AMHERST）
243	美国马萨诸塞 州19家	马萨诸塞大学波士顿分校（UNIV OF MASSACHUSETTS AT BOSTON）
244		马萨诸塞大学达特茅斯分校 （UNIV OF MASSACHUSETTS DARTMOUTH）
245		（WELLESLEY COL, MARGARET CLAPP LIBR）
246		韦尔斯利学院玛格丽特库普图书馆 （WELLESLEY COL, MARGARET CLAPP LIBR）
247		威顿学院图书馆（WHEATON COL）
248		伍斯特理工学院图书馆（WORCESTER POLYTECHNIC INST）
249		巴尔的摩社区学院图书馆 （COMMUNITY COL BALTIMORE CNTY, ESSEX CAM）
250		伊诺克·普拉特免费图书馆（ENOCH PRATT FREE LIBR）
251		麦克丹尼尔学院图书馆（MCDANIEL COL）
252	美国马里兰州 8家	萨利大学图书馆（SALISBURY UNIV）
253		陶森大学图书馆（TOWSON UNIV）
254		马里兰大学巴尔的摩社区分校图书馆 （UNIV OF MARYLAND BALTIMORE CNTY）
255		马里兰大学公园学院图书馆（UNIV OF MARYLAND, COL PARK）
256		美国海军学院图书馆（US NAVAL ACAD）
257		贝茨学院图书馆（BATES COL）
258		贝茨学院收藏图书馆（BATES COLL—SHARED COLLECTIONS）
259	美国缅因州大 学4家	南缅因州大学图书馆（UNIV OF SOUTHERN MAINE）
260		南缅因州大学收藏图书馆 （UNIV OF SOUTHERN MAINE—SHARED COLLECTIO）
261	美国密歇根州 19家	阿尔比恩学院图书馆（ALBION COL）
262		密歇根中医大学图书馆（CENTRAL MICHIGAN UNIV）

263		底特律公共图书馆（DETROIT PUB LIBR）
264		东密歇根大学图书馆（EASTERN MICHIGAN UNIV）
265		大急流城公共图书馆（GRAND RAPIDS PUB LIBR）
266		卡拉马祖瓦尔社区学院图书馆（KALAMAZOO VAL COMMUN COL）
267		苏必利尔湖州立大学（LAKE SUPERIOR STATE UNIV）
268		马科姆社区学院图书馆（MACOMB COMMUN COL）
269		密歇根州立大学图书馆（MICHIGAN STATE UNIV）
270		北密歇根大学图书馆（NORTHERN MICHIGAN UNIV）
272	美国密歇根州 19家	奥克兰大学图书馆（OAKLAND UNIV）
272		萨吉诺谷州立大学扎诺图书馆 （SAGINAW VAL STATE UNIV, ZAHNOW LIBR）
273		萨普瑞奥兰地图书馆协作机构（SUPERIORLAND LIBR COOP）
274		特洛伊公共图书馆（TROY PUB LIBR）
275		密歇根大学图书馆（UNIV OF MICHIGAN LIBR）
276		密歇根大学迪尔伯恩分校图书馆（UNIV OF MICHIGAN, DEARBORN）
277		韦恩州立大学图书馆（WAYNE STATE UNIV）
278		西密歇根大学图书馆（WESTERN MICHIGAN UNIV）
279		威拉德图书馆（WILLARD LIBR）
280		圣本尼迪克学院（COLLEGE OF ST BENEDICT）
282		康科迪亚学院图书馆（CONCORDIA COL LIBR）
282		镇平县公共图书馆（HENNEPIN CNTY LIBR）
283	美国明尼苏达州10家	麦卡莱斯特学院图书馆（MACALESTER COL LIBR）
284		明尼苏达大学穆尔学院（MINNESOTA STATE UNIV MOORHEAD）
285		比奇艺术教育中心（PERPICH CTR FOR ARTS EDUC）
286		圣奥拉夫学院图书馆（SAINT OLAF COL）
287		西南明尼苏达大学图书馆 （SOUTHWEST MINNESOTA STATE UNIV LIBR）

288	美国明尼苏达州10家	明尼苏达大学明尼阿波利斯分校图书馆 （UNIV OF MINNESOTA, MINNEAPOLIS）
289		圣托马斯大学图书馆（UNIV OF ST THOMAS）
290	美国密苏里州6家	德鲁里大学图书馆（DRURY UNIV）
291		密苏里州立大学图书馆（MISSOURI STATE UNIV）
292		圣路易斯市立图书馆联盟 （MUNICIPAL LIBR CONSORTIUM ST LOUIS CNTY）
293		密苏里大学堪萨斯市分校图书馆 （UNIV OF MISSOURI, KANSAS CITY）
294		密苏里大学哥伦比亚分校图书馆（UNIV OF MISSOURI——COLUMBIA）
295		华盛顿大学图书馆（WASHINGTON UNIV）
296	美国密西西比州3家	杰克逊州立大学（JACKSON STATE UNIV）
297		杰克逊海因兹图书馆系统（JACKSON/HINDS LIBR SYST）
298		密尔萨普斯学院图书馆（MILLSAPS COL）
299	美国蒙大拿州2家	道森社区学院简卡雷纪念图书馆 （DAWSON COMMUN COL, JANE CAREY MEM LIBR）
300		蒙大拿州立大学音乐图书馆（MONTANA STATE UNIV, MSU LIBR）
301	美国卡罗来纳州11家	戴维森学院图书馆（DAVIDSON COL）
302		杜克大学图书馆（DUKE UNIV LIBR）
303		加德纳韦伯大学图书馆（GARDNER—WEBB UNIV）
304		北卡罗来纳州立大学（NORTH CAROLINA STATE UNIV）
305		夏洛特皇后大学图书馆（QUEENS UNIV OF CHARLOTTE）
306		北卡罗来纳大学格林斯波洛分校 （UNIV OF N CAROLINA GREENSBORO）
307		北卡罗来纳大学艺术学院 （UNIV OF N CAROLINA SCH OF THE ARTS）
308		北卡罗来纳大学阿什维尔分校图书馆 （UNIV OF N CAROLINA, ASHEVILLE）
309		北卡罗来纳大学教堂山分校图书馆 （UNIV OF N CAROLINA, CHAPEL HILL）

310	美国卡罗来纳州11家	沃伦威尔逊学院图书馆（WARREN WILSON COL）
311		西卡罗来纳大学图书馆（WESTERN CAROLINA UNIV）
312	北达科他州1家	北达科他州立大学图书馆（NORTH DAKOTA STATE UNIV LIBR）
313	美国内布拉斯加州3家	达纳学院达纳生活图书馆（DANA COL, C A DANA, LIFE LIBR）
314		基恩纪念图书馆（KEENE MEM LIBR）
315		奥马哈公共图书馆（OMAHA PUB LIBR）
316	美国新罕布什尔州3家	普利茅斯州立大学图书馆（PLYMOUTH STATE UNIV）
317		新汉普郡大学图书馆（UNIV OF NEW HAMPSHIRE）
318		YBP 在线服务图书馆（YBP LIBRARY SERVICES）
319	美国新泽西州18家	大西洋凯波社区学院图书馆（ATLANTIC CAPE COMMUN COL）
320		大西洋城中心图书馆（ATLANTIC CNTY LIBR）
321		巴约纳免费公共图书馆（BAYONNE FREE PUB LIBR）
322		布卢姆菲尔德学院图书馆（BLOOMFIELD COL）
323		德鲁大学图书馆（DREW UNIV LIBR）
324		伊丽莎白公共图书馆（ELIZABETH PUB LIBR）
325		埃塞克斯县学院图书馆（ESSEX CNTY COL）
326		新泽西纽瓦克免费公共图书馆 （FREE PUB LIBR OF NEWARK, NEW JERSEY）
327		蒙特克莱尔州立大学（MONTCLAIR STATE UNIV）
328		新泽西城市大学图书馆（NEW JERSEY CITY UNIV）
329		新泽西州立图书馆（NEW JERSEY STATE LIBR）
330		普林斯顿大学图书馆（PRINCETON UNIV）
331		新泽西拉马坡西学院图书馆（RAMAPO COL OF NEW JERSEY LIBR）
332		莱德大学图书馆（RIDER UNIV LIBR）
333		瑞兹伍德公共图书馆（RIDGEWOOD PUB LIBR）
334		罗格斯大学图书馆（RUTGERS UNIV）

335	美国新泽西州 18家	新泽西威廉帕特森大学 （WILLIAM PATERSON UNIV OF NEW JERSEY）
336		伍德布里奇公共图书馆（WOODBRIDGE PUB LIBR）
337		新墨西哥州立大学图书馆（NEW MEXICO STATE UNIV）
338	美国新墨西哥州4家	新墨西哥州阿拉莫戈多大学 （NEW MEXICO STATE UNIV, ALAMOGORDO）
339		圣达菲大学艺术与设计学院图书馆 （SANTA FE UNIV OF ART & DESIGN）
340		新墨西哥大学图书馆（UNIV OF NEW MEXICO）
341	美国内华达州2家	内华达州拉斯维加斯大学图书馆（UNIV OF NEVADA LAS VEGAS）
342		内华达大学里诺分校图书馆（UNIV OF NEVADA RENO）
343		阿德菲大学图书馆（ADELPHI UNIV）
344		布朗克斯社区学院图书馆（BRONX COMMUN COL LIBR）
345		布鲁克林学院图书馆（BROOKLYN COL LIBR）
346		首都教育协作机构图书馆（CAPITAL REG BOCES）
347		纽约大学城市学院图书馆（CITY COL, CUNY）
348		纽约城市大学斯塔滕岛学院（COLLEGE OF STATEN ISLAND, CUNY）
349		哥伦比亚大学图书馆（COLUMBIA UNIV）
350		达奇斯社区学院图书馆（DUTCHESS COMMUN COL LIBR）
351	美国纽约州 41家	伊利社区学院图书馆（ERIE COMMUN COL）
352		福德姆大学图书馆（FORDHAM UNIV）
353		四县图书馆系统（FOUR CNTY LIBR SYST）
354		霍夫斯特拉大学图书馆（HOFSTRA UNIV）
355		莱曼学院图书馆（LEHMAN COL LIBR）
356		曼哈顿学院图书馆（MANHATTAN COL LIBR）
357		玛丽芒曼哈顿学院图书馆（MARYMOUNT MANHATTAN COL LIBR）
358		迈德加艾佛斯学院图书馆（MEDGAR EVERS COL）
359		门罗社区学院图书馆（MONROE COMMUN COL LIBR）

360		拿骚社区学院图书馆（NASSAU COMMUN COL）
361		纽约公共图书馆（NEW YORK PUB LIBR）
362		纽约大学图书馆（NEW YORK UNIV）
363		北部社区学院图书馆（NORTH COUNTRY COMMUN COL）
364		奥内达公共图书馆（ONONDAGA CNTY PUB LIBR）
365		普拉特研究所图书馆（PRATT INST LIBRS）
366		皇后区公共图书馆（QUEENS BOROUGH PUB LIBR）
367		皇后学院图书馆（QUEENS COL）
368		罗切斯特工学院图书馆（ROCHESTER INST OF TECHNOL LIBR）
369		罗彻斯特公共图书馆（ROCHESTER PUB LIBR）
370		斯基德莫尔学院图书馆（SKIDMORE COL）
371	美国纽约州41家	纽约州立大学宾汉姆顿图书馆 （STATE UNIV OF NEW YORK, BINGHAMTON LIBR）
372		萨福克库帕图书馆系统（SUFFOLK COOP LIBR SYST）
273		纽约州立大学奥尔巴尼分校图书馆（SUNY AT ALBANY）
374		纽约州立大学新帕尔茨分校图书馆（SUNY AT NEW PALTZ）
375		纽约州立大学布鲁克波特学院图书馆（SUNY COL AT BROCKPORT）
376		纽约州立大学费雷多尼亚学院图书馆（SUNY COL AT FREDONIA）
377		纽约州立大学韦老斯特伯里学院图书馆 （SUNY COL AT OLD WESTBURY）
378		纽约州立大学帕切斯学院图书馆（SUNY COL AT PURCHASE）
379		联盟学院图书馆（UNION COL）
380		水城高中图书馆（WATERTOWN HIGH SCH LIBR）
381		西彻斯特社区学院图书馆（WESTCHESTER COM COLL）
382		西彻斯特图书馆系统（WESTCHESTER LIBR SYST）
383		怀特普莱恩斯公共图书馆（WHITE PLAINS PUB LIBR）
384	美国俄亥俄州22家	爱肯萨米公共图书馆（AKRON—SUMMIT CNTY PUB LIBR）
385		安提阿学院图书馆（ANTIOCH COLL）

386	美国俄亥俄州 22家	克利夫兰高地大学高地公共图书馆 （CLEVELAND HEIGHTS UNIV HEIGHTS PUB）
387		克利夫兰公共图书馆（CLEVELAND PUB LIBR）
388		圣方济大学斯托本维尔图书馆（FRANCISCAN UNIV OF STEUBENVILLE）
389		迈阿密大学图书馆（MIAMI UNIV）
390		俄亥俄西北图书城（NORTHWEST OHIO REGN BOOK DEPOSITORY）
391		奥柏林学院图书馆（OBERLIN COL LIBR）
392		俄亥俄州立大学图书馆（OHIO STATE UNIV, THE）
393		俄亥俄大学图书馆（OHIO UNIV）
394		辛辛那提和汉米敦公共图书馆 （PUBLIC LIBR OF CINCINNATI & HAMILTON CN）
395		扬斯敦和麻浩宁公共图书馆 （PUBLIC LIBR OF YOUNGSTOWN & MAHONING CN）
396		斯塔克县立图书馆系统（STARK CNTY DIST LIBR）
397	美国俄亥俄州 22家	托莱多·卢卡斯县立公共图书馆（TOLEDO—LUCAS CNTY PUB LIBR）
398		阿克伦大学图书馆（UNIV OF AKRON）
399		辛辛那提大学图书馆（UNIV OF CINCINNATI）
400		山联大学图书馆（UNIV OF MOUNT UNION）
401		沃尔什大学图书馆（WALSH UNIV）
402		威明尔顿图书馆（WILMINGTON COL LIBR）
403		伍德县立公共图书馆（WOOD CNTY DIST PUB LIBR）
404		沙维尔大学图书馆（XAVIER UNIV）
405		扬斯敦州立大学（YOUNGSTOWN STATE UNIV）
406	美国俄克拉荷 马4家	大都会图书馆系统（METROPOLITAN LIBR SYST）
407		俄克拉荷马大学杜布朗社区图书馆 （OKLAHOMA CITY UNIV, DULANEY—BROWNE LIBR）
408		俄克拉荷马州立大学（OKLAHOMA STATE UNIV）
409		克茂吉公共图书馆（OKMULGEE PUB LIBR）

410	美国俄勒冈州3家	马尔诺玛县公共图书馆（MULTNOMAH CNTY LIBR）
411		波特兰州立大学图书馆（PORTLAND STATE UNIV LIBR）
412		俄勒冈大学图书馆（UNIV OF OREGON LIBR）
413	美国宾夕法尼亚州26家	阿勒格尼学院图书馆（ALLEGHENY COL）
414		阿尔图纳地区公共图书馆（ALTOONA AREA PUB LIBR）
415		布卢姆斯堡大学图书馆（BLOOMSBURG UNIV）
416		布莱恩莫尔学院图书馆（BRYN MAWR COL）
417		巴克内尔大学图书馆（BUCKNELL UNIV）
418		匹兹堡卡耐基图书馆（CARNEGIE LIBR OF PITTSBURGH）
419		卡耐基梅隆大学图书馆（CARNEGIE MELLON UNIV）
420		西达克瑞斯特学院卡瑞斯曼图书馆 （CEDAR CREST COL, CRESSMAN LIBR）
421		迪克逊学院图书馆（DICKINSON COL）
422		杜肯大学图书馆（DUQUESNE UNIV LIB）
423		伊丽莎白敦学院图书馆（ELIZABETHTOWN COL）
424		伊利县立公共图书馆（ERIE CNTY PUB LIBR）
425		费城免费公共图书馆（FREE LIBR OF PHILADELPHIA）
426		拉萨尔大学图书馆（LA SALLE UNIV）
427		拉斐特学院图书馆（LAFAYETTE COL）
428		弥赛亚学院莫里图书馆（MESSIAH COL, MURRAY LIBR）
429		英联邦办公室图书馆（OFFICE OF COMMONWEALTH LIBRS）
430		宾夕法尼亚州立大学图书馆（PENNSYLVANIA STATE UNIV）
431		费城大学图书馆（PHILADELPHIA UNIV）
432		罗斯蒙特学院图书馆（ROSEMONT COL）
433		宾夕法尼亚大学西斯贝格图书馆 （SHIPPENSBURG UNIV OF PENNSYLVANIA）
434		坦普尔大学图书馆（TEMPLE UNIV）
435		宾夕法尼亚大学图书馆（UNIV OF PENNSYLVANIA）

436	美国宾夕法尼亚州26家	匹兹堡大学图书馆（UNIV OF PITTSBURGH）
437		阿尔斯特大学图书馆（UNIV OF THE ARTS）
438		维拉诺瓦大学图书馆（VILLANOVΛ UNIV）
439	美国罗德岛州6家	罗德岛社区学院图书馆（COMMUNITY COL OF RHODE ISLAND, LRC）
440		国家海洋图书馆（OCEAN STATE LIBRARIES）
441		普罗维登斯学院菲利普图书馆（PROVIDENCE COL, PHILLIPS MEM LIBR）
442		萨乌瑞吉纳大学图书馆（SALVE REGINA UNIV LIBR）
443		罗德岛大学图书馆（UNIV OF RHODE ISLAND）
444		沃里克公共图书馆（WARWICK PUB LIBR）
445	美国田纳西州8家	兰德大学图书馆（LANDER UNIV）
446		东田纳西州立大学图书馆（EAST TENNESSEE STATE UNIV）
447		诺克斯县立公共图书馆诺克斯维尔分馆（KNOX CNTY PUB LIBR, KNOXVILLE）
448		中田纳西州立大学图书馆（MIDDLE TENNESSEE STATE UNIV）
449	美国田纳西州8家	罗德学院图书馆（RHODES COL）
450		孟菲斯公共图书馆科学应用信息中心（SAIC/MEMPHIS PUB LIBR & INFO CTR）
451		田纳西理工大学图书馆（TENNESSEE TECHNOLOGICAL UNIV）
452		田纳西大学图书馆（UNIV OF TENNESSEE）
453	美国德克萨斯州18家	贝勒大学图书馆（BAYLOR UNIV）
454		达拉斯公共图书馆（DALLAS PUB LIBR）
455		普雷里维尤农工大学图书馆（PRAIRIE VIEW A&M UNIV）
456		莱斯大学方德伦图书馆（RICE UNIV, FONDREN LIBR）
457		南卫理公会大学中心图书馆（SOUTHERN METHODIST UNIV, CENT LIBR）
458		斯蒂芬奥斯汀州立大学图书馆（STEPHEN F AUSTIN STATE UNIV）
459		德克萨斯农工大学图书馆（TEXAS A&M UNIV）

460		德克萨斯农工大学柯柏斯克里斯提分校图书馆 （TEXAS A&M UNIV, CORPUS CHRISTI）
461		德克萨斯农工大学特克萨卡纳分校图书馆 （TEXAS A&M UNIV, TEXARKANA）
462		德克萨斯基督教大学图书馆（TEXAS CHRISTIAN UNIV）
463		德克萨斯州立大学圣马科斯图书馆 （TEXAS STATE UNIV—SAN MARCOS）
464	美国德克萨斯州18家	德克萨斯理工大学图书馆（TEXAS TECH UNIV）
465		休士顿大学图书馆（UNIV OF HOUSTON）
466		休士顿大学科利尔湖图书馆（UNIV OF HOUSTON, CLEAR LAKE）
467		德克萨斯大学奥斯汀分校图书馆（UNIV OF TEXAS AT AUSTIN）
468		德克萨斯大学格兰德山谷图书馆 （UNIV OF TEXAS RIO GRANDE VAL THE）
469		德克萨斯大学布朗斯维尔图书馆（UNIV OF TEXAS, BROWNSVILLE）
470		圣道大学图书馆（UNIV OF THE INCARNATE WORD）
471	美国犹他州2家	杨百翰大学图书馆（BRIGHAM YOUNG UNIV LIBR）
472		犹他大学图书馆（UNIV OF UTAH）
473		威廉玛丽学院图书馆（COLLEGE OF WILLIAM & MARY）
474	美国弗吉尼亚州8家	霍林斯大学图书馆（HOLLINS UNIV）
475		诺福克公共图书馆（NORFOLK PUB LIBR）
476		甜石南学院图书馆（SWEET BRIAR COL LIBR）
477		里士满大学图书馆（UNIV OF RICHMOND）
478	美国弗吉尼亚州8家	弗吉尼亚联邦大学图书馆（VIRGINIA COMMONWEALTH UNIV）
479		弗吉尼亚理工大学图书馆（VIRGINIA TECH）
480		华盛顿与李大学图书馆（WASHINGTON & LEE UNIV）
481	美国佛蒙特州2家	米德尔布里学院图书馆（MIDDLEBURY COL）
482		佛蒙特大学贝利图书馆（UNIV OF VERMONT, BAILEY LIBR）
483	美国华盛顿州8家	埃弗雷特社区学院图书馆（EVERETT COMMUN COL）
484		埃佛格林州立学院图书馆（EVERGREEN STATE COL LIBR）

485	美国华盛顿州 8家	北西雅图学院图书馆（NORTH SEATTLE COLL）
496		西雅图公共图书馆（SEATTLE PUB LIBR）
497		华盛顿大学图书馆（UNIV OF WASHINGTON LIBR）
488		华盛顿州立大学图书馆（WASHINGTON STATE UNIV）
489		西华盛顿大学图书馆（WESTERN WASHINGTON UNIV）
490		怀特曼学院彭罗斯纪念图书馆（WHITMAN COL, PENROSE MEM LIBR）
491	美国威斯康星 州10家	贝洛伊特学院图书馆（BELOIT COL LIBR）
492		卡罗尔大学图书馆（CARROLL UNIV）
493		艾奇伍德学院奥斯卡伦尼邦纪念图书馆 （EDGEWOOD COL, OSCAR RENNEBOHM LIBR）
494		威斯康星大学巴拉布/索克县立图书馆 （UNIV OF WISCONSIN, BARABOO/SAUK CNTY）
495		威斯康星大学奥克莱尔分校图书馆 （UNIV OF WISCONSIN, EAU CLAIRE）
496		威斯康星大学格林湾分校图书馆（UNIV OF WISCONSIN, GREEN BAY）
497		威斯康星大学麦迪逊分校格林图书馆系统 （UNIV OF WISCONSIN, MADISON, GEN LIBR SYS）
498	美国威斯康星 州10家	威斯康星大学密尔沃基分校图书馆 （UNIV OF WISCONSIN, MILWAUKEE）
499		威斯康星大学奥什科什分校图书馆（UNIV OF WISCONSIN, OSHKOSH）
500		威斯康星公共教学研究部图书馆 （WISCONSIN DEPT OF PUB INSTRUCTION）
501	美国西弗吉尼 亚州1家	贝森尼学院图书馆（BETHANY COL）

由上表中的501家图书馆名单可以发现《白毛女》英语译本在欧美世界传播的广泛程度。表格中出现了美国、英国、德国、加拿大、澳大利亚、以色列等发达国家中最为著名的中国研究机构，如普林斯顿大学、哥伦比亚大学、哈佛大学、芝加哥大学等一流中国历史、文学的研究机构附属图书馆，也有大量的国内并不熟悉的社区学院图书馆，甚至还有高中图书馆和一些音乐艺术、设计图书馆都有收藏。这个数据为我们判定《白毛女》是十七年文学作品中最有

影响力的作品之一提供了一个坚实的基础。

（二）《白毛女》在东欧的传播与影响

梳理《白毛女》获得世界影响的渠道，可以发现，在 20 世纪 50—60 年代的国际政治背景下，《白毛女》首先是在东欧、苏联等社会主义阵营内获得广泛传播，之后才是获得欧美英语世界的认知。而在东欧、苏联等阵营的广泛传播，其中官方主流传播渠道的推动是最为主要的因素

据统计，《白毛女》曾在 30 多个国家进行放映。1951 年 7 月，中国政府派出了以周巍峙为团长的中国青年文工团，参加柏林举办的"第三届世界青年和平与友谊联欢节"。代表团有 216 人，其中有歌舞、杂技、京剧，是新中国阵容最为强大、水平最高的艺术团。同时还在苏联、东欧等 9 个国家和维也纳等地巡演，历时一年有余。王昆、郭兰英、陈强等参加了此次歌剧《白毛女》的演出，最后一站是在维也纳纳斯格拉歌剧院演出歌剧《白毛女》，赢得了东欧观众的好评。

在剧中扮演喜儿的王昆，回忆在这次演出时，与捷克导演对《白毛女》的细节呈现所遇到的矛盾，可以看作是欧洲观众在用自己的思维习惯接受和理解《白毛女》。按照传播学的解释，这正是《白毛女》这部作品深入到欧洲观众的一种本土化表现。

1951 年我们访问捷克时，捷克在上演捷克斯洛伐克语的话剧《白毛女》，因为他们生活背景和我们不一样，出现了令我们想象不到的细节。杨白劳到黄世仁家后把大衣脱下来挂在衣架上。导演问我们的意见。我们说："这个不可以，没有这样的。"他说："他穿的是破衣服呀！"我们说："破衣物也没有这样的。"他说："外面下这么大的雪，进屋他怎么可以不脱外衣呢？"我说："我国的地主不会让穷佃农这样做，绝对不允许佃户的衣服挂在地主的衣架上。另外，佃户不可能外面穿着外套，他只有一件单薄的棉袄，或者只有一件破羊皮袄，室内、室外都是一件衣服。"他说："哎呀，不可理解。"还有赵大叔吃饺子的那场戏，赵大叔把喜儿和大春叫在一起说："快了"，意思是快办喜事了。中国人是两个人害羞地躲开了，捷克人演的是大春和喜儿当众抱在一起亲了一个嘴。我们说："这个不可以。"他们说："这怎么不可以呢？他们不是快结婚了吗？"我们说："中国人不能这样。"他们又说："不能理解，结婚是很

快乐、幸福的事情，他们两个人怎么反而又分开呢？"看来一个国家要完全理解另一个国家的艺术是需要一个过程的。当然，这是针对具体的生活习惯和生活细节说的。至于在反抗压迫和剥削、同情和支持弱势人群这些大的方面，《白毛女》是能够被国外人民认同并引起共鸣的。[1]

饰演杨白劳的张守维说："在奥地利剧场门前，有一个曾经找过我们'麻烦'的交通警察，当他看了《白毛女》之后，却从此向我们举手敬礼了。"曾被德国法西斯杀害了3个儿子的奥地利老大妈，跟着《白毛女》剧组，演到哪里看到哪里，临别时她曾含着热泪对演员说："我本来是没有活头了，但从你们的《白毛女》中看到了希望。我要感谢你们！"扮演黄世仁母亲的李波回忆说："1951年出访东欧，上演《白毛女》，演出结束后向演员献花，可'黄母'和'黄世仁'是得不到这种礼遇的。一次在维也纳演出后是儿童献花，当孩子手捧鲜花往台上跑时，观众席中有位老太太站起来喊：'不要给坏蛋鲜花！不要给他们！'说明无论是中国人还是外国人，无论是过去还是今天，只要走进演《白毛女》的剧场，人们都会为喜儿的悲剧命运而落泪，都会对黄世仁、黄母产生憎恨的情绪，这就是《白毛女》的灵魂所在！"[2]

1952年10月，亚太和平会议在北京隆重开幕。这是在中美对立时代里，以美国为首的西方社会对新中国进行全面封锁时代里新中国第一次主办的规模最大的国际性会议。来自世界各地的37个国家的400名代表出席了会议。10月4日晚上，参加各国会议的代表观看了歌剧《白毛女》。日本、朝鲜、印度的代表团的艺术家们在歌剧谢幕后上台给演员献花。日本代表团的小泽清说："越看眼泪越忍不住地留下来，手里拿的手绢都湿了。"[3]

1955年中国戏剧团访问法国演出之际，法国文艺杂志《Lettres Francaises》第572期（1955年6月9—16日）做了"巴黎欢迎北京"的一期专题报道。法国小说家维科尔（Vercors）对《白毛女》这样评论道：

这部作品的成功来自于形式与内容的有机结合、完美的协调。残暴凶狠的地主主宰着佃农和他们家人的生活和生命；女人没有任何目的和希望，只是作为奴隶而工作；广大农民没有文化而导致迷信，地主压制他们不让进行任何反抗，

---

[1] 转引自（日）山田晃三著，《〈白毛女〉在日本》，文化艺术出版社，2007年，第25页.

[2] 同上。

[3] 转引自（日）山田晃三著，《〈白毛女〉在日本》，文化艺术出版社，2007年，第25页.

这些民众生活的真实场景都在电影《白毛女》中再现了，通过唱腔表现出长期以来的痛苦，由此引起观众的感动。

这部歌剧用一种唤醒中国民众觉醒的方式表达农民的疾苦。这种方式包括中国民众本来就很喜爱的旧戏剧，但这部作品不仅仅是旧戏剧里的爱情故事，还有现实主义的内容，兼备激情和柔情，同时还有丰富的内容结构和鲜明的人物形象。

《白毛女》不是一部简单的娱乐作品。人民政府在实行土地革命，而土改不应是政府强迫农民实行，是要根据农民自己的意志来实行的。当时干部说服农民进行土地改革的时候，他们发现多年来的迷信和传说导致农民对于大地主的恐慌，影响到了土地改革工作。因此，这部剧具有教育他们进行改革的意义。

后来，全中国的民众唱出白毛女的悲惨生活，很高兴地接受喜儿的翻身和自己的翻身，还批判多年来束缚他们的旧道德。大家看着剧中人物表现出自己的喜怒哀乐。以至于他们到北京夏宫（万寿山）看到慈禧太后的画像，有人就喊道："这里也有那个暴躁并恶毒的年轻地主的母亲！"这说明这部作品具有非常强烈的现实主义意义。

我认为这部作品是希望的象征，让全世界人民能够接受的象征。……如果不具备民族精神、人性的关怀，那么《白毛女》对我们来说只是一个可怜的女孩儿而已。[1]

捷克斯洛伐克文化部长认为，"影片不仅有深情与优美的民歌，令人体会到中国悠久的民间艺术，而且巧妙地引用了民间传奇，动人地刻画出中国农民在封建压迫下艰苦斗争的史迹。我确信在今天反对美帝国主义的斗争中，中国农民将继续发扬他们这种坚韧不屈的顽强精神"。苏联导演瓦尔拉莫夫认为，"这个影片显示出现实主义处理体裁的方法和集合着中国戏剧的优良传统"[2]。法国电影史专家乔治·萨杜尔指出："在1949年10月1日宣告成立中华人民共和国之后的一年间，上海、北京、长春的制片厂共生产了50部电影……长春电影制片厂生产最杰出的影片就是《白毛女》，王滨和水华用现实主义的手法把一个来自国内战争中的民间传说的歌剧搬上了银幕。他们在影片中以真实感人的

---

[1] 转引自（日）山田晃三著，《〈白毛女〉在日本》，文化艺术出版社，2007年，第26页。
[2] 袁成亮、袁翠，《从歌剧到舞剧：〈白毛女〉的变迁》，《党史纵横》，2006年第6期，第32页。

笔法，描写封建地主的受害者———一个年轻女仆的痛苦遭遇。"[1]

歌剧《白毛女》1951 年获得了斯大林文艺奖二等奖，此后奖项不断。1951 年 7 月，在捷克斯洛伐克，《白毛女》获得第六届拉罗维·发利电影节的"特别荣誉奖"。1957 年电影《白毛女》获得 1949 年至 1955 年中国文化部优秀影片一等奖。其剧本最早被翻译成为东欧等社会主义国家阵营的语言，苏联、东欧、日本纷纷将《白毛女》搬上舞台。1952 年 6 月，莫斯科瓦赫坦格夫剧院演出《白毛女》，1959 年 12 月，由锡中友协和罗哈纳戏剧协会共同主办，在锡兰（今斯里兰卡）首都科伦坡用僧伽罗语演出了《白毛女》。

（三）《白毛女》在日本的传播与影响 [2]

限于新中国成立之初的东西方社会严重对立的国际政治格局的影响，《白毛女》最初主要在苏联、东欧等社会主义阵营内进行传播。除此之外，《白毛女》在日本的影响最大，这其中主要得益于中日一衣带水的地理因素以及人文交往的历史传统影响。

通过表 4 可知，《白毛女》的日译本在日本 1200 家图书馆系统收藏最多的一个版本是岛田正雄的译本，在 1952 年由日本未来社出版。译者岛田政雄，1912 年生人，日本著名的社会活动家、翻译家，日中友好协会顾问。1928 年鸟取第一中学毕业后，曾从事手艺劳动，后来到中国生活居住 20 多年，1941 年在上海上崎经济研究所工作，1945 年日本战败后回到日本，1948 年参加日本中国文化研究所，1949 年创办日中友好协会，任常任理事，1954 年任日中友好协会宣传部长，1961 年曾访问中国，受到毛泽东主席的接见，1963 年参加日本共产党主办的《中国革命文学选》编辑委员会，1966 年任日中友好协会常任理事，1967 年脱离日本共产党，1970 年担任中国研究所的《新中国年鉴》编纂。曾翻译过多部中国文学作品，主要著作有《西藏之行》《青年毛泽东》《中国新文学入门》等图书。

《白毛女》日译本的出版社未来社为日本左翼出版社，由西谷能雄创办于 1951 年，最初主要以剧本、民间传说等内容的图书出版为主，后来逐步拓展到

---

[1]（法）乔治·萨杜尔著，徐昭、胡承伟译，《世界电影史》，中国电影出版社，1995 年，第 565 页。
[2] 杨珍珍、诸葛蔚东对于本部分文字亦有贡献——笔者注。

政治、经济等社会科学领域学术图书出版，近些年哲学、历史、文学以及艺术批评类图书比重逐渐增加。是日本比较知名的一家左翼出版机构。

表格 4：《白毛女》日译本（岛田正雄，45 家）日本收藏图书馆一览表

序号	日本收藏图书馆名单
1	爱知大学 车道图书馆
2	爱知大学 丰桥图书馆
3	爱媛大学图书馆
4	追手门学院大学 附属图书馆
5	大阪府立大学 学术情报中心
6	冈山大学 附属图书馆
7	茶之水女子大学图书馆
8	鹿儿岛大学附属图书馆
9	金沢大学 附属图书馆玲木文库
10	九州大学 附属图书馆
11	九州大学 附属图书馆 伊都图书馆
12	京都大学 经济学部 图书室
13	京都文教大学 图书馆
14	岐阜大学 图书馆
15	群马工业高等专门学校图书馆
16	高知大学 综合情报中心图书馆
17	神户市外国语大学 学术情报中心图书馆
18	神户大学 附属图书馆 人类科学图书馆
19	神户大学 附属图书馆 综合图书馆 国际文化学图书馆
20	佐贺大学 附属图书馆
21	滋贺县立大学 图书情报中心图书馆
22	滋贺大学 附属图书馆 教育学部分馆图书馆
23	静冈大学 附属图书馆

24	岛根大学 附属图书馆
25	专修大学图书馆
26	中央大学 中央图书馆 中国言语图书馆
27	东京艺术大学 附属图书馆 小泉室
28	东京大学 东洋文化研究所图书馆
29	东北大学 附属图书馆本馆
30	德岛大学 附属图书馆
31	鸟取大学 附属图书馆
32	长崎大学 附属图书馆
33	名古屋大学 附属图书馆
34	奈良女子大学 学术情报中心图书馆
35	日本大学 艺术学部图书馆
36	日本大学 文理学部图书馆
37	一桥大学 附属图书馆
38	广岛大学 图书馆 中央图书馆
39	福冈教育大学 学术情报中心图书馆
40	福岛大学 附属图书馆
41	文教大学 越谷图书馆
42	北海学园大学 附属图书馆
43	宫崎大学 附属图书馆
44	明治大学图书馆本馆
45	和光大学 附属梅根纪念图书·情报馆

表中的图书馆名单中，几乎都是日本最为著名的大学，其中包含专业研究中国的学术机构和开设中国文学、历史专业的大学。如日本爱知大学是从事中国研究最为专业的研究机构，其前身是日本侵略中国时在上海设立的东亚同文书院。《白毛女》在日本的影响获得，主要得益于中日两国间的文艺界友好人士的积极推动，在极为特殊的国际背景下，这部作品也成为改善中日国际政治关系的一个文化事件。

在 20 世纪 50 年代初期，中日之间并无官方交流。1952 年，历经艰辛摆脱日本政府阻挠、成功访华的政界友好人士帆足计、宫腰喜助及高良富来到中国后，从中方获赠电影《白毛女》拷贝，并将其带到日本。当时虽然承诺不公开放映，但在日中友好协会的努力下，电影《白毛女》经常在东京的小型集会上播放。

《白毛女》的公演在当时的日本面临巨大的挑战。中日之间经历了长期的战争，再加上双方分别属于社会主义和资本主义两个对立的阵营，战后 20 世纪 50 年代日本和中国官方交往几乎处于完全断绝状态。1952 年 4 月日本政府与台湾方面签订了《日华和平条约》，拒绝承认中华人民共和国的正当合法地位。然而，日本民间却对中国非常关注。以日中友好协会为代表，包括左翼知识分子及产业工人、青年学生在内的知识阶层对新中国的革命斗争模式及成功持赞同、憧憬的态度；而朝鲜战争过后，日本作为美国军用物资基地给经济带来的推动作用呈现颓势，经济界人士希望通过与中国建立经济合作关系，以此作为日本经济发展的另一个新推动力。因此，日本民间有深厚的对华友好基础，主张中日尽早建交的呼声也是首先发轫于民间。

在这种背景下，1952 年，中方将电影《白毛女》拷贝交由帆足计等三位政界友好人士带回日本，其实有着明确的政治意图。歌剧《白毛女》最早上演于 1945 年 4 月，其时抗日战争即将结束，中国及中国人民面临着走向哪条道路的抉择。在当时中国农民占国民数量的百分之九十以上，能否取得国民革命胜利的关键就在于能否获得农民的支持。而对于农民来说，最重要的就是土地所有权。在这种背景下，中国共产党中央于 1946 年发出《五四指示》，将土地政策由抗日战争时期的"减租减息"更改为"耕者有其田"，规定农民拥有土地所有权，这极大地调动了农民参加革命的积极性，赢得了农民对中国共产党的支持，并最终掌握了政权，确立了中国共产党政权的正当性和合法性。

电影《白毛女》最重要的一个主题便是宣传土地政策，表明在中国共产党的领导下，农民掌握了土地所有权，积极支持中国共产党的领导，中国共产党的领导权是在以农民为主的普通大众的支持下获得的，是人民根据自己的意愿做出的选择。中国共产党选择在此时期将《白毛女》交由士帆足计等人带回日本，主要并非像山田晃三所言的"把正确的新中国形象传达给日本"[1]，而是包含着

---

[1] 山田晃三著，《〈白毛女〉在日本》，文化艺术出版社，2007 年版，第 102 页。

向不认可中国共产党领导下的中华人民共和国的日本宣示自己政权的正当性与合法性的意图。

士帆足计等人将电影《白毛女》拷贝带回日本后，随即在日本各地展开小规模的放映。据统计，从 1952 年秋天到 1955 年 6 月，在日本观看电影《白毛女》的观众达 200 万人[1]，放映范围覆盖东京等大城市及附近地方的农村，非常广泛。1955 年 12 月 6 日，电影《白毛女》由"独立映画株式会社"正式发行，由此得以公映，观众范围进一步扩大。

中国研究学者竹内实在给山田晃三的手记中，回忆了他首次于东京大学驹场大礼堂观看到《白毛女》的场景[2]。他表示并不知道为何东京大学会播放《白毛女》电影，后来则经常由日中友好协会在东京开会的会场播放，且收取一定的租金。更为值得我们注意的是，该电影当时尚无日文字幕，是由懂汉语的人手持话筒在播放过程中同步翻译，仅竹内实就曾经担任过六七次现场翻译。没有日文字幕，收取租金，但仍能多次在会议上放映，这本身就体现出大城市的知识分子、青年学生等对《白毛女》的喜爱，他们渴望通过《白毛女》了解中国。

电影评论家久松公曾主持过多场《白毛女》观影座谈会，并记录下不同阶层、不同地域、不同教育程度的观众对《白毛女》的不同反映。在此，我们摘抄其中几个具有代表性的例子：当演到大春被红军战士救下并来到解放区的场面时，鼓掌的大都是城市的知识分子，也有不少参加工会的非基础产业的工人。中农、贫民、外地工人和城市的产业工人则只是放心地舒了一口气，掌声稀疏。当演到喜儿和大春在山洞里见面的场面时，农村观众中响起暴风雨般掌声的同时，还伴有激烈的哭泣声。在城市放映时却没有什么反映，到了下一个人民审判的场面才有掌声[3]。

从竹内实及久松公的记载中，我们明显可看出在大城市的知识分子及产业工人与普通农民对《白毛女》的反映完全不同，在探讨《白毛女》在日本的传播时，必须从不同的阶级立场出发进行考察。

1897 年，片山潜创建日本第一个工会组织"劳动组合期成会"，并创办《劳动世界》杂志后，日本工人有了自己的组织，在思想上受马克思主义指导。至

---

[1] 山田晃三著，《〈白毛女〉在日本》，文化艺术出版社，2007 年版，第 111 页。
[2] 山田晃三著，《〈白毛女〉在日本》，文化艺术出版社，2007 年版，第 103—104 页。
[3] 久松公（1953）「白毛女」合评会のメモ（J），ソヴエト映画 4(1)，P24。

20 世纪 50 年代，产业工人阶级在日共及工会的领导下，从经济斗争上升至政治斗争，对于日本"事实殖民于"美国的现状不满，积极组织各种形式的运动，抵制《日美安保条约》。可以说，日本左翼知识分子及受工会教育的产业工人具备了普遍的大众意识、人道情怀和革命理想，更多的是从阶级意识的角度出发观看《白毛女》，从中看到了武装斗争的必要性与合理性，看到了新中国在共产党的领导下的巨大改变与日益强大。因而他们会对大春参加解放军、人民公审地主等具有明确革命意义的事件产生共鸣。然而，他们对喜儿和大春重逢却并无感动，穆仁智在杨白劳尸体面前把土地契约展示给农民看时，他们也没有什么反映 [1]。他们并无在农村生活的实际经验，不懂得地契对于农民是何等重要。同时，左翼知识分子及城市产业工人关注的并非是某个单独的个体的痛苦，而是将这些遭受苦难的个体归结为一个被剥削阶级，而且他们的关注点不在被剥削阶级，而是关注中国共产党对被剥削阶级的领导。因而，通过《白毛女》，他们看到了通过武装斗争打倒剥削阶级、解放被剥削阶级的重要性，看到了中国共产党通过武装斗争确立政权的正当性。他们是从权力话语层面来观看《白毛女》的，这也符合中国共产党向日本输出电影《白毛女》的意图。

与左翼知识分子与产业工人不同，农民在观看电影《白毛女》时，更多的是关注大春与喜儿的个人情感、影片中每一个人物（包括黄世仁）的生命权。比如，当喜儿走到河边时，农民都发出"啊啊……"的声音表示担心，看到喜儿往山里爬去时，他们又发出"太好了""得救了"之类的庆幸；当演到杨白劳喝卤水自杀的场面时，农村的观众同时发出"啊，死掉了"的感叹；在判决黄世仁时，他们又感慨"不用那么过分吧……" [2]。

对于地主被判决，他们表示同情，对于杨白劳与喜儿悲惨的命运，他们也表示同情。可见，农民们在欣赏《白毛女》时，是从个人情感出发，将其当作描述个体命运的故事，其中的武装斗争、阶级意识等该影片最主要的创作意图并未很好地传达至他们。其主要原因就在于日本的农地改革的形式。20 世纪 50 年代，美国在日本推行了一系列民主化政策，其中针对农村最主要的是推行农地改革。其主要内容是由政府出面强制收购地主的土地，再以低价将土地出售

---

[1] 久松公（1953）「白毛女」合评会のメモ（J），ソヴェト映画 4(1)，P24。
[2] 久松公（1953）「白毛女」合评会のメモ（J），ソヴェト映画 4(1)，P24。

给更多的佃户。这种温和的自上而下实现"耕者有其田"的形式使得未曾受过阶级教育的日本农民对于地主并没有斗争的意识。农民们看到烧毁土地契约的时候纷纷点头，因为他们从自身的经历出发知道唯有获得土地所有权，才能安心地作为农民耕种属于自己的土地，才能活下去。

从上可见，日本左翼知识分子及产业工人在观看《白毛女》过程中，很好地领悟了中国共产党通过该影片试图传达的政治意图，他们意识到新中国在中国共产党领导下变得日益强大，甚至成为可以与美国、苏联抗衡的大国，也激发了他们效仿中国，通过武装斗争摆脱对美国的依附、实现完全独立的理想。而农民阶层则未从政治上的权力话语层面观看《白毛女》，而是将其视为发生在自己身边的故事，对每一个遭受不幸的人表示同情。可以说，吸引到农民阶层的，是《白毛女》的故事情节和个人情感。

1952 年，松山芭蕾舞团团长清水正夫在东京江东区的一个小会堂中观看了电影《白毛女》，深受感动的他携夫人即知名的芭蕾舞艺术家松山树子再次观看，随后二人决定将电影版《白毛女》改编为芭蕾舞版《白毛女》。1955 年 2 月，松山芭蕾舞团的芭蕾舞版《白毛女》在日本公演。

虽然清水正夫是在看完电影《白毛女》后决心将其改编为芭蕾舞剧的，但他们改编的母本却是歌剧版。有关改编方针，松山树子在之后的回忆《从歌剧到芭蕾》中表示："妇女解放等大主题也多少有些，但最主要的还是朴素氛围中令人感动的故事。"[1] 基于这样的理解，在最初版本中，他们做出了如下几个重大改动：一、将由杨白劳买给喜儿的红头绳改为由大春买给喜儿，这也成为后来大春认出变成"白毛女"的喜儿的关键道具；二、对于黄世仁的处理是将其"驱逐出境"，而未将其处决；三、在结尾处，大春高举喜儿，青年农民也将各自的情侣高高举起，以爱情昭示人们对新生活的向往。从上述改编我们可以看出，松山芭蕾舞团的《白毛女》是将大春与喜儿的爱情作为叙述线索，弱化了原歌剧及电影中着重表达的阶级斗争色彩，这种处理方式更加符合普通日本人的审美趣味，"观众们都被主角喜儿在任何环境中都不灰心、不气馁、生机勃勃、英姿飒爽地生存下去、与时代斗争的精神所感动，认为她即便青丝变

---

[1] 松山树子（1992）オペラからバレエに——「白毛女」の场合（J），悲剧喜剧 45(3)，P25。

白发也非常美丽，首演因此大获好评并取得巨大成功"[1]。可见松山芭蕾舞团的《白毛女》让日本观众感动的主要原因并非阶级斗争，而是喜儿的坚强与韧性。但这种改编尤其是对于黄世仁的处理方式，让对《白毛女》故事耳熟能详并深受阶级教育的中国观众感到"颇为不解"[2]。但是，我们不应要求松山芭蕾舞团跟中国观众以同样的情感看待《白毛女》，不同的社会文化背景之下成长起来的观众的审美意识会相应有所不同，而正是这种不同的解读与改编使得《白毛女》能够打动日本观众的心，至今仍是日本松山芭蕾舞团的看家剧目之一。

1958 年，松山芭蕾舞团携芭蕾舞版《白毛女》首次来华演出，在中国也引起极大轰动。松山芭蕾舞团于 1971 年第二次来中国演出《白毛女》，此时正值"文化大革命"中期。之前的 1966 年，上海舞蹈学校改编的芭蕾舞剧《白毛女》被确立为八个样板戏之一。是年江青在上海召开部队文艺座谈会上，发布《纪要》称"坚决进行一场文化战线上的社会主义大革命"。在此背景下出现的上海舞蹈学校版《白毛女》强化了阶级斗争意识，大春和喜儿的爱情被删减，杨白劳不是自杀而是经过了与地主阶级的斗争死去，喜儿没有被黄世仁玷污，最终喜儿与大春一起参加八路军，投身到解救全体穷人的革命中。

当时来华演出的松山芭蕾舞团的《白毛女》，如果继续以大春与喜儿的爱情为主线的话，就无法让中国观众满意。所以，他们顺应时势做出调整，"从学习江青女士指导、在'文革'中完成的《白毛女》中学到很多，更主要的是贯彻毛泽东思想，基于《延安文艺座谈会上的讲话》，将松山芭蕾舞团《白毛女》改编为以解放日本人民为目标的日本《白毛女》"[3]，将自己版本中由大春交给喜儿的象征着爱情的红头绳改为由大春母亲给喜儿，从舞蹈动作及面部表情增加喜儿的反抗色彩，让喜儿与大春一起参加革命等，这些改编迎合了当时中国的社会形势及中国观众的情感需求。然而，政治上的权力话语过度压制叙事话语的做法只能在特定的时期内得到认可。

1971 年在中国公演《白毛女》后，松山芭蕾舞团尽管仍有数次访华演出，但未再公演《白毛女》，在日本也只是于 1974 年在北海道厚生年金会馆公演过。直至 2011 年第十三次访华演出之际，松山芭蕾舞团在清水哲太郎的主导下，第

[1] 森山洋子：http://www.focus—asia.com/socioeconomy/economic_exchange/360687/
[2] 白秀峰（2011）《日本松山芭蕾舞团与中国》，《炎黄纵横》2011 年第 5 期，第 28 页。
[3] 清水正夫（1970）バレエ「白毛女」の創造（J），アジア経済旬報 (802)，P19。

三次改编《白毛女》，将这些应合当时政治形势做出的修改复原，主要仍然表现以喜儿为代表的穷苦人民在任何恶劣环境中都不妥协、抵抗到底的精神。

在两国官方尚未建立外交关系甚至互相敌视的时期，松山芭蕾舞团也从未断绝与中国的来往。他们一方面通过自己的努力克服重重困难，以芭蕾艺术的形式向日本民众描绘新中国的形象，另一方面也向中国观众普及芭蕾舞艺术，并表达了日本普通民众对中国的友好态度。以松山芭蕾舞团为代表的日本艺术团体，及以上海舞剧团、中国京剧团等为代表的中国艺术团体在两国尚未建交之前，通过艺术的形式加强民间交流，增进了两国人民之间的互相理解，为官方交流奠定了坚实的民间基础。

总之，《白毛女》70年对外传播历程留给今天的启示是颇多的。第一是具有时代精神的文艺作品才能具有广泛的世界影响，这是一部文艺作品获得广泛知名度的前提；第二是文艺作品必须要适应接受对象的需求，用介绍对象喜闻乐见的方式去传播，才能深入人心。这从《白毛女》的歌剧、芭蕾舞、电影等方式的传播所获得的传播效果就可以发现。特别是日本松山芭蕾舞团演绎日本版的《白毛女》，更是一部文艺作品在异域传播的一个佳话，也是传播效果最好的证明。时至今日，松山芭蕾舞团的《白毛女》仍是连接中日文化交流的纽带，该剧在促进中日建交等方面起到了积极作用。2011年，由清水正夫的儿子清水哲太郎第三次重新编排的芭蕾舞剧新《白毛女》在北京公演，以此纪念中日恢复邦交40周年。第三，在传播渠道上，新中国与苏联、中东欧国家在20世纪50年代建立的社会主义同盟关系，中国与日本一衣带水的地理因素和数千年间形成的人文交流历史传统，使《白毛女》最先在这两个国家、地域传播开来，并因此传播到欧美世界。总之，文学作品的时代精神、文学作品喜闻乐见的传播方式，是一部普通文学作品所以能够成为文学经典的前提与基础。《白毛女》在欧美英语世界、在苏联和东欧国家以及在日本的传播与影响的相关历程，再次证明了这一点。

第二章 《小二黑结婚》在世界的传播与影响

　　《小二黑结婚》是作家赵树理写于 1943 年 5 月的短篇小说，截至 2017 年，《小二黑结婚》这部短篇小说在海内外传播已有 70 年的历程，一部短篇小说确立作家赵树理在中国当代文学史的历史地位，并因此成为文学史上的经典名篇。梳理《小二黑结婚》这部作品获得世界影响的途径、渠道以及传播效果的梳理，十分具有意义。

　　小说源于作者亲身经历的一个悲剧事件。但在这部作品中，作家把恋爱与婚姻自由的问题，作为时代主题提了出来。作品主要梗概是，太行山区某村青年小二黑与同村姑娘小芹，二人自两三年前起相爱，可是小二黑的父亲二诸葛，是个连种地都要论阴阳八卦的人，讲究迷信，他因此说是两人的命相不对，反对他们结婚，并打算把早就养在家里的童养媳（为了长大给儿子做媳妇而买来的少女）配给小二黑。而小芹的母亲三仙姑从年轻时候起，就是一个水性杨花的人，已有四十五岁了，仍旧浓妆艳抹，意在引起村里的青年们的注意，然而青年们只是围着她的女儿转，根本不把她放在眼里。她很想快些把女儿许配于人，可是如果许配给小二黑，那么她自己就得对村里的头号美男子小二黑死心不可。所以，她决定把小芹许配给过去在阎锡山部下当过旅长的一个人，连彩礼都收了。小芹当然不同意这样做。在这之前，县里给这个村子派了村长，建立了新政权，可是因为日本军队的"扫荡"而引起的混乱，持续了好几个月，刚刚才安定下来，所以村长还忌讳大肆活动。趁这样的机会，过去有势力的人家的儿子金旺，和他的堂弟兴旺钻进了新政权里，欺骗村长，把持着村子里的权力。金旺本来有妻子，却向小芹求爱，由于受到小芹的拒绝，他因此耿耿于怀，准备对小二黑和小芹实行报复。就在这时候，小芹拒绝接受母亲包办的婚事，与小二黑在村里崖下的大窑里商议对策，金旺一伙趁机闯了进来，以私通为名，将小二黑和小芹押解到区上。但是，区里根据新的婚姻条例，承认两人的婚姻，还叫来二诸葛和三仙姑，多方规劝。在区的领导下，村子里召开了群众大会，这一回，村民们也都纷纷地起来揭露金旺和兴旺的恶德败行。根据这两个人的罪行，他们被判处了十五年徒刑，村里的反动势力一扫而光。二诸葛和三仙姑也开始醒悟了，小二黑和小芹则终成眷属，被人们称为村里的第一对好夫妻。

从以上的梗概可以明显地看出，这篇小说通过两个年轻人的恋爱与婚姻问题，描写了农村社会的变革。在书里有站起来的、斗争的、欢笑的农民的形象，正面描写的不是保守而是进取，不是叹息而是喜悦的形象。

这篇小说以提倡婚姻自主、反对封建买卖包办为主题，在出版前后恰好呼应了毛泽东《在延安文艺座谈会上的讲话》精神，实现了毛泽东倡导的"新鲜活泼的，为中国老百姓所喜闻乐见的中国作风和中国气派"的表现手法。而赵树理其实并没有出席延安文艺座谈会，但这部作品在1943年一出版就获得了广泛的知名度，被称为大众化、民族化的文学作品代表。不仅在国内的抗日根据地及国统区收获了大量的读者，该小说也陆续传播至海外，引起了强烈的反响。所以，当年不远万里从美国赶来采访的美国记者杰克·贝尔登对作家赵树理这样评价："这个其貌不扬的人，可能是共产党地区中除了毛泽东、朱德之外最出名的人了。其实，他早已闻名全中国。他就是作家赵树理。"[1] 赵树理的作品，也受到了国统区的作家、评论家们的重视，赵树理成了整个文坛议论的中心。在全国各地的大学中，出现了阅读赵树理作品的读书小组，开展了讨论活动。这种现象，在中国当代文学来说，都是史无前例的。

---

[1]（美）杰克·贝尔登著，丘应觉等译：《关于赵树理》；《中国震撼世界》，北京出版社，1980年，转载于黄修己编：《赵树理研究资料》，北岳文艺出版社，1985年，第32页。

第一节 《小二黑结婚》的版本、译本

《小二黑结婚》于 1943 年 5 月间完稿，于 1943 年 9 月由华北新华书店发行初本。《小二黑结婚》一问世便迅速风靡解放区，半年间发行 4 万册。据称这个数字创造了当时新华书店出版的文学书籍的最高纪录。这部作品之所以出人意料地博得读者的好评，主要是率先开创了以恋爱、婚姻问题为主题的先河，树立了解放区文学创作的典范。《小二黑结婚》所获得的声誉不仅确立了赵树理的创作方向，如《李有才板话》描写了围绕"减租减息"而发生的农村阶级斗争，而且该作品也成为丁玲的《太阳照在桑干河上》（1949年）和周立波的《暴风骤雨》（1949 年）等以土地改革为主题的长篇小说的先行者。

（一）《小二黑结婚》的中文版本、体裁

《小二黑结婚》的中文版本，自 1943 年至 2017 年，至今已有 70 年时间。根据 OCLC 书目数据库检索可知影响力较大的中文版本。详见下表 5。

表格 5：《小二黑结婚》70 年的版本、体裁一览表

序号	名称	体裁	署名	出版时间	出版社
1	小二黑结婚	图书	赵树理	1943 年	华北新华书店
2	小二黑结婚（收入《李有才板话》）	图书	赵树理	1946 年	大连：大众书店
3	小二黑结婚（收入《李有才板话》）	图书	赵树理	1946 年	希望书店
4	小二黑结婚	图书	赵树理	1947 年	安东（今丹东）：辽东书店
5	小二黑结婚	图书	赵树理	1947 年	中国香港：新民主出版社
6	小二黑结婚（插图本）	图书	赵树理	1948 年	沈阳：东北画报社

7	小二黑结婚	图书	赵树理	1949 年	苏中韬奋书店
8	小二黑结婚	图书	赵树理	1949 年	晋冀鲁豫书店
9	小二黑结婚（评戏剧本）	计算机文档	曹克英	1950 年	沈阳：东北戏曲新报社
10	小二黑结婚	图书	米谷	1950 年	上海：大众美术出版社
11	小二黑结婚	图书	赵树理、卜寿怀	1950 年	北京：新中国书店
12	小二黑结婚（六幕话剧）	计算机文档	赵树理、于村	1952 年	北京：文化生活出版社
13	小二黑结婚	图书	梧州实践越剧团	1952 年	广州：成泰书局
14	小二黑结婚（六幕话剧）	图书	赵树理、于村	1952 年 1977 年	北京：文化生活出版社
15	小二黑结婚	图书	赵树理、房公秩	1953 年	北京：人民文学出版社
16	小二黑结婚	图书	赵树理	1955 年	北京：通俗读物出版社
17	小二黑结婚	计算机文档	高介云、张万一	1955 年	北京：通俗读物出版社
18	小二黑结婚	图书	赵树理	1955 年	中国香港：港九百货商店职员会中乐班编印
19	小二黑结婚（评剧）	图书	曹克英	1956 年	北京：宝文堂书店
20	小二黑结婚	图书	赵树理	1956 年 1967 年	东京：大学书林书店
21	小二黑结婚	图书	赵树理、马可、田川、杨兰春	1957 年	北京：中国戏曲出版社
22	小二黑结婚	计算机文档	赵树理、马可、田川、杨兰春	1957 年	北京：中国戏曲出版社
23	小二黑结婚（五场歌剧）	图书	赵树理	1967 年	北京：中国戏剧出版社

24	小二黑结婚（七场豫剧）	图书	赵树理	1979 年	郑州：河南人民出版社
25	小二黑结婚	计算机文档	赵树理	1992 年	太原：北岳文艺出版社
26	小二黑结婚	VCD	宫静、周丹	1998 年	石家庄：河北百灵音像出版社
27	小二黑结婚	录像带	赵树理、干学伟、石一夫、孟庆鹏、池宁、娆滨、乔谷、俞平、杨建业	1999 年	北京：中国录音音像总社
28	小二黑结婚	计算机文档	赵树理	2000 年	北京：作家出版社
29	小二黑结婚	图书	赵树理、房公秩	2000 年	北京：作家出版社
30	小二黑结婚	DVD	赵树理、干学伟、石一夫、赵树理、俞平、杨建业	2002 年 2004 年	北京：中影音像出版社、广东俏佳人文化传播有限公司
31	小二黑结婚（收入《李有才板话》）	图书	赵树理	2009 年	北京：人民文学出版社
32	小二黑结婚	图书	赵树理、徐建华	2010 年	北京：华夏出版社
33	小二黑结婚	计算机文档	赵树理	2010 年	天津：花城出版社

　　通过上表 5 可以发现，《小二黑结婚》迄今为止共有 33 个版本，其中分别有小说、剧本，体裁上有录像带、VCD 和 DVD、计算机文档（指互联网在线阅读的文本，含数据库和电子书）。其中影响最大的是 2002 年由中影音像出版社出版、广东俏佳人文化传播有限公司总经销的 DVD，在全世界收藏图书馆为16 家，远远超过人民文学出版社 1953 年版的 9 家、作家出版社 2000 年版的 10家图书馆。

　　1949 年之前，《小二黑结婚》的版本有：1946 年由希望书店出版的《李有才板话》编入了《小二黑结婚》；中国香港新民主出版社 1947 年版；中国香港南方学院于 1948 年出版的《小二黑结婚演出手册》；同年，东北画报社也出版了《小二黑结婚：插图本》；1949 年，由天津新华书店出版的《李有才板话》中也编选了《小二黑结婚》；此外，苏中韬奋书店也在此期间发行了一本 23 页的《小二黑结婚》。

1949 年新中国成立后，《小二黑结婚》陆续出版了许多版本。1952 年，北京文化生活出版社出版了《小二黑结婚：六幕话剧》；1953 年人民文学出版社首次出版了《小二黑结婚》，该出版社于 1979 年在《李有才板话》的第二版中又收编了《小二黑结婚》；到了 21 世纪，《小二黑结婚》的影响力也依然经久不衰，多家出版社又推出了新版本：北京作家出版社 2000 年第 1 版《小二黑结婚》，此后的 2008 年又出版了新版本；华夏出版社在 2010 年出版了《小二黑结婚》。

（二）《小二黑结婚》的外文译本及传播范围

《小二黑结婚》自 1950 年 7 月小说被译成俄文，在苏联文艺杂志《星》上发表；同年 10 月又译成越南文在越南出版；1951 年罗马尼亚翻译出版了《小二黑结婚》的罗马尼亚文版；法国作家亨利·卡逊把小说译成法文，改名为《患神经病的父母》在法国一家杂志上发表。据统计，赵树理的《小二黑结婚》还被译为印度尼西亚、捷克、匈牙利等国文字。但根据笔者依据 OCLC 数据库的检索发现，迄今为止，仍然流通的仅有英文、俄文、日文、罗马尼亚、法文、匈牙利文等不足 10 个语种的信息。从版本看，其中日本出版了 7 种，苏联出版了 6 种，东欧国家出版了 6 种。

其中英文的传播面最为广泛。外文出版社将《小二黑结婚》翻译为 *The Marriage of young Blacky*，并将该小说选编进了 1966 年第 4 版的 *Rhymes of Li Yu—tsai and other stories* 和 1980 年第 5 版的 *Rhymes of Li Youcai and other stories*；另一家文化出版社（Cultural Press）将《小二黑结婚》译为 Hsiao Erh—hei's marriage，并于 1950 年将其收入 *Rhymes of Li Yu—tsai and other stories* 的第 5 版。1966 年，外文出版社又将《小二黑结婚》又以 Marriage of Young Blacky 的形式被翻译成书，但"文革"期间的版本影响不大，该版本只在瑞士苏黎世大学图书馆有收藏。外文出版社 1980 年版和文化出版社（Cultural Press）的 1950 年版，这两个译本由世界上最大图书和音像制品供应商贝克和泰勒公司（Baker and Taylor）发行，在海外的馆藏量都非常可观，达到 90 家图书馆。具体见下表 6。

表格 6：《小二黑结婚》的英译本（90 家）世界收藏图书馆一览表

序号	国家、地区	图书馆名称
1	澳大利亚 7家	科夫港城市图书馆服务系统（COFFS HARBOUR CITY LIBR & INFO SERV）
2		迪肯大学图书馆（DEAKIN UNIV）
3		麦考瑞大学图书馆（MACQUARIE UNIV）
4		默多克大学图书馆（MURDOCH UNIV LIBR）
5		新南威尔士州立学术图书馆（STATE LIBR OF NSW GEN REFERENCE）
6		新威尔士大学图书馆（UNIV OF NEW S WALES）
7		南昆士兰大学图书馆（UNIV OF SOUTHERN QUEENSLAND）
8	巴巴多斯 1家	西印度大学图书馆（UNIV OF THE W INDIES）
9	加拿大 12家	阿尔伯塔大学图书馆（UNIV OF ALBERTA）
10		卡尔加里大学图书馆（UNIV OF CALGARY LIBR）
11		英属哥伦比亚大学图书馆（UNIV OF BRITISH COLUMBIA LIBR）
12		北英属哥伦比亚大学图书馆（UNIV OF NORTHERN BRITISH COLUMBIA LIBR）
13		马尼托巴大学图书馆（UNIV OF MANITOBA）
14		蒙特爱立森大学图书馆（MOUNT ALLISON UNIV）
15		纽芬兰纪念大学伊丽莎白二世图书馆（MEMORIAL UNIV/NEWFOUNDLAND, ELIZABETH II）
16		女王大学图书馆（QUEENS UNIV LIBR）
17		多伦多公共图书馆（TORONTO PUB LIBR）
18		麦吉尔大学图书馆（MCGILL UNIV）
19		里贾纳大学图书馆（UNIV OF REGINA）
20		萨斯喀彻温大学图书馆（UNIV OF SASKATCHEWAN LIBR）
21	德国1家	FASK 图书馆（FASK—BIBLIOTHEK）

22	英国5家	伦敦大学亚非学院图书馆（SOAS UNIV OF LONDON）
23		格拉斯哥大学图书馆（UNIV OF GLASGOW LIBR）
24		利兹大学图书馆（UNIV OF LEEDS）
25		诺丁汉大学图书馆（UNIV OF NOTTINGHAM）
26		牛津大学图书馆（UNIV OF OXFORD）
27	中国香港1家	中国香港大学图书馆（UNIV OF HONG KONG）
28	牙买加1家	西印度大学莫娜分校图书馆（UNIV OF THE W INDIES, MONA CAM）
29	荷兰1家	阿姆斯特丹大学图书馆（BIBLIOTHEEK UNIVERSITEIT VAN AMSTERDAM）
30	新西兰6家	诺克斯学院图书馆（KNOX COLLEGE）
31		梅西大学图书馆（MASSEY UNIV LIBR）
32		新西兰国家图书馆（NATIONAL LIBR OF NEW ZEALAND）
33		奥克兰大学图书馆（UNIV OF AUCKLAND LIBR）
34		坎特伯雷大学图书馆（UNIV OF CANTERBURY LIBR）
35		维多利亚大学惠灵顿图书馆（VICTORIA UNIV OF WELLINGTON LIBR）
36	菲律宾1家	圣卡洛斯大学图书馆（UNIV OF SAN CARLOS）
37	新加坡3家	跨文化戏剧研究院（INTERCULTURAL THEATRE INST）
38		南洋理工大学图书馆（NANYANG TECHNOLOGICAL UNIV）
39		国立教育研究院（NATIONAL INST OF EDUC）
40	泰国1家	朱拉隆功大学图书馆（CHULALONGKORN UNIV LIBR）
41	美国加州9家	加州州立大学克莱门特分校图书馆（CALIFORNIA STATE UNIV, SACRAMENTO）
42		奥克兰公共图书馆（OAKLAND PUB LIBR）
43		圣地亚哥州立大学图书馆（SAN DIEGO STATE UNIV LIBR）

44	美国加州 9家	旧金山公共图书馆（SAN FRANCISCO PUB LIBR）
45		旧金山州立大学图书馆（SAN FRANCISCO STATE UNIV LIBR）
46		圣塔巴巴拉城市学院图书馆（SANTA BARBARA CITY COL LIBR）
47		加州大学南部联合分校图书馆（UNIV OF CALIFORNIA S REG LIBR FAC）
48		加州大学洛杉矶分校图书馆（UNIV OF CALIFORNIA, LOS ANGELES）
49		南加州大学图书馆（UNIV OF SOUTHERN CALIFORNIA）
50	康涅狄格 州2家	卫斯理大学图书馆（WESLEYAN UNIV）
51		耶鲁大学图书馆（YALE UNIV LIBR）
52	哥伦比亚 特区2家	乔治敦大学图书馆（GEORGETOWN UNIV）
53		国会图书馆（LIBRARY OF CONGRESS）
54	乔治亚州 2家	埃默里大学图书馆（EMORY UNIV）
55		佐治亚州立大学（GEORGIA STATE UNIV）
56	爱荷华州 1家	爱荷华大学图书馆（UNIV OF IOWA LIBR）
57	爱达荷州 1家	杨百翰大学爱达荷图书馆（BRIGHAM YOUNG UNIV, IDAHO）
58	伊利诺伊 3家	伊利诺伊州立大学图书馆（ILLINOIS STATE UNIV）
59		南伊利诺伊大学爱德华图书馆 （SOUTHERN ILLINOIS UNIV AT EDWARDSVILLE）
60		芝加哥大学图书馆（UNIV OF CHICAGO）
61	印第安纳 州1家	高盛学院图书馆（GOSHEN COL）
62	马萨诸塞 州3家	哈佛大学哈佛学院图书馆（HARVARD UNIV, HARVARD COL LIBR）
63		哈佛大学燕京图书馆（HARVARD UNIV, YENCHING LIBR）
64		韦尔斯利学院玛格丽特图书馆 （WELLESLEY COL, MARGARET CLAPP LIBR）
65	缅因州2 家	科尔比学院图书馆（COLBY COL）
66		科尔比学院收藏与共享图书馆（COLBY COLL—SHARED COLLECTIONS）

67	密苏里州1家	密苏里大学哥伦比亚图书馆（UNIV OF MISSOURI——COLUMBIA）
68	密西西比州1家	密西西比大学图书馆（UNIV OF MISSISSIPPI）
69	蒙大拿州1家	蒙大拿大学孟菲斯尔德图书馆（UNIV OF MONTANA, MANSFIELD LIBR）
70	北卡罗来纳州2家	贝克和泰勒公司技术服务开放图书馆（BAKER & TAYLOR INC TECH SERV & PROD DEV）
71		杜克大学图书馆（DUKE UNIV LIBR）
72	新泽西州1家	西顿霍尔大学（SETON HALL UNIV）
73	纽约州2家	康奈尔大学图书馆（CORNELL UNIV）
74		纽约公共图书馆（NEW YORK PUB LIBR）
75	俄亥俄州1家	尤宁山大学图书馆（UNIV OF MOUNT UNION）
76	俄勒冈州1家	俄勒冈大学图书馆（UNIV OF OREGON LIBR）
77	宾夕法尼亚1家	巴克内尔大学图书馆（BUCKNELL UNIV）
78	南卡罗来纳州1家	南卡罗莱纳大学图书馆（UNIV OF S CAROLINA）
79	德克萨斯州4家	贝勒大学图书馆（BAYLOR UNIV）
80		达拉斯公共图书馆（DALLAS PUB LIBR）
81		南卫理公会大学中心图书馆（SOUTHERN METHODIST UNIV, CENT LIBR）
82		德克萨斯大学奥斯汀分校图书馆（UNIV OF TEXAS AT AUSTIN）
83	犹他州2家	杨百翰大学犹他分校图书馆（BRIGHAM YOUNG UNIV LIBR）
84		犹他大学图书馆（UNIV OF UTAH）
85	弗吉尼亚州2家	威廉玛丽学院图书馆（COLLEGE OF WILLIAM & MARY）
86		甜石南学院图书馆（SWEET BRIAR COL LIBR）

87	佛蒙特州 1家	米德尔布里学院图书馆（MIDDLEBURY COL）
88	华盛顿州 3家	华盛顿大学中心图书馆（CENTRAL WASHINGTON UNIV）
89		华盛顿大学图书馆（UNIV OF WASHINGTON LIBR）
90		华盛顿州立大学图书馆（WASHINGTON STATE UNIV）

由上表6可以发现，收藏外文出版社1980年版的国家/地区有美国、澳大利亚、中国香港、新西兰、菲律宾、新加坡等。从收藏英文版的图书馆类型来看，既有著名大学的学术研究性图书馆，如英国剑桥大学、美国芝加哥大学图书馆、美国国会图书馆、澳大利亚的莫纳什大学图书馆、新西兰的梅西大学图书馆，也有一部分公共图书馆，如美国达拉斯公共图书馆、加利福尼亚州奥克兰公共图书馆、新西兰国家图书馆等。这个数据显示出赵树理《小二黑结婚》在欧美世界的阅读人群，已经不仅仅是学术研究的对象，而是作为中国当代文学的代表作被广泛收藏。

最大的日文学术期刊数据库CiNii，给出了赵树理相关作品在日本的出版传播情况，其中也包含《小二黑结婚》的日文版衍生情况。大众美术出版社1950年出版了一套大众连环图书，其中编入了由米谷作、江丰[ほか]翻译的《小二黑结婚》；1952年日本启文馆出版了《中国现代小说选集·石不烂赶车》；1953年岩波书店出版了《孟祥英之觉悟》；1955年，青木文库出版了《赵树理作品选集》，其中就包含《小二黑结婚》的译本；1956年河出书房出版了《中国现代小说全集10卷本——赵树理集》，其中也包含《小二黑结婚》；1957年，新潮社出版了《三里湾》单行本；大学书林出版社在1956年出版了由中沢信三翻译的《小二黑结婚》。上述多个日文版中，其中影响最大的是平凡社在1962年出版的《中国现代文学选集·赵树理集》，收入了赵树理的代表作品，如《灵泉洞》（驹田信二译），《李家庄的变迁》（冈崎俊夫译），《小二黑结婚》（小野忍译），《福贵》（驹田信二译），《李有才板话》（小野忍译），《土地》（小野忍译），《锻炼锻炼》（日译为"态度决定"，驹田信二译）。该文集的影响力最大，在日本达到了143家。具体图书馆名单见表7。

表格 7：《小二黑结婚》日译本（收入《赵树理集》，143 家）日本收藏图书馆一览表

序号	图书馆名称
1	爱知教育大学 附属图书馆
2	爱知工业大学附属图书馆
3	爱知淑德大学附属图书馆星丘分馆
4	爱知大学丰桥图书馆
5	爱知大学名古屋图书馆
6	青山学院女子短期大学图书馆
7	青山学院大学图书馆
8	歧见学园女子大学 新座图书馆
9	有明工业高等专门学校图书馆
10	一般社团法人中国研究所图书馆
11	茨城女子短期大学图书馆
12	茨城大学附属图书馆
13	岩本（いわき）明星大学图书馆
14	上野学园图书馆
15	宇都宫大学附属图书馆
16	宇部工业高等专门学校附属图书馆
17	追手门学院大学附属图书馆
18	大分大学 学术情报中心图书馆
19	大阪音乐大学 附属图书馆
20	大阪教育大学附属图书馆
21	大阪产业大学 综合图书馆
22	大阪市立大学 学术情报综合中心图书馆
23	大阪市立大学 学术情报综合中心分馆（图）
24	大阪大学附属图书馆、综合图书馆
25	大阪府立大学学术情报中心图书馆
26	大岛商船高等专门学校 附属图书馆

27	冈山大学 附属图书馆（图）
28	茶之水女子大学附属图书馆
29	带广畜产大学附属图书馆
30	开智国际大学附属图书馆
31	鹿儿岛国际大学 附属图书馆
32	鹿儿岛女子短期大学附属图书馆
33	鹿儿岛大学附属图书馆
34	金沢大学附属图书馆（中文）
35	关西外国大学图书馆
36	关西外国语大学慧谷图书馆
37	学习院大学图书馆
38	北九州市立大学图书馆
39	九州大学图书馆（文）
40	九州大学附属图书馆（图）
41	九州大学 附属图书馆 伊都图书馆伊都中央馆
42	共荣大学附属图书馆（图）
43	京都外国语大学附属图书馆
44	京都女子大学图书馆
45	京都大学附属图书馆
46	京都大学 文学研究科附属图书馆（中哲文）
47	京都大学 吉田南综合图书馆（图）
48	京都府立大学 附属图书馆（图）
49	近畿大学 产业理工学部附属图书馆（图）
50	岐阜大学图书馆
51	钏路公立大学附属图书馆（图）
52	熊本大学附属图书馆
53	久留米大学附属图书馆医学部分馆
54	高知工科大学附属情报图书馆

55	高知大学 综合情报中心图书馆中央馆
56	高知大学 综合情报中心农学部图书馆
57	神户学院大学 图书馆 有濑馆
58	神户市外国语大学情报中心图书馆（图）
59	神女学院大学图书馆
60	神户大学 附属图书馆 人文科学图书馆
61	神户大学 附属图书馆 综合图书馆 国际文化学图书馆
62	国际日本文化研究中心图书馆
63	琦玉大学图书馆（图）
64	相模女子大学 附属图书馆
65	财团法人 东洋文库
66	滋贺大学 附属图书馆
67	滋贺大学 附属图书馆 教育学部分馆
68	静冈大学附属图书馆静冈馆
69	静冈文化艺术大学 图书馆·情报中心
70	岛根大学附属图书馆
71	信州大学附属图书馆 中央图书馆（图）
72	信州大学 附属图书馆教育学部分馆
73	实践女子大学图书馆（图）
74	上智大学图书馆
75	椙山女学园大学 中央图书馆
76	精华女子短期大学附属图书馆
77	摄南大学图书馆总馆
78	拓殖大学 八王子图书馆
79	中央大学 中央图书馆（中国语）
80	鹤见大学图书馆
81	帝京大学图书馆
82	帝塚山大学图书馆总馆

83	天理大学附属天理图书馆总馆
84	东京家政学院大学 附属图书馆（图）
85	东京大学 驹场图书馆
86	东京大学 综合图书馆
87	东京大学 东洋文化研究所图书馆
88	东京大学大学院 人文社会系研究科 文学部图书馆室（中文）
89	东京家政大学图书馆
90	东北学院大学 中央图书馆
91	东北大学附属图书馆总馆
92	东洋大学 附属图书馆
93	德岛大学 附属图书馆
94	同志社女子大学图书情报中心——京田边图书馆
95	同志社大学附属图书馆
96	同志社女子大学 图书情报中心——今出川图书馆
97	长崎县立大学 席博尔特学校图书馆
98	长崎大学附属图书馆
99	长野县短期大学 附属图书馆
100	名古屋大学附属图书馆中央学
101	名古屋大学 文学图书馆
102	奈良县立图书馆情报馆
103	奈良女子大学学术情报中心图书馆
104	新潟产业大学 附属图书馆
105	新潟大学附属图书馆
106	日本大学综合情报中心图书馆
107	日本大学 文理学部图书馆
108	梅花女子大学图书馆
109	梅光学院大学图书馆
110	一桥大学 附属图书馆

111	姬路独协大学附属图书馆
112	弘前大学附属图书馆总馆
113	广岛修道大学附属图书馆
114	广岛大学 图书馆 中央图书馆
115	菲利斯女子学院大学附属图书馆
116	福井大学附属图书馆
117	福岛大学附属图书馆
118	藤女子大学图书馆总馆
119	佛教大学图书馆
120	文教大学 越谷图书馆
121	别府大学附属图书馆
122	法政大学图书馆
123	放送大学附属图书馆
124	北陆大学附属图书馆
125	星药科大学附属图书馆
126	北海学园大学附属图书馆
127	北海道教育大学图书馆
128	北海道大学附属图书馆
129	北海道文教大学 鹤岗纪念图书馆
130	三重大学 附属图书馆
131	宫崎公立大学 附属图书馆
132	室兰工业大学附属图书馆
133	明治大学 附属图书馆
134	桃山学院大学 附属图书馆
135	山口大学综合图书馆
136	横滨国立大学附属图书馆
137	横滨国立大学 教育图书馆
138	龙谷大学 大宫图书馆

139	龙谷大学 濑田图书馆
140	龙谷大学 深草图书馆
141	丽泽大学图书馆
142	和歌山大学附属图书馆
143	和光大学 附属梅根纪念图书情报馆

由上表的 143 家日本大学图书馆可以发现，该书日译本收藏范围很广泛，除爱知大学、东京大学、京都大学、九州大学等日本知名的中国研究机构之外，还有奈良女子大学、梅花女子大学、藤女子大学、菲利斯女子学院等专科性大学图书馆。可见《小二黑结婚》是作为中国妇女问题研究的代表性文学作品而被日本学术界所接受和广泛认可，与丁玲的《太阳照在桑乾河上》具有一定的相似性。

除英文、日文版之外，《小二黑结婚》的俄文、罗马尼亚文、捷克文等版本信息十分有限。如《小二黑结婚》曾由外文出版社翻译成匈牙利文版本《Kis Er—hei házassága：Kis Er—hei házassága》于 1962 年正式出版，但可惜的是，OCLC 数据库没有检索到该版本的流通范围，目前该版本仅仅在中国国家图书馆有收藏。

第二节 《小二黑结婚》的海外学术评价

《小二黑结婚》自 1943 年出版至今，其经久不衰的影响力特别值得探讨研究。笔者依据 JSTOR 数据库 [1]，梳理出海外学术界对《小二黑结婚》的评价，从而分析其获得广泛传播的原因。

先看日本对于赵树理的评价。日本的赵树理研究起步早、队伍壮、成果丰，对赵树理文学的理解也比较到位。目前搜集到的论文有小野忍的《赵树理小说

---

[1] JSTOR，全名为 Journal Storage，是一个对期刊进行数字化的非营利性机构，于 1995 年 8 月成立。是以政治学、经济学、哲学、历史等人文社会学科主题为中心，兼有一般科学性主题共十几个领域的代表性学术期刊的全文库，有些过刊的回溯年代早至 1665 年。该数据库基本上可以发现以英语、法语、西班牙语等西方语言在欧美世界的主流学术期刊上发表的对于中国当代文学作家、作品以及文学批评的评价情况。本书以此数据库为基础，搜集 10 部文学作品的主流媒介评价数据。

论》（《群像》1951 年 9 月），竹内好的《新颖的赵树理文学》（《文学》1953 年 9 月）、《评〈三里湾〉》（《日本读书新闻》，1955 年 5 月 16 日），竹内实的《赵树理近作》（《文学界》1959 年 8 月），苍石武四郎的《〈三里湾〉之难懂处》（《中国现代文学选集》1962 年 5 月），驹田信二的《赵树理眼中的政治与文学》（《文学》1965 年 5 月）等。竹内好在 20 世纪初就给日本的青年介绍中国当代文学，认为日本青年若是出于政治目的阅读中国文学，那么任何一部"人民文学"都可以满足其要求。但是"若要满足内心的要求的话"，"赵树理是唯一的一个人了"，因为赵树理不同于其他的"人民作家"。他的作品，"既包含了现代文学，同时又超越了现代文学……这就是赵树理的新颖性"。[1] 著名汉学家小野忍在日本是"赵树理最好的理解者"，"作为赵树理文学的忠实译者，是介绍赵树理的最有功的一个人"。[2] 小野忍认为，文学贵在创新，赵树理文学除了主题新颖外，叙述方式也很新颖，"赵树理继承、发展了中国说唱文学传统的独特表现形式。或许可以说，创造了这种表现形式，正是这位作家的最大业绩"。[3] 鹿地亘也是一位汉学家，他对赵树理文学的研究几乎与中国国内同步。他在 1952 年为日文版《李有才板话》撰写的《前言》中指出，赵树理以农民的心理和感情来写农民自身的现实，如同深通事故的老农讲故事一样，质朴而幽默。文章写道："非常丰富而又深刻的知识，大胆直率而又恰如其分的再现，朴素的人物与事实、练达而又卓绝的素描，这就是作者的持有的风趣。从中使人们看到了贯穿其中的这种风趣和所谓'章回小说，民间故事风格的天衣无缝的结合'"。[4] 鹿地亘甚至认为："中国描写农民的文学决非少数。而在其中，以令人吃惊的丰富知识、细腻而广泛地展示农民生活画卷的作品也并非没有。但是，作为让农民自己对自身的世界发生兴趣的作品，却不是很多的。"而今村与志维在其《赵树理文学札记》中则指出，赵树理文学，就其语言来说，是生动的群众语言；就其形式来说，则是利用传统的民族形式。他认为，

---

[1]《外国学者论赵树理》，收入《赵树理研究文集》，下卷，中国文联出版公司，1995 年，第 74—75 页。

[2]（日）斧屋修著，《赵树理研究与小野忍》，潘世圣译，载《日本学者中日文学研究译丛》第一辑，吉林教育出版社 1986 年版，第 190、192 页。

[3]（日）小野忍著，《新的人民文学的方向》，陶振纲译，收入《中国现代文学·茅盾与赵树理》；转自武鹰、宋绍香编译《日本学者中国文学研究译丛·第四辑——现代文学专辑》，吉林教育出版社 1990 年版，第 190 页。

[4] 来源同上。

这样的语言只有和群众共同生活、和群众共同成长，以血和汗来熟悉群众的作家才能写出来[1]。至于赵树理为什么选取这样的语言和文体形式，今村与志雄先生分析道："当然，赵树理的作品，是以中国农村社会为题材，以农民为读者对象的。因此，他的作品在手法上既考虑到适应对象的水平，也考虑到适应当时中国农村社会发展的阶段，以及农民的思想情况。在那种情况下只有那样写才好。"[2]可见，日本汉学家对赵树理文学和中国国情的理解是非常到位的，所以，其评价客观而公允。

再看苏俄对于赵树理的评价。众所周知，苏俄对中国解放区文学、对其代表作家赵树理文学是情有独钟的。他们的研究几乎与中国国内同步。其特点是：译介、研究并举，报纸、期刊、出版物齐上阵，声势浩大，成果可观。Ｂ·索罗金、Ｈ·艾德林是著名的中国文学史家，在论述二十世纪 40 年代中国文学的发展时，从文学史的视角点明了赵树理文学的意义。他们指出："40 年代下半期的中国文学，是以一部反映中国农村生活的最好作品——1946 年问世的赵树理的大部头小说《李家庄的变迁》为标记的。"[3]他们认为赵树理创造性地继承了人民文学传统，善于运用绝妙的、朴素而又形象的语言描写人物，对人物心理观察细致，善于在错综交织的外部环境中揭示人物的内在本质。所以，赵树理才创作出了"其艺术性与思想性得到了和谐结合的作品，创作了运用人民感到亲切的民族艺术形式描写中国农村的新旧事物斗争的作品"。[4]资深学者 Ｈ·费德林对赵树理有精深研究。他从艺术的源泉、艺术的本质、审美价值、创作方法、艺术风格等诸方面，对赵树理进行了全方位的研究，给出了恰当的评价。他认为赵树理的作品渗透着人民的深刻智慧与伟大质朴，真正体现了艺术的天赋，充满幽默，风格独特。"具有极大的艺术魔力"[5]。之所以如此，是因为赵树理摆正了艺

---

[1]（日）今村与志雄著，王保祥译，严绍璗校，《赵树理文学札记》，原载《东京都立大学人文学报》第16期；转载于黄修已编《赵树理研究资料》，北岳文艺出版社1985年，第466、471页。

[2]（日）今村与志雄著，王保祥译，严绍璗校：《赵树理文学札记》，原载《东京都立大学人文学报》第16期；转载于黄修已编《赵树理研究资料》，北岳文艺出版社1985年，第466、471页。

[3]（俄）索罗金、艾德林著：《20世纪40年代的中国人民文学》，载宋绍香译／编《中国解放区文学俄文版序跋集》，中国文史出版社2004年，第313页。

[4]（俄）索罗金、艾德林著：《20世纪40年代的中国人民文学》，载宋绍香、编《中国解放区文学俄文版序跋集》，中日文史出版社2004年，第313页。

[5]（俄）费德林著：《赵树理：创作与探索》，载Ｈ·费德林等著，宋绍雷译《苏联学者论中日现代文学》，新华出版社，1994年，第264页、265、281、266页。

术与社会的关系，艺术源于生活。H·赞德林指出：赵树理熟悉中国农村，熟悉农民的独特生活，熟悉他们自古以来的习俗、思想和追求，把文学创作视为为人民服务，为人民的解放事业服务。所以，赵树理从人民的立场出发现察生活和人，用人民的慧眼观察人物的行为和人与人之间的关系。这一美学思想，就注定了"赵树理的文学艺术创作具有深刻的人民性"。H·费德林称赵树理的艺术风格"自成一家"：心理描写简洁，语言生动而形象化。其作品的特点是"独具特色的生动而富有新意的观察与思考，生机盎然的热情、激情与朴实的故事"。

欧洲的赵树理文学研究中，东欧起步较早，以捷克学术界实力强、成果丰、质量高。捷克学派汉学大师雅·普实克在其 1955 年出版的论著《新中国的文学及其民族传统》中指出：著名作家赵树理和中国民族文学的传统有着紧密的联系。大概没有几个中国作家，在中国人那种堪称典型的生活方式中，像赵树理一样有过如此深入的生活，并和其中最有代表性的传统有着那么明显的联系。他说，赵树理"运用生动的群众语言，准确地在他的作品中表现出具有独特个性的典型人物，使他所要表达的愿望能够充分体现出来"[1]，"概括地说，赵树理的每一篇作品的内容和表达的思想，都使我们看到这位新中国的文学大师，是怎样用他的作品堪称典范地体现了毛泽东的思想"。[2]法国汉学家林曼叔等在其 1974 年出版的论著《中国当代文学史稿 (1949—1965 大陆部分)》中指出：赵树理生长在农村，长期的农村生活使他熟悉农民所喜闻乐见的民间艺术形式，他明白在那还是处于文盲状态的农村中，只有传统旧形式的表达方式才容易为他们所接受，而他的创作修养也大都是在农村的传统文艺活动中培养起来、锻炼起来的。由于他个人的生活内容和对民间艺术的爱好和精通，就决定了他在创作上的独特才能[3]。那么，赵树理的创作特色是什么？或者说他从传统文艺那里吸取了什么？或者说他如何使自己的作品易为农村读者所接受？林曼叙认为，总起来说就是群众语言的运用和那自成特色的文体或体裁，以及包含在作

---

[1]（美）西里尔·贝契：《共产党中国的小说家——赵树理》(节译)，彭小岑译，载黄修己编《赵树理研究资料》，北岳文艺出版社 1985 年，第 526、531 页。

[2] 同上。

[3]（法）林曼叔、海风、程海：《中国当代文学史稿·赵树理的小说》，巴黎第七大学东亚出顾中心 1973 年，载黄修己编《赵树理研究资料》，北岳文艺出版社 1985 年，第 439、440 页。

品中的民族所共有的生活基调和精神气质等因素。林曼叙等还指出：文学是语言的艺术，作家就是语言的大师。赵树理对群众语言在创作中的运用有较出色的成就。他努力以群众语言的运用而使作品通俗化，这就使他的作品易于为工农群众所接受和理解[1]。

美国汉学，机构庞大、投资众多、实力雄厚。然而，由于意识形态的关系，美国学术界对解放区文学的译介与研究，同其他汉学领域或其他国家相比却相对薄弱。一些研究主要是将赵树理的文学创作作为土地革命研究、解放区政权研究的参考注解来使用的。仅有部分学者排除"意识形态"的干扰，进行客观公正的学术研究。譬如西里尔·贝契、杰克·贝尔登等对赵树理的研究等。西里尔·贝契在其《论共产党中国的小说家——赵树理》一文中指出，1943 年 5 月，赵树理在中国西北部解放区发表了一篇名为《小二黑结婚》的短篇小说。这是文艺与政治两方面的，具有现代历史意义的大事。尽管有人激烈地反对把马克思主义的文学思想作为一种有用的、阶级斗争中必不可少的武器，但是要把中国近四十年来的文学与政治背景分割开来是不可能的。他说："延安文艺座谈会后，《小二黑结婚》发表了，人们高兴地读着它：这就是回答，这就是令人满意的文学。"[2] 他指出，这虽不是一部雄心勃勃的作品，但它却用质朴的描述，成为一篇令人满意的坦率的小说。他认为赵树理的语言"有力而又流畅，朴实而又精确，直接继承了优秀的古代通俗小说的语言。因此，这语言不仅仅是美的，同时因为民族情感的原因，也适应了时代特征"。[3] 美国汉学家约翰·伯宁豪森、特德·赫特斯在其撰写的《中国革命文学·引言》中特别强调：如果我们认为中国的革命文学过去和现在都不过是在中国文学发展中前所未有的、同中国的文化传统和文学遗产没有亲缘关系的俄国造的"舶来品"，那就大错特错了[4]。他们认为应当正确认识 20 世纪中国革命文学和传统中国文学之间的

---

[1]（法）林曼叔、海风、程海：《中国当代文学史稿·赵树理的小说》，巴黎第七大学东亚出顾中心 1973 年，载黄修己编《赵树理研究资料》，北岳文艺出版社 1985 年，第 439、440 页。

[2]（美）西里尔·贝契，彭小岑译，《共产党中国的小说家——赵树理》，载黄修己编《赵树理研究资料》，北岳文艺出版社 1985 年，第 531—532、533—534 页。

[3] 同上。

[4]（美）约翰·伯宁豪森、特德·郝特斯，周发祥、陈圣生译，《中国革命文学·引言》，载中国社会科学院文学所国外中国学（文学）研究组编，《国外中国文学研究论丛》，中国文联出版公司，1985 年，第 116、128 页。

密切关系。特德·赫特斯称赞周立波、赵树理等"那些农村出来的作家所使用文学或语言的方法，常常使农村读者把他们的作品当作过去说书传统的继续。这表明五四后期消除城市趣味和西方影响的运动具有持久的效果"。[1] 特别是对于赵树理用平易通俗化的语言进行创作给予很高的评价。收录在 1959 年《美国政治与社会科学学院年鉴》（Annals of the American Academy of Political and Social Science）杂志第 321 卷的文章"中国当代文学中连续与变化"（Continuity and Change in Modern Chinese Literature）中，特别提到了赵树理在《小二黑结婚》中所使用的恰当、简洁的通俗化语言。赵树理始终以"老百姓喜欢看"为不可缺少的文学创作条件。《小二黑结婚》的语言，很像一个老乡用简洁、平淡的口吻讲出来的故事，而不是学院派们拘谨地修改写出来的文章。这种通俗化的语言颇能适应农民受众的欣赏口味，缩短了受众与作品的距离，容易被人接受。这也正是《小二黑结婚》一问世就获得广泛传播的原因。

总之，梳理《小二黑结婚》1943 年出版至今的 70 多年世界传播历程，可以发现该部作品一问世就赶上了时代的主流，这个时代的主流就是《延安文艺座谈会的讲话》对于大众文学的倡导。在巨大的社会变迁中，个人的爱情、婚姻与民族解放紧密结合在一起，因而使赵树理一举成名。以至于从美国赶来对于赵树理采访的美国记者杰克·贝尔登，在 1947 年通过对赵树理的一整天采访后，作出结论说："走进我屋里烤火的其貌不扬的人，可能是共产党地区中除了毛泽东、朱德之外最出名的人了。其实，他是闻名于全中国的。他就叫赵树理，是个作家"。[2]

梳理《小二黑结婚》这部作品的世界传播轨迹，可以发现该作品先是在日本、苏联等东欧国家进行传播，然后才传播至英语世界。因为俄语、罗马尼亚、匈牙利等语言的传播范围有限，因此《小二黑结婚》最初的影响一直不大。尽管 1950 年曾经有苏联的文化出版社对外发行英译本，但直到 1980 年外文出版社的英文译本出版后，才开始面向英语世界的读者进行广泛传播。可以说外文出版社的英文译本起到了关键的桥梁作用。外文出版社 1980 年的译本传播范围

---

[1]（美）约翰·伯宁豪森、特德·郝特斯，周发祥、陈圣生译，《中国革命文学·引言》，载中国社会科学院文学所国外中国学（文学）研究组编，《国外中国文学研究论丛》，中国文联出版公司，1985 年，第 116、128 页。

[2]（美）杰克贝尔登，《中国震撼世界》，北京出版社，1980 年 7 月，第 109 页。

最广，也与外文版的英语书刊交由英语世界最为著名的经销商贝克·泰勒公司进行推广有关系。贝克·泰勒公司成立于1828年，是世界上最大的图书馆图书和音像制品供应商，曾经是面向成千上万个零售商、音像店批发图书、影像制品。这对于《小二黑结婚》获得英语世界读者的理解与接受起到了推动作用。

第三章 丁玲《太阳照在桑乾河上》
的传播与影响

丁玲获得世界影响的作品很多，但是《太阳照在桑乾河上》这部作品确立了她在中国当代文学史上的地位，获得了与《白毛女》等作品一样的主流传播资源，而其他作品反而是丁玲的文学地位确立之后，即聚光灯效应所带来的影响。因此，本书将重点讨论《太阳照在桑乾河上》的译本、馆藏名单以及域外学术评价等传播影响方面。

第一节 《太阳照在桑乾河上》的版本

根据相关学者统计，从 1932 年 7 月美国记者伊罗生 (H. Isaacs) 在上海主编的《中国论坛》杂志，发表乔治·肯尼迪翻译的丁玲的短篇小说《某夜》开始，到 1982 年日本朝日新闻社出版中岛碧编译的《丁玲的回顾》截止，丁玲作品先后被译成英语、俄语、日语、保加利亚语、丹麦语、罗马尼亚语、匈牙利语、僧伽罗文、德语、葡巴语、法语等二十几种文字[1]。她的主要作品，甚至一些文论、回忆录答几乎都译成了外文。其中外译文字最多的一部就是《太阳照在桑乾河上》这部长篇小说。

《太阳照在桑乾河上》这部作品，丁玲 1946 年开始撰写，至 1948 年完成，

---

[1] 孙瑞珍、王中忱：《丁玲研究在国外》，湖南人民出版社，1985 年。

以桑乾河边暖水屯为背景,反映了华北农村的土地革命等划时代的社会变迁主题。《太阳照在桑乾河上》首先在苏联引起反响。1948 年 9 月,小说在国内由东北光华书店初版发行,1949 年被译成俄文在苏联《矿工小说报》和《旗帜》杂志上连载。同年,便由莫斯科外国文学出版社出版单行本,1951 年被授予斯大林文艺奖二等奖。自此之后,这部长篇引起了中东欧其他国家的进步翻译家的注意。应该说《太阳照在桑乾河上》反映 20 世纪中国人民争取民族解放事业时代精神的一部成功作品,获得斯大林文艺奖一举确定了丁玲在中国当代文学史上的地位。

《太阳照在桑乾河上》的中文版本分为光华书店及文艺丛书(上海新华书店)的两个初版以及人民文学出版社修订版的多个体系[1],但以人民文学出版社的修订版影响最大。迄今 70 年间,中文版的重印多以人民文学出版社的版本为准。

本文根据 OCLC Worldcat 数据整理出迄今为止,《太阳照在桑乾河上》各个中文版在海外的馆藏情况,具体见下表8:

表格 8:《太阳照在桑乾河上》70 多年间中文版本、世界馆藏一览表

书名	出版、再版时间	出版社名称	收藏图书馆数量	国家分布
桑乾河上	1949	新华书店	7	美国
	1950	新华书店	15	美国(9)澳大利亚(2)中国香港(2)日本(1)荷兰(1)
太阳照在桑乾河上	1948	光华书店(初版)	3	美国
	1949	新中国书局(中国香港)	8	美国(7)中国香港(1)
	1949	人民文学出版社	6	美国(4)日本(1)中国香港(1)
	1951	华南出版社	1	中国香港(1)
	1952	人民文学出版社(首印本)	23	美国(18)澳大利亚(1)加拿大(1)德国(1)英国(1)中国香港(1)
	1953	人民文学出版社	7	丹麦(2)美国(2)荷兰(1)德国(1)新加坡(1)

---

[1] 闫梅,《太阳照在桑乾河上版本研究》,陕西师范大学硕士论文,2013 年,中国知网数据库。

	1954	人民文学出版社 （印发 295.8 万册）	2	日本（1）法国（1）
	1955	人民文学出版社 （修订本）	78	美国（54）澳大利亚（8） 加拿大（5）英国（3）中国香港（3）新西兰（2）荷兰（1）日本（1）新加坡（1）
	1956	人民文学出版社	21	美国（16）新加坡（2） 加拿大（1）新西兰（1）英国（1）
	1957	人民文学出版社	1	中国香港（1）
	1979	人民文学出版社 （重印本）	12	美国（5）丹麦（2）加拿大（2）德国（1） 英国（1）瑞士（1）
太阳照在 桑乾河上	1984	人民文学出版社	12	美国（7）加拿大（2）荷兰（1）法国（1） 中国香港（1）
	1995	花山文艺出版社	5	澳大利亚（2）新西兰（1） 新加坡（1）美国（1）
	1998	台海出版社	1	新加坡（1）
	2004	人民文学出版社	1	新加坡（1）
	2005	人民文学出版社	1	马来西亚（1）
	2008	华夏出版社	10	美国（7）日本（2）中国香港（1）
	2010	华夏出版社	5	美国
	2011	华夏出版社	2	美国（1）中国香港（1）

由表 8 的馆藏数据可知，《太阳照在桑乾河上》中文版在世界各大图书馆的馆藏量共计 221 家，分布在美国、加拿大、澳大利亚、新西兰、英国、荷兰、德国、法国、瑞士、丹麦、日本、新加坡、马来西亚、中国香港等 14 个国家和地区，其中以 1955 年人民文学出版社的修订的《太阳照在桑乾河上》中文版最为广泛，累计全球有 221 家图书馆收藏，超过了 2004 年由长江文艺出版社推出的《狼图腾》中文版，这再次证明了该书中文版的传播范围之广。表 8 的数据也反映出这部作品中文在近 70 年的传播历程中不断被翻印、传播的情况。如人民文学出版社在 1949 年首印后，几乎年年重印，一直到 1957 年。据统计，该书已经累计发行了 800 多万册。

第二节 《太阳照在桑乾河上》的海外传播

在看《太阳照在桑乾河上》的外文译本情况。笔者依据 OCLC 数据库在 2017 年 12 月底进行检索，发现迄今在各大图书馆依然流通的译本有 8 种，具体见下表 9。

表格 9：《太阳照在桑乾河上》外译本、语种一览表

序号	书名	语言	译者、编者	出版时间	出版社	图书馆收藏数量
1	太阳照在桑乾河上（The sun shines over the Sanggan River 修订本）	英语	杨宪益、戴乃迭	1984 年	北京：外文出版社	191
2	太阳照在桑乾河上（太阳は桑乾河にかがやく）	日本语	冈崎俊夫	1955 年	东京：河出书房	134
3	太阳照在桑乾河上（The sun shines over the Sanggan River）	英语	杨宪益、戴乃迭	1954 年	北京：外文出版社	102
4	太阳照在桑乾河上（太阳は桑乾河を照す）	日本语	坂井德三	1951 年	东京：ハト书房	52
5	太阳照在桑乾河上（Sonne über dem Sanggan：Roman）	德语	Nestmann	1952 年	柏林：Dietz Verlag	12
6	太阳照在桑乾河上（Sunce nad rijekom Sangan）	斯洛文尼亚语		1950 年	萨格勒布：Novo Pokoljenje	2
7	太阳照在桑乾河上（Sontsa nad rakoĭ Sanhan）	俄语	Salaveĭ, Leŭ.	1954 年	明斯克：Dziarzh. vyd—va BSSR, Rêd. mastatskaĭ lit—ry	1

8	太阳照在桑乾河上（Solntše nad rekoǐ Sangan）	俄语		1952 年	莫斯科：Moskva: Izd—vo Inostrannoǐ lit—ry	1
9	太阳照在桑乾河上（Răsare soarele deasupra râului Sangan: roman）	罗马尼亚语		1950/1951 年	布加勒斯特：Editura de Stat Pentru Literatura si Arta	1
10	太阳照在桑乾河上（Felkelt a nap a Szangan folyó felett）	匈牙利语	Gyöngyi, László.; Pozdneâva, L.	1950 年	布达佩斯：Szikra	1
11	太阳照在桑乾河上（Slonce nad Rzeka Sanghan）	波兰语		1950/1952 年	华 沙：Ksiazka i Wiedza	1

根据孙瑞珍、王中忱编的《丁玲研究在国外》一书的记载，《太阳照在桑乾河上》有 20 多个译本，但上表 9 中仅有俄语、英语、日语、罗马尼亚语、保加利亚语、波兰语、匈牙利语、斯洛文尼亚语 8 个语种，表 9 的数据反映了该书迄今为止 70 多年间多个外译本在世界图书馆系统的流通情况。

《太阳照在桑乾河上》俄语译本

根据相关学者梳理发现，海外对于丁玲作品的翻译与关注，主要有三个阶段：1932—1938 年为第一期——开始期；1939—1948 年为第二期——第一低潮期；1949—1956 年为第三期——第一高潮期（最高峰是 1953 年，出版了 15 种译品。次高峰是 1951 年，出版了 14 种译品）；1957—1975 年为第四期——第二低潮期；1976—1982 年为第五期——第二高峰期（最高潮是 1981 年，共出版了 13 种译品）。但就传播地域来看，最早从苏联和东欧的社会主义阵营国家开始，这个时间段在 20 世纪 50—60 年代；与之同时是日本学术界开始大批翻译和研究丁玲；20 世纪 60—70 年代，欧美学术界才开始翻译和研究丁玲的相关作品。当然丁玲的最早成名作如《莎菲女士日记》早在 30 年代就已有英文版。但这个时期的丁玲是作为中国女性作家寻求个性解放的代表来获得英语世界的关注，与《太阳照在桑乾河上》的所获得的传播因素是完全不同。

丁玲获得世界影响的作品中，《太阳照在桑乾河上》贡献最大。《太阳照在桑乾河上》最早是在苏联与中东欧的社会主义阵营内部传播的。1949年苏联女汉学家波兹德涅耶娃·柳芭，根据光华书店本翻译了俄文本《太阳照在桑乾河上》（солнце над рекой сангань），并分三次连载于苏联杂志《旗帜》。同年莫斯科外国文学出版社出版了单行本，译者为她的译著写了长篇译序；同年5月，正在苏联访问的丁玲为该俄译本写了在前言《作者的话》（参加莫斯科1951年度斯大林文艺奖评选的正是这个译本）[1]。1950年莫斯科国家文艺书籍出版社出版了该书另一俄文译本，1951年该社再次刊印了32开精装本的《太阳照在桑乾河上》。此外，1950年苏联的苏维埃摇篮出版社也出版了该书译本。因此《太阳照在桑乾河上》在一年中就有了四个俄文译本。俄文版之后，该书又被翻译为苏联加盟共和国的多个民族语言。1952年翻译出版了乌德摩尔梯语、维吾尔语版，伊热夫斯克译；1953年翻译出版了哈萨克语、拉脱维亚语、摩尔达维亚语、乌兹别克语（节译本）、阿塞拜疆语、阿美尼亚语、塔吉克语、土库曼语版；1955年翻译出版了格鲁吉亚语、蒙古语版。《太阳照在桑乾河上》在苏联的版本多达14种（其中8种少数民族语文版本），堪称出版盛事[2]。1950年到1952两年间，匈牙利语（布达佩斯西克拉和雷伊瓦出版社）、保加利亚语（保加利亚工会出版社）、斯洛文尼亚语（萨格勒布：新世代出版社）、罗马尼亚语（布加勒斯特：国家文艺出版社）、波兰语译本（华沙知识与书籍出版社）也相继问世。可见，1951年，该书获得斯大林文艺奖之后，成为新中国首部享誉苏联社会主义阵营的当代文学经典。但根据上表9的数据显示，苏联的14个民族语言版本，仅有俄语还在流通，其他的十几个语种均已杳无踪影。20多个版本，仅有8个版本还在流通。通过这个数据可以发现，一部文学作品获得世界影响力与多种因素相关。而其中译介语言的传播范围、使用人群数量等语言本身的世界影响力也是其中最为关键的因素。

---

[1] 龚明德，《〈太阳照在桑乾河上〉版本变迁》，《新文学史料》，1991年第1期，第75页。
[2] 宋绍香，《丁玲作品在俄苏：译介、研究及评价》，《现代中文学刊》，2013年，第4期。

《太阳照在桑乾河上》的日译本

《太阳照在桑乾河上》的日译本有三个系列。一是 1953 年鸽子书屋出版了坂井德三、三好一翻译的《太阳照在桑乾河上》（太阳は桑乾河を照らす）。1955、1956 年青木书店[1]先后再版了两次这个译本。1970 年，河出书房新社出版了高畠穰译的《太阳照在桑乾河上》，是 1957 年到 1979 年间唯一的丁玲作品译本。笔者根据 OCLC Worldcat 数据库进行检索，发现还有冈崎俊夫翻译的，收入在由奥野信太郎编辑的《中国现代文学全集·丁玲篇》的《太阳照在桑乾河上》的日译本，该全集由河出书房在 1955 年 12 月出版，是日本影响最大的《太阳照在桑乾河上》的日译本。该书还收录了丁玲的另外三篇作品的《信念（新しい信念）》《我在霞村的时候》《某夜》。

冈崎俊夫，日本中国当代文学翻译家，1909 年出生，1933 年东京大学中国哲学专业毕业，后任东京大学文学院讲师、《朝日新闻》外国文学通信部编辑等职务，后来专业翻译中国当代文学作品。经他翻译的中国当代文学作家作品很多，其中就包括刘鹗的《老残游记》、草明的《原动力》、赵树理的《三里湾》《李家庄变迁》等。丁玲的作品翻译得最多。冈崎俊夫翻译的《太阳照在桑乾河上》译本要比坂井德三、三好一、高畠穰要晚一些，但影响力很大。具体见下表 10。

表格 10：《太阳照在桑乾河上》日译本（收入《中国现代文学全集：丁玲卷》，134 家）

日本收藏图书馆一览表

序号	名称
1	英国剑桥大学图书馆
2	爱知大学教育图书馆
3	爱知大学车道图书馆
4	爱知大学国际问题研究所
5	爱知大学丰桥图书馆
6	爱知大学名古屋图书馆

---

[1] 1945 年，青木春男建立此书店，主要出版马克思主义的人文科学、自然科学、科学史出版物。

7	青山学院女子短期大学
8	亚细亚大学图书馆
9	跡见学园女子大学 新座图书馆
10	一般社团法人 中国研究所图书馆
11	茨城大学 附属图书馆
12	岩手大学图书馆
13	爱媛大学图书馆
14	大分大学 学术情报处图书馆
15	大阪大谷大学图书馆
16	大阪教育大学图书馆
17	大阪樟荫女子大学图书馆
18	大阪商业大学图书馆
19	大阪市立大学学术情报综合中心图书馆
20	大阪大学 附属图书馆 外国学图书馆
21	大阪府立大学学术情报中心图书馆
22	冈山大学附属图书馆
23	香川大学附属图书馆
24	鹿儿岛女子短期大学 附属图书馆
25	鹿儿岛大学 附属图书馆
26	金沢大学 附属图书馆
27	金沢大学 附属图书馆铃木文库
28	金沢大学 附属图书馆中文部
29	学习院女子大学图书馆
30	学习院大学 图书馆
31	学习院大学附属图书馆日文图书馆
32	北九州市立大学 图书馆
33	九州大学 附属图书馆

34	九州大学 附属图书馆
35	九州大学 附属图书馆 伊都图书馆中央图书馆
36	京都教育大学 附属图书馆
37	京都大学 人文科学研究所图书馆总馆
38	京都大学 附属图书馆
39	京都大学 文学研究科 图书馆（中文）
40	京都大学 吉田南综图书馆
41	岐阜大学图书馆
42	熊本学园大学图书馆
43	熊本大学 附属图书馆
44	群马县立女子大学 附属图书馆
45	县立广岛大学学术情报中心图书馆
46	日本近代文学馆图书馆（公益财团法人）
47	高知县立大学综合情报中心图书馆永国寺
48	高知大学图书馆综图书馆和情报中心
49	甲南女子大学 图书馆
50	神户学院大学 图书馆 有濑馆
51	神户市外国语大学 学术情报中心图书馆
52	神户大学 附属图书馆 人文科学图书馆
53	神户大学 附属图书馆 社会科学图书馆
54	神户大学 附属图书馆 综合图书馆 国际文化学图书馆
55	神户大学 附属图书馆 社会科学系图书馆
56	国际日本文化研究中心图书馆
57	佐贺大学 附属图书馆
58	相模女子大学 附属图书馆
59	滋贺县立大学图书情报中心 图书馆
60	滋贺大学附属图书馆

61	静冈大学 附属图书馆
62	岛根大学 附属图书馆
63	首都大学东京 图书馆 日野馆
64	白百合女子大学图书馆
65	信州大学 附属图书馆 中央图书馆
66	信州大学 附属图书馆 教育学部图书馆
67	实践女子大学 图书馆
68	成蹊大学图书馆
69	摄南大学 图书馆总馆
70	相爱大学图书馆
71	人类文化研究机构 国立国语研究所图书馆（大学共同利用机关法人）
72	千叶大学 附属图书馆
73	中央大学 中央图书馆中国言语图书馆
74	筑波大学 附属图书馆 中央图书馆
75	帝京大学 图书馆
76	帝塚山学院大学 图书馆 狭山馆
77	帝塚山大学图书馆 分馆
78	天理大学 附属天理图书馆总馆
79	电气通信大学附属图书馆
80	东京家政学院大学 附属图书馆
81	东京外国语大学 附属图书馆
82	东京学艺大学 附属图书馆
83	东京女子大学图书馆
84	东京成德学园 十条台校园图书馆
85	东京大学 驹场图书馆
86	东京大学 综合图书馆
87	东京大学 东洋文化研究所 图书室

88	东京大学 农学生命科学图书馆
89	东京大学大学院 人文社会系研究科 文学部图书室
90	东北大学 附属图书馆总馆
91	德岛大学 附属图书馆总馆
92	富山大学 附属图书馆
93	同志社女子大学 图书情报中心 京田边图书馆
94	同志社大学图书馆
95	长崎县立大学 席博尔特（シーボルト）校园 附属图书馆
96	长崎大学 附属图书馆
97	长崎大学 附属图书馆 经济学部分馆
98	长野县短期大学 附属图书馆
99	名古屋大学 附属图书馆中央馆
100	奈良教育大学图书馆
101	奈良女子大学学术情报中心图书馆
102	奈良大学图书馆
103	南山大学 名古屋图书馆
104	新潟大学 附属图书馆
105	日本大学 文理学部图书馆
106	一桥大学 附属图书馆
107	姬路独谢大学 附属图书馆
108	弘前学院大学 附属图书馆
109	弘前大学 附属图书馆总馆
110	广岛女学院大学图书馆
111	广岛大学 图书馆 中央图书馆
112	广岛文教女子大学 附属图书馆
113	费里斯（フェリス）女学院大学 附属图书馆
114	福井大学 附属图书馆

115	福冈教育大学学术情报中心图书馆
116	佛教大学 附属图书馆
117	北陆大学图书馆
118	北海道教育大学图书馆
119	北海道大学 附属图书馆 北图书馆
120	北海道文教大学 鹤岗纪念图书馆
121	北海道教育大学 附属图书馆 钏路馆
122	北海道教育大学 附属图书馆 函馆馆
123	三重大学 附属图书馆
124	宫城教育大学 附属图书馆
125	宫崎大学 附属图书馆
126	明治大学图书馆
127	安田女子大学图书馆
128	山形大学 小白川图书馆
129	山口大学图书馆 综合图书馆
130	横滨国立大学 附属图书馆
131	横滨国立大学 附属图书馆教育图书馆
132	龙谷大学 濑田图书馆
133	丽泽大学图书馆
134	和歌山大学 附属图书馆

由表10的图书馆名单可发现,《太阳照在桑乾河上》的日译本传播范围具有自己的特点,除了爱知大学、东京大学、京都大学等开设中国文学研究的知名日本大学之外,还有白百合女子大学、奈良女子大学、广岛女学院大学、广岛文教女子大学、安田女子大学等女子大学的图书馆有收藏,这表明该书被日本学术界,特别是作为中国当代知名女性作家的代表性作品而获得了广泛关注。除日本各大学图书馆之外,英国剑桥大学图书馆也赫然在列,这也说明了该书译本的质量得到了认同。

《太阳照在桑乾河上》的英译本

欧美国家对于丁玲这部作为解放区文学的代表作品的译介和研究，囿于意识形态的原因，在 20 世纪 50 年代相对迟滞，但迈入 80 年代后，有了长足的发展。1980 年美国印第安纳大学出版社出版了《太阳照在桑乾河上》（泰内·E·巴罗译，载《中华人民共和国的文学》）。1981 年，美国哥伦比亚大学出版社在聂华苓（Hualing Nieh）主编的《百花文学》第 2 卷中刊登了外文出版社《太阳照在桑乾河上》选段。笔者在 2015 年 12 月底依据 OCLC 进行检索发现，外文出版社 1954 年的英译本《太阳照在桑乾河上》的收藏图书馆为 102 家，而 1984 年外文出版社重新修订了 1954 年的译本，对外出版发行后获得了欧美学术界高度关注。该译本收藏图书馆达到了 192 家，扣除中国国家图书馆、上海图书馆和杭州图书馆三家国内馆，数字为 189 家，影响很大。具体见下表 11。

表格 11：《太阳照在桑乾河上》英译本（189 家）收藏图书馆一览表

序号	国家	图书馆名称
1	澳大利亚 9 家	莫纳什图书馆（MONASH UNIV LIBR）
2		默多克大学图书馆（MURDOCH UNIV LIBR）
3		南澳国立图书馆（STATE LIBR OF SOUTH AUSTRALIA）
4		东澳国立图书馆（STATE LIBR OF W AUSTRALIA）
5		阿德莱德大学图书馆（UNIV OF ADELAIDE）
6		墨尔本大学图书馆（UNIV OF MELBOURNE）
7		悉尼大学图书馆（UNIV OF SYDNEY）
8		西澳大学图书馆（UNIV OF WESTERN AUSTRALIA）
9		维多利亚大学图书馆（VICTORIA UNIV）
10	巴巴多斯 2 家	国家图书馆（NLB MAIN LIBRARY）
11		西印度大学图书馆（UNIV OF THE W INDIES）
12	加拿大 7 家	阿尔伯塔大学图书馆（UNIV OF ALBERTA）
13		西蒙弗雷泽大学（SIMON FRASER UNIV）
14		英属哥伦比亚大学（UNIV OF BRITISH COLUMBIA LIBR）
15		诺娃社区学院海滨图书馆（NSCC WATERFRONT CAM LIBR）

续表

16	加拿大7家	韦士顿大学图书馆（WESTERN UNIV）
17		约克大学图书馆（YORK UNIV LIBR）
18		麦吉尔大学图书馆（MCGILL UNIV）
19	瑞士1家	苏黎世大学图书馆（HAUPTBIBLIOTHEK UNIV OF ZURICH）
20	德国4家	巴伐利亚州立图书馆（BAYERISCHE STAATSBIBLIOTHEK）
21		FASK 图书馆（FASK—BIBLIOTHEK）
22		柏林自由大学（FREIE UNIV BERLIN）
23		维尔茨堡大学图书馆（UNIVERSITÃ„TSBIBLIOTHEK WÃœRZBURG）
24	英国5家	大英图书馆（BRITISH LIBR REFERENCE COLLECTIONS）
25		伦敦大学亚非学院图书馆（SOAS UNIV OF LONDON）
26		利兹大学图书馆（UNIV OF LEEDS）
27		纽卡斯大学图书馆（UNIV OF NEWCASTLE）
28		牛津大学图书馆（UNIV OF OXFORD）
29	中国香港2家	中国香港浸会大学图书馆（HONG KONG BAPTIST UNIV）
30		中国香港科技大学图书馆 （HONG KONG UNIV OF SCI & TECH, THE）
31	爱尔兰1家	都柏林三一学院（TRINITY COLL DUBLIN）
32	以色列1家	特拉维夫大学图书馆（ TEL AVIV UNIV）
33	牙买加1家	西印度大学莫纳图书馆（ UNIV OF THE W INDIES, MONA CAM）
34	日本1家	长崎县立图书馆（NAGASAKI PREFECTURAL GOVT）
35	荷兰1家	社会历史研究所（INT INST OF SOCIAL HIST）
36	新西兰2家	新西兰国立图书馆（ NATIONAL LIBR OF NEW ZEALAND）
37		维多利亚大学惠灵顿图书馆 （VICTORIA UNIV OF WELLINGTON LIBR）
38	新加坡1家	南洋理工大学图书馆（NANYANG TECHNOLOGICAL UNIV）
39	泰国1家	法政大学图书馆（THAMMASAT UNIV LIBR）
40	中国台湾2家	现代历史研究所（INSTITUTE OF MODERN HIST）
41		中央图书馆（NATIONAL CENTRAL LIBR）

42	美国阿拉斯加 2家	埃奇库姆山高中图书馆（MOUNT EDGECUMBE HIGH SCH LIBR）
43		阿拉斯加大学，埃尔默·E.拉斯姆逊图书馆（UNIV OF ALASKA, ELMER E RASMUSON LIBR）
44	美国阿肯色 1家	阿肯色大学小石城图书馆（UNIV OF ARKANSAS, LITTLE ROCK）
45	美国亚利桑那 1家	亚利桑那大学图书馆（UNIV OF ARIZONA）
46	美国加利福尼亚州19家	ALIBRIS 在线书城
47		加州理工学院图书馆（CALIFORNIA INST OF TECH）
48		加州州立大学萨克拉曼多分校图书馆（CALIFORNIA STATE UNIV, SACRAMENTO）
49		加州州立大学斯塔尼斯劳斯分校图书馆（CALIFORNIA STATE UNIV, STANISLAUS）
50		旧金山城市学院图书馆（CITY COL OF SAN FRANCISCO）
51		福瑞森县立图书馆（FRESNO CNTY FREE LIBR）
52		洪堡特州立大学图书馆（HUMBOLDT STATE UNIV）
53		洛杉矶公共图书馆（LOS ANGELES PUB LIBR）
54		洛约拉玛莉曼特大学（LOYOLA MARYMOUNT UNIV）
55		圣玛丽学院图书馆（SAINT MARY'S COL LIBR）
56		圣地亚哥大学图书馆（SAN DIEGO STATE UNIV LIBR）
57		旧金山公共图书馆（SAN FRANCISCO PUB LIBR）
58		旧金山州立大学图书馆（SAN FRANCISCO STATE UNIV LIBR）
59		圣何塞州立大学（SAN JOSE STATE UNIV）
60		加州伯克利大学图书馆（UNIV OF CALIFORNIA, BERKELEY）
61		加州大学洛杉矶分校图书馆（UNIV OF CALIFORNIA, LOS ANGELES）
62		加州大学河滨分校图书馆（UNIV OF CALIFORNIA, RIVERSIDE）
63		旧金山大学格里森图书馆（UNIV OF SAN FRANCISCO, GLEESON LIBR）
64		维特尔学院图书馆（WHITTIER COL）

续表

65	美国科罗拉多 3家	科罗拉多州立大学图书馆（COLORADO STATE UNIV）
66		大都会东南图书馆联合服务机构（SOUTHEAST METROP BRD OF COOP SERV）
67	美国科罗拉多 3家	北科罗拉多大学图书馆（UNIV OF NORTHERN COLORADO）
68	美国康涅狄格 2家	耶鲁大学图书馆（YALE UNIV LIBR）
69		卫斯理大学图书馆（WESLEYAN UNIV）
70	美国华盛顿特 区3家	国会图书馆（LIBRARY OF CONGRESS）
71		乔治敦大学图书馆（GEORGETOWN UNIV）
72		乔治·华盛顿大学图书馆（GEORGE WASHINGTON UNIV）
73	美国特拉华州 1家	特拉华大学图书馆（UNIV OF DELAWARE）
74	美国佛罗里达 州3家	北佛罗里达大学图书馆（UNIV OF N FLORIDA, CARPENTER LIBR）
75		佛罗里达大学图书馆（UNIV OF FLORIDA）
76		佛罗里达大西洋大学图书馆（FLORIDA ATLANTIC UNIV）
77	美国乔治亚州 3家	乔治亚大学（UNIV OF GEORGIA）
78		乔治亚州立大学（GEORGIA STATE UNIV）
79		埃默里大学图书馆（EMORY UNIV）
80	美国夏威夷州 3家	夏威夷大学马诺阿图书馆（UNIV OF HAWAII AT MANOA LIBR）
81		杨百翰大学夏威夷分校图书馆（BRIGHAM YOUNG UNIV, HAWAII CAM）
82	美国爱荷华2 家	爱荷华大学图书馆（UNIV OF IOWA LIBR）
83		爱达荷学院图书馆（COLLEGE OF IDAHO, THE）
84	美国伊利诺伊 4家	伊利诺伊大学图书馆（UNIV OF ILLINOIS）
85		南伊利诺伊大学图书馆（SOUTHERN ILLINOIS UNIV）
86		北伊利诺伊大学图书馆（NORTHERN ILLINOIS UNIV）
87		芝加哥公共图书馆（CHICAGO PUB LIBR）
88	美国印第安纳 3家	瓦尔帕莱索大学图书馆（VALPARAISO UNIV）
89		圣母大学图书馆（UNIV OF NOTRE DAME）

90	美国印第安纳3家	普度大学图书馆（PURDUE UNIV）
91	美国堪萨斯1家	堪萨斯大学（UNIV OF KANSAS）
92	美国肯塔基1家	路易斯维尔大学图书馆（UNIV OF LOUISVILLE）
93		马萨诸塞大学波士顿分校图书馆（UNIV OF MASSACHUSETTS AT BOSTON）
94		马萨诸塞大学阿姆赫斯特分校图书馆 （UNIV OF MASSACHUSETTS AMHERST）
95		史密斯学院图书馆（SMITH COL）
96	美国马萨诸塞9家	蒙特霍利约克学院（MOUNT HOLYOKE COL）
97		哈佛大学燕京图书馆（HARVARD UNIV, YENCHING LIBR）
98		哈佛大学哈佛学院图书馆（HARVARD UNIV, HARVARD COL LIBR）
99		波士顿学院图书馆（BOSTON COL）
100		安姆斯特学院图书馆（AMHERST COL）
101		罕布什尔学院（HAMPSHIRE COL）
102	美国马里兰2家	马里兰大学公园学院图书馆（UNIV OF MARYLAND, COL PARK）
103		洛约拉圣母图书馆（LOYOLA NOTRE DAME LIBR）
104	美国缅因州2家	鲍登学院共享图书馆（BOWDOIN COLL — SHARED COLLECTIONS）
105		鲍登学院图书馆（BOWDOIN COL）
106		密歇根大学图书馆（UNIV OF MICHIGAN LIBR）
107		奥克莫斯艾慕中学公共图书馆（OKEMOS ELEM PUB SCH）
108		密歇根州立大学图书馆（MICHIGAN STATE UNIV）
109	美国密歇根7家	卡拉马祖学院图书馆（KALAMAZOO COL）
110		中密歇根大学图书馆（CENTRAL MICHIGAN UNIV）
111		阿尔玛学院图书馆（ALMA COL）
112		艾德里安学院（ADRIAN COL）
113	美国明尼苏达州5家	圣班奈迪克学院／圣约翰大学（COLLEGE OF ST BENEDICT）
114		康科迪亚学院图书馆（CONCORDIA COL LIBR）

115	美国明尼苏达州5家	圣澳拉夫学院图书馆（SAINT OLAF COL）
116		明尼苏达大学德鲁斯图书馆（UNIV OF MINNESOTA, DULUTH）
117		明尼苏达大学明尼阿伯利斯图书馆（UNIV OF MINNESOTA, MINNEAPOLIS）
118	美国密苏里州2家	密苏里大学哥伦比亚图书馆（UNIV OF MISSOURI——COLUMBIA）
119		华盛顿大学图书馆（WASHINGTON UNIV）
120	美国蒙大拿州1家	蒙大拿大学曼菲斯尔德图书馆 （UNIV OF MONTANA, MANSFIELD LIBR）
121	美国卡罗莱纳州4家	贝克泰勒科技服务开发中心图书馆 （BAKER & TAYLOR INC TECH SERV & PROD DEV）
122		杜克大学图书馆（DUKE UNIV LIBR）
123		北卡罗来纳州立大学图书馆（NORTH CAROLINA STATE UNIV）
124		卡罗来纳大学教堂山图书馆（UNIV OF N CAROLINA, CHAPEL HILL）
125	美国内布拉斯加1家	内布拉斯加大学奥马哈分校图书馆 （UNIV OF NEBRASKA AT OMAHA）
126	美国新罕布什尔州1家	YBR 图书馆服务中心（YBP LIBRARY SERVICES）
127	美国新泽西5家	百年学院图书馆（CENTENARY COL）
128		新泽西学院（COLLEGE OF NEW JERSEY, THE）
129		普林斯顿大学东亚图书馆 （EAST ASIAN LIBR AT PRINCETON UNIV）
130		普林斯顿大学图书馆（PRINCETON UNIV）
131		拉马坡西学院新泽西图书馆（RAMAPO COL OF NEW JERSEY LIBR）
132	美国纽约州18家	纽约布法罗艾瑞公共图书馆（BUFFALO & ERIE CNTY PUB LIBR）
133		科尔盖特大学（COLGATE UNIV）
134		哥伦比亚大学图书馆（COLUMBIA UNIV）
135		康奈尔大学图书馆（CORNELL UNIV）
136		霍巴特和威廉史密斯学院（HOBART & WILLIAM SMITH COL）
137		亨特学院图书馆（HUNTER COL）
138		纽约公共图书馆（NEW YORK PUB LIBR）

续表

139	美国纽约州 18家	纽约大学图书馆（NEW YORK UNIV）
140		皇后区公共图书馆（QUEENS BOROUGH PUB LIBR）
141		圣波拿文都大学（SAINT BONAVENTURE UNIV）
142		圣劳伦斯大学（SAINT LAWRENCE UNIV）
143		圣约翰大学图书馆网络（ST JOHNS UNIV LIBR NETWORK）
144		纽约州立大学石溪分校（STONY BROOK UNIV）
145		纽约州立大学新帕尔兹学院（SUNY AT NEW PALTZ）
146		纽约州立大学杰纳苏学院（ SUNY COL AT GENESEO）
147		纽约州立大学古西堡分校图书馆（ SUNY COL AT OLD WESTBURY）
148		罗彻斯特大学图书馆（UNIV OF ROCHESTER）
149		瓦萨学院图书馆（VASSAR COL）
150	美国俄亥俄州 4家	丹尼森大学图书馆（DENISON UNIV）
151		俄亥俄西北 REGN 书城 （NORTHWEST OHIO REGN BOOK DEPOSITORY）
152		oclc 在线图书馆（OCLC OLD LIBR）
153		威腾堡大学图书馆（WITTENBERG UNIV）
154	美国俄勒冈州 5家	太平洋大学图书馆（PACIFIC UNIV）
155		波特兰州立大学（ PORTLAND STATE UNIV LIBR）
156		里德学院图书馆（REED COL LIBR）
157		俄勒冈大学图书馆（UNIV OF OREGON LIBR）
158		威拉姆特大学图书馆（WILLAMETTE UNIV）
159	美国宾夕法尼 亚州5家	奥尔布莱特学院金里奇图书馆（ALBRIGHT COL, GINGRICH LIBR）
160		迪金森学院图书馆（DICKINSON COL）
161		德雷塞尔大学图书馆（DREXEL UNIV）
162		盖茨堡学院（GETTYSBURG COL）
163		宾夕法尼亚大学图书馆（UNIV OF PENNSYLVANIA）
164	美国罗德岛州 1家	布朗大学图书馆（BROWN UNIV）

续表

165	美国德克萨斯州6家	贝勒大学图书馆（BAYLOR UNIV）
166		普雷里维尤农工大学（PRAIRIE VIEW A&M UNIV）
167		斯蒂芬奥斯汀州立大学（STEPHEN F AUSTIN STATE UNIV）
168	美国德克萨斯州6家	德克萨斯农工大学图书馆（TEXAS A&M UNIV）
169		德克萨斯路德大学布伦伯格纪念图书馆 （TEXAS LUTHERAN UNIV, BLUMBERG MEM LIBR）
170		德克萨斯大学达拉斯图书馆（UNIV OF TEXAS AT DALLAS）
171	美国犹他州2家	盐湖城县立公共图书馆（SALT LAKE CITY PUB LIBR）
172		犹他大学图书馆（UNIV OF UTAH）
173	美国弗吉尼亚州6家	乔治梅森大学图书馆（GEORGE MASON UNIV）
174		汉普顿大学图书馆（HAMPTON UNIV）
175		北弗吉尼亚社区学院（NORTHERN VIRGINIA COMMUN COL）
176		甜石南学院（SWEET BRIAR COL LIBR）
177		弗吉尼亚大学图书馆（UNIV OF VIRGINIA）
178		华盛顿与李大学图书馆（WASHINGTON & LEE UNIV）
179	美国佛蒙特州3家	约翰逊州立学院（JOHNSON STATE COL LIBR）
180		诺威治大学（NORWICH UNIV）
181		佛蒙特州立图书馆（VERMONT DEPT OF LIBR, PROC CTR）
182	美国华盛顿州6家	华盛顿大学中心图书馆（CENTRAL WASHINGTON UNIV）
183		国王县立图书馆系统（KING CNTY LIBR SYST）
184		太平洋路德大学图书馆（PACIFIC LUTHERAN UNIV）
185		华盛顿大学图书馆（UNIV OF WASHINGTON LIBR）
186		华盛顿州立大学图书馆（WASHINGTON STATE UNIV）
187		西华盛顿大学图书馆（WESTERN WASHINGTON UNIV）
188	美国威斯康星州1家	威斯康星大学麦迪逊分校图书馆 （UNIV OF WISCONSIN, MADISON, GEN LIBR SYS）
189	美国怀俄明州1家	怀俄明大学图书馆（UNIV OF WYOMING LIBR）

通过上表 11 可以看出，外文出版社 1984 年的英译本，欧美图书馆收藏数量为 189 家，与《白毛女》（503 家）有不小差距，但已经超过了周立波的《暴风骤雨》（172 家）。这表明三部获得斯大林文学奖的作品中，以《白毛女》影响最大，其次是《太阳照在桑乾河上》，《暴风骤雨》排在第三位。

《太阳照在桑乾河上》的这 189 家的国家和地区分布情况为：美国（148）、澳大利亚（9）、加拿大（7）、英国（5）、德国（3）、中国香港（2）、新西兰（2）、中国台湾（2）、巴巴多斯（2）、爱尔兰（1）、以色列（1）、牙买加（1）、日本（1）、荷兰（1）、新加坡（1）、泰国（1）、瑞士（1）家。译者虽然都是杨宪益、戴乃迭夫妇，但 1984 年对外传播发行时，题目改为 "The sun shines over the sanggan river"。据 OCLC Worldcat 数据，1984 年版馆藏量为 189 家，比 1954 年译本的收藏 100 家图书馆多了 89 家，将近 1 倍之多。这也再次验证了欧美学术界对于丁玲《太阳照在桑乾河上》的研究与关注，是在中国改革开放之后。

《太阳照在桑乾河上》除英译本外，其他语种译本还有丹麦语译本（1950）、在巴西出版的葡萄牙语译本、德语译本及外研社法语译本（1993）等等，但都没有英译本的传播范围广泛。

第三节　《太阳照在桑乾河上》的域外学术研究

1951 年《太阳照在桑乾河上》与周立波的《暴风骤雨》、贺敬之和丁毅的歌剧《白毛女》同时获得斯大林文学奖，使这部作品获得的国际关注，初步确定了其国际影响力的基础。对于它的译介与研究差不多同时开始。其中获得评价最高的是来自苏联以及东欧的学术界。《太阳照在桑乾河上》俄译本问世之后，在苏联读者、文学界、汉学界都引起了巨大反响，苏联《真理报》《消息报》《文学报》《苏联文学》《新时代》《远东》杂志等数十家报刊，争相跟踪报道，发表消息，介绍作家，刊登读者来信，组织读者讨论会，发表读者和专家的评论文章。

该书俄文译本译者、著名汉学家 H·波兹德涅耶娃，在其译者序言中多次指出："这部小说全面地而非简单化地反映了土改这一复杂历史程，作品以大部分篇幅描写了解放区新的人、新的组织……解放区农村生活的一切新生事物"，同时"也非常注意描写农村的反动势力"，"解放区的土地改革以其全部的复杂性被展现在我们面前"[1]。H·波兹德涅耶娃首先对该作品描写人物之众多、反映事件之复杂、题材之宏巨性给予了充分的肯定。

另一位著名汉学家H·费德林对此亦有同感，他说："总的看来，《太阳照在桑乾河上》开头部分比后面写得更充实、宏伟，读者读起来就会想到，自己是在读一部史诗。[2]"但是，在其另一部著作中他又指出，这一长篇的史诗性内容，固然与它题材的宏大性有关，但更为重要的是"丁玲既不简单化也不夸大地反映了包含着全部复杂性和多样化的生活真实。也许作家的才能在这里表现得更充分和多方面。这位语言艺术家所描写的暴风雨将临的情景是令人难忘的"。[3]作品之所以能达到如此的艺术效果，波兹德涅耶娃对此也做了深入探讨，她认为："长篇小说《太阳照在桑乾河上》的基本优点是运用现实主义手法描写人，就其全部复杂性和多样性方面在于描写中国农村的活生生的人。"[4]她指出，丁玲继承中国近代长篇小说传统，对作品中每个主要人物都写成一个单独的短篇，从而展示其经历与性格特征。所以，她称"这部作品，就其艺术技巧，其展示形象和事件的现实主义手法而论，表明了女作家的长足进步"，"表明了丁玲创作已进入符合创作规律的时期"，"对创建新民主的真正的现实主义文学做出了重大贡献"。

与苏联差不多同时关注这部作品的还有日本，1953年尾板德司的第一部丁玲研究的专著《丁玲入门》由青木书店出版，当中着力介绍了《太阳照在桑乾河上》，并结合时代创作背景加以分析。日本著名翻译家、文学评论家中岛碧的《丁玲论》是一篇颇有独特见地、非常有分量的专论，代表了日本学术界对于丁玲文学艺术水平的评价。他认为丁玲的作品风格发生了几次变化，由自我表白型小说变为长篇客观型小说，前者代表作是《梦河》《莎菲女士的日记》，后者代表作是《母亲》和《太阳照在桑乾河上》。在论述"自我表白型"小说时，中岛碧先生指出：在对于青年男女的性爱的描写上，"丁玲比她先辈或同辈中

[1]（俄）波兹德涅耶娃：《〈太阳照在桑于何上〉俄译本第二版序言》，《太阳照在桑乾河上》俄译本（第二版），莫斯科外国文学出版社，1952年，汉译文载宋绍香译／编：《中国解放区文学俄文版序跋集》，中国文史出版社，2004年，第29、31—32页。

[2]（俄）H·费德林，李荣生择，毛树智校：《丁玲印象记》，载孙瑞珍、王中忱编：《丁玲研究在国外》，湖南人民出版社，1985年，第400页。

[3] 参见（俄）H·费德林：《中国文学（俄文版）》，莫斯科国家文学出版社，1955年。

[4] 注释同上。

的任何一位作家（不论男女）都出色。甚至可以说，敢于如此大胆地从女主人公的立场寻求爱与性的意义，在中国近代文学史上丁玲是第一人"。他进而指，"从这个意义上说，丁玲是近代中国文学中员早而且尖锐地提出关于'女人'，的本质、男女的爱和性的意义问题的作家。她不是从所谓在政治、社会中取得妇女解放妇女权利的观点提出这个问题，她本身也不一定充分意识到了她自己的这些问题，但具有和人的精神和感性最深奥的自由与解放的问题联系起来的可能性"。[1] 另一位研究者田畑佐和子也持有类似观点，认为由这部作品开始，丁玲创作由关注自身转向了"社会性"。

除了日本之外，新加坡文学界也对《太阳照在桑乾河上》有所关注，比如新加坡文艺协会会长、前华文作家协会会长骆明在《她就是丁玲》一书中提到《太阳照在桑乾河上》，说这不可能是闭门造车的创造，需要作者的身临其境才能写出这样的作品。

20 世纪 80 年代之后，逐渐有相关学者对于这部作品进行研究，其主要观点从 Jstor 数据库当中的文章可窥见一二。《太阳照在桑乾河上》的学术提及率为 32 篇，其中正文提及的是 27 篇，其他是在注释中提到该书。这是中国当代文学作品，一些具有代表性的文章反映了本书在英语国家，尤其是美国的传播情况。

如 1982 年 12 月，美国学者梅仪慈（Yi—Tsi Mei Feuerwerker）出版了她关于丁玲研究的经典著作《丁玲的小说》（Ding Ling's fiction： Ideology and Narrative in Modern Chinese Literature）[2]，后来成为丁玲研究的经典之作，此书第四章"作为历史的文学"（history as literature）详细分析了《太阳照在桑乾河上》。《中国文学》杂志、剑桥大学出版社（Cambridge University Press）的季刊《社会历史学比较研究》（Comparative Studies in Society and History）以及《太平洋季刊》（Pacific Affairs）等多家知名杂志都刊载了书评，这表明二十世纪 80 年代初期，丁玲文学作品研究重新受到了重视。其中，载于《中国文学》的书评是由美国另一位丁玲研究的专家——汉学家白露（Tani Barlow）撰写 [3]，她认同梅仪慈有

---

[1] （日）中岛碧，袁蕴华、裴峥译：《丁玲论》，载孙瑞珍、王中忱编：《丁玲研究在国外》，湖南人民出版社，1985 年，第 170、第 173 页。

[2] *Ding Ling's fiction： Ideology and Narrative in Modern Chinese Literature*，Yi—Tsi Mei Feuerwerker，Harvard University Press，1982—12.

[3] *Chinese Literature: Essays, Articles, Reviews (CLEAR)*，Vol. 5, No. 1/2 (Jul., 1983)

关"情节"（plot）的阐释，认为丁玲在情节和人物塑造方面的处理为亲历的历史转换成小说提供了可能性；载于《社会历史学比较研究》的书评则是以色列汉学家伊爱莲（Irene Eber）的文章，她认为《太阳照在桑乾河上》并没有受到它应得的重视，而读者们应当感谢梅仪慈博士对于这部小说的具有洞见的剖析。同时她也赞同梅仪慈关于《莎菲女士的日记》与《太阳照在桑乾河上》"无论是从'时间上还是意识形态上'，都是两极化的"这一观点。

除了以上专业从事丁玲研究的汉学家之外，还有不少学者以其他视角切入。比如将该书看作是研究中国解放区文学、研究中国土地革命历史的图书。在题为《中国改革中农民阶级的挣扎》[1]的文章中挑选了钱文贵这一人物来说明，他的命运不只由阶级地位决定（钱文贵有 10 亩地，按标准只能算作状况较好的中农而已），而是他的不择手段激怒了乡民。还有的将这部作品置于"延安文艺座谈会的讲话"之后百花文学的群体之中加以分析，研究政治与写作的关系问题。较为典型的是一篇关于前文所提到的哥伦比亚大学《百花文学》丛书的书评。也有学者从女性主义的视角进行研究，如前文提到的白露所做的研究路径就是如此。总之，无论是拿《太阳照在桑乾河上》与《莎菲女士的日记》所做的纵向比较，还是与同时代同题材的作品，如周立波的《暴风骤雨》，甚至与张爱玲的《秧歌》[2]的横向比较，都显示出不同研究者对于丁玲以及这部作品的浓厚兴趣。

然而，值得提出的是，不少英美的研究者都认为这部作品有浓厚的意识形态烙印，甚至在某种程度上削弱了作品的文学价值，这里有深刻的时代背景因素。如关于意识形态与文学写作、文学批评的关系问题，在 60 年代初，有两位举足轻重的学者曾有过激烈交锋。美国学者夏志清（C. T. Hsia）和捷克汉学家普实克（Jaroslav Průšek）[3]身处"铁幕"两端，在荷兰莱顿的《通报》[4]上进行了一场论战，《太阳照在桑乾河上》也被论及。1961 年 3 月，耶鲁大学出版夏志清的《中国现代小说史》，成为第一本用英语写就的中国现代小说史著作，开创

---

[1] *Modern China*, Vol. 21, No. 1, Symposium：Rethinking the Chinese Revolution

[2] Howard Goldblatt：*The China Quarterly*, No. 159, *Special Issue：The People's Republic of China after 50 Years*(Sep., 1999), pp. 760—761

[3] 捷克斯洛伐克最著名的汉学家，是布拉格汉学学派奠基者。

[4] 创办于 1890 年，由法、荷汉学家联合主编的《通报》（T'oungPao, 简称 T.P：），是一份专业的、国际性的汉学研究杂志。

了美国汉学界现当代文学研究的道路，也为中国现当代文学评论提供了另一个视角。然则书中对丁玲的评价实在不高，尤其对《水》和《太阳照在桑乾河上》多有诟病。1962 年，普实克在《通报》发表文章，题为《现代中国小说史的基本问题——评夏志清〈中国现代小说史〉》[1]。在文章开篇，普实克就毫不客气地指出任何科学家不应被主观左右，需要采取科学客观的方法看待一切学科。在谈到《太阳照在桑乾河上》时，他表示夏志清通过陈文贵被批斗这一片段抨击共产党。而关于这部作品"由无数小的片段构筑出革命变化中中国农村真实生动的巨大拼图"这一点，夏志清却只字未提。"丁玲试图客观记录社会复杂且痛苦的重建过程的努力，在我们的作者（夏志清）那里，仅仅作为一个借口，供他从中寻找丁玲'对共产党政权潜在的敌意'的迹象。"[2] 夏志清随即发表针锋相对的反驳文章[3]《关于现代中国文学的"科学"研究——答普实克教授》。在"科学"方法等问题上寸步不让的夏志清，论及丁玲时，说："回过头来看，我认为我对丁玲的不公平，并不在于我对她特定作品，《水》和《太阳照在桑乾河上》的错误评价，而是因为我没有选取她最个性化的作品。如果我专注在她早期的或者延安时期的文学作品，可能对她的成就有不同的结论。"[4] 以上两个评论可以大致视作海外学者看待《太阳照在桑乾河上》的两种态度。

总之，今天当我们重新回顾《太阳照在桑乾河上》获得世界影响的历程可以知道，尽管一部文学作品有自己的内在生命力，但这种内在生命力同样需要外在的环境：即与时代主旨相适宜的传播渠道和传播资源，才能使这种文学生

---

[1] *T'oung Pao, Second Series*, Vol. 49, Livr. 4/5 (1962), pp. 357—404

[2] "Of Ting Ling's equally large production of the War and post—War years, our author gives a short summary of the contents of the novel 'Sun over the Sangkan River' and reproduces the description of the scene in which the people punish the landowner, Ch'ien Wen—kuei, again exploiting this passage for attacks on the Communist Party. Of the art of Ting Ling, whose immense number of detail shots build up to an exceptionally lively and truthful mosaic of life in a Chinese village in the period of revolutionary change, C. T. Hsia says practically nothing. Her striving after the objective documenting of this complex and often painful process of social regeneration serves our author only as a pretext for seeking in the writer's work signs of 'a latent hostility toward the Communist regime' (p. 488)."

[3] *T'oung Pao, Second Series*, Vol. 50, Livr. 4/5 (1963), pp. 428—474

[4] In retrospect, I believe I have been unfair to Ting Ling not because my estimates of her particular works, *Water* and *Sun over the Sangkan River*, are mistaken, but because they are not her most characteristic works. If I had focused attention on her early stories and Yenan stories, a different picture of her achievement would have resulted

命力得到更大的发挥。丁玲的作品很多，如《莎菲女士日记》《某夜》《三八节有感》等，但真正使丁玲获得世界影响的图书是《太阳照在桑乾河上》上，并一举确立了丁玲在中国当代文学史上的主流作家地位。这种主流社会评价的认可便是该书 1951 年获得斯大林文学奖。英语学术界与苏联等东欧国家、日本的学者对于《太阳照在桑乾河上》这部作品的学术评价截然不同的态度，可以发现依据国际政治、时代意识形态对于文学作家、作品所进行的文学批评，对于文学作品的国际传播具有很大的影响。不管域外的文学评价观点以及彼此之间对立达到什么程度，对于作家作品而言，其前提和基础是作品是否具有内在的时代精神。在这一点上，《太阳照在桑乾河上》与《白毛女》《小二黑结婚》一样，成功地做到了这一点。

第四章 《暴风骤雨》在世界的传播与影响

　　周立波的《暴风骤雨》与丁玲的《太阳照在桑乾河上》一样，也是新中国成立初期就获得斯大林文学奖的长篇小说之一。因此梳理其获得世界影响的途径与域外传播效果，具有十分重要的理论现实意义。

　　据相关考证，《暴风骤雨》在国内的传播历程，首先是在报纸上连载。周立波于1946年10月到松江省珠河县（后改称尚志市）元宝区元宝镇参加土改，根据实际生活在1947年7月完成《暴风骤雨》上卷初稿。之后感到材料不够，又带初稿去五常县周家岗继续深入生活，参加"砍挖运动"，10月回哈尔滨，完成上卷创作。其中，《暴风骤雨》第一节、第二节、第三节、第四节分别连载于1947年12月25日、26日、27日、28日的《东北日报》，"抓地主"（第十六节）、"欢天喜地"（第十八节上、下）分别连载于1948年1月15日、24日、25日《东北日报》。1948年4月，《暴风骤雨》上卷由东北书店出版。1948年7月13日开始写作下卷，8月26日写出初稿，9月4日起，对初稿进行修改。第三稿到1948年12月2日，完成下卷的创作。1949年5月，《暴风骤雨》下卷由东北书店出版。

　　因为生活的真实，所以作品一出版便获得巨大成功，并于1951年获得斯大林文学奖。此后大约有十几个版本：（1）收入"中国人民文艺丛书"，北京新华书店1949年10月初版，印刷数量不详。（2）人民文学出版社，1954年5月北京第1版，首印326.4万册。(3)人民文学出版社，1956年8月北京第2版，印刷202万册。(4)人民文学出版社，1977年8月第19次印刷。(5)收入《周立波文集》第一卷，上海文艺出版社，1981年10月第1版。(6)收入"红色经典"，

1997 年 12 月北京第 1 次印刷。此外还有进行改编的版本。(7) 电影剧本版，林兰改编，中国电影出版社 1960 年 3 月出版。修订本由林蓝、谢铁骊改编，北京出版社 1961 年 7 月第 1 版。(8) 简写本。适宜具有初等汉语水平的外国读者阅读，魏怀莺改写，盛炎翻译，北京语言学院一系改写、注释，商务印书馆 1984 年 9 月出版。(9) 改写本。周立波原著，杨廷治摘录，林易改写，北京外国语学院出版社（今天的外研社）1985 年 10 月第 1 版，以汉英对照形式出版，主要供学习英语的人和懂英语的外国人在学习现代汉语时用作阅读材料。(10) 少年版。谢明清、宋昌琴节编，四川少年儿童出版社 1987 年第一版。(11) 收入《中华爱国主义文学名著文库》。童心缩写，北京燕山出版社 2000 年修订版。(12) 连环画。杨根相改编，施大畏绘画，上海人民美术出版社 2008 年 3 月第 1 版 [1]。据笔者依据《全国新书目》查到的人民文学出版社 1954 年、1956 年版的印刷数据为 528.4 万册，以此推算，《暴风骤雨》12 个版本的印刷发行数量至少在 1000 万册。

第一节 《暴风骤雨》的英译本

1951 年获得斯大林文学奖的《暴风骤雨》，一举确立了周立波在中国当代文学史上的主流作家地位。此后，《暴风骤雨》首先在苏俄以及东欧社会主义国家的多个语言的翻译与传播。如 1951 年苏联莫斯科外国文学出版社出版了苏联著名作家、汉学家 B·鲁德曼和 B·卡利诺科夫合译的《暴风骤雨》俄译本。同年，日本东京鸽子ハト书房也出版了日本著名汉学家、翻译家鹿地亘、安岛彬合译的《暴风骤雨》日译本。1952 年，莫斯科，外国文学出版社再版《暴风骤雨》，B·鲁德曼、B·卡利诺科夫合译，Б·舒普列佐夫校，该书收录了《出版者的话》和周立波《我怎样写〈暴风骤雨〉》一文。此后德意志民主共和国、捷克斯洛伐克、匈牙利等国也都先后出版了这部长篇小说的不同译本或节译本。目前能够查到的《暴风骤雨》捷克语版、波兰语和罗马尼亚语情况是，捷克曾有三家出版社出版，分别是 Ceskoslovensky Spisovatel 在 1951 出版，此后 Ceskoslovenský Spisovatel 在 1953 年再版，Statni Nakladatelstvi Krasne Literatury 在 1958 再次出版。罗马尼亚语版由 Editura de Stat Pentru Literaturǎ şj Artǎ 在 1952

---

[1] 程娟娟，《 "暴风骤雨" 的版本变迁研究》，《现对中国文化与文学》，2011 年第 2 期。

年出版，波兰语版由 Czytelnik 在 1953 出版。

其中外文出版社在 1955 年出版的英译本影响最大，而且创造了中国人英译作品的一个典范——那就是中国人英译自己的作品，尤其是翻译中国方言、土语等英译方面要比外国人好。

《暴风骤雨》英文版译者是著名翻译家许孟雄先生。对于许孟雄，今天知道的人可能不多。他 1922 年毕业于福州格致中学，1929 年毕业于清华大学英语系，为该系首届毕业生。1938 年，抗战爆发后，他只身到武汉八路军办事处，以党外人士身份参加由周恩来直接领导的、王炳南具体负责的对外宣传小组工作。其间，许孟雄首次把毛泽东的《论持久战》等多篇著作译成英文，同时还翻译了大量有关抗战的文章，陆续在国外刊物上发表，让海外人士更好地了解中国共产党及中国人民的抗日战争。当时美国著名记者兼作家斯诺看了他的译作，曾对他的精湛译艺大加赞赏。1949 年新中国成立后，先后任北京外国语学院（今北京外国语大学）和中国人民大学英语教授，一面教书，一面翻译。《暴风骤雨》《子夜》等就是这一时期翻译的成果。

《暴风骤雨》20 余万字，他于 1954 年 5 月开始动笔翻译，只用了四个多月时间就向出版社交了稿。《子夜》约 25 万字，许先生于 1956 年动笔翻译，按合同需一年完成，他却提前五个月就交了稿。其速度之快，令人赞叹。两书的英文版（*The Hurricane* 和 *Midnight*）问世后，在国外引起很大反响，读者纷纷对小说的内容和翻译质量给予很高的评价。后来两书的英文版在 1979 年和 1981 年又两次重印发行。

对于许孟雄先生在《暴风骤雨》一书的英译特色，福建师范大学张培基先生在 2000 年的一篇文章中介绍道：许孟雄的译作语言地道，流畅自然，富于表现力，不仅忠实于原文，而且又特别注意语篇神韵的再创造，力求保持原文的信息和体现原文的功能。并在文章中多处以《暴风骤雨》的一些段落为例，说明土语、方言的英译是多么传神 [1]。许孟雄的英译水准不仅受到西方人的高度认可，也引起了周总理的注意。周总理曾对许孟雄先生说："你翻译的《实践论》和《矛盾论》，美国著名记者斯诺先生读后大为赞扬。"根据长期从事中译外工作的胡志辉先生回忆，1981 年《中国文学》发表了长篇小说《死水微澜》下

---

[1] 详见 http://www.fli.com.cn/xumengxiong.htm

半部后，因深受好评，90 年代初又打算出单印本，便写信邀请美国著名汉学家葛浩文先生续译此书的上半部。但他回复说："你们不是已经有很好的译者了吗？还来请我干什么！"这个事实充分说明：中国人的翻译质量不一定就比外国人逊色[1]。

许孟雄先生的《暴风骤雨》英译本，在全球收藏图书馆数量达到 172 家，与同时获得斯大林文学奖的《白毛女》（503 家图书馆）要少很多。这可能主要是因为外文出版社在当时的欧美世界还不具有很高的知名度，再加上当时的时代背景，欧美社会普遍认为外文出版社具有官方背景，其所发行的图书，不管具有多高的翻译水准，均被打上"红色中国宣传"的烙印。

表格 12：《暴风骤雨》英译本（172 家）收藏图书馆国家、地区分布图

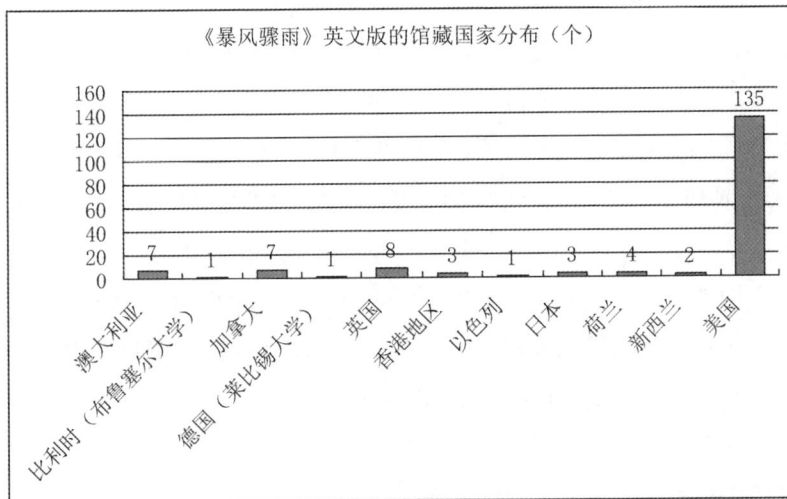

《暴风骤雨》英文版的馆藏国家分布（个）

由上图可以看出，全世界收藏《暴风骤雨》英文版一书最多的国家是美国，达到 135 家图书馆，其次是英国 8 家、加拿大和澳大利亚分别是 7 家，荷兰 4 家，日本和中国香港地区是 3 家，新西兰 2 家，比利时、德国、以色列各 1 家。

特别值得研究的是收藏《暴风骤雨》英文版的 135 家美国图书馆，扣除一些公共图书馆之后，大约 101 家全部是大学、研究机构的图书馆，具体名单如下：

1. 美国亚利桑那州立大学（ARIZONA STATE UNIV）；

2. 美国亚利桑那大学（UNIV OF ARIZONA）；

---

[1] 胡志辉，《从弱小到强大——汉译英的六十年发展之路》，《中华读书报》，2009 年 9 月 23 日。

3. 美国加州州立大学长滩分校（CALIFORNIA STATE UNIV, LONG BEACH）；

4. 美国查普曼大学（CHAPMAN UNIV LEATHERBY LIBR）；

5. 美国克莱蒙特学院（CLAREMONT COL ACQRC）；

6. 洛杉矶公共图书馆（LOS ANGELES PUB LIBR）；

7. 美国洛杉矶西方学院图书馆（OCCIDENTAL COL LIBR）；

8. 美国旧金山州立大学（SAN FRANCISCO STATE UNIV LIBR）；

9. 美国圣何塞州立大学（SAN JOSE STATE UNIV）；

10. 美国斯坦福大学（STANFORD UNIV LIBR）；

11. 美国加州大学戴维斯分校施菲尔德图书馆（UNIV OF CALIFORNIA, DAVIS, SHIELDS LIBR）；

12. 美国加州大学欧文分校（UNIV OF CALIFORNIA, IRVINE）；

13. 美国加州大学洛杉矶分校（UNIV OF CALIFORNIA, LOS ANGELES）；

14. 美国加州大学河滨分校（UNIV OF CALIFORNIA, RIVERSIDE）；

15. 美国加州大学南部联合图书馆（UNIV OF CALIFORNIA, S REG LIBR FAC）；

16. 美国加州大学圣地亚哥分校（UNIV OF CALIFORNIA, SAN DIEGO）；

17. 加州大学圣克鲁兹分校（UNIV OF CALIFORNIA, SANTA CRUZ）；

18. 美国南加州大学（UNIV OF SOUTHERN CALIFORNIA）；

19. 美国西部大学（UNIV OF THE WEST）；

20. 美国科罗拉多学院（COLORADO COL）；

21. 美国科罗拉多大学波尔德分校（UNIV OF COLORADO AT BOULDER）；

22. 美国丹佛大学彭罗斯图书馆（UNIV OF DENVER, PENROSE LIBR）；

23. 美国康涅狄格学院（CONNECTICUT COL）；

24. 美国康涅狄格大学（UNIV OF CONNECTICUT）；

25. 耶鲁大学图书馆（YALE UNIV LIBR）；

26. 美国乔治·华盛顿大学（GEORGE WASHINGTON UNIV）；

27. 美国乔治敦大学（GEORGETOWN UNIV）；

28. 美国国会图书馆（LIBRARY OF CONGRESS）；

29. 美国佛罗里达大学（UNIV OF W FLORIDA）；

30. 美国佐治亚州立大学（GEORGIA STATE UNIV）；

31. 美国夏威夷大学希洛分校（UNIV OF HAWAII AT HILO）、美国夏威夷大学马诺分校（UNIV OF HAWAII AT MANOA LIBR）；

32. 美国格林内尔学院（GRINNELL COL）；

33. 美国艾奥瓦大学（UNIV OF IOWA LIBR）；

34. 美国西北大学（NORTHWESTERN UNIV）；

35. 美国南伊利诺伊大学（SOUTHERN ILLINOIS UNIV）；

36. 美国南伊利诺伊大学爱德华分校（SOUTHERN ILLINOIS UNIV AT EDWARDSVILLE）；

37. 美国芝加哥大学（UNIV OF CHICAGO）；

38. 美国伊利诺伊大学（UNIV OF ILLINOIS）；

39. 美国德宝尔大学（DEPAUW UNIV）；

40. 美国厄勒姆学院（EARLHAM COL）；

41. 美国印第安纳大学（INDIANA UNIV）；

42. 美国堪萨斯大学（UNIV OF KANSAS）；

43. 美国肯塔基大学（UNIV OF KENTUCKY LIBR）；

44. 美国波士顿学院（BOSTON COL）；

45. 美国波士顿公共图书馆（BOSTON PUB LIBR）；

46. 美国哈佛大学哈佛学院图书馆（HARVARD UNIV, HARVARD COL LIBR）；

47. 哈佛燕京图书馆（HARVARD UNIV, YENCHING LIBR）；

48. 美国东北大学（NORTHEASTERN UNIV）；

49. 美国史密斯学院（SMITH COL）；

50. 美国马萨诸塞大学安默斯特分校（UNIV OF MASSACHUSETTS AMHERST）；

51. 美国韦尔斯利学院 玛格丽特·克拉普图书馆（WELLESLEY COL, MARGARET CLAPP LIBR）；

52. 美国伍德学院（HOOD COL）；

53. 美国农业图书馆（NATIONAL AGR LIBR）；

54. 美国鲍登学院（BOWDOIN COL）；

55. 美国底特律公共图书馆（DETROIT PUB LIBR）；

56. 美国东密歇根大学（EASTERN MICHIGAN UNIV）；

57. 美国密歇根州立大学（MICHIGAN STATE UNIV）；

58. 美国奥克兰大学（OAKLAND UNIV）；

59. 美国密歇根大学（UNIV OF MICHIGAN LIBR）；

60. 美国韦恩州立大学（WAYNE STATE UNIV）；

61. 美国西密歇根州立大学（WESTERN MICHIGAN UNIV）；

62. 美国卡尔顿学院（CARLETON COL）；

63. 美国明尼苏达州立大学莫尔里德分校（MINNESOTA STATE UNIV MOORHEAD）；

64. 美国圣凯瑟琳大学（ST CATHERINE UNIV）；

65. 美国密苏里大学哥伦比亚分校（UNIV OF MISSOURI—COLUMBIA）；

66. 美国蒙大拿州立大学图书馆（MONTANA STATE UNIV, MSU LIBR）；

67. 美国杜克大学（DUKE UNIV LIBR）；

68. 美国北卡罗来纳大学教堂山分校图书馆（UNIV OF N CAROLINA, CHAPEL HILL）；

69. 美国内布拉斯加林肯大学（UNIV OF NEBRASKA AT LINCOLN）；

70. 美国达特茅斯学院（DARTMOUTH COL）；

71. 美国新罕布什尔州大学（UNIV OF NEW HAMPSHIRE）；

72. 普林斯顿大学东亚图书馆（EAST ASIAN LIBR AT PRINCETON UNIV）；

73. 美国弗莱格狄金森大学（FAIRLEIGH DICKINSON UNIV）；

74. 美国里德大学（RIDER UNIV LIBR）；

75. 美国内华达大学拉斯维加斯分校（UNIV OF NEVADA LAS VEGAS）；

76. 美国水牛城州立学院（BUFFALO STATE COL）；

77. 美国哥伦比亚大学（COLUMBIA UNIV）；

78. 美国康奈尔大学（CORNELL UNIV）；

79. 美国霍夫斯特拉大学（HOFSTRA UNIV）；

80. 纽约公共图书馆（NEW YORK PUB LIBR）；

81. 纽约大学（NEW YORK UNIV）；

82. 美国纽约州立大学宾汉姆顿图书馆（STATE UNIV OF NEW YORK, BINGHAMTON LIBR）；

83. 纽约州立大学水牛城分校（SUNY AT BUFFALO）；

84. 美国犹他大学（UTICA COL）；

85. 美国瓦萨学院（VASSAR COL）；

86. 美国迈阿密大学（MIAMI UNIV）；

87. 美国俄亥俄州立大学（HIO STATE UNIV）；

88. 美国俄勒冈大学（NIV OF OREGON LIBR）；

89. 美国迪金森学院（DICKINSON COL）；

90. 匹兹堡大学（UNIV OF PITTSBURGH）；

91. 美国莱斯范登图书馆（RICE UNIV, FONDREN LIBR）；

92. 美国布朗大学（BROWN UNIV）；

93. 纽约州立大学弗雷多尼亚分校（SUNY COL AT FREDONIA）；

94. 美国德克萨斯大学奥斯汀分校（UNIV OF TEXAS AT AUSTIN）；

95. 美国杨百翰大学（IBRIGHAM YOUNG UNIV LIBR）；

96. 美国弗吉尼亚大学（UNIV OF VIRGINIA）；

97. 美国华盛顿大学（UNIV OF WASHINGTON LIBR）；

98. 美国华盛顿州立大学（WASHINGTON STATE UNIV）；

99. 美国米德尔伯里学院（MIDDLEBURY COL）；

100. 威斯康星大学格里森图书馆（NIV OF WISCONSIN, GREEN BAY）；

101. 美国威斯康星大学麦迪逊分校中心图书馆（NIV OF WISCONSIN, MADISON, GEN LIBR SYS）。

由上述一长串美国图书馆名称可以看出，《暴风骤雨》一书的英文版几乎涵盖了美国本土的 48 个州和海外的夏威夷州，从东海岸到西海岸，均为美国最为著名的常春藤大学到各个州立大学，该书作为中国研究的学术用途十分明显。

这种情况在英国也是如此。如英国收有《暴风骤雨》的图书馆有：大英图书馆（BRITISH LIBR）、剑桥大学（CAMBRIDGE UNIV）、国立威尔士图书馆（NATIONAL LIBR OF WALES）、英国利兹大学（UNIV OF LEEDS）、伦敦大学东方与非洲研究院（UNIV OF LONDON, SCH OF ORIENTAL & AFRICA）、曼彻斯特大学图书馆（UNIV OF MANCHESTER LIBR THE）、牛津大学（UNIV OF OXFORD）、谢菲尔德大学（UNIV OF SHEFFIELD）。我们看到上述名单中，除世界闻名的剑桥、牛津大学、伦敦大学东方与非洲研究院、曼彻斯特大学、谢菲尔德大学、利兹大学之外，还有英国大英图书馆、威尔士图书馆等公共图书馆。

澳大利亚、加拿大也是如此。如澳大利亚的名单上，有墨尔本大学（UNIV OF MELBOURNE）、悉尼大学（UNIV OF SYDNEY）、澳大利亚国家图书馆（NATIONAL LIBR OF AUSTRALIA）、澳大利亚莫道克大学（MURDOCH UNIV LIBR）、澳洲昆士兰金海岸城市公会（GOLD COAST CITY COUN）等图书馆。在加拿大的名单上，除有多伦多大学（TORONTO PUB LIBR）、加拿大阿尔伯塔大学（UNIV OF ALBERTA）、加拿大不列颠哥伦比亚大学（UNIV OF BRITISH COLUMBIA LIBR）之外，还有加拿大维多利亚大学麦克弗森图书馆（UNIV OF VICTORIA, MCPHERSON LIBR）、新不伦瑞克大学佛雷德里克分校（UNIV OF NEW BRUNSWICK, FREDERICTON）、加拿大西方大学（WESTERN UNIV）、加拿大康克迪亚大学（CONCORDIA UNIV LIBR）。可见《暴风骤雨》一书在东西方对立的年代，确实被当作新中国的代表性图书被"特殊"馆藏的。

第二节 《暴风骤雨》的日译本

《暴风骤雨》除英译本之外，影响较大的还有日译本。日译本由日本著名的中国文学翻译家鹿地亘、安岛彬共同翻译。鹿地亘（1903—1982年），日本进步作家，本名濑口贡，东京帝国大学毕业，与中国作家冯乃超同学。他积极参加日本无产阶级文艺运动，是日本无产阶级艺术联盟的骨干人物。1933年被选为无产阶级作家联盟成员，后来成为日本无产阶级作家联盟负责人之一。九一八事变后，他发表了许多反战言论，因而受到日本军国主义的迫害。1935年流亡到中国上海，组织在华日本人成立反战联盟，他亲自到战场上对日本侵华士兵进行喊话劝降，有力支持了中国人民的抗日战争。与宋庆龄、鲁迅、郭沫若等都有往来。鹿地亘同时致力于七卷本《大鲁迅全集》的编译工作，翻译《野草》《热风》《坟》《华盖集》《续华盖集》《而已集》《二心集》等。1945年毛泽东赴重庆谈判时，曾亲自接见过鹿地亘夫妇。回国后致力于新中国文学的翻译工作。《暴风骤雨》是他与安岛彬共同翻译的作品。由日本鸽子书房出版社1951年12月出版。

此外，日本关于周立波作品的翻译，还有《奔流》，三好一、他田幸子翻译，东京三一书房于1956年出版。《山乡巨变》，由西城秀枝翻译，新日本出版社在 1964—1965 年推出，总共 3 册。关于周立波的研究文章，有《周立波和他的作品——东北土地改革与〈暴风骤雨〉》，作者是阿赖耶顺宏，1988 年发表在追手门学院大学文学部纪要第 22 期；同样是阿赖耶顺宏的《周立波和他的作品——故乡生活与〈山乡巨变〉》，1989 年发表在追手门学院大学文学部纪要第 23 期。

笔者依据 CINII 数据库在 2015 年 12 月检索，发现鹿地亘的译本仍在日本 1200 家大学图书馆中有 25 家收藏。这 25 家名单如下：

1. 中国研究所 图书馆（一般社团法人）
2. 大阪市立大学 学术情报中心图书馆
3. 大阪府立大学 学术情报中心图书馆
4. 茶之水女子大学 附属图书馆
5. 香川大学 附属图书馆
6. 学习院大学图书馆
7. 九州大学 附属图书馆
8. 九州大学 附属图书馆 伊都中央图书馆
9. 京都大学 经济学部 经济图书室
10. 神户市外国语大学 学术情报中心图书馆
11. 佐贺大学附属图书馆
12. 财团法人 东洋文库
13. 滋贺县立大学 图书情报中心
14. 岛根大学附属图书馆
15. 实践女子大学 图书馆
16. 专修大学图书馆
17. 东京大学 东洋文化研究所 图书馆
18. 富山大学 附属图书馆上卷梶井文库
19. 长崎大学 附属图书馆
20. 北海道教育大学 附属图书馆
21. 北海道教育大学 附属图书馆 函馆
22. 三重大学 附属图书馆
23. 横滨市立大学 学术情报中心图书馆

24. 丽泽大学图书馆

25. 和歌山大学 附属图书馆

从上述 25 家图书馆的名单上来看，一些最为知名的如爱知大学、东京大学、京都大学等图书馆并不在上面，这表明《暴风骤雨》的日译本与丁玲的《太阳照在桑乾河上》《白毛女》还有些差距。

第三节　《暴风骤雨》获得传播的原因

梳理周立波的《暴风骤雨》获得世界影响的历史轨迹，今天看来，主要有两个阶段，第一阶段以苏联以及东欧等社会主义国家、地区的影响为主，并以获得斯大林文学奖为标志确立了周立波在中国当代文学史上的地位。第二阶段则是以英文版在欧美世界发行之后获得的历史阶段，并作为中国革命，特别是农村土地革命的代表性作品而获得欧美学术界的广泛关注。

在第一阶段里，根据宋绍香教授的研究，1951 年 7 月，周立波参与摄制的彩色文献纪录片《解放了的中国》荣获斯大林文学奖一等奖。1952 年 3 月，苏联斯大林奖金委员会决定授予《暴风骤雨》1951 年度斯大林文学奖三等奖。由此开起了苏联以及东欧等社会主义国家的翻译、传播热潮。如 1952 年 3 月 15 日，苏联《真理报》发表了《关于给丁玲、周立波、贺敬之、丁毅颁发 1951 年度斯大林奖金》的报道；同日，苏联《文学报》发表了重要社论：《社会主义现实主义文学的新成就》。紧接着，苏联其他报刊也都争先恐后地进行评论：

1952 年 1 月 27 日，苏联《真理报》发表了 Н·霍赫洛夫：《描写中国农村伟大变迁的长篇小说》；

1952 年 3 月 19 日，苏联《真理报》刊发了 И·阿尼西莫夫：《与人民同行的作家》；

1952 年 6 月，苏联《远东》杂志刊登了 В·克里弗佐夫：《新中国上空的太阳》；

1952 年 7 月 2 日，苏联《劳动》杂志发表了 З·特罗伊茨卡娅：《胜利的果实》；

1952 年 7 月 18 日，苏联《乌克兰真理报》刊登了 Л·波兹德涅耶娃：《兄弟般人民的形象》；

1952 年 8 月，苏联《女工》杂志第 8 期发表了 H·帕霍莫夫：《描写伟大转变的书》；

1952 年 11 月，苏联《东方之星》杂志第 11 期，刊登了鲁德曼：《新中国文学的旗手们》；

同年，苏联《苏联军人》杂志第 18 期发表了 A·马卡罗夫：《在火线上》。

……

俄苏报刊对周立波作品的报道和评论，在俄苏掀起了一轮周立波"热"，大大促进和深化了俄苏的周立波研究。一时间涌现出一批较有分量的研究著述：如 Л·艾德林：《描写伟大改造的长篇小说》（莫斯科，1952）、《论当代中国文学》（《真理报》，1955）、《周立波及其长篇小说〈暴风骤雨〉》（莫斯科，1955）；B·鲁德曼：《〈暴风骤雨〉俄译本序言》（莫斯科，1952）；H·T·费德林《中国当代文学论集》（莫斯科，1953）；B.克里弗佐夫：《周立波及其新长篇小说〈山乡巨变〉》（莫斯科，1960）；B·索罗金、Л.艾德林《中国文学简论》（专著）（莫斯科，1962）等。这些论文和论著，都对周立波的创作道路进行了全面、系统的分析和研究，对周立波及其文学给予了高度评价。

俄苏文学批评界认为周立波的《暴风骤雨》和丁玲的《太阳照在桑乾河上》一样，都是反映土地改革的优秀作品。"土地改革"，他们认为，它是解放中国生产力，保障中国经济、政治独立的基础，也是创建独立的人民共和国十分必要的条件，所以，它是当代中国文学的一个"中心主题"。在表现这一"中心主题"的作品中，周立波的《暴风骤雨》得到了很高的评价。该著俄译本编者 Б·舒普列佐夫在编者前言中写道："反映土改的第一部巨著，就是天才的中国作家周立波的长篇小说《暴风骤雨》。"著名汉学家 B·索罗金、Л·艾德林在论及反映这一"中心主题"的作品时强调指出："在这里，首先应该提到共产党员作家周立波的长篇小说《暴风骤雨》。"该著译者、著名作家 B·鲁德曼在译者序言中也表达了这一观点："长篇小说《暴风骤雨》，以其激动人心的题材的宽广与丰富，明显地区别于中国描写土改生活的其他作品。"那么，俄苏学者们的这一论点是基于什么样的"论据"而提出来的呢？综合他们的宏论，可以概括为如下几点：其一，文学是人学，应该写人，写新人，尤其要写新人的形成历程。他们认为：土改这一主题对当代中国文学的鲜明意义在于，它最充分地展示了人民中的新人的形成历程。Б·舒普列佐夫说："周立波在其小说中并未局限于描写农民反对使他们陷入贫困与饥饿的封建土地所有制的斗争，他集中描写的主题是展现新人的诞生和成长的历程"。其二，文学作品应塑造艺术形象，周立波成功地塑造了"一系列农村典型人物"。В·索罗金、Л·艾德林在其论著中曾经提出文学作品主要应该塑造艺术形象。而 В·鲁德曼就指出周立波在其作品中成功地推出了"一系列农村典型人物"。如"党的智慧与良知的体现者"肖祥，"农民的领头人"赵玉林，老雇农郭全海，还有"色彩鲜丽的人物"白玉山和白大嫂形象等等。但是，他又进一步阐明："但作者决不仅限于此，同时，他还描写出了中国农村先进人物的形成和思想发展的典型的当代中国画卷"。其三，人民文学应具有使人民通俗易懂的艺术形式。В·鲁德曼认为《暴风骤雨》正是这样的作品。所以，"这部从艺术形式到语言运用都让广大人民群众通俗易懂的长篇小说受到了热烈的欢迎"。基于以上的因素，所以 В·索罗金、Л·艾德林结论道：文学作品主要应该塑造艺术形象，长篇小说《暴风骤雨》作者的成就在于，他创作了具有高度思想性与艺术性相结合的作品，描写了中国当代从未发生过的历史变革。

迄今为主，日本对于周立波《暴风骤雨》的研究文章没有俄苏多，笔者只发现了该书的日译者鹿地亘为其撰写了《序言》，该《序言》是一篇很好的研究论文。鹿地亘认为，从《暴风骤雨》中看到了中国农民"打破了日本扩张主义者的美梦，创造了一个奇迹般的新世界"。鹿地亘断言日本帝国主义的基础是肤浅而脆弱的。他说："读了周立波的长篇小说《暴风骤雨》之后，我首先亲身感受到了这一点，并促使我耐心地把它介绍给日本：军部和财阀之流的所谓'王道乐土'的阴影，事实上就像即将坍塌的一堆沙土，随时都有崩溃的可能。"他指出当今许多日本人并不了解这一点。所以他告诫道："今天必须明白，当日本重建时，一定不能再走老路。沙滩上不能建筑楼房，我们同亚洲的各民族，尤其同我们休戚相关的中国人民的关系，必须打下毫不动摇的坚固的基础。为此，作为一个警告，这部作品让我们看到了一个不寒而栗的真相！"60 年代初，日本东京劲草书房出版了东京大学中国文学研究室编著的《中国名著鉴赏与批评》一书，收录了《暴风骤雨》日译本译者之一安岛彬先生研究《暴风骤雨》的文章。安岛彬先生高度评价了周立波这部长篇小说。顺便提及，这部具有权威性的"鉴赏与批评"除评论了我国古典文学名著外，还对鲁迅的《狂人日记》、郭沫若的《屈原》、茅盾的《霜叶红似二月花》、叶圣陶的《倪焕之》、老舍的《二马》、曹禺的《北京人》、夏衍的《法西斯细菌》，以及贺敬之、丁毅合写的《白毛女》等中国现代文学名著进行了"鉴赏与批评。"可见，日本汉学界已经把《暴风骤雨》作为中国名著进行研究了。安岛先生在这篇论文中指出：在描写土地改革的同类作品中，《暴风骤雨》与丁玲的《太阳照在桑乾河上》可以说并称为最杰出的作品。他说该作品"通篇充溢着明快、喜悦的感情，贯串着丰富的情节与优美的自然描写，因而产生了明快而强有力的节奏。"他指出，作品结构简洁，运用了许多生动的农民语言，既有简洁美，也有粗犷美。"而在这一切的内蕴底层断断续续流淌着的是作者对人生洋溢着的热情"。安岛彬认为，尽管这部作品还有这样那样的"缺陷"，然而，"《暴风骤雨》终究是一部杰出的作品。它将作为反映中国人民少有的巨大的历史转折时期的高大纪念碑式的作品，永远保持其生命力"[1]。日本学界对于《暴风骤雨》的评价，可以说与苏联以及东欧等社会主义阵营文学评论具有一定的相似性。

在第二阶段里，周立波的《暴风骤雨》之所以获得欧美世界的广泛关注，主要有两个原因。一是在中西方对立的时代背景下，因为正常交流的渠道被隔绝，西方社会关于中国的一切信息都被屏蔽了，但对于能够通过第三方传播到西方社会的新中国图书文献，就受到"特别关注"，俗话说物以稀为贵。本文注意到该书在 OCLC 的登记时间是 1977 年，表明这些图书起码是 1977 年之前被输入到美国和西方一些国家的各大图书馆的。以收藏该书最多的美国为例，1972 年之前的中美之间，绝大部分时间属于彼此对立的时代，美国反共和封锁中国的麦卡锡主义盛行，虽然 1972 年中美建交后有所缓和，但对于一本 1955 年中国出版的外文图书，不可能一下子有这么多图书馆前来购买，因此肯定是 1972 年之前输入到美国各大图书馆的。

笔者查阅了当时外文局所属的唯一一家对外图书发行机构——国际书店（今天的中国国际图书贸易总公司）的发行记录，得知该书是在 1955 年出版后即印发 18550 册。而当时国外代销网点仅有 42 个国家，总共 278 家书商，美国本土能够获准代理新中国图书的代理商还基本没有。因此可以断定，美国图书馆购买的《暴风骤雨》有可能绝大部分是通过英国转运的，也就是说当时中国在英国的销售商，如英国克列茨书店、英国朗格公司等起了非常关键的中转站作用。

---

[1] 宋绍香，《周立波文学在国外》，《理论与创作》，1990 年第 2 期。

笔者通过美国、英国、加拿大、澳大利亚的图书馆藏分布发现，《暴风骤雨》英文版就属于受到特别关注的图书之一。

二是《暴风骤雨》是被作为中国土地革命的文本研究的对象，而不是作为文学作品来进行研究。这部小说真实地反映了新中国土地改革运动的实际状况，一些西方学者把这部文学作品作为研究中华人民共和国土地改革的社会学、历史学材料使用，而不仅仅是被当成一部文学作品来看待的。如70年代末，美国著名汉学家约翰·伯宁豪森等编译的《五四时代的中国现代文学·序言》（哈佛大学出版社，1977年），法国汉学家林曼叔等著《中国当代文学史稿》（巴黎第七大学东亚出版中心，1978年）。这些著述都对周立波进行了较深入的探析。这倒从另外一个侧面验证了《暴风骤雨》的文学价值——时代精神的真实反映。中国十七年文学时期，绝大部分作品，特别是长篇小说都是按照现实主义的文学创作宗旨所创作出来的，堪称那个时代真实、全面的反映，因此普遍具有的相当的社会历史价值。

第四节　对中国当代文学的启示

周立波的《暴风骤雨》、杨沫的《青春之歌》、赵树理的《小二黑结婚》、梁斌的《红旗谱》等这些新中国文学作品的外译，是在当时国家在有限的财力下所作的传播自己国家文学产品的一种伟大实践，今天看来这是无比正确的选择。它对于今天正在进行的中国文化走出去战略，有两点启示：

一是中国对外文化传播的主角应该是中国人自己，指望西方社会弘扬中国文化是不现实的。

之所以这样说，是因为东西方社会的制度、文化具有根本的区别。早在20世纪30年代，由鲁迅主持编辑的我国现代短篇小说选《草鞋》，早已在美国记者伊罗生等中外友好人士的共同努力下完成英译工作。但因美国麦卡锡主义的限制，它被压了足足40年，直到1974年才问世。时光步入到21世纪，东西方冷战时代已经结束，但在资本主义盛行的西方社会，尤其是中华文化尚且没有成为世界主流，传播中华文化是不能带来巨大商业利益的，因此是不可能有奇迹发生的。外文局的胡志辉先生曾指出，英文版《中国现代女作家散文选》，尽管前几年美国大学生对中国当代女性的现状颇感兴趣，尽管应邀去美国大学讲课的朱虹女士一再争取，但她在当地迟迟找不到出版单位，最后只能回到国内来自费出版后再带出去当教材。由此可见，要指望由西方人出钱来弘扬中华文化，那是一厢情愿，万不可能[1]。

二是要保持文化传播的主动权，这种主动权指的是要传播具有中华文化特色、能够说明自己价值观的文学作品。

以"文革"十七年间外译的红色经典为例，如果不是中国自己主动传播自己，在当时的西方社会，是没有任何一家出版社愿意出版、愿意翻译这些文学作品的。

为了进一步扩大该书的影响，从 1960 年开始，国家在当时财力极其有限的情况下，拿出一部分经费，资助《暴风骤雨》一书由英语译介成其他小语种版，增加传播范围。比如乌尔都文版由印度的沙西恩出版社出版，翻译费为 1000 卢比、纸张费为 1800 卢比，印刷费为 2000 卢比，合计 4800 卢比（约等于 42972 元人民币）。乌尔都文版于 1961 年 5 月在印度出版发行，当时发行 2000 册，定价 6 个卢比，464 页。希腊文版于 1964 年出版，印发 2000 册，定价为 190 德拉克马，由费克西斯出版社出版。希腊文版资助金额达到 9120 德拉克马（约等于 26760 元人民币）。

这种资助新中国文学作品在海外出版的做法，取得了极佳的传播效果。如在中印边境冲突刚刚结束的 1961 年 12 月，在印度发行比较广泛的《书评月刊》上，就刊发了署名为廉尔·阿巴斯·阿巴西关于《暴风骤雨》乌尔都文版的一篇书评，文章写道："从写作的意图来看，这本中国文学作品是一个思想性的小说，写得很成功。小说对于阶级斗争特别是农民和封建地主间的冲突，运用马克思主义观点做了极有教育意义的非常详尽的描写。由此我们认识到，像暴风骤雨一样起来的千百万农民，正在形成一股力量，这股力量是任何外力都不能摧毁的"。显而易见，这对于印度人民了解中国的农村土地变更，是极其有益的。

总之，60 年前的经验证明，今天的中国文化走出去，除了鼓励西方开明人士多做文化交流工作之外，恐怕重担应主要落在我们中国人自己的肩上，这已经是被历史证明的真理。

---

[1] 胡志辉，《从弱小到强大——汉译英的六十年发展之路》，《中华读书报》，2009 年 9 月 23 日。

第五章 《新儿女英雄传》在世界的传播与影响

按照北京大学洪子诚教授的《中国当代文学史》大事记记载[1]，袁静、孔厥的《新儿女英雄传》是 1949 年 9 月由上海海燕书店出版的第一部革命英雄传奇的长篇小说，可以说与新中国同时诞生，该书出版时由郭沫若于 1949 年 9 月 8 日作序。

作者之一的袁静（女），原名袁行规、袁行庄，祖籍江苏省武进区，出生于北京，1930 年参加革命，多年从事秘密工作。1937 年投入抗日热潮，从事文艺和青年工作。1940 年春赴陕北公学院学习。1944 年写作第一部作品《减租》（秧歌剧），次年创作秦腔剧本《刘巧儿告状》，移植为评剧，产生影响。以后，调边区文协创作组，与孔厥合写了歌剧《兰花花》、中篇小说《血尸案》。

孔厥，原名郑志万，字云鹏，又名郑挚，1914 年出生于江苏吴县（今苏州）。他自幼爱好文学，14 岁时在《少年》杂志上发表《镜儿捉贼记》，并获奖。抗战爆发后，他在宜兴任《抗战日报》编辑，并参加上海文化界战地服务团。1938 年夏，他来到延安，进入鲁迅艺术学院文学系学习。1939—1945 年间，他先后任鲁艺文学系研究员及助教，并开始文学创作，以沈毅、孔厥为笔名发表了短篇小说《受苦人》《父子俩》和《一个女人的翻身故事》等，其间，他还创作发表了长篇弹词《刘志丹》等。

该部《新儿女英雄传》反映的是冀中地区白洋淀人民在中国共产党领导下

---

[1] 洪子诚，《中国当代文学史》，北京大学出版社，1999 年，第 395 页。

坚持八年抗战的事迹。根据熊坤静、李晓丽的文章[1]可知，作品起初由孔厥、秦兆阳、袁静3个人合伙创作，但只写了18万字就感到文思枯竭，再也写不下去了，遂准备推倒重来，这时秦兆阳退出合作。1948年，袁、孔二人决定深入安新县白洋淀体验生活，以便进一步挖掘、收集素材。

袁静与孔厥之所以选择白洋淀，是因为早在1923年白洋淀地区即有中国共产党领导下的农民运动，1927年夏便建立起淀区第一个党支部。特别是在抗日战争时期，活动在白洋淀的抗日武装"雁翎队"，在党的正确领导下，利用淀区芦荡遍布、沟河交错的有利地形，开展机动灵活的游击战，以弱胜强，痛击日本侵略者，大涨了我中华民族的威风。袁、孔二人一道深入采访安新县的领导干部、雁翎队员等，掌握了大量素材。然后他们在保定市莲池这个风景秀丽、环境清幽的地方住下来，开始全力以赴进行构思酝酿。动笔之前，他们共同制定了"深入浅出，雅俗共赏"的八字"奋斗目标"，既要使认识1000个字以上的人能够看得懂，不识字的人也可以听得懂。

为了有别于中国古典小说《儿女英雄传》（清代文康著），他们多加了个"新"字，定名为《新儿女英雄传》。两人分工明确，首先由袁静和孔厥列出详细写作提纲，再由孔厥构思书中的主人翁牛大水、杨小梅、张金龙之间的婚恋关系，继而由袁静撰写初稿，最后由孔厥加工修改。历时数月，这部表现白洋淀人民抗日英雄事迹的16万多字的小说便脱稿了。小说于1949年5月25日至7月12日由《人民日报》文艺版连载发表，1949年9月由海燕书店出版发行。

小说《新儿女英雄传》一经面世，便引起轰动，深受广大读者好评，并在全国第一次文代会上获得表彰。袁静和孔厥也由此蜚声全国。郭沫若对作品给予高度赞誉，他在序言中指出："这的确是一部成功的作品，大可以和《儿女英雄传》，甚至《水浒传》和《三国志》之类争取大众的读者了"，"这里面进步的人物都是平凡的儿女，但也都是集体的英雄。是他们的平凡气质使我们感觉到亲切，是他们的英雄气概使我们感觉崇敬。这无形之中教育了读者，使读者认识到共产党员的最真率的面目，读者从这儿可以得到很大的鼓舞，来改造自己和推动自己。"[2]

---

[1] 熊坤静、李晓丽：《长篇小说〈新儿女英雄传〉创作的前前后后》，《党史博彩》，2014年第1期，第49—50页。

[2] 郭沫若：《序〈新儿女英雄传〉》；袁静、孔厥：《新儿女英雄传》，人民文学出版社，2015年版，第3页。

第一节 《新儿女英雄传》的版本、体裁

自该部作品 1949 年 9 月出版之后，60 多年来，该作品一版再版，畅销不衰。笔者整理了《新儿女英雄传》自 1949 年至 2013 年中文版，按照馆藏影响力排名列表如下：

表格 13：《新儿女英雄传》近 70 年的版本、体裁一览表

书名	作者、译者、编绘者	出版社	初版、再版时间	体裁
新儿女英雄传	辛鹤江、孔厥、袁静、李大振	河北美术出版社	1995	连环画
			2007	
			2012	
新儿女英雄传	袁静、孔厥	北京：时代文艺出版社	2011	书
			2010	
			2009	
新儿女英雄传（第三集）	顾群、邓澍	北京：人民美术出版	2011	连环画
新儿女英雄传（第二集）	冯真	北京：人民美术出版社	1998	连环画
			2011	
新儿女英雄传（第一集）	顾群、邓澍、伍必端	北京：人民美术出版社	2011	连环画
新儿女英雄传	张令涛、张之凡、黄一德	上海：人民美术出版社	2009	连环画
新儿女英雄传	袁静、孔厥	北京：人民文学出版	1956	书
			1977	
			1978	
			2005	
			2015	
新儿女英雄传	袁静、孔厥	北京：燕山出版社	1995	书
			2000	

新儿女英雄传	袁静、孔厥	河北：少年儿童出版社	1998	书
新儿女英雄传	袁静、孔厥、王玉	黑龙江人民出版社	1996	书
新儿女英雄传	袁静、孔厥	贵州人民出版社	1995	书
新儿女英雄传	袁静、孔厥、毛志毅、赵兵、赵兵凯、赵千红	天津人民美术出版社	1980 / 1987	书
新儿女英雄传评论集：群众性的文艺批评	石韵、辛夷	中国香港（出版社不详）	1971	书
新儿女英雄传	袁静、孔厥	北京：作家出版社	1963	书
新儿女英雄传（第三集、剧本）	张梦庚、尹青泉	北京出版社	1959	书
新儿女英雄传（第一集、剧本）	张梦庚、尹青泉	北京出版社	1958	书
新儿女英雄传（第二集、剧本）	张梦庚、尹青泉	北京出版社	1958	书
新儿女英雄传（普及本）	袁静、孔厥	北京：人民文学出版社	1956	书
新儿女英雄传	袁静、孔厥、史东山	北京：艺术出版社	1954	书
新儿女英雄传	袁静、孔厥、彦涵	上海：新文艺出版社	1949 / 1952 / 1953 / 1954	书
新儿女英雄传	袁静、孔厥、顾群	北京：人民美术出版社	1952 / 1953	连环画
新儿女英雄传	袁静、孔厥	北京：时代出版社	1951	书
新儿女英雄传	袁静、孔厥	上海：海燕书店	1949 / 1950 / 1951	书

续表

新儿女英雄传评论集：群众性的文艺批评	袁静、孔厥	上海：海燕书店	1950	书
新儿女英雄传	袁静、孔厥	上海：灯塔出版社	1950	书
《新儿女英雄传》评论集	石韵、辛夷	上海：海燕书店	1950	书
新儿女英雄传	袁静、孔厥	冀南：新华书店	1949	书

由表 13 可以看出，自 1949 年至 2017 年，总共再版了 43 次。其中作为图书出版，人民文学出版社 6 次，上海新文艺出版社 4 次，上海海燕书店 3 次，北京时代文艺出版社 3 次。作为连环画出版，有人民美术出版社在 1952 出版的顾群编绘版，1953 年再版；人民美术出版社在 1998 年分三集出版了顾群、邓澍、伍必端的全绘本，2011 年出齐。上海人民美术出版社 2009 年出版了张令涛、张之凡、黄一德的绘本。河北美术出版社 1995 年出版了辛鹤江、李大振的绘本，分别在 2007 年、2012 年再版。据熊坤静、李晓丽的研究，该连环画除灯塔出版社（人民美术出版社前身）、河北美术出版社、天津美术出版社、上海美术出版社版之外，还有辽宁美术出版社、江苏美术出版社、广西美术出版社等出版发行，其中一些出版社还多次再版，大量印发。

《新儿女英雄传》作为京剧演出，北京出版社在 1958 年出版了由张梦庚、尹青泉编写的京剧演出本。张梦庚为戏剧活动家，1938 年起从事戏剧活动。1945 年加入中国共产党，曾任延安评剧研究院秘书。新中国成立后，历任石家庄市戏剧音乐工作委员会秘书、北京市文化局副局长、北京市京剧院院长等职务，京剧《新儿女英雄传》曾由北京京剧院在 1958 年演出。

1951 年，该小说被北京电影制片厂改编摄制成同名黑白电影，在捷克斯洛伐克第 6 届卡罗维·发利国际电影节上荣获导演特别荣誉奖，又获得文化部 1949—1955 年优秀影片三等奖；1993 年，它被改编摄制为 14 集同名电视连续剧。1966 年，它被杨田荣改编为同名评书，1981 年又被单田芳改编为 40 集同名评书，均在鞍山人民广播电台播放。

截至 2017 年的统计，《新儿女英雄传》的小说发行超过了 400 万册，仅在 1949 年、1950 年、1951 年、1952 年的统计，该图书累计印刷发行册数为 220 万册。

第二节 《新儿女英雄传》的主要外译本及传播范围

根据笔者的查阅，目前能够查到的外译版本为英语、日本语、西班牙语、罗马尼亚语、匈牙利语、波兰语 6 余种文字，按照馆藏影响力排名具体见下表 14。

表格 14：《新儿女英雄传》的外译本一览表

书名	译者、绘者	外译语种	出版社	时间
新儿女英雄传	孔厥、袁静；翻译：沙博里	英语	北京：外文出版社	1958 年 1979 年
新儿女英雄传（连环画）	孔厥、袁静；改编者：李大振；绘者：辛鹤江.	西班牙语	北京：外文出版社	1982 年
新儿女英雄传（书）	孔厥、袁静；翻译：丹尼尔 . 詹纳尔	罗马尼亚语	布加勒斯特：Editura Tineretului a C.C. al U.T.M.	1954 年
抗日自卫队：新儿女英雄传（书）	袁静、孔厥；翻译：饭塚朗，1907—1998 大川要	日本语	东京：彰考书院	1951 年 1952 年
新儿女英雄传（书）	袁静、孔厥；翻译：Kindler, Wanda	波兰语	华沙：S.W. Czytelnik	1953 年
新儿女英雄传（书）	袁静、孔厥；翻译：不详	匈牙利语	布达佩斯：Ifjúsági Könyvkiadó	1954 年

在上述外译本中，影响最大的一本是由沙博里翻译的英文版。译者沙博理，男，英文名 Sidney Shapiro，其中文名取"博学明理"之意，中国籍犹太人，翻译家。1915 年 12 月 23 日出生于美国纽约，毕业于圣约翰大学法律系。第二次世界大战期间加入美国陆军服役，成为一名高射炮士兵。美国由于战争的需要，决定培养一批军人学习世界语言，沙博理被派去学中文和中国的历史文化。退伍后沙博理利用退伍津贴进入哥伦比亚大学学习中文和中国历史文化，后转到耶鲁大学继续学习。1947 年 4 月来到中国，1951 年在对外文化联络局工作，1954 年后在外文出版局人民画报社任职。1952 年开始发表译作，翻译了 20 多部中国文学作品。主要译英著有《新儿女英雄传》《水浒传》《家》《春蚕》《李有才板话》《保卫延安》《创业史》《林海雪原》《月牙儿》《小城春秋》《孙犁小说选》《邓小平》等。著有《我的中国》《四川的经济改革》《中国封建社

会的刑法》《中国学者研究古代中国的犹太人》《马海德传》等。由于他的中国夫人的关系，他还拍过三部电影《停战以后》《长空雄鹰》《西安事变》。曾担任中国作家协会会员，全国政协委员，宋庆龄基金会理事。2010年12月获"中国翻译文化终身成就奖"，2011年4月获"影响世界华人终身成就奖"。2014年10月18日在北京家中辞世，享年99岁。

（一）《新儿女英雄传》的英译本

沙博里所翻译的《新儿女英雄传》，是新中国红色经典小说的第一部，具有开创性的意义。笔者借助OCLC数据库，在2015年11月查阅到的外文出版社1979年版（在1958年基础上增订），在全球图书馆收藏数量为98家，具体见下表15：

表格15：《新儿女英雄传》英译本（98家）世界收藏图书馆一览表

序号	国别	图书馆名称
1	澳大利亚	阿什菲尔德市立图书馆（ASHFIELD MUNICIPAL LIBR）
2		国立澳大利亚大学孟席斯图书馆（AUSTRALIAN NAT UNIV — R G MENZIES LIBR）
3		格里菲斯大学内森中心图书馆（GRIFFITH UNIV NATHAN CAM LIBR）
4		麦格理大学图书馆（MACQUARIE UNIV）
5		莫纳什大学图书馆（MONASH UNIV LIBR）
6		澳大利亚图书馆（NATIONAL LIBR OF AUSTRALIA）
7		南澳州立图书馆（STATE LIBR OF SOUTH AUSTRALIA）
8		西澳州立图书馆（LIBR OF W AUSTRALIA）
9		墨尔本大学图书馆（UNIV OF MELBOURNE）
10		威尔士大学图书馆（UNIV OF NEW S WALES）
11		悉尼西班克斯敦大学（UNIV OF WESTERN SYDNEY BANKSTOWN）
12	巴巴多斯	西印度群岛大学（UNIV OF THE W INDIES）
13	加拿大	加拿大不列颠哥伦比亚大学图书（UNIV OF BRITISH COLUMBIA LIBR）
14		加拿大温哥华公共图书馆（UNIV OF VICTORIA LIBRS）

15		加拿大马尼托巴大学图书馆（UNIV OF MANITOBA）
16		加拿大纽芬兰伊丽莎白二世纪念大学图书馆 （MEMORIAL UNIV/NEWFOUNDLAND, ELIZABETH II）
17	加拿大	多伦多大学罗伯茨图书馆（UNIV OF TORONTO ROBARTS LIBR）
18		约克大学图书馆（YORK UNIV LIBR）
19		麦吉尔大学图书馆（MCGILL UNIV）
20		里贾纳大学图书馆（UNIV OF REGINA）
21		萨斯卡且温大学图书馆（UNIV OF SASKATCHEWAN LIBR）
22		达勒姆大学图书馆（DURHAM UNIV LIBR）
23		苏格兰国家图书馆（NATIONAL LIBR OF SCOTLAND）
24	英 国	伦敦大学亚非学院图书馆（SOAS UNIV OF LONDON）
25		英国利兹大学图书馆（UNIV OF LEEDS）
26		牛津大学图书馆（UNIV OF OXFORD）
27		谢菲尔德外大学图书馆（UNIV OF SHEFFIELD）
28	中国香港	中国香港理工大学图书馆（HONG KONG POLYTECHNIC UNIV LIBR）
29		中国香港大学图书馆（UNIV OF HONG KONG）
30	以色列	希伯来大学（HEBREW UNIV）
31	日 本	长崎市立图书馆（NAGASAKI PREFECTURAL GOVT）
32		奥克兰大学图书馆（UNIV OF AUCKLAND LIBR）
33		坎特伯雷大学图书馆（UNIV OF CANTERBURY LIBR）
34	新西兰	维多利亚大学大学惠灵顿图书馆 （VICTORIA UNIV OF WELLINGTON LIBR）
35		惠灵顿城市图书馆（WELLINGTON CITY LIBR）
36	新加坡	新加坡国家图书馆（NATIONAL LIBR BRD, SINGAPORE）
37	泰国	泰国法政大学图书馆（THAMMASAT UNIV LIBR）
38	印度	西印度大学图书馆（UNIV OF THE W INDIES, ST AUGUSTINE CAM）
39	美国	阿拉巴马大学（UNIV OF ALABAMA, BIRMINGHAM）
40		亚利桑那大学（UNIV OF ARIZONA）

41		卡布里洛学院图书馆（CABRILLO COL LIBR）
42		加州大学长滩分校图书馆（CALIFORNIA STATE UNIV, LONG BEACH）
43		加州大学洛杉矶分校图书馆（UNIV OF CALIFORNIA, LOS ANGELES）
44		加州大学圣地亚哥分校图书馆（SAN DIEGO STATE UNIV LIBR）
45		圣塔克拉拉大学图书馆（SANTA CLARA UNIV）
46		加州大学伯克利分校图书馆（UNIV OF CALIFORNIA, BERKELEY）
47		洛杉矶公共图书馆（COUNTY OF LOS ANGELES PUB LIBR）
48		北加州大学联合分校图书馆（UNIV OF CALIFORNIA, N REG LIBR）
49		卫斯廉大学图书馆（WESLEYAN UNIV）
50		耶鲁大学图书馆（YALE UNIV LIBR）
51		佛罗里达州大学图书馆（FLORIDA STATE UNIV）
52		北佛罗里达大学图书馆（UNIV OF N FLORIDA, CARPENTER LIBR）
53		埃默里大学图书馆（EMORY UNIV）
54	美国	佐治亚州立大学图书馆（GEORGIA STATE UNIV）
55		夏威夷大学马诺分校图书馆（UNIV OF HAWAII AT MANOA LIBR）
56		格林尼尔学院图书馆（GRINNELL COL）
57		艾奥瓦大学图书馆（UNIV OF IOWA LIBR）
58		杨百翰大学爱达荷分校图书馆（BRIGHAM YOUNG UNIV, IDAHO）
59		伊利诺伊州立大学图书馆（ILLINOIS STATE UNIV）
60		芝加哥大学图书馆（UNIV OF CHICAGO）
61		伊利诺伊大学图书馆（UNIV OF ILLINOIS）
62		高盛学院（GOSHEN COL）
63		罕布什尔学院（HAMPSHIRE COL）
64		哈佛大学哈佛学院图书馆（HARVARD UNIV, HARVARD COL LIBR）
65		哈佛燕京图书馆（HARVARD UNIV, YENCHING LIBR）
66		东北大学图书馆（NORTHEASTERN UNIV）
67		马萨诸塞大学阿姆赫斯特分校图书馆（UNIV OF MASSACHUSETTS AMHERST）

68		约翰霍普金斯大学（JOHNS HOPKINS UNIV）
69		艾德里安学院（ADRIAN COL）
70		卡尔顿学院（CARLETON COL）
71		密苏里大学堪萨斯分校图书馆（UNIV OF MISSOURI, KANSAS CITY）
72		密苏里大学哥伦比亚分校（UNIV OF MISSOURI——COLUMBIA）
73		华盛顿大学图书馆（WASHINGTON UNIV）
74		菲尔来狄更斯大学（FAIRLEIGH DICKINSON UNIV）
75		罗杰斯大学（RUTGERS UNIV）
76		罗文学院图书馆（THE LIBR OF ROWAN COLL AT BURLINGTON CN）
77		科尔盖特大学图书馆（COLGATE UNIV）
78		纽约公共图书馆（NEW YORK PUB LIBR）
79		纽约州立大学新帕尔兹分校图书馆（SUNY AT NEW PALTZ）
80		迈阿密大学图书馆（MIAMI UNIV）
81	美国	俄亥俄州立大学图书馆（OHIO STATE UNIV, THE）
82		威腾堡大学图书馆（WITTENBERG UNIV）
83		俄勒冈大学图书馆（UNIV OF OREGON LIBR）
84		巴克内尔大学图书馆（BUCKNELL UNIV）
85		宾夕法尼亚大学图书馆（UNIV OF PENNSYLVANIA）
86		匹兹堡大学图书馆（UNIV OF PITTSBURGH）
87		普罗维登斯学院菲利普纪念图书馆 （PROVIDENCE COL, PHILLIPS MEM LIBR）
88		查尔斯顿学院（COLLEGE OF CHARLESTON）
89		贝勒大学图书馆（BAYLOR UNIV）
90		南卫理公会大学中心图书馆 （SOUTHERN METHODIST UNIV CENT LIBR）
91		德克萨斯大学奥斯汀分校图书馆（UNIV OF TEXAS AT AUSTIN）
92		德克萨斯大学达拉斯分校图书馆（UNIV OF TEXAS AT DALLAS）
93		杨百翰大学图书馆（BRIGHAM YOUNG UNIV LIBR）

94		犹他大学图书馆（UNIV OF UTAH）
95		威廉玛丽学院（COLLEGE OF WILLIAM & MARY）
96	美国	斯威特布莱尔学院（SWEET BRIAR COL LIBR）
97		弗吉尼亚大学图书馆（UNIV OF VIRGINIA）
98		西华盛顿大学图书馆（UNIV OF WASHINGTON LIBR）

通过表 15 的数据可知，外文出版社 1958 年的《新儿女英雄传》英译本，在当年在西方推广发行时，中国还处于以美国为首的西方社会全面的封锁之下，因此该书在当时的欧美社会并没有引起很大的反响。这通过表 14 的数据就可以发现，在 1958 年英译本之前，最早的一个外译本是 1953 年的波兰语、1954 年的罗马尼亚语、匈牙利语，由于语言使用人口数量的局限，影响不大。反倒是在 1958 年版的基础上 1979 年的增订本，当时中国已经迎来全面的改革开放时期，中国当代文学译作重新得到欧美社会的高度关注。表 15 的 98 所大学图书馆中，有耶鲁大学、斯坦福大学、哥伦比亚大学、哈佛大学、芝加哥大学、匹兹堡大学等，这些大学中，汇聚了北美最为著名的中国研究机构以及中国文学研究学者，《新儿女英雄传》英译本作为"文学十七年"第一本中国当代文学的长篇小说，得到高度关注。

（二）《新儿女英雄传》的日译本

在《新儿女英雄传》的外译本中，对外翻译最早的一本是日译本，要比英译本早很多，1951 年就由东京彰考书院出版。译者饭塚朗，他是一位十分知名的日本汉学家，与竹内好、增田涉、松枝茂夫、伊藤漱平、中野美代子等著名日本汉学家齐名。他 1907 年生于日本横滨市，1989 年去世，享年八十二岁。他于 1933 年考入东京帝国大学，主修中国古典文学，其毕业论文是为《苏曼殊研究》。1938 年，饭塚朗接受当时正在北平留学的竹内好的邀请，来到中国北平参加中华民国新民学会调查部的勤务工作。新民学会调查部的工作是从事中国图书资料整理。在北平期间，饭塚朗对当时文坛活跃的中国作家发生了浓厚兴趣，并开始在汉学组织"中国文学研究会"的刊物《中国文学月报》上，撰文介绍巴金、冰心、朱湘、徐志摩、叶紫诸人，后来创作的《黄琉璃的破片》(1939 年)、《燕京杂记》、《北京慕情》(1945 年)、《小胡同的雪》(1955 年)，即是这段时间的体验和认识。1946 年回日本后，先后在北海道大学、关西大学教授中国文学，此后一直到退休。

饭塚朗对于中国文学的日译，其中贡献最大的是《红楼梦》。自 1948 年至 1980 年，120 回的《红楼梦》译本在 1980 年出版，此后又用两年时间，翻译《红楼梦》的全译本（上中下）三册。他还参与了《中国古典文学全集》的编译，主编第 26 卷《剪灯新话》《剪灯余话》《阅微草堂笔记》《子不语》(1959—1961 年)，《中国八大小说》第二部《近世长篇小说的世界》(1965 年)，撰写《红楼梦概说》等章，参加《世界大百科字典》中国文学部分的修订（1974 年），并翻译冯梦龙的《情史》，刘鹤的《老残游记》，阿英的《晚清小说史》等。

饭塚朗对于中国当代文学的翻译，投入了很大的热情。其中袁静、孔厥的《新儿女英雄传》是第一部，此后他又翻译了曲波的《林海雪原》及骆宾基的《北望国的春》，对于传播新中国的文学起到了很好的引领作用。东京彰考书院是日本左翼出版社，较早在日本出版过《共产党宣言》日译本。饭塚朗翻译的《抗日自卫队：新儿女英雄传》于 1951 年出版后，获得日本读者的广泛关注。根据笔者依据日本 CICII[1] 数据库的检索可知，收藏该书的日本大学图书馆迄今仍有 22 家，具体见下表 16。

表格 16：《新儿女英雄传》日译本（22 家）在日本收藏图书馆一览表

序号	图书馆名称
1	大阪产业大学 综合图书馆
2	大阪府立大学 学术情报中心
3	九州大学 附属图书馆（图画中心）
4	九州大学 附属图书馆（文字中心）
5	九州大学 附属图书馆 伊都图书馆
6	京都府立大学 附属图书馆（图）
7	公益财团法人 日本近代文学馆

---

[1] CiNii 是由日本国立情报学研究所（National Institute of Informatics，简称 NII）开发的日本学术期刊数据库，是目前世界上最大的日文学术期刊网，收录了日本各学术机构及团体的期刊论文及大学学报论文，并可通过检索获取日本国会图书馆"日文期刊索引数据库"所收录的论文，索引文献多，并含有相当数量的全文文献。通过该数据库可以发现日本 1200 家大学图书馆的收藏图书目录。

8	神户大学 附属图书馆 综合图书馆 国际文化学图书馆
9	国际基督教大学 图书馆（图）
10	滋贺县立大学 图书情报中心
11	首都大学东京 图书馆
12	专修大学图书馆（图）
13	拓殖大学 八王子图书馆
14	同志社大学 图书馆
15	长崎大学 附属图书馆
16	福冈教育大学 学术情报中心图书馆（图）
17	文教大学 越谷图书馆
18	北海学园大学 附属图书馆（图）
19	北海道大学 附属图书馆（图）
20	三重大学附属图书馆
21	龙谷大学 深草图书馆（图）
22	和光大学 附属梅根纪念图书·情报馆

袁静、孔厥的《新儿女英雄传》作为十七年文学的第一部长篇小说，在国内外获得了广泛的影响。自从中文版在 1949 年出版发行之后至今，近 60 多年间一直再版不断。上表显示了最早的外文译本日本语译本，被日本东京大学、北海道大学、拓殖大学、九州大学等 22 家图书馆收藏的情况；影响最大的是英译本，1958 年进入欧美社会图书馆，在 1958 年基础上的 1979 年增订木，获得了欧美社会的广泛关注，进入了全世界最为顶尖的耶鲁大学、哥伦比亚、哈佛大学、芝加哥大学、匹兹堡大学等中国研究机构的 98 家图书馆。

本书按照其他作品的研究思路，依据 JSTOR、Goodreads 等数据库和公共平台，逐一检索了域外学术界、海外读者对于该书的研究以及评价情况，没有发现海外主流学者对于该书的单独评价，只是在《当代世界文学》（World Literature Today）等杂志中作为书目被提及过。尽管该书很早就已经有了英译本，但语言的鸿沟，导致该作品的文学魅力在域外传播受到了很大的阻碍。而且依据该书改变的影视、电视剧等其他文学艺术体裁，例如全世界影响较大的影评网站

IMDB 上，并没有西方读者对于《新儿女英雄传》改编的电影，电视剧的评论。这表明影像化传播并没有与该作品同一时期出现并获得影响，这也影响了该作品的文学经典化历程。《新儿女英雄传》作为与《白毛女》《小二黑结婚》等同一时期的文学作品，但世界影响的获得却比较晚，其背后的原因值得深入探索。

第六章　《组织部新来的青年人》在世界的传播与影响

　　王蒙是一个横跨中国当代文坛不同阶段的著名作家，从 20 世纪 50 年代开始至 80 年代改革开放，直至 21 世纪，每个阶段都有不同凡响的作品，并因为作家的文学大名，在 1986—1989 年当选中共中央委员，担任一届文化部部长。综观王蒙不同阶段的作品，从馆藏数量、学术评价等数据分析来看，80 年代发表的《蝴蝶》《活动变人形》等作品都没有超过《组织部新来的青年人》影响大。因此本文仍将《组织部新来的青年人》作为中国当代文学的经典作品，重点梳理这部作品自 1956 年发表之后至 2017 年 12 月，60 多年间在世界的传播历史，总结这部作品获得世界影响力的基本轨迹，从而揭示中国当代文学在世界文坛上具有真正竞争力的因素。

　　1956 年 9 月，二十多岁的王蒙在《人民文学》上发表了他的处女作《组织部新来的青年人》，这是一篇抨击党内官僚主义现象的小说。小说一发表，就引起了很大的争议。随后，在当时中国作家协会主办的《文艺学习》杂志上，掀起了关于《组织部新来的青年人》的大讨论。讨论从 1956 年第 12 期开始，连续进行了四期，来稿有 1300 多篇，编辑部先从中选择 25 篇文章发表。1957 年 2 月 9 日，《文汇报》突然登出一篇长文，这就是"评'组织部新来的青年人'"。

　　作者是因率先批评俞平伯的"红学"受毛泽东欣赏的李希凡。文中比较严厉地批判了王蒙的小说，认为小说对官僚主义的描写过于夸大，不符合现实。令王蒙本人和中国文学界没有想到的是，毛泽东也关注到了这次讨论。1957 年 2 月 26 日，毛泽东在中南海颐年堂召集中央报刊"作家协会"科学院和青年团的负责人开会时，专门谈到自己对王蒙的《组织部来的青年人》小说以及有关讨论的看法。他说，"王蒙最近写了一篇《组织部新来的青年人》，这篇小说有缺点，需要帮助他。对待起义将领也要帮助，为什么对青年人不采取帮助的态度呢？王蒙写正面人物无力，写反面人物比较生动，原因是生活不丰富，也有观点的原因。有些同志批评王蒙，说他写得不真实，中央附近不该有官僚主义。我认为这个观点不对。我要反过来问，为什么中央附近就不会产生官僚主义呢？中央内部也产生坏人嘛！用教条主义来批评人家的文章，是没有力量的。"后来，毛泽东又三番五次就王蒙的小说作出指示。从2月至4月，毛泽东就此共发表了五次谈话，归纳起来有三点：一是王蒙写党内官僚主义不是歪曲现实；二是要保护这个年轻作家；三是反对《人民文学》对小说原稿的修改。在如此短的时间内就同一个作家的作品发表如此频繁的谈话，在毛泽东一生中也是绝无仅有的。整个中国当代文学作家群里也是凤毛麟角。这主要是因为这部小说，恰好反映了毛泽东在新中国成立初期的最大焦虑，即革命成功后"党的官僚化和知识分子的贵族化"。小说一针见血地指出了新中国成立后的最大问题。对于毛泽东来说，要治愈党的官僚化，必须在社会动员的基础上以"继续革命"的姿态予以批判和敲打；而对于知识分子的贵族化，则需要进行广泛的思想改造和深入灵魂的文化革命[1]。毛泽东当时之所以抓住这件事着重加以分析，是因为这件事具有重大的政治意义。尽管此后王蒙因此被打成右派，远赴新疆生活了许多年，但年轻的王蒙凭借一篇短篇小说奠定了他在中国当代文学史上的地位。

温奉桥在《〈组织部新来的青年人〉研究50年述评》中详细阐述了不同历史时期不同学者对于这部作品的研究，其文学批评的作者，在50年代有刘绍棠、丛维熙、邵燕祥、李希凡、马寒冰等，当然影响最大的是作为国家领袖毛泽东，作为批评官僚主义的代表作品；在80年代知名学者有严家炎、洪子诚、孟繁华、程光炜等，甚至包括王蒙自己开始重读《组织部新来的青年人》，并作为心灵—情感的"心灵小说""心态小说""成长小说""青春体小说"的代表重新阐发其时代意义；90年代有知名学者谢冕、孙先科、陈思和、谢咏、童庆炳、郭宝亮等进一步将《组织部新来的青年人》解读为从个体寻找生命的意义、价值和"社

---

[1] 徐刚著，《后革命时代的焦虑——历史语境中的〈组织部新来的青年人〉及其论争》，载《后革命时代的焦虑》，云南人民出版社，2013年，第32页。

会环境作用"与"生命价值需求"的作品。总之，德国著名文学史家姚斯曾说，一部文学作品并不是一个独立存在的并为每一时代的读者都提供同一视域的客体，它不是一座自言自语地揭示它的永恒本质的纪念碑，它倒像一部管弦乐，总是在它的读者中引起反响，并且把本文从文字材料中解放出来，使之成为当代的存在。《组织部新来的青年人》作为当代文学的一株"奇葩"，不仅永远留在共和国文学的记忆中，也会在人们不断的当代性"重读"中魅力永存[1]。可以说，王蒙在改革开放的 80 年代的作品，无论是"意识流"的《蝴蝶》还是具有象征符号特色的《活动变人形》等作品，都没有超过《组织部新来的青年人》的影响力。

第一节　《组织部新来的青年人》中文版本及传播范围

短篇小说《组织部新来的青年人》没有单独成册的书籍，均与其他小说合编为集，或以该小说为名，或以其他小说为名，或另起合集名。根据在 OCLC 数据库中的检索可知，选有《组织部新来的青年人》的中文版书籍，在世界图书馆有收藏的共有 11 个版本。其中，境外图书馆收藏的版本有 6 个。从表 17 可以发现，2003 年人民文学出版社出版的《组织部新来的青年人》的境外馆藏量影响最大，共有 9 家图书馆，涉及 5 个国家和地区，主要分布在美国、加拿大、英国、澳大利亚、新加坡、中国香港等。美国的馆藏量是最多的，各版本合计达 17 家图书馆。具体详见下表 17。

表格 17：《组织部新来的青年人》60 年间的中文版本、世界收藏图书馆国家地区一览表

序号	书名	出版社	出版时间	世界馆藏量	国家总数	分布国家和地区
1	组织部来了个年轻人	人民文学出版社	2003 年	9	5	加拿大
						英国
						中国香港
						美国
						新加坡

---

[1] 温奉桥，《〈组织部来了个年轻人〉研究 50 年述评》，《中国海洋大学学报》(社会科学版)，2006 年第 5 期，第 64—68 页。

2	组织部来了个 年轻人	花城出版社	2009 年	6	3	澳大利亚
						中国香港
						美国
3	王蒙短篇小说选，1956 （《含组织部新来的青年 人》）	人民文学 出版社	1957 年	5	3	中国香港
						日本
						美国
4	青春万岁 （《含组织部新来的青年 人》）	人民文学 出版社	2003 年	6	2	新加坡
						美国
5	青春小说精品读本 [3] 变动 时代的成长：中国当代卷 （《含组织部新来的青年人》）	中国青年 出版社	2006 年	3	2	中国香港
						美国
6	夜的眼 （《含组织部新来的青年 人》）	时代文艺 出版社	2001 年	1	1	法国

　　笔者根据《全国总书目》的统计，上述 6 个含有《组织部新来的青年人》的王蒙的小说集，其中以 1957 年人民文学出版社的印刷数量最大，达到了 80 万册。

　　这个印发量也正验证了小说发表后的巨大反响，"在某些机关和学校，人们在饭桌上、在寝室里都纷纷交换着各种不同的看法"。王蒙在 80 年代的回忆文章也说到当时的反响，"小说《组织部新来的青年人》发表没有两天，《人民文学》杂志的一位工作人员骑着摩托车到西四北小绒线胡同 27 号我的家，给我送来了 476 元人民币的稿费。476 元，相当于我当时的 87 元 6 角 4 分的月薪的 5 倍以上。这也够惊天动地的。先是听到对号入座的工作部门同志对于小说的爆炸性反映："主要是'我们这儿并不是那样呀'，之类。其实这些人多是我的熟人、好友。……看到作品引起这么大动静，看到人们争说《组织部新来的青年人》，看到行行整齐的铅字里王蒙二字出现的频率那么高，我主要是得意洋洋。"[1]

---

[1] 王蒙，《〈组织部新来的青年人〉发表之后》，《百年潮》，2006 年第 7 期，第 68 页。

第二节 《组织部来了个年轻人》的外文译本及传播范围

根据相关学者的研究可知，王蒙的《组织部新来的青年人》并没有单一这篇小说命名的外文译本，而是收入在王蒙其他代表性作品的小说合集中。合集以《蝴蝶》命名，主要译本有英文、法文、德文，均为中国文学杂志编辑，以中国文学出版社名义出版。出版时间以英文最早，1981年出版，此后在1982年出版法文版，1987年出版德文版。而1988年由德国柏林建设出版社的《蝴蝶》的德文版，译者为格鲁纳等。1988年外文出版社又出版了俄文版、西班牙文版《王蒙小说集》，也收录了《组织部新来的青年人》这个短篇小说。1985年墨西哥学院出版社出版了西班牙文版《王蒙短篇小说集》，由白佩兰等翻译，1990年瑞典的波鸿布洛克迈耶出版社出版了《王蒙小说集》（短篇小说合集）德文版，由瑞典汉学家马汉茂等人翻译，上述译本都包含《组织部新来的青年人》这个短篇小说。但笔者依据 OCLC 数据库检索发现，仍以英文版影响最大。

英文版中，有三个具有代表性的文学作品集，收录了《组织部新来的青年人》英译本，分别是由许芥昱选编，印地安纳大学出版社在1980年出版的《中华人民共和国的文学》（Literature of the People's Republic of China），译者为鲍嘉礼（Gary Bjorge）；哥伦比亚大学出版社1981年出版的 *Literature of the Hundred Flowers Volume Ⅱ: Poetry and Fiction*，译者编者均为聂华苓（Hualing Nieh）；中国香港联合出版公司在1983年出版的 *Fragrant Weeds‐Chinese Short Stories Once Labelled as "Poisonous Weeds"*，译者为白杰明（Geremie R.Barme），编者为 W.J.F.詹那尔。由于这些选编的作品均包含中国当代文学其他作家的作品，如《中华人民共和国的文学》收入的作品时间为1942—1979年，其中有毛泽东、茅盾、老舍等现当代作家的作品，尽管这些英文选编作品在欧美世界影响很大，但无法衡量出王蒙的真正影响力和传播范围。因此本文以《中国文学》编辑部1983年编辑出版的"熊猫丛书"中的王蒙作品集为考察样本。该作品集为《蝴蝶及其他故事集》（The butterfly and other stories），但是收录了王蒙最为典型的8篇代表作品，如《组织部新来的青年人》《蝴蝶》《夜之眼》《春之声》《风筝飘带》等当时影响最大的作品英译小说。

该作品集以80年代王蒙最有影响的《蝴蝶》作品来命名，通过 OCLC 的检索发现，该书的世界图书馆收藏数量为 232 家，扣除中国国家图书馆和天津图书馆两家中国图书馆外。全球图书馆收藏数量为 230 家，涉及 15 个国家和地区。美国以 171 家图书馆遥遥领先，澳大利亚、加拿大、英国也都超过了 10 个馆藏量。具体见下表 18。

表格 18：《组织部新来的青年人》英译本（收入《蝴蝶及其他故事》作品集，230 家）世界收藏图书馆一览表

序号	国别	图书馆名称
1	澳大利亚 16 家	国立澳大利亚大学图书馆（AUSTRALIAN NAT UNIV — R G MENZIES LIBR）
2		启蒙思想与技术研究院（CHISHOLM INST LIS）
3		格林菲斯大学内森图书馆（GRIFFITH UNIV NATHAN CAM LIBR）
4		拉筹伯大学本迪戈图书馆（LA TROBE UNIV BENDIGO CAMPUS）
5		城市生活图书馆（LIVING CITY SVC）
6		莫纳什大学图书馆（MONASH UNIV LIBR）
7		默多克大学图书馆（MURDOCH UNIV LIBR）
8		澳大利亚图书馆（NATIONAL LIBR OF AUSTRALIA）
9		阿德莱德大学图书馆（UNIV OF ADELAIDE）
10		墨尔本大学图书馆（UNIV OF MELBOURNE）
11		纽卡斯尔大学奥治迈特图书馆（UNIV OF NEWCASTLE AUCHMUTY LIBR）
12		昆士兰大学图书馆（UNIV OF QUEENSLAND）
13		悉尼大学图书馆（UNIV OF SYDNEY）
14	澳大利亚 16 家	西澳大学图书馆（UNIV OF WESTERN AUSTRALIA）
15		西悉尼大学彭丽斯图书馆（UNIV OF WESTERN SYDNEY PENRITH WARD）
16		维多利亚大学（VICTORIA UNIV）
17	巴巴多斯 1 家	西印度大学图书馆（UNIV OF THE W INDIES）

18		阿尔伯特大学（UNIV OF ALBERTA）
19		卡尔加里大学图书馆（UNIV OF CALGARY LIBR）
20		道格拉斯学院图书馆（DOUGLAS COL LIBR）
21		西蒙佛雷泽大学（SIMON FRASER UNIV）
22		不列颠哥伦比亚大学（UNIV OF BRITISH COLUMBIA LIBR）
23		维多利亚大学图书馆（UNIV OF VICTORIA LIBRS）
24	加拿大 13家	新斯科舍社区学院滨海图书馆（NSCC WATERFRONT CAM LIBR）TRUCL
25		卡尔顿大学图书馆（CARLETON UNIV）
26		多伦多公共图书馆（TORONTO PUB LIBR）
27		多伦多大学罗伯茨图书馆（UNIV OF TORONTO ROBARTS LIBR）
28		沃恩公共图书馆（VAUGHAN PUB LIBR）
29		约克大学图书馆（YORK UNIV LIBR）
30		麦吉尔大学图书馆（MCGILL UNIV）
31		FASK 图书馆（FASK—BIBLIOTHEK）
32	德国3家	德国自由大学图书馆（FREIE UNIV BERLIN）
33		沃森堡格大学图书馆（UNIVERSITÃ，TSBIBLIOTHEK WÃœRZBURG）
34	埃及1家	美国大学开罗分校图书馆（AMERICAN UNIV IN CAIRO LIBR）
35		大不列颠学术参考与共享图书馆（BRITISH LIBR REFERENCE COLLECTIONS）
36		剑桥大学图书馆（CAMBRIDGE UNIV）
37		达勒姆大学图书馆（DURHAM UNIV LIBR）
38	英国11家	爱丁堡大学图书馆（EDINBURGH UNIV LIBR）
39		苏格兰国家图书馆（NATIONAL LIBR OF SCOTLAND）
40		伦敦大学亚非学院图书馆（SOAS UNIV OF LONDON）
41		英国利兹大学图书馆（UNIV OF LEEDS）
42		英国纽卡斯大学图书馆（UNIV OF NEWCASTLE）
43		英国牛津大学图书馆（UNIV OF OXFORD）

44	英 国 11 家	谢菲尔德大学图书馆（UNIV OF SHEFFIELD）
45		汪兹沃斯图书馆（WANDSWORTH LIBRARIES）
46	中国香港 2家	中国香港侵会大学（HONG KONG BAPTIST UNIV）
47		中国香港科技大学（HONG KONG UNIV OF SCI & TECH, THE）
48	以色列2 家	特拉维夫大学（TEL AVIV UNIV）
49		海法大学（UNIV OF HAIFA）
50	日本1家	长崎市立图书馆（NAGASAKI PREFECTURAL GOVT）
51	荷兰2家	阿姆斯特丹大学图书馆 （BIBLIOTHEEK UNIVERSITEIT VAN AMSTERDAM）
52		荷兰莱顿大学图书馆（UNIVERSITEIT LEIDEN）
53	新西兰3 家	新西兰国家图书馆（NATIONAL LIBR OF NEW ZEALAND）
54		新西兰科技学院（UNITEC INST OF TECH）
55		奥克兰大学图书馆（UNIV OF AUCKLAND LIBR）
56	新加坡4 家	维多利亚大学惠灵顿图书馆（VICTORIA UNIV OF WELLINGTON LIBR）
57		南洋理工大学图书馆（NANYANG TECHNOLOGICAL UNIV）
58		新加坡国立教育研究院（NATIONAL INST OF EDUC）
59		新加坡国家图书馆（NATIONAL LIBR BRD, SINGAPORE）
60	特立尼达 和多巴哥 1家	西印度大学圣奥古斯特分校图书馆 （UNIV OF THE W INDIES, ST AUGUSTINE）
61	美国170 家	美国阿拉斯加大学埃尔默图书馆 （UNIV OF ALASKA, ELMER E RASMUSON LIBR）
62		阿拉巴马大学图书馆（UNIV OF ALABAMA）
63		亚利桑那州立大学（ARIZONA STATE UNIV）
64		亚利桑那大学（UNIV OF ARIZONA）
65		ALIBRISZ 在线图书馆（ALIBRIS）
66		加州州立大学海峡群岛分校图书馆 （CALIFORNIA STATE UNIV, CHANNEL ISLANDS）
67		加州州立大学佛雷斯诺分校图书馆（CALIFORNIA STATE UNIV, FRESNO）

68		加州州立大学北岭分校图书馆 （CALIFORNIA STATE UNIV, NORTHRIDGE）
69		加州州立大学萨克拉曼多分校图书馆 （CALIFORNIA STATE UNIV, SACRAMENTO）
70		加州州立大学圣马科斯分校图书馆 （CALIFORNIA STATE UNIV, SAN MARCOS）
71		加州州立大学斯塔尼斯劳斯分校 （CALIFORNIA STATE UNIV, STANISLAUS）
72		凯特中学图书馆（CATE SCH LIBR）CAZ
73		旧金山城市学院图书馆（CITY COL OF SAN FRANCISCO）
74		肯高迪亚大学图书馆（CONCORDIA UNIV, LIBR）
75		洪堡州立大学图书馆（HUMBOLDT STATE UNIV）
76		奥克兰公共图书馆（OAKLAND PUB LIBR）
77		萨克拉门托公共图书馆（SACRAMENTO PUB LIBR）
78	美国170家	圣地亚哥州立大学图书馆（SAN DIEGO STATE UNIV LIBR）
79		旧金山州立大学图书馆（SAN FRANCISCO STATE UNIV LIBR）
80		斯坦福大学图书馆（STANFORD UNIV LIBR）
81		加州大学南部联合分校图书馆（UNIV OF CALIFORNIA S REG LIBR FAC）
82		加州大学伯克利分校图书馆（UNIV OF CALIFORNIA, BERKELEY）
83		加州大学戴维斯分校施菲尔德图书馆 （UNIV OF CALIFORNIA, DAVIS, SHIELDS LIBR）
84		加州大学欧文分校图书馆（UNIV OF CALIFORNIA, IRVINE）
85		加州大学洛杉矶分校图书馆（UNIV OF CALIFORNIA, LOS ANGELES）
86		加州大学北部联合分校图书馆（UNIV OF CALIFORNIA, N REG LIBR
87		加州大学河滨分校图书馆（UNIV OF CALIFORNIA, RIVERSIDE）
88		加州大学圣地亚哥分校图书馆（UNIV OF CALIFORNIA, SAN DIEGO）
89		加州大学圣克鲁兹分校图书馆（UNIV OF CALIFORNIA, SANTA CRUZ）
90		南加州大学图书馆（UNIV OF SOUTHERN CALIFORNIA）
91		惠蒂尔学院图书馆（WHITTIER COL）

92	美国170家	科罗拉多州拉大学（COLORADO STATE UNIV）
93		丹佛公共图书馆（DENVER PUB LIBR）
94		科罗拉多大学波尔多分校图书馆（UNIV OF COLORADO AT BOULDER）
95		康涅狄格州图书馆联盟研究中心（BIBLIOMATION, INC）
96		康涅狄格学院图书馆（CONNECTICUT COL）
97		南康涅狄格州立大学图书馆（SOUTHERN CONNECTICUT STATE UNIV）
98		纽黑文大学图书馆（UNIV OF NEW HAVEN LIBR）
99		卫斯理大学图书馆（WESLEYAN UNIV）
100		耶鲁大学图书馆（YALE UNIV LIBR）
101		国会图书馆（LIBRARY OF CONGRESS）
102		佛罗里达州拉大学图书馆（FLORIDA STATE UNIV）
103		南佛罗里达大学圣彼得堡图书馆（UNIV OF S FLORIDA, ST PETERSBURG）
104		埃默里大学图书馆（EMORY UNIV）
105		佐治亚大学图书馆（UNIV OF GEORGIA）
106		檀香山查明纳德大学（CHAMINADE UNIV OF HONOLULU）
107		夏威夷大学马诺分校图书馆（UNIV OF HAWAII AT MANOA LIBR）
108		大观学院图书馆（GRAND VIEW COL）
109		格林内尔学院图书馆（GRINNELL COL）
110		爱荷华大学图书馆（UNIV OF IOWA LIBR）
111		杜佩奇学院图书馆（COLLEGE OF DUPAGE LIBR）
112		莱克公立学院图书馆（COLLEGE OF LAKE CNTY）
113		刘易斯克拉克学院图书馆（LEWIS & CLARK COMMUN COL）
114		北伊利诺伊大学图书馆（NORTHERN ILLINOIS UNIV）
115		芝加哥大学图书馆（UNIV OF CHICAGO）
116		伊利诺伊大学图书馆（UNIV OF ILLINOIS）
117		普渡大学图书馆（PURDUE UNIV）
118		圣玛丽学院图书馆（SAINT MARY'S COL）

119		圣母大学图书馆（UNIV OF NOTRE DAME）
120		堪萨斯大学图书馆（UNIV OF KANSAS）
121		路易斯安那州立大学图书馆（LOUISIANA STATE UNIV
122		路易斯安那州立公共图书馆（STATE LIBR OF LOUISIANA）
123		安默斯特学院图书馆（AMHERST COL）
124		圣母学院图书馆（ASSUMPTION COL）
125		波士顿学院图书馆（BOSTON COL）
126		波士顿大学图书馆（BOSTON UNIV）
127		哈佛大学哈佛学院图书馆（HARVARD UNIV，HARVARD COL LIBR）
128		美国民兵图书馆系统（MINUTEMAN LIBR NETWORK）
129		东北大学图书馆（NORTHEASTERN UNIV）
130		史密斯学院图书馆（SMITH COL）
131		威廉姆斯学院图书馆（WILLIAMS COL）
132	美国170家	马里兰大学公园学院图书馆（UNIV OF MARYLAND，COL PARK）
133		鲍登学院图书馆（BOWDOIN COL）
134		鲍登学院收藏与共享图书馆（BOWDOIN COLL — SHARED COLLECTIONS）
135		柯蒂斯纪念图书馆（CURTIS MEM LIBR）
136		卡拉马祖学院图书馆（KALAMAZOO COL）
137		密歇根州立大学图书馆（MICHIGAN STATE UNIV）
138		密歇根大学图书馆（UNIV OF MICHIGAN LIBR）
139		卡尔顿学院图书馆（CARLETON COL）
140		圣班耐迪克学院图书馆（COLLEGE OF ST BENEDICT）
141		康科迪亚学院图书馆（CONCORDIA COL LIBR）
142		明尼苏达大学州立大学摩海德分校图书馆（MINNESOTA STATE UNIV MOORHEAD）
143		圣澳拉夫学院图书馆（SAINT OLAF COL）
144		明尼苏达大学明尼波利斯图书馆（UNIV OF MINNESOTA，MINNEAPOLIS）
145		圣托马斯大学图书馆（UNIV OF ST THOMAS）

146		圣路易斯公共图书馆（SAINT LOUIS PUB LIBR）
147		华盛顿大学图书馆（WASHINGTON UNIV）
148		密西西比大学图书馆（UNIV OF MISSISSIPPI）
149		蒙大拿州立大学图书馆（MONTANA STATE UNIV, MSU LIBR）
150		蒙大拿州拉大学曼斯尔德图书馆 （UNIV OF MONTANA, MANSFIELD LIBR）
151		阿帕拉契州立大学（APPALACHIAN STATE UNIV）
152		贝克和泰勒公司技术开发服务中心 （BAKER & TAYLOR INC TECH SERV & PROD DEV）
153		戴维森学院图书馆（DAVIDSON COL）
154		杜克大学图书馆（DUKE UNIV LIBR）
155		北卡罗来纳大学教堂山分校图书馆 （UNIV OF N CAROLINA, CHAPEL HILL）
156		西卡罗来纳大学图书馆（WESTERN CAROLINA UNIV）
157	美国170家	詹姆斯顿大学图书馆（UNIV OF JAMESTOWN）
158		YBP图书馆在线服务系统（YBP LIBRARY SERVICES）
159		普林斯顿大学东亚图书馆（EAST ASIAN LIBR AT PRINCETON UNIV）
160		普林斯顿大学图书馆（PRINCETON UNIV）
161		罗杰斯大学图书馆（RUTGERS UNIV）
162		科尔盖特大学图书馆（COLGATE UNIV）
163		哥伦比亚大学图书馆（COLUMBIA UNIV）
164		康奈尔大学图书馆（CORNELL UNIV）
165		汉密尔顿学院图书馆（HAMILTON COL LIBR）
166		霍巴特和威廉史密斯学院（HOBART & WILLIAM SMITH COL）
167		莫霍克瓦尔学院图书馆（MOHAWK VAL COMMUN COL）
168		纽约公共图书馆（NEW YORK PUB LIBR）
169		纽约大学图书馆（NEW YORK UNIV）
170		斯基莫尔学院图书馆（SKIDMORE COL）

171		纽约州立大学宾汉姆顿图书馆（STATE UNIV OF NEW YORK, BINGHAMTON LIBR）
172		纽约州立大学奥尔巴尼分校图书馆（SUNY AT ALBANY）
173		纽约州立大学新帕尔兹分校图书馆（SUNY AT NEW PALTZ）
174		雪城大学图书馆（SYRACUSE UNIV）
175		贝克和泰勒公司图书馆（BAKER & TAYLOR）
176		迈阿密大学图书馆（MIAMI UNIV）
177		俄亥俄西北图书中心（NORTHWEST OHIO REGN BOOK DEPOSITORY）
178		奥伯林学院图书馆（OBERLIN COL LIBR）
179		俄亥俄州立大学图书馆（OHIO STATE UNIV, THE）
180		俄亥俄大学图书馆（OHIO UNIV）
181		尤宁山大学图书馆（UNIV OF MOUNT UNION
182		威腾堡大学图书馆（WITTENBERG UNIV）
183	美国170家	怀特州立大学图书馆（WRIGHT STATE UNIV）
184		俄克拉荷马州立大学图书馆（OKLAHOMA STATE UNIV）
185		俄克拉荷马大学（UNIV OF OKLAHOMA）
186		俄勒冈州立大学（OREGON STATE UNIV, CORVALLIS）
187		波特兰州立大学图书馆（PORTLAND STATE UNIV LIBR）
188		里德学院图书馆（REED COL LIBR）
189		南俄勒冈大学图书馆（SOUTHERN OREGON UNIV LIBR）
190		俄勒冈大学图书馆（UNIV OF OREGON LIBR）
191		布林茅尔学院图书馆（BRYN MAWR COL）
192		匹兹堡大学卡耐基图书馆（CARNEGIE LIBR OF PITTSBURGH）
193		迪金森学院图书馆（DICKINSON COL）
194		德雷塞尔大学图书馆（DREXEL UNIV）
195		盖茨堡学院图书馆（GETTYSBURG COL）
196		里海大学图书馆（LEHIGH UNIV）
197		宾夕法尼亚大学图书馆（UNIV OF PENNSYLVANIA）

续表

198		匹兹堡大学图书馆（UNIV OF PITTSBURGH）
199		宾州西彻斯特大学图书馆（WEST CHESTER UNIV）
200		布朗大学图书馆（BROWN UNIV）
201		福尔曼大学图书馆（FURMAN UNIV）
202		田纳西大学图书馆（UNIV OF TENNESSEE）
203		范德比尔特大学图书馆（VANDERBILT UNIV LIBR）
204		贝勒大学图书馆（BAYLOR UNIV）
205		斯蒂芬奥斯丁州立大学图书馆（STEPHEN F AUSTIN STATE UNIV）
206		德克萨斯农工大学（TEXAS A&M UNIV）
207		德克萨斯大学奥斯汀分校图书馆（UNIV OF TEXAS AT AUSTIN）
208		德克萨斯大学达拉斯分校图书馆（UNIV OF TEXAS AT DALLAS）
209		杨百翰大学图书馆（BRIGHAM YOUNG UNIV LIBR）
210		犹他大学图书馆（UNIV OF UTAH）
211	美国170家	威廉玛丽学院图书馆（COLLEGE OF WILLIAM & MARY）
212		林奇堡学院图书馆（LYNCHBURG COL）
213		欧道明大学图书馆（OLD DOMINION UNIV）
214		弗吉尼亚州皮德蒙特社区学院（PIEDMONT VIRGINIA COMMUN COL）
215		兰道夫学院图书馆（RANDOLPH COLLEGE）
216		兰道夫麦肯学院图书馆（RANDOLPH—MACON COL）
217		甜石南学院图书馆（SWEET BRIAR COL LIBR）
218		弗吉尼亚大学图书馆（UNIV OF VIRGINIA）
219		米德尔布里学院（MIDDLEBURY COL）
220		中华盛顿大学图书馆（CENTRAL WASHINGTON UNIV）
221		西雅图太平洋大学图书馆（SEATTLE PACIFIC UNIV）
222		斯卡吉特瓦尔学院图书馆（SKAGIT VAL COL）
223		普及桑大学图书馆（UNIV OF PUGET SOUND LIBR）
224		华盛顿大学图书馆（UNIV OF WASHINGTON LIBR）

225		华盛顿州立大学图书馆（WASHINGTON STATE UNIV）
226		西华盛顿大学图书馆（WESTERN WASHINGTON UNIV）
227	美国170家	惠特曼学院皮尔森图书馆（WHITMAN COL, PENROSE MEM LIBR）
228		威斯康星大学麦迪逊图书馆 （UNIV OF WISCONSIN, MADISON, GEN LIBR SYS）
229		西弗吉尼亚大学卫斯理学院（WEST VIRGINIA WESLEYAN COL）
230		怀俄明大学图书馆（UNIV OF WYOMING LIBR）

由上表 18 中的 230 家世界图书馆的名单可以发现，收录了《组织部新来的青年人》的王蒙作品集《蝴蝶及其他故事》一书的图书馆的类型十分广泛，既有世界一流的剑桥大学、牛津大学、普林斯顿大学、哈佛大学、斯坦福大学、芝加哥大学、耶鲁大学的图书馆，这些大学设立世界最为著名的中国研究机构，作为 20 世纪 50 年代最为经典的文学代表作《组织部新来的青年人》，自然在收藏之列。但同时还有相当一部分专业研究学院，如圣澳拉夫学院、汉密尔顿学院、霍巴特和威廉史密斯、莫霍克瓦尔学院、斯基莫尔学院威廉玛丽学院、林奇堡学院、兰道夫学院、兰道夫麦肯学院、甜石南学院等，这些学院可以说是美国最为知名的专业学院，虽然不以中国研究为主，但仍然收藏了这部作品，体现了《组织部新来的青年人》在英语世界的广泛影响，并已经作为中国当代文学经典被广泛收藏。

第三节 《组织部来了个年轻人》在海外学术界的评价

西方一些文学评论家、汉学家，对于王蒙作品的关注，更侧重于 80 年代改革开放后的作品，如提及率较高的有《布礼》《夜的眼》《蝴蝶》《风筝飘带》《活动变人形》等。山东大学的姜智芹教授认真梳理了雷金庆、顾彬、李欧凡、金介甫、查培德、白杰明以及印度汉学家邵宝丽等人发表的对于王蒙作品研究的文章。从这些学术文章中，我们可以看出，海外学者对王蒙的关注更集中于 80 年代后的作品，而对于王蒙从成名作《组织部来了个年轻人》，则多是与当时的时代背景联系起来，并作为王蒙创作风格变化的对比来进行分析的。

笔者选用 Jstor 数据库，在 2015 年 12 月搜索出 3 篇欧美学术期刊中引用并提到《组织部来了个年轻人》的文章（具体数据见下表）。其中，包含了 *The Australian Journal of Chinese Affairs*、*Pacific Affairs* 等著名的文学研究期刊。

表格 19：《组织部新来的青年人》海外学术评价一览表

期刊名称	期刊所属国	时间	文章名	作者
中国杂志（The Australian Journal of Chinese Affairs）	澳大利亚	1983 上半年	New Forms of Realism in Chinese Literature：The St John's University Conference	雷金庆（Kam Louie）
		1984 上半年	Stylistic Variety in a PRC Writer：Wang Meng's Fiction of the 1979—1980 Cultral Thaw	菲尔.威廉（See Phili Williams）
太平洋（Pacific Affairs）	美国	1981 年春	"Wounds" and "Exposure"：Chinese Literature after the Gang of Four	Richard King

雷金庆为澳大利亚的著名汉学家，在《中国杂志》（The Australian Journal of Chinese Affairs）（1983 年上半年刊）中发表了一篇题为 "New Forms of Realism in Chinese Literature：The St John's University Conference" 的文章。此文是为 1982 年在纽约圣约翰大学召开的关于中国当代文学国际研讨会议而写的总结文章。此次会议云集了中国大陆、中国香港、中国台湾、美国、加拿大、英国、德国（当时为西德）、澳大利亚等著名作家、学者。王蒙也参加了此次会议。文章中用了较大篇幅总结了会议中王蒙与学者间的学术交流，并简要介绍了王蒙的《组织部来了个年轻人》的内容。同时也提到了在这篇小说发表后，王蒙被错划为"右派"，后又到新疆工作了近二十年的经历。在参考文献部分，作者引用了 1981 年以中国文学出版社名义出版的《王蒙小说选》。该书收入了《组织部新来的青年人》这篇小说。

同样参加了此次国际会议的菲尔·威廉（See Philip William），在文中简单提到了《组织部来了个年轻人》的年轻主人公爱国主题及官僚主义滥用之风，并详细分析了王蒙在"文革"前的三大写作特点：宏大的历史叙述视角、内心的自我探索及讽刺性的文风。文章重点分析的是王蒙不同历史时期文学创作风格的不同。

发表于 1981 年，由 Richard King 撰写的 "Wounds" and "Exposure"：Chinese Literature after the Gang of Four 一文中，也是在谈到 1957 年的反右派斗争

对当时文学的影响时，并以《组织部来了个年轻人》中的主人公林震为例进行说明。

欧美学者对于王蒙《组织部新来的青年人》这部作品的评价，在国内的学者中也持有相似的观点。如姜智芹教授认为，王蒙获得世界影响的原因是不懈进行艺术形式的探索。第一次探索产生了《组织部新来的青年人》，其意义在于使小说艺术摆脱了僵硬的政治束缚，继承并发展了文学写人的情感世界的"五四"新文学传统。他的《蝴蝶》《布礼》等小说为代表的第二次探索，使中国小说艺术走向现代、走向开放、走向自由、走向多元。他的第三次探索创作出了《坚硬的稀粥》等具有明显隐喻、象征色彩的小说，使小说在现实性的基础上获得了文化哲学韵味[1]。

以笔者看来，欧美学者的这种评价忽视了《组织部新来的青年人》这篇小说在当时那个时代所产生的巨大影响，正是这种影响为王蒙后来的文学创作奠定了坚实的基础。而所谓的文学形式的创新都无法与《组织部新来的青年人》对于中国当代文学的贡献相比。对于这一点，欧美个别学者还是十分清楚的。如笔者发现，其实早在 1964 年，美国的汉学家欧大伟（David Arkush）就在《中国评论》上，就发表了题为《百花之一：王蒙的新来的年轻人》一文，对于王蒙的文学创作进行评述[2]。原美国爱荷华大学教授周欣平[3]（Peter XingPing Zhou）在 1993 年编写了系列丛书《爱荷华大学的中国作家》，在前言中，周欣平教授专门介绍了《组织部新来的青年人》一书的主要表现思想是，年轻的理想主义者与年老僵化的官僚之间的冲突，并向欧美读者介绍了这篇小说发表之后引起毛泽东关注，促进了"百花齐放""百家争鸣"的运动。作为熟悉中国当代文学时代社会背景的周欣平教授，将《组织部新来的青年人》与"百花齐放""百家争鸣"联系起来，这种把握是准确的。该作品通过毛泽东的权威所带来的社会影响，并因此成就了年轻的作家王蒙的大名，也确立了《组织部新来的青年人》在中国当代文学史上的经典地位。可以说王蒙后续的任何一部作品都没有达到这一点，这也是本书之所以如此看重这个短篇小说的原因。

---

[1] 姜智芹，《中国新时期文学在国外的传播与研究》，齐鲁出版社，2011 年，第 237 页。

[2] David Arkush：One of the Hundred Flowers：Wang Meng's Young Newcomer, *Paper on China*. 1964(18).

[3] 周欣平，现为伯克利大学东亚图书馆馆长——笔者注。

第七章 《青春之歌》在世界的传播与影响^[1]

站在整个 20 世纪世界文坛的角度来看，新中国十七年文学由于带有极其鲜明的革命历史主义精神，因此也成为中国当代文学思想理念最为饱满、主流价值最为突出，但艺术风格却显得较为单一的一个文学时代。在众多文学作品中，1958 年出版的《青春之歌》是思想价值与艺术风格较为平衡的一部作品，再加上同名电影的广泛传播，因此具有较大的世界影响。本书试从中外文版本、译本、世界图书馆馆藏量、期刊学术提及率和海外读者接受度四个维度考察《青春之歌》自 1958 年至 2017 年近 60 年的海外传播历程，从而探索中国文学获得世界影响的途径、轨迹。

第一节 《青春之歌》中文版本、传播范围

杨沫 1950 年开始写作这部带有自传色彩的长篇小说，原名叫《烧不尽的野火》。1952 年写完第二遍，1955 年 4 月完成，交人民文学出版社时易名为《青春之歌》，但一直到 1958 年 1 月才由作家出版社 (系当时人民文学出版社的副牌) 出版。该书一出版便成为当时的畅销书。1958 年 9 月 5 日杨沫在日记中写到"《青》书已出九十四万册了"，这仅是七八个月时间里的印数。根据笔者依据《全国新书目》能够找到的 10 个版本印数累计，《青春之歌》自 1958 年出版至 2017 年 12 月的 57 年间，累计印数已经超过 1000 万册。《青春之歌》毫无疑问地属

---

[1] 北京外国语国际中国文化研究院的研究生李先慧同学对本章写作也有贡献。

于中国当代文学的经典作品之一。

在众多的版本中，作者又进行了多次修改，其中较大的有两次：一是 1959 年的修改，是为 1958 年的修订版；二是 1977 年的修改，是为 1978 年的重印本（定本）。根据金宏宇对于《青春之歌》众多版本变迁的历史分析，作者对于《青春之歌》的几次修订，其核心问题是对知识分子改造进行的叙述问题。这种改叙导致《青春之歌》再版本、重印本和初版本之间有了较大差异。如 1958 年初版本以学生运动为中心来写林道静的成长，而再版本和重印本则从学生运动中，也从农村斗争中写林道静的成长，突出她的赎罪与改造。初版本保留了林道静作为"女性"的特点和弱点，再版本、重印本中林道静更具备"党的女儿"的品质。初版本基本上反映了 30 年代的历史真实，再版本和重印本则以 50 至 70 年代的政治标准衡量 30 年代的人与事，有反历史主义的毛病。初版本体现了作者的情感真实和叙述个性，再版本和重印本则表现了一种矫情伪饰和官方叙述倾向。而重印本和再版本之间的不同是：重印本在再版本的基础上继续改造知识分子，并受到了六七十年代党内路线斗争和国际政治的影响。总之，从初版本到再版本再到重印本，主要是作了内容上的改进，少有艺术上的改进。20 世纪 50—70 年代的写作环境注定了《青春之歌》的文学命运。就它的几个版本而言，初版本无疑更有艺术价值、更具真实性[1]。本书的理论基础认为，即一个国家、地区的图书馆系统拥有某本书的数量，代表了这本书在这个国家、地区具有馆藏影响力，这种影响力包含了思想价值、学术水平及作者知名度、出版机构品牌等各种因素的认定。因此本书以《青春之歌》一书的中文版在全球图书馆的馆藏数量为依据，确定其影响力最大的版本。

笔者主要依托 OCLC 和 CiNii 两个数据库进行数据统计，发现《青春之歌》中文版是 1958 年人民文学出版社的版本影响力最大，而外文版是外文出版社 1978 年的英文版影响最大。本书因此分析这两个版本在全世界的传播范围以地理分布数据，从而梳理该书的世界影响力轨迹。

根据 OCLC 数据库，共检索到《青春之歌》中文版共有 10 家出版社（另有 2 家出版社不详），包括人民文学出版社、中国香港生活·读书·新知三联书店、

---

[1] 金宏宇：《中国现代长篇小说名著版本校评》，人民文学出版社，2004 年，第 274 页。

北京十月文艺出版社、作家出版社、商务印书馆、中国青年出版社、中国电影出版社和花山文艺出版社、北岳文艺出版社、时代文艺出版社。其中以人民文学出版社版本和海外馆藏量最为多，而花山文艺出版社、北岳文艺出版社、时代文艺出版社和中国电影出版社均只有 1 个版本。各出版社不同版本及其馆藏量统计如下：

表格 20：《青春之歌》中文版本、世界收藏图书馆国家、地区分布一览表

人民文学出版社	版本年份	1958	1960	1961	1962	1977	1979	1988	2005	2013
	馆藏量	20	4	21	8	6	5	1	6	1
中国香港三联书店	版本年份	1959			1960			1977		
	馆藏量	6			19			20		
北京十月文艺出版社	版本年份	1992			1998			2004		
	馆藏量	16			5			14		
作家出版社	版本年份	1958			1961			1964		
	馆藏量	8			3			2		
商务印书馆	版本年份	1965					1983			
	馆藏量	3					9			
中国青年出版社	版本年份	2000					2004			
	馆藏量	6					2			

此外，中国电影出版社 1978 年版和北岳文艺出版社 2001 年版馆藏量均为 3 家图书馆，花山文艺出版社 1995 年版馆藏量为 4 家图书馆，时代文艺出版社 2009 年版为 1 家。根据上述统计数据，可以清晰地看出来人民文学出版社出版的《青春之歌》中文版馆藏量最大，自 1958 年开始共 9 次再版，每个版本均在世界图书馆系统有体现。在 9 次再版中，1958 年版和 1961 年版馆藏量最多。本书特别整理了《青春之歌》人民文学出版社三个中文版本的世界收藏图书馆名单，具体见下表：

表格 21：人民文学出版社《青春之歌》1958 年、1960 年、1961 年版世界图书馆收藏分布表

国家		US	AU	GB	NZ	SG	HK	JP	FR	CA	DE
馆藏类别	UNIV	22	1	1	2	1	1	1	1	1	1
	PUB	4	1	1		1					
	其他	1									
合计		27	2	2	2	2	1	1	1	1	1

剔除重复的 5 家图书馆，三版整合后美国各州馆藏量如下图：

州名	CA	CT	DC	IA	IL	IN	MA	NC	NJ
馆藏量	6	1	1	1	2	1	1	3	1
州名	NY	OH	PA	SC	UT	VA	WA	WI	HI
馆藏量	1	1	1	1	1	1	2	1	1

表格 22：人民文学出版社《青春之歌》1958 年、1960 年、1961 年版本美国分布图

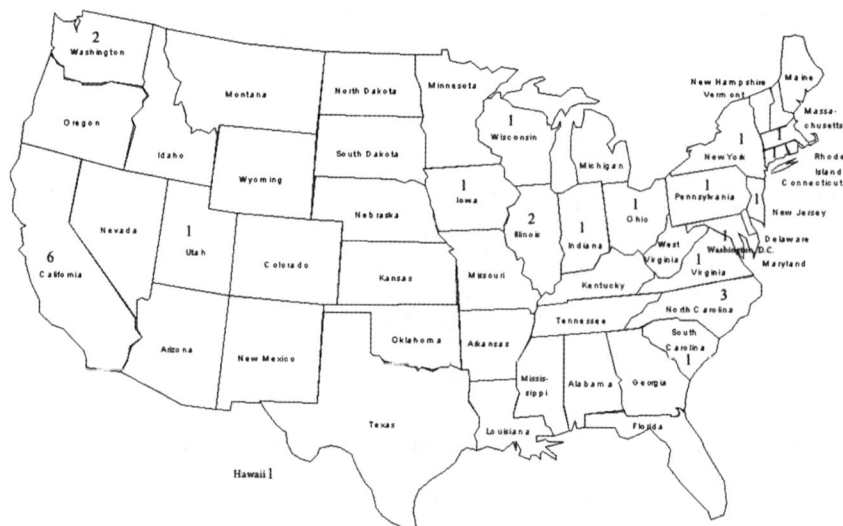

由表 21、表 22 可以看出，人民文学出版社三个版本《青春之歌》海外馆藏为 40 家图书馆（剔除重复的 5 家图书馆），广泛分布于亚洲、欧洲、北美洲和大洋洲的 10 个国家，尤以美国馆藏量最多，达到 27 家。从美国 27 家图书馆分布来看，27 家图书馆广泛分布在 18 个州及特区，占美国 51 个州及特区的三分之一以上，并集中分布于美国东北部高校汇聚的地区。从《青春之歌》海

外图书馆性质来看，40 家图书馆中大学图书馆为 32 家，占到 80%。由此可见，收藏人民文学出版社 1958 年、1960 年和 1961 年中文版《青春之歌》的图书馆，80% 都是大学图书馆，表明《青春之歌》在 20 世纪 50—60 年代的欧美社会，主要是被用来作学术研究，其读者群、传播受众主要以高校学者和对中国感兴趣的学生为主。

由于 OCLC 偏重欧美英语国家的图书馆，其数据无法准确反映《青春之歌》在亚洲地区的传播情况，笔者因此以 CINII 数据库以作补充，通过检索发现，《青春之歌》中文版在日本也有一定的影响，不同版本的馆藏分布见下表：

表格 23：《青春之歌》中文版在日本收藏图书馆一览表

人民文学出版社	版本	1960 年 3 月第一版	1977 年 5 月第二版	1988 年
	馆藏量	16	28	3
三联书店	版本	1959 年 9 月	1960 年 8 月	1977 年
	馆藏量	10	8	4
作家出版社	版本	1958 年 1 月	1958 年 7 月	1961 年 3 月
	馆藏量	11	3	5
北京十月文艺出版社	版本	1992 年 4 月	1992 年 5 月	
	馆藏量	2	22	
北京语言学院	版本	1980 年简写本汉语简易读物		
	馆藏量	6		
采华书林	版本	1971 年 10 月		
	馆藏量	3		
花山文艺出版社	版本	1995 年 5 月		
	馆藏量	3		
中国国际广播出版社	版本	1996 年 7 月		
	馆藏量	2		

从表格 23 来看，人民文学出版社的《青春之歌》中文版在日本的馆藏量合计为 57 家，要比三联书店 22 家、作家出版社 19 家、北京十月文艺出版社 24 家多，可见人民文学出版社在日本的影响要大。这也表明了日本大学图书馆对于中国图书的遴选倾向，即偏重大社、强社以及具有历史知名度的出版社。

第二节　《青春之歌》电影的海内外传播

《青春之歌》1958 年由作家出版社出版的同时，《北京日报》也同时开始连载。由于小说中所描写的抗日救亡生活人们并不陌生，加上作品人物形象真实生动、故事情节丰富感人，特别是在当时以工农兵为主角已成为文艺作品的潮流之时，它别开生面以女性知识分子为主人公，全书充满清新秀气，犹如鹤立鸡群般与众不同，立刻引起了广泛注意，获得各方面的好评。运用其他文艺形式再现小说的努力，也相继随之而来，北京人艺首先与《北京日报》取得联系，想把它改编成话剧，中国评剧院的著名演员小白玉霜则亲自上门找到杨沫本人，表示要把《青春之歌》改编为评剧。

由于小说的影响日益增大，北京电影制片厂、上海电影制片厂都要拍摄《青春之歌》这部影片，两个电影厂领导相持不下。最早看上《青春之歌》的是上海电影制片厂的导演蒋君超，他是杨沫的妹妹白杨的丈夫，因此与杨沫一家十分熟识，早在 3 年前接触到小说《青春之歌》，就表示很喜欢，并提出把它改编成电影剧本。杨沫当时还是默默无闻的一位作者，她虽然身为北影厂的编剧，却压根儿没有想到把它变成电影，所以爽快地同意了妹夫的要求。

随着小说出版后社会反响与日俱增，杨沫愈加受到有关方面重视。北京电影制片厂坚持要拍摄这部电影，并分别在当时主管的周扬、电影局夏衍、陈荒煤等领导协调下，北京电影制片厂接手该片的拍摄任务。而由作家本人改编的、由崔嵬、陈怀皑执导的同名影片，则成为十七年革命经典叙事的电影代表作。影片由中国共产党前中南文化局局长、当时的影坛最佳男演员崔嵬执导，北京电影制片厂导演陈怀皑成了他艺术的合作者。影片不仅集中了当时影坛的最佳阵容，而且调集参与拍摄的志愿群众演员达数万之众。

而选好林道静的扮演者，是电影成功与否的关键。鉴于小说已产生的巨大影响，特别是由于围绕评价而展开的几乎覆盖全国的沸沸扬扬的大讨论，连很多原先并不知道它的人也都知道了。崔嵬征得领导同意，借助媒体对上述座谈会进行报道，发动广大群众对林道静和其他角色的扮演者提出建议，结果引起广泛而热烈的反响，甚至远在印尼的华侨也给北影厂寄来了演员名单表。广大群众都主张选用年轻演员，鼓励北影厂大胆挑选新人。与此同时，却有多位著名演员通过各种途径，表达了希望饰演林道静这一角色的意向。其中来头最大、关系最为密切、活动最为积极的，当属戴有明星桂冠的白杨。她自11岁开始艺术生涯，16岁主演《十字街头》一举成名，拥有《八千里路云和月》《一江春水向东流》《祝福》等众多堪称名片的代表作，以优美、自然、含蓄表演风格和长于表现东方女性神韵，获誉国际国内影坛，而且与杨沫又是嫡亲姐妹。白杨得知《青春之歌》将拍电影后数次来到北京，争取饰演女主角林道静，甚至专门去找过夏衍等文艺界领导。

然而导演崔嵬是个很有主见、很有头脑的导演，在演员的选择上并不盲目迷信明星大腕，而是主张镜头面前人人平等。最终湖北歌剧院的青年演员谢芳脱颖而出，成为林道静的扮演者。选择这么一个没有电影表演经历，崔嵬承担了很大风险。为了建国十周年献礼，当时北京市领导彭真指示，一定要把《青春之歌》拍好，要用最好的胶片拍。导演崔嵬深知这部电影的分量，连林道静身边的配角都精心挑选了当时大牌儿演员来演。秦怡演林红，于是之演余永泽，康泰演卢嘉川，于洋演江华，赵联演叛徒戴愉，连一个一句话的角色地主都有老演员赵子岳主演。还请大作曲家瞿希贤作曲，大指挥家李德伦为指挥。北京名摄影聂晶（电影《小兵张嘎》摄影），影片仅用5个多月的时间，就完成了全片的制作。北京市委主要领导彭真、刘仁、邓拓、陈克寒等集体审查《青春之歌》，一致推举为十年大庆的献礼片。周恩来总理不仅亲自调看该片，而且亲切接见了厂长汪洋以及杨沫、崔嵬、陈怀皑、谢芳等主创人员。

《青春之歌》在全国范围内发行放映时造成了轰动效应。公映后，北京各家影院全部爆满，很多影院甚至24小时上演。当时正是三年困难时期，很多人吃不饱肚子却排长队买票。以二十一万元的成本获得票房纯利润三十六万元。各大报刊争相报道上映盛况、发表赞誉性评论文章，崔嵬因之而成为全国大跃进"群英会"代表，并一跃而被誉为"北影四大师"之一。抗日流行歌曲《五月的鲜花》随着这部电影的放映，再次流行全国。

　　同时，影片在日本、朝鲜、越南等国也引起了轰动。1960年5月至7月，《青春之歌》在日本东京、仙台、札幌、大阪、京都、广岛、福冈、名古屋等地放映达36场，受到日本青年观众的热烈追捧。1960年8月24日人民日报刊登了一篇文章《〈青春之歌〉在日本》，专门介绍了这部影片在日本受欢迎的情况，一些日本青年人纷纷将林道静作为自己选择生活道路和未来事业的榜样。1961年春，谢芳作为中国妇女代表团成员去日本访问时，在一次座谈会上，一位日本妇女讲了自己类似林道静与余永泽从结合到决裂的遭遇。在东京的大街上，林道静的巨幅画像有一层楼高。代表团的汽车开到哪里，哪里就有拥挤的人群拿着笔记本要求谢芳签名留念。影迷狂热地喊着："林道静！林道静！"

　　《青春之歌》这部电影在今天看来，仍然具的文学艺术价值。按照学者戴锦华的观点，无论是杨沫的小说，还是崔嵬的影片，都是新中国十七年社会主义现实主义艺术的范本与楷模，作为一部主流经典之作，表现了共产党人在民族危亡的历史关头，如何前仆后继、英勇悲壮地与卖国求荣的国民党政府展开了不屈不挠的斗争；在他们的精神感召下，历经曲折、牺牲，"一二·九"学生运动终于迎得了胜利。作为一部"让历史告诉未来"的文学作品，与十七年大部分革命历史作品一样，既是胜利者的历史再确证，同时也完成着英雄/共产党人群像的镜像式询唤。但在同时期的历史视理中，引人瞩目的是：它是文学作品中为数不多的、而影坛上绝无仅有的一部正面表现知识分子（事实上彩片中所有重要人物都是知识分子，准确地说是北京大学师生），而得到无保留的肯定的作品。而此前的同类题材的《我们夫妇之间》（郑君里编导，1951年）、《情深谊长》（徐吕霖编导，1957年）、《上海姑娘》（成荫导演，张弦编剧，1958年），及此后《早春二月》（谢铁骊编导，1963年），无一逃脱厄运，成了"消极作品""白旗"与"毒草"，遭到公开的、全国性的口诛笔伐。于是，《青春之歌》作为唯一逃脱的特例，为我们提供了一部有趣而独特的电影文本[1]。戴锦华甚至认为，影片《青春之歌》由此而成为十七年革命经典叙事电影中一部独特的文本，一部重构的历史视域中编就的

[1] 戴锦华：《〈青春之歌〉历史视域中的重读》，载唐小兵主编：《再解读，大众文艺与意识形态》，北京大学出版社，2009年，第192页。

知识分子思想改造手册。它将相互置换的女人／知识分子置于共产党／国民党、善／恶王国所争夺的价值客体以及与主流意识形态所询唤的个体／准主体的位置之上。

其实这也正是十七年文学经典作品中之所以称之为"文学经典"的价值所在。开放的艺术阐释空间，丰富而又深厚的历史意义。在21世纪初中国文学批评界自发燃起的重新解读十七年文学作品的热潮中，很多作品都重新进入学者的视野，特别是一些作品都被重新拍摄成为电视连续剧。这个重拍的名单中就有《青春之歌》。正如学者杨厚均所解读的一样，十七年文学的经典作品，都对革命历史抱有巨大兴趣，这主要是出于新中国历史记忆重构的迫切需要，而这种重构的历史就是革命历史。从革命的历史化到历史的革命化，表明了革命历史小说在革命历史记忆重构上的不断深化。新的革命历史的外在时间谱系与内在逻辑结构的确立成为重构的关键。而值得注意的是，这种历史的重构的最终指向是对新中国现实的认同，因此革命历史长篇小说中的历史叙事实际上是一种对历史的"现在性"组织。此外，对新中国革命历史长篇小说的革命主题进行探讨，革命是现代民族国家确立的基本路径，这意味着任何关于现代民族国家的想象都不可能脱离关于革命的想象。作为十七年文学中的大部分作品，都是民族国家想象下的革命历史长篇小说的"革命"想象，也正是在这样的思想背景下进行的。它的任务就是通过对"革命"的想象，将"革命"意识深深地嵌入每一个国家成员的思想深处，从而更为牢固地将革命与现代民族国家捆绑在一起，以实现国家的进一步的现代化。十七年文学作品中，十分重视英雄形象的塑造，在一定意义上是因为，在民族国家想象中，英雄常常成为现代民族国家理想的集中体现者，它是现代民族国家的人格化形象，英雄正是通过这样的方式来整合现代民族国家的秩序。十七年文学中英雄形象的完美品格的塑造，英雄的言说本身成为现代民族国家的人格化[1]。

可以说，《青春之歌》为代表的十七年文学经典，是在新中国成立初期，作为民族国家想象的方式来表明其立场的，它在如何重构现代民族国家的历史

---

[1] 杨厚均，《革命历史图景与民族国家想象，新中国革命历史长篇小说再解读》，湖北教育出版社，2005年，第2—4页。

记忆，确立现代民族国家的革命本体意识，展示国家的崭新形象，以及实现对国家的整体认同等方面，为新中国的现代性追求发挥了特殊的历史作用。

第三节 《青春之歌》外文译本及传播范围

根据学界研究，自 1958 年至今，《青春之歌》被译为 20 多种语言，最早的日文译本（岛田政雄、三好一译）由至诚堂于 1960 年出版，到 1965 年印刷了 12 次，累计发行数量达 20 万册。1977 年日本青年出版社又再版了改版本。但笔者根据 OCLC 数据库共检索到迄今为止仍然在世界图书馆系统流通的译本仅有 10 种，除英语、日语外，还有阿尔巴尼亚语、德语、韩语、僧伽罗语、世界语、泰语、泰米尔语、西班牙语等。具体见下表 20。

表格 24：《青春之歌》外译本一览表

语种	书名	译者	出版社	出版年份
英语	The song of youth	南英（Nan Ying）侯一民插图 Hou Yi—Min	外文出版社（Foreign Languages Press）	1958
日语	青春の歌	岛田政雄，三好一	至诚堂、青年出版社	1960、1977
德语	Das Lied der Jugend	Sichrovsky, Alexander	中国文学出版社（Beijing：Verl.f.Fremdsprach. Literatur）	1983
西班牙语	El canto de la juventud		Beijing：Ediciones en Lenguas Extranjeras	1980
泰米尔语	இளமையின் கீதம்（Iḷamaiyin kītam）	Pālu, Mayilai	Cennai：Alaikaḷ Veḷiyīṭṭakam	2007
韩语	청춘의노래		北京：民族出版社	1978、1991
泰语	Botphlēng hǣng arunrung		Bangkok：Sāmsahāi	1980、1987

世界语	Kanto de juneco：la unua parto		Beijing：El Popola Cinio	1981
阿尔巴尼亚语	Kënga e rinisë：roman	Pasko, Dhimitër,	Tiranë：Ndërmarrja Shtetërore e Botimeve "Naim Frashëri"	1961
僧伽罗语	Yauvana gītaya：suviśiṣṭa Chīna navakathāva		Koḷamba：Ăs. Goḍagē Saha Sahōdarayō	1997

（一）《青春之歌》英文译本

通过 OCLC 数据库检索，《青春之歌》英译本共有以下 7 个版本。外文出版社 1978 年版馆藏量为 142 家，而 1964 年版馆藏量仅为 50 家。商务印书馆 1965 年版，现藏于美国 7 家图书馆中，其中 5 家为大学图书馆，2 家为公共图书馆；印度 Lucknow Parikalpana Prakashan 出版社 2010 年版，分别藏于英国 British Library Reference Collection 和印度 D K Agencies Pvt. Ltd. 两家机构中；[Korea] Hk Ryong Kang Cho Sun Min Jok 出版社 2009 年版，现藏于美国巴鲁克学院（Baruch College）图书馆；出版于 1965 年且出版社暂不清楚的两版英文本，其中一版为纸质版，分别藏于澳大利亚国家图书馆和美国斯坦福大学图书馆；另一版为美国谷歌网站的电子资源。

众多英译本中其中以外文出版社 1978 年版和 1964 年版馆藏量最大，因此本书以这两版为例说明《青春之歌》在海外（主要是英语国家）影响状况。

从世界范围的地域分布来看，外文出版社英译本 1978 年版和 1964 年版共分布在亚洲、欧洲、北美洲、大洋洲、非洲的 18 个国家，其中北美洲（包括美国、加拿大、巴巴多斯、特立尼亚和多巴哥四个国家）尤其是美国馆藏量最多，1978 年版和 1964 年版《青春之歌》美国馆藏量占世界馆藏量比例分别为 67% 和 80%。从图书馆类别上看，1978 年版和 1964 年版馆藏大学图书馆比例分别为 89% 和 92%。外文出版社两个英译本的馆藏量分布情况，与中文版一致，都是美国馆藏量最多，大学图书馆是馆藏重镇；同时，英译本在全世界的覆盖范围要远多于中文版本。

本书统计了《青春之歌》馆藏图书馆在美国各州的分布情况，如下图所示。

表格 25：《青春之歌》1964 年英译本在美国分布图

表格 26：《青春之歌》1978 年英译本在美国馆藏分布图

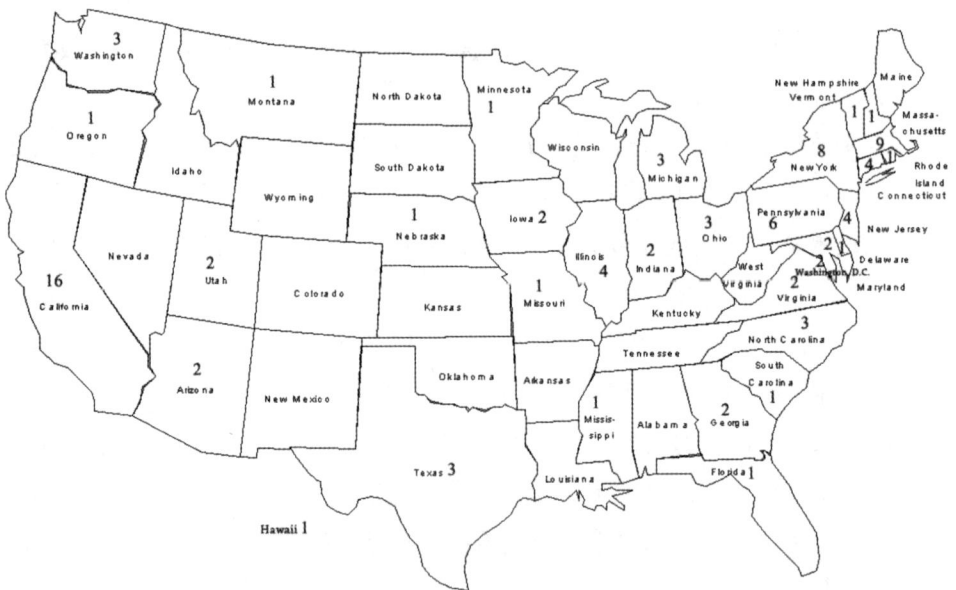

　　1964 年版在美国所馆藏的 40 家图书馆共分布在 24 个州及特区，1978 年版的 95 家图书馆则分布在 33 个州及特区；将两个版本共同馆藏的图书馆合并在

一起再次统计，则两版的馆藏图书馆共分布在39个州及特区，几乎覆盖了全美国。从地图上可以看出，馆藏图书馆最多的依然是东北部地区和西部的加利福尼亚州。

这两个地区也是美国高校、学术机构主要集中的两个地区。可见，《青春之歌》英文版与中文版一样，主要是用于学术研究使用。为了更为具体地了解《青春之歌》的分布情况，特将影响最大的1978年版收藏图书馆名单列表如下（去掉中国大陆的3家馆藏名单，在海外为139家）：

表格27：《青春之歌》英译本（1978年版，139家）的世界收藏图书馆一览表

序号	国别	图书馆名称
1	澳大利亚9家	国立澳大利亚大学图书馆孟席斯图书馆（AUSTRALIAN NAT UNIV — R G MENZIES LIBR）
2		莫纳什大学图书馆（MONASH UNIV LIBR）
3		国立澳大利亚大学图书馆（NATIONAL LIBR OF AUSTRALIA）
4		国立西澳图书馆（STATE LIBR OF W AUSTRALIA）
5		阿德莱德大学图书馆（UNIV OF ADELAIDE）
6		墨尔本大学图书馆（UNIV OF MELBOURNE）
7		新英格兰阿米代尔大学图书馆（UNIV OF NEW ENGLAND, ARMIDALE）
8		新威尔士大学图书馆（UNIV OF NEW S WALES）
9		昆士兰大学图书馆（UNIV OF QUEENSLAND）
10	巴巴多斯1家	西印度大学图书馆（UNIV OF THE W INDIES）
11	加拿大12家	阿尔伯特大学图书馆（UNIV OF ALBERTA）
12		卡尔加里大学图书馆（UNIV OF CALGARY LIBR）UAU
13		大不列颠哥伦比亚大学图书馆（UNIV OF BRITISH COLUMBIA LIBR）
14		维多利亚大学图书馆（UNIV OF VICTORIA LIBRS）
15		温哥华公共图书馆（VANCOUVER PUB LIBR）
16		纽芬兰纪念大学伊丽莎白二世图书馆
17		多伦多公共图书馆（TORONTO PUB LIBR）TOH

18		多伦多大学罗伯特图书馆（UNIV OF TORONTO ROBARTS LIBR
19		约克大学图书馆（YORK UNIV LIBR）
20	加拿大	麦吉尔大学（MCGILL UNIV
21	12家	里贾纳大学（UNIV OF REGINA）
22		萨斯喀彻温大学图书馆（UNIV OF SASKATCHEWAN LIBR）
23	德国1家	图宾根大学图书馆（UNIVERSITATSBIBLIOTHEK TUBINGEN）
24	埃及1家	新亚历山大图书馆（BIBLIOTHECA ALEXANDRINA）
25		杜伦大学图书馆（DURHAM UNIV LIBR）
26		爱丁堡大学图书馆（EDINBURGH UNIV LIBR）
27	英国6家	埃塞克斯大学（UNIV OF ESSEX）
28		利兹大学（UNIV OF LEEDS）
29		牛津大学（UNIV OF OXFORD）
30		谢菲尔德大学（UNIV OF SHEFFIELD）
31	中国香港	中国香港侵会大学（HONG KONG BAPTIST UNIV）
32	3家	中国香港理工大学图书馆（HONG KONG POLYTECHNIC UNIV LIBR）
33		中国香港科技大学（HONG KONG UNIV OF SCI & TECH, THE）
34	以色列 1家	希伯来大学（HEBREW UNIV）
35	日本2家	长崎县政法图书馆（NAGASAKI PREFECTURAL GOVT）
36		专修大学图书馆（SENSHU UNIV LIBR）
37	奥地利 1家	西克泽雅奥瓦萨米图书馆（HEZEKIAH OLUWASANMI LIBR）
38		梅西大学图书馆（MASSEY UNIV LIBR）
39	新西兰	新西兰国家图书馆（NATIONAL LIBR OF NEW ZEALAND）
40	4家	坎特伯雷大学图书馆（ UNIV OF CANTERBURY LIBR）
41		维多利亚大学惠灵顿图书馆（VICTORIA UNIV OF WELLINGTON LIBR）
42	泰国2家	玛希隆大学图书馆（MAHIDOL UNIV LIBR & KNOWLEDGE CTR）
43		法政大学图书馆（THAMMASAT UNIV LIBR）

续表

44	特里尼达 与多巴哥 1家	西印度大学圣奥古斯特分校图书馆 （UNIV OF THE W INDIES, ST AUGUSTINE CAM）
45	中国台湾 1家	台湾大学图书馆
46		亚利桑那州立大学图书馆（ARIZONA STATE UNIV）
47		北亚利桑那大学图书馆（NORTHERN ARIZONA UNIV）
48		加州州立大学北岭分校（CALIFORNIA STATE UNIV, NORTHRIDGE）
49		加州州立大学圣地亚哥分校 （CALIFORNIA STATE UNIV, SAN BERNARDINO）
50		洛杉矶安吉尔公共图书馆（COUNTY OF LOS ANGELES PUB LIBR）
51		长滩城市学院图书馆（LONG BEACH CITY COL）
52		洛杉矶公共图书馆（LOS ANGELES PUB LIBR）
53		奥克兰公共图书馆（OAKLAND PUB LIBR）
54		圣地亚哥州立大学图书馆（SAN DIEGO STATE UNIV LIBR）
55	美 国 94 家	旧金山公共图书馆（SAN FRANCISCO PUB LIBR）
56		旧金山州立大学图书馆（SAN FRANCISCO STATE UNIV LIBR）
57		圣何塞州立大学图书馆（SAN JOSE STATE UNIV）
58		加州大学南部联合分校图书馆（UNIV OF CALIFORNIA S REG LIBR FAC）
59		伯克利大学图书馆（UNIV OF CALIFORNIA, BERKELEY）
60		加州大学洛杉矶分校图书馆（UNIV OF CALIFORNIA, LOS ANGELES）
61		加州大学圣克鲁兹分校图书馆（UNIV OF CALIFORNIA, SANTA CRUZ）
62		旧金山大学格尔森图书馆（UNIV OF SAN FRANCISCO, GLEESON LIBR）
63		中康涅狄格州立大学（CENTRAL CONNECTICUT STATE UNIV）
64		康涅狄格学院（CONNECTICUT COL）
65		卫斯理大学图书馆（WESLEYAN UNIV）
66		耶鲁大学图书馆（YALE UNIV LIBR）

67		乔治·华盛顿大学图书馆（GEORGE WASHINGTON UNIV）
68		马诺弗农学院（MOUNT VERNON COL）
69		特拉华大学（UNIV OF DELAWARE）
70		佛罗里达州拉大学（FLORIDA STATE UNIV）
71		埃默里大学（EMORY UNIV）
72		佐治亚州立大学（GEORGIA STATE UNIV）
73		夏威夷大学马诺分校图书馆（UNIV OF HAWAII AT MANOA LIBR）
74		格林内尔学院（GRINNELL COL）
75		爱荷华州立大学（IOWA STATE UNIV）
76		伊利诺伊州立大学（ILLINOIS STATE UNIV）
77		南伊利诺伊大学艾德华兹维尔分校图书馆 （SOUTHERN ILLINOIS UNIV AT EDWARDSVILLE）
78		芝加哥大学图书馆（UNIV OF CHICAGO）
79	美国94家	伊利诺伊大学图书馆（UNIV OF ILLINOIS）
80		迪宝大学图书馆（DEPAUW UNIV）
81		印第安纳波利斯大学（UNIV OF INDIANAPOLIS）
82		罕布什尔学院图书馆（HAMPSHIRE COL）HAM
83		哈佛大学图书馆（HARVARD UNIV）MCS
84		哈佛大学哈佛学院图书馆（HARVARD UNIV, HARVARD COL LIBR）
85		哈佛大学燕京图书馆（HARVARD UNIV, YENCHING LIBR）
86		蒙特霍利约克学院（MOUNT HOLYOKE COL）
87		西北大学图书馆（NORTHEASTERN UNIV）
88		萨福克大学图书馆（SUFFOLK UNIV）
89		马萨诸塞大学阿姆赫斯特分校图书馆 （UNIV OF MASSACHUSETTS AMHERST）
90		韦尔斯利学院玛格丽特克拉普图书馆 （WELLESLEY COL, MARGARET CLAPP LIBR）
91		约翰霍普金斯大学（JOHNS HOPKINS UNIV）

92		马里兰大学公园分校（UNIV OF MARYLAND, COL PARK）
93		密歇根州立大学图书馆（MICHIGAN STATE UNIV）
94		密歇根大学图书馆（UNIV OF MICHIGAN LIBR）
95		卡尔顿学院图书馆（CARLETON COL）
96		密苏里大学哥伦比亚分校（UNIV OF MISSOURI——COLUMBIA）
97		南密西西比大学哈蒂斯堡图书馆 （UNIV OF SOUTHERN MISSISSIPPI HATTIESBUR）
98		蒙大拿大学曼斯尔德图书馆（UNIV OF MONTANA, MANSFIELD LIBR）
99		杜克大学图书馆
100		北卡罗来纳大学格林斯波洛分校（UNIV OF N CAROLINA GREENSBORO）
101		北卡罗来纳大学教堂山分校图书馆 （UNIV OF N CAROLINA, CHAPEL HILL）
102	美 国 94 家	内布拉斯加大学林肯分校
103		达特茅斯学院图书馆
104		新泽西学院图书馆（COLLEGE OF NEW JERSEY, THE）
105		普林斯顿大学东亚图书馆（EAST ASIAN LIBR AT PRINCETON UNIV）
106		普林斯顿大学图书馆（PRINCETON UNIV）
107		西顿霍尔大学图书馆（SETON HALL UNIV）
108		科尔盖特大学图书馆（COLGATE UNIV）
109		哥伦比亚大学图书馆（COLUMBIA UNIV）
110		汉密尔顿学院图书馆（HAMILTON COL LIBR）
111		霍巴特和威廉史密斯学院（HOBART & WILLIAM SMITH COL）
112		皇后区公共图书馆（QUEENS BOROUGH PUB LIBR）
113		纽约州立大学奥尔巴尼分校图书馆（SUNY AT ALBANY）
114		纽约州立大学新帕尔兹分校图书馆（SUNY AT NEW PALTZ）
115		纽约州立大学奥斯维格学院（SUNY COL AT OSWEGO）
116		迈阿密大学图书馆（MIAMI UNIV）
117		尤宁山大学图书馆（UNIV OF MOUNT UNION）

118		威腾堡大学图书馆（WITTENBERG UNIV）
119		俄勒冈大学图书馆（UNIV OF OREGON LIBR）
120		布林麻维学院图书馆（BRYN MAWR COL）
121		巴克内尔大学图书馆（BUCKNELL UNIV）
122		富兰克林马歇尔学院（FRANKLIN & MARSHALL COL）
123		利哈伊大学图书馆（LEHIGH UNIV）
124		宾夕法尼亚大学图书馆（UNIV OF PENNSYLVANIA）
125		匹兹堡大学图书馆（UNIV OF PITTSBURGH）
126		布朗大学图书馆（BROWN UNIV）
127		南卡罗来纳大学大学（UNIV OF S CAROLINA）
128	美国94家	范德比尔特大学图书馆（VANDERBILT UNIV LIBR）
129		贝勒大学图书馆（BAYLOR UNIV）
130		南方卫理公会大学（SOUTHERN METHODIST UNIV, CENT LIBR）
131		德州大学奥斯汀分校图书馆（UNIV OF TEXAS AT AUSTIN）
132		杨百翰大学图书馆（BRIGHAM YOUNG UNIV LIBR）
133		犹他大学图书馆（UNIV OF UTAH）
134		威廉玛丽学院图书馆（COLLEGE OF WILLIAM & MARY）
135		弗吉尼亚大学图书馆（UNIV OF VIRGINIA）
136		米德尔布里学院图书馆（MIDDLEBURY COL）
137		华盛顿大学图书馆（UNIV OF WASHINGTON LIBR）
138		华盛顿州立大学图书馆（WASHINGTON STATE UNIV）
139		惠特门学院皮尔森纪念图书馆（WHITMAN COL, PENROSE MEM LIBR）

由上述139家图书馆的名单可以看出，几乎涵盖了欧美最为知名、学术研究能力最强的大学图书馆，收藏《青春之歌》这部新中国十七年文学中反映知识分子的精神成长历程之作，主要是用于中国文学的研究之用。与之同时，一些公共图书馆也收藏了这部作品，再次表明《青春之歌》作为新中国文学的经典作品在欧美，特别是美国图书馆界所具有的广泛知名度。

笔者同时检索了CINII数据库，以了解《青春之歌》英译本在日本的馆藏情况。

通过检索，数据库显示的英译本 The song of youth 有外文局 1964 年和 1978 年版两个版本，馆藏量分别为 4 家和 17 家，并且均为大学和研究机构图书馆。具体分布情况如下：

表格 28：《青春之歌》英译本在日本收藏图书馆一览表

	1	关西外国语大学图书馆
1964 年版馆藏图书馆	2	财团法人东洋文库
	3	东京大学大学院人文社会系研究科文学部图书室
	4	同志社大学图书馆
1978 年版馆藏图书馆	5	爱知大学丰桥图书馆
	6	大阪府立大学学术情报中心
	7	鹿儿岛国际大学附属图书馆
	8	关西外国语大学图书馆
	9	京都教育大学附属图书馆
	10	京都产业大学图书馆
	11	神户大学附属图书馆人文科学图书馆
	12	神户大学附属图书馆综合图书馆国际文化学图书馆
	13	拓殖大学八王子图书馆
	14	大学共同利用机关法人人间文化研究机构国立国语研究所
	15	东京大学东洋文化研究所图书室
	16	东北大学附属图书馆
	17	日本大学国际关系学部图书馆
	18	文教大学越谷图书馆
	19	桃山学院大学附属图书馆
	20	龙谷大学深草图书馆
	21	丽泽大学图书馆

（二）《青春之歌》日文译本

《青春之歌》日文译本是最早译成的外文本，译者为岛田政雄和三好一。

共分 3 册，由东京至诚堂在 1960 年出版。此后在 1977 年 12 月 15 日又由东京青年出版社出版了《青春之歌》（上），译者署名为岛田政雄、伊藤克，1978 年 4 月 15 日东京青年出版社推出《青春之歌》（下），署名为岛田政雄、三好一（译）。关于《青春之歌》的研究评论文章，有《革命和青春的雄大赞歌——谈〈青春之歌〉日译本》，作者为山田章子，刊登在《朝日亚洲评论》第 58 期，1978 年秋季号上。

译者岛田政雄，1912 年生人，日本著名的社会活动家、翻译家，日中友好协会顾问。1928 年鸟取第一中学毕业后，曾从事手艺劳动，后来到中国生活居住 20 多年，1941 年在上海上崎经济研究所工作，1945 年日本战败后回到日本，1948 年参加日本中国文化研究所，1949 年创办日中友好协会，任常任理事，1954 年任日中友好协会宣传部长，1961 年曾访问中国，受到毛泽东主席的接见，1963 年任日本共产党主办的《中国革命文学选》编辑委员会，1966 年任日中友好协会（正统）常任理事，1967 年脱离日本共产党，1970 年参加中国研究所的《新中国年鉴》编纂。曾翻译过多部中国文学作品，主要著作有《白毛女》《西藏之行》《青年毛泽东》《中国新文学入门》等图书。

笔者通过检索 CINII 数据库，共找到两个版本的日文译本，分别为 1960 年至诚堂本和 1977 年 12 月青年出版社本。1960 年至诚堂本馆藏量为 22 家，青年出版社本馆藏量为 26 家，馆藏图书馆种类也是以大学或研究机构图书馆为主。其具体馆藏图书馆分布如下：

表格 29：《青春之歌》日译本（26 家）在日本收藏图书馆一览表

1960 年至诚堂本（21 家）	1977 年 12 月青年出版社本（26 家）
亚洲·非洲图书馆	爱知大学车道图书馆
一般社团法人中国研究所图书馆	爱知大学丰桥图书馆
大阪教育大学附属图书馆	一关工业高等专门学校
大阪大学附属图书馆外国学图书馆	一般社团法人中国研究所图书馆
香川大学附属图书馆	冈山大学附属图书馆
北九州市立大学图书馆	鹿儿岛国际大学附属图书馆
高知大学综合情报中心（图书馆）中央馆	北九州市立大学图书馆
神户市外国语大学学术情报中心	熊本大学附属图书馆

神户大学附属图书馆综合图书馆国际文化学图书馆	神户市外国语大学学术情报中心
滋贺县立大学图书情报中心	神户大学附属图书馆人文科学图书馆
东京大学大学院人文社会系研究科文学部图书室	神户大学附属图书馆综合图书馆国际文化学图书馆
富山大学附属图书馆艺术文化图书馆	神户山手大学·神户山手短期大学图书馆
长崎大学附属图书馆	岛根大学附属图书馆
弘前大学附属图书馆	东京学艺大学附属图书馆
福岛大学附属图书馆	同志社大学图书馆
北海学园大学附属图书馆	广岛修道大学图书馆
明治学院大学图书馆	广岛市立大学附属图书馆
山形大学小白川图书馆	广岛大学图书馆中央图书馆
山口大学图书馆综合图书馆	佛教大学附属图书馆
立正大学情报媒体中心（熊谷图书馆）	北京日本学研究中心图书资料馆
和光大学附属梅根纪念图书·情报馆	北海道大学附属图书馆北图书馆
	防卫省防卫大学校综合情报图书馆
	宫崎公立大学附属图书馆
	目白大学岩槻图书馆
	龙谷大学深草图书馆
	和歌山大学附属图书馆

    通过上表可以发现，所有日本具有中国研究机构的图书馆都在上面，日本《青春之歌》日译本也是以学术研究的用途为主，其主要读者群是日本的中国文学研究学者和对中国文学感兴趣的友好人士。

第四节　《青春之歌》学术研究以及评价

    《青春之歌》不仅在海外拥有众多馆藏量，作为"十七年文学"的重要作品，它也拥有很高的学术价值。笔者通过查阅 JSTOR 数据库，共找到 16 篇与之有关的论文和书评。在上述 16 篇文章中，有 8 篇学术性论文，7 篇书评以及 1 篇附录。

其中 8 篇学术论文根据研究侧重点可以分为三类：共产主义文学文化类、国际政治类和文学出版传播类；7 篇书评根据所涉及著作的内容可以分为四类：女性主义、意识形态、历史分析和文学研究四个视角。余下的一篇附录（序 16：Back Matter）是剑桥出版社在 1979 年 1 月的《中国文学》上做的 "东亚图书" 宣传广告，1978 年出版的英文本《青春之歌》售价 5.95 美元。

有关《青春之歌》的论文和书评的作者，包括夏济安、卫德明、白芝、Hung—Yok Ip、John H. Weakland、葛浩文、Paul Bady、陈晓梅、Chi Young Pak、佛克马（D. W. Fokkema）、柏右铭、陆敬思、Ranbir Vohra、邓腾克；专著作者包括 Joe C. Huang、王斑、Lingzhen Wang、夏志清、李欧梵和林培瑞等共 20 人。其中卫德明、白芝、葛浩文、陆敬思、Ranbir Vohra、邓腾克、林培瑞、柏右铭、Hung—Yok Ip 为美国汉学家和研究中国问题的学者，佛克马[1]与 Paul Bady[2]为欧洲学者；夏济安、陈晓梅、Joe C. Huang、王斑、Lingzhen Wang、夏志清、李欧梵则均是华人学者。由此可见，《青春之歌》的研究群体主要局限于汉学家和对中国问题感兴趣的学者，其中尤以美国学者和华人学者最多。

从论文刊发时间来看，具体时间和数量分布如下表所示：

时间	20 世纪 60 年代	20 世纪 70 年代	20 世纪 80 年代	20 世纪 90 年代	2000 年以后	总计
文章数量（篇）	3	7	1	2	3	16

其中，60 年代的 3 篇论文分别是 1963 年《中国季刊》刊发的夏济安、卫德明和白芝的三篇论文；70 年代刊发的文章最多，依次为 John H. Weakland、Ranbir Vohra、Chi Young Pak、D. W. Fokkema、白芝、葛浩文和 Back Matter 七篇文章；80 年代仅 Paul Bady 一篇；20 世纪 90 年代和 2000 年以后刊发的依次为陈晓梅、柏右铭、邓腾克、Hung—Yok Ip、陆敬思的 5 篇文章。可见，随着时间的推移，国外学术界对《青春之歌》的关注点经历了从了解共产主义和中国社会、了解中国的国际态度、理解共产主义体系到历史分析视角和女性主义视角的变

---

[1] 佛克马（D. W. Fokkema）为国际比较文学协会名誉主席、欧洲科学院院士、荷兰乌德勒支大学荣休教授；曾在荷兰驻华大使馆工作数年。

[2] Paul Bady 为法国原驻华大使馆文化专员、巴黎师范大学教授。

化。这种变化正是欧美学术界对于中国当代文学的 60 年历史变迁轨迹。

16 篇论文共发表于 9 种不同的期刊，论文数量具体分布情况如下表所示：

刊物	The China Quarterly	Chinese Literature: Essays, Articles, Reviews	Harvard Journal of Asiatic Studies
数量	6	2	2
刊物	Modern China	World Literature Today	Representations
数量	1	1	1
刊物	The Western Political Quarterly	T' oung Pao	The Journal of Asian Studies
数量	1	1	1

从上表可以看出《中国季刊》（The China Quarterly）的刊发量最大。《中国季刊》是由伦敦大学东方与非洲研究院当代中国研究所创刊于 1960 年，是中国学领域最具权威的研究期刊之一，每年出版 4 期。创刊以来对现当代中国研究的各方面话题都具有浓厚兴趣，包括政治、经济、商业、地理、历史、艺术、文学、人类学、社会学、国际事务等。《中国季刊》不仅密切关注当代中国热门话题，更重视从历史学的角度分析中国问题。

《中国文学》（Chinese Literature Essays Articles Reviews）简称 CLEAR，成立于 1978 年，第一期出版于 1979 年。由美国威斯康星大学、耶鲁大学、加州大学戴维斯分校资助出版，每年一期，每期包括五到七篇从古典到现代各类文学的论文以及同样数目的书评，书评整体上略多，全部是英语发表。也经常发表学术注释，主要是简短的图书介绍，每期最后有两三页的图书广告。

《哈佛亚洲研究学报》Harvard Journal of Asiatic Studies 由哈佛燕京学社于 1936 年创建，每半年发行一期；以传播亚洲人文领域新颖、杰出的研究和书评为使命，重点研究中国、日本、朝鲜和中亚等地区的现状。目前在全球大约 40 个国家拥有机构或个人订户。

《现代中国》（Modern China）由美国加州大学洛杉矶分校 于 1975 年创办，是海外研究中国晚清、20 世纪与当下中国历史与社会科学不可缺少的重要学术期刊。

《当代世界文学》（World Literature Today）由美国俄克拉荷马大学学者

Roy Temple House 在 1927 年创办，最初名为《海外书览》（Book Abroad），1977 年改用今名。该杂志主要刊登包括中国在内的当代世界各国优秀文学作品，发表相关作家、作品的评论，报道图书出版及学术会议的信息等，具有很高的学术水准。

《通报》（T'oung Pao）是 1890 年以莱顿大学为基地的汉学家和欧洲其他地区的汉学家合办的一本汉学期刊，在莱顿发行，被称作西方世界当今最具权威性的三部汉学学报之一，另两部为《哈佛亚洲研究学报》（Harvard Journal of Asiatic Studies）和《亚洲研究杂志》（The Journal of Asian Studies）。

《亚洲研究杂志》（The Journal of Asian Studies），于 1941 年 11 月创刊并首次发行，当时称为《远东季刊》，1956 年更名为《亚洲研究杂志》，内容涉及历史学、政治学、经济学、人类学和社会学等诸多方面，被视为美国亚洲研究中最具权威和最有声望的杂志。

通过分析可以看出来，上述文献所属刊物在国际上都拥有很高的学术影响力，其中大部分属于专门研究中国的权威汉学期刊。这些刊物在国际上拥有一批在欧美国家有影响力的专家学者，这些刊物能够刊发《青春之歌》的论文和书评，从另一个侧面显示了《青春之歌》在欧美主流学术界的影响力状况。

第五节　《青春之歌》英译本在海外的读者反馈

海外读者对译本的接受情况也是衡量一部作品海外传播影响力的重要指标。本书统计了 Goodreads 上的读者对英文版《青春之歌》（Song of Youth）的评价，在 Goodreads 上共找到两本受到读者评价的英译本。其一是 1978 年 4 月中国书刊社出版的版本，评分为 3.78，共 9 人打分，3 人有文字评价；其二是剑桥出版社出版的版本，评分为 4.8 分，有 5 人打分，其中两人亦评价了中国书刊社版本。

根据统计，在为《青春之歌》英文版进行评价的 13 位读者中，有 6 位印度人，此外还有来自斯里兰卡、尼泊尔、巴基斯坦、加拿大和美国的读者。而三条文字评价分别为：

"这本书让我进入了共产主义文学的世界。在我读 5 年级的时候哥哥 Kush 把它送给了我。除了共产主义理论之外，这本书让我爱上了文学……也是因为这本书，我开始写诗歌、小说和文章。它将我带入文学的大门，因此在我心中有特殊的地位。这本书我至少读了 5 遍，而且无论我之后读俄国或中国文学（译为尼泊尔语），都是因为受到它的影响。"

"这是一部基于中国当代历史写成的小说……很棒的故事……必读书目之一……基于真实事件的振奋人心的故事……令人吃惊的事实……要注意一旦你开始读阅读这本书便想要一口气读完……所以在你开始之前要准备好时间。"

"精彩地描写了在社会改造过程中的青春热情。"

可参考的评价虽然不多，但可以看出来在大众读者的眼中，《青春之歌》是做为中国当代文学的代表而受到了普通读者的关注。在这一点上，《青春之歌》的影响要远远超过了同一时期的其他文学作品。

本书从海外馆藏量、学术提及率和大众读者评价三个角度考察了《青春之歌》在海外传播与国际影响。依托 OCLC 和 CINII 数据库梳理了《青春之歌》中文版本和外文译本的世界图书馆馆藏量，从中可以看出中文版以人民出版社首版《青春之歌》的海外影响力最大，英译本则以外文局 1964 年版和 1978 年版影响力最大。从覆盖范围看，英译本在全世界覆盖范围较广，尤以美国馆藏最多；从图书馆性质看，《青春之歌》所藏大学和研究机构图书馆远多于公共图书馆，说明它在国外的受众仍以学者和对中国问题感兴趣的学生为主。本书依托 JSTOR 数据库查阅了西方国家学者对《青春之歌》的学术研究，发现有 16 篇论文涉及《青春之歌》，这是同一时期作品中提及较多的。尽管书评以及学术评价基本上是按照西方文学批评理论对于中国当代文学进行研究、评价，如最初基本上是通过研究《青春之歌》了解中国的共产主义文学观，随着中外文学交流以及学术交流日益密切，学术关注点逐渐转移到女性主义视角。Goodreads上的评论则显示出英语世界的读者（如印度读者）对《青春之歌》的关注。总而言之，《青春之歌》作为中国"十七年文学"的重要作品，从 20 世纪 60 年代开始，作为新中国极其具有时代特色的"十七年文学"代表作品，经过主动对外传播的努力，成功地进入到欧美以及日本等国家、地区的学术机构。其传播路径、影响范围，以及欧美学术界对于这部作品研究态度的转变，堪称中国当代文学影响世界的一个典型代表。对于中国当代文学如何获得更大的影响力，其启发是深刻的。

第八章 《林海雪原》在世界的传播与影响 [1]

　　《林海雪原》作为十七年文学时期中革命历史题材小说的代表之一，自出版以来便拥有广泛的读者群。因自身借鉴古典小说的写作风格，以及内容具有一定的传奇性质，使之成为革命历史小说通俗化叙述的重要代表，并引发了文艺界对革命历史题材小说中"通俗化"类型的讨论。研究《林海雪原》在海外的传播与影响，对于了解十七年文学在海外的接受情况有着非同寻常的意义。

　　《林海雪原》是曲波根据自己的经历创作的一部长篇小说。书里所写的是在 1946 年的冬天，东北民主联军一支小分队在团参谋长少剑波的率领下，深入林海雪原执行剿匪任务的故事，在叙事上充满了浪漫主义的想象力和传奇性特点。故事以奇袭奶头山、智取威虎山等剿匪战斗为主要线索，穿插各种出人意料、趣味横生的小故事，着重描写了侦察英雄杨子荣与威虎山座山雕匪帮斗智斗勇的传奇。

　　这本红色传奇的诞生来源于作者曲波自己的东北剿匪经历。正如他笔下的少剑波一样，曲波出身于贫苦家庭，十五岁就加入了八路军，进入抗日军政大学。1946 年冬，只有二十三岁，时任牡丹江军区二团副政委的曲波，指挥一支小分队在牡丹江一带的茫茫林海皑皑雪原中参加剿匪斗争，在奋力战斗了七十二仗，耗时近半年之后，胜利完成了任务。然而战斗过程中，侦察英雄杨子荣牺牲于匪首枪下，警卫员高波在二道河伏击战中也英勇献身。书中的"万马军中一小丫"白茹的原型则是曲波妻子刘波。刘波十五岁就到胶东军区后方医院做护士长，

---

[1] 北京外国语大学国际中国文化研究院研究生曹莉莉同学对本章写作有贡献——笔者注。

1942 年，曲波到医院检查工作与之相识，1946 年两人结婚后第二天曲波就开始了剿匪斗争。

在小说第一页曲波就写道，他的这本书是怀着最深的敬意，献给战友杨子荣、高波等同志。曲波的妻子刘波在日后接受采访时也说道："曲波亲身经历并指挥了林海雪原剿匪战斗。惊险激烈的战斗经历使他积累了大量素材。当小说初稿写完前三章有十五万字时，他感到自己的文字不能表达内心的情感，一气之下把原稿付之一炬。可牺牲的战友的英勇事迹激励他坚持写下去。一天夜里，当曲波写到杨子荣牺牲的章节时，他抑制不住自己的情感，潸然泪下。他把我叫醒说，他写到杨子荣牺牲……写不下去了……"，"杨子荣确有其人。他是山东胶东半岛人，1945 年参军在曲波所在的部队，一直打到东北。杨子荣是 2 团的侦察排长……他是在活捉匪首'座山雕'以后的战斗中牺牲的。当时《东北日报》刊登了战斗英雄、侦察英雄杨子荣牺牲后，二团领导、海林县委领导抬着杨子荣棺椁葬于海林县境内的报道。这篇《东北日报》至今仍收藏在中国人民革命军事博物馆。"可见，作者身临其境的体验以及丰富的实地生活细节，再加上充满感情的笔触，成功地塑造了在东北解放战争中一批鲜活、生动的军人形象。

第一节　《林海雪原》在国内的传播

一、《林海雪原》的中文版

《林海雪原》于 1956 年 8 月完成，出版后至今中文版本众多。本文借助 OCLC 数据库以及 CiNii 数据库调查，查阅到不同版本在海外各地图书馆的馆藏情况。

1957 年作家出版社出版第一版，中文印发数量为 72.5 万册，目前在英国、中国香港、荷兰分别有 1 家图书馆收藏，美国 3 家，日本 6 家图书馆收藏。1961 年再次重印版，数量也达到 22 万册，目前在中国香港、以色列等有 1 家图书馆收藏，美国收藏图书馆有 5 家。1962 年，作家出版社出版了第二版，澳大利亚与美国分别有 1 家、4 家图书馆收藏。1964 年第三版出版，全世界共 6 家图书馆收藏，其中新加坡 1 家、美国 4 家、日本 1 家。

人民文学出版社也有三个版本，第一版、第二版、第三版分别出版于 1959 年、1962 年与 1964 年，印数累计为 144 万册。1959 年第一版中国香港、新加坡分别 1 家图书馆收藏，美国 2 家，日本 5 家，1962 年对第一版进行了重印，澳大利亚、美国都有图书馆收藏；1964 年第三版澳大利亚 5 家，加拿大 7 家，新加坡 4 家，新西兰 2 家，法国、以色列、南非、英国、荷兰各有 1 家图书馆收藏，而美国数量最多，51 家图书馆都有收藏。收藏图书馆数量的增加也体现了中文版《林海雪原》在世界上传播的范围不断扩大。1977 年，人民文学出版社对《林海雪原》第三版进行重印，美国 5 家图书馆进行了收藏，英国和中国香港分别有 2 家图书馆，瑞士、德国、法国各 1 家，日本有 34 家图书馆收藏；1981 年第三版北京第 11 次印刷，法国有 1 家图书馆收藏；1988 年第三版第 13 次印刷，日本 1 家图书馆收藏；1999 年第三版北京第 2 次印刷，德国 1 家图书馆收藏；而 2001 年、2005 年再次重印，马来西亚加入了收藏的国家行列；2009 年与 2012 年重印版美国各有 1 家收藏。2013 年，人民文学出版社再次出版《曲波全集》，收录《林海雪原》，中国香港、日本各 1 家收藏，美国有 4 家图书馆收藏。

中国香港三联书店在 1959 年、1965 年及 1977 年分别出版了《林海雪原》。1959 年版美国 2 家图书馆收藏，1965 年美国 4 家、英国 1 家、日本 3 家，1977 年则有中国香港 2 家，美国 8 家，澳大利亚 4 家，新加坡 2 家，加拿大 1 家，日本 1 家图书馆收藏。

除此之外，石家庄花山文艺出版社、北京燕山出版社、长春时代文艺出版社分别于 1995 年、1995 年和 2009 年出版《林海雪原》，华山文艺出版社的版本有新西兰 1 家及日本 4 家图书馆收藏，其余两版本分别由美国、加拿大 1 家图书馆收藏。

1978 年黑龙江出版社出版了《林海雪原》韩文版（《림해설원》），美国有 1 家图书馆收藏。

二、八大样板戏之一

到了 20 世纪 50 年代末，上海京剧院根据《林海雪原》中"智取威虎山"

的一段故事并参考同名话剧改编成现代京剧，最初由上海京剧院一团于 1958 年夏创演，并于 1964 年进京参加京剧现代戏观摩演出大会。在 1966 年 12 月 26 日《人民日报》发表一篇题为《贯彻毛主席文艺路线的光辉样板》的文章，将《智取威虎山》和《红灯记》《沙家浜》等首次称作"革命现代样板作品"。"从此，《林海雪原》被纳入革命英雄传奇的艺术谱系"[1]。1967 年 5 月 31 日，《人民日报》头版刊发社论《革命文艺的优秀样板》，《智取威虎山》位列八部"革命样板戏"之首，更于 1968 年，被确定成为八个"样板戏"电影计划中的第一部，1970 年北京电影制片厂将其摄制称为电影版。

《智取威虎山》作为"文革"期间的"样板戏"之一，在特殊政治时代里获得了"垄断性"的传播资源，将《林海雪原》这部长篇小说进一步"经典化"，其知名度可以说家喻户晓。以《智取威虎山》为代表的东北地方特色文化广为流传，如作品中的"土匪黑话"传遍大江南北，成为一代人心中的经典对白。

根据人民日报记载，《智取威虎山》京剧和电影在"文革"期间国内外为外宾表演、放映的次数多达 89 起，观赏这部电影的外国来宾涉及马里、阿尔巴尼亚、阿富汗、刚果（布）、澳大利亚、几内亚、日本、新西兰、瑞典、柬埔寨、朝鲜、罗马尼亚、南也门人民共和国、苏丹民主共和国、智利、英国、越南、蒙古、法国、苏联、捷克、加拿大、哥伦比亚。尼日利亚、挪威、索马里、老挝、古巴、秘鲁、匈牙利、埃塞俄比亚、南斯拉夫、锡兰、波兰、圭亚那、布隆迪共和国、维也纳、希腊、西班牙等 40 多个国家。

笔者通过 OCLC 数据库对根据《林海雪原》小说改编的现代京剧进行检索，发现《智取威虎山》的影像资料在各国图书馆也有收藏。由北京中影音像出版社于 1993 年出版发行的《现代京剧智取威虎山》在中国香港及美国各有 1 家图书馆收藏；1998 年中国唱片总公司发行的《智取威虎山》VCD 有 15 家图书馆收藏，其中英 1 家，美国 13 家，加拿大 1 家，同时中国唱片总公司还发行了《革命经典样板戏录像》，其中包含现代京剧智取威虎山，有 5 家美国图书馆收藏，《中国样板戏大全》有 4 家美国图书馆收藏，《八大革命现代样板戏》有新加坡 1 家图书馆收藏；1999 年北京北影录音录像公司出版《智取威虎山·现代京剧》，有 1 家新加坡图书馆以及 5 家美国图书馆收藏；90 年代美国南海有限公司发行

---

[1] 程光炜，《文学想象与文学国家——中国当代文学研究 (1949—1976)》，河南大学出版社，2005 年。

珍藏版《智取威虎山·革命现代京剧》，美国有 4 家图书馆收藏；1996 年广西金海湾音像出版社发行《智取威虎山》，中国香港、美国各有 1 家图书馆收藏；2004 年山东文化音像出版社发行的《智取威虎山》录像，中国香港有 1 家图书馆收藏；90 年代中国香港美琪行录影有限公司发行《智取威虎山》有 1 家中国香港图书馆收藏；1996 年福建长龙影视公司出版《智取威虎山·现代名家京剧》，美国有 1 家图书馆收藏；北京东方影音公司 2001 年发行《智取威虎山》录像，英国有 1 家图书馆收藏。

第二节　《林海雪原》的外文译本及传播范围

《林海雪原》自 1956 年出版以来被翻译成众多语言，本书根据 OCLC 及 CiNii 数据库，查到包括英文、日文、俄文、蒙古文的十几种版本。迄今仍在流传的还有俄语版《智取威虎山》，书名为 *V logove chernogo korshuna*，由 Moskva, Voen. izd—vo 出版社于 1963 年出版，现有 2 家美国图书馆收藏。蒙古文翻译名为 *Qiao long biao—yin uliger* 于 1983 年被 Undusuten—u Keblel—un Qoriy—a 出版，美国有 1 家图书馆收藏。

《林海雪原》英文版本由外文出版社在 1962 年、1965 年和 1978 年分别出版三个版本《林海雪原》英译本，对外发行 25724 册，英译名为 *Tracks in the snowy forest*，译者为沙博理。沙博理（Sidney Shapiro）是中国籍犹太人，著名翻译家，1915 年 12 月 23 日出生于美国纽约，毕业于圣约翰大学法律系，是中国作家协会会员。2010 年 12 月获"中国文化翻译终身成就奖"，2011 年 4 月获"影响世界华人终身成就奖"。在十七年文学期间，沙博理作为"外国专家"，后来作为"中国译者"承担了大量的中国当代小说翻译工作。[1]

1962 年英文版第一版有 75 家海外图书馆收藏，中国香港、中国台湾、澳大利亚、加拿大、美国、新西兰、荷兰、日本、瑞典、英国、丹麦、德国均有馆藏；1965 年第二版增加到 110 家图书馆，收藏国家及地区有中国香港、澳大利亚、新西兰、加拿大、法国、德国、英国、美国、日本、丹麦、瑞士、荷兰、西班牙。

---

[1] 任东升、张静，《沙博理：中国当代翻译史上一位特殊翻译家》，《东方翻译》，2011 年第 4 期，第 44—52 页。

1978年第三版有86家图书馆收藏,收藏国家及地区包括澳大利亚、加拿大、英国、日本、新西兰、巴巴多斯、特立尼达和多巴哥、美国、丹麦、瑞典、泰国和以色列。本文将三个版本在世界各国图书馆收藏量的情况做成图表,便于直观看出各国、地区收藏情况:

表格30:《林海雪原》英文版的世界图书馆一览表

1962 年第一版在世界各国图书馆收藏情况（75 家）											
国家、地区	中国香港	中国台湾	澳大利亚	加拿大	美国	新西兰	荷兰	日本	瑞典	英国	丹麦	德国
图书馆数量(家)	2	1	7	1	49	1	1	4	1	2	4	2

1965 年第二版在世界各国图书馆收藏情况（110 家）										
国家、地区	澳大利亚	加拿大	法国	英国	美国	中国香港	日本	丹麦	瑞士	荷兰	西班牙
图书馆数量(家)	2	9	3	8	73	2	8	2	1	1	1

1978 年第三版在世界各国图书馆收藏情况（86 家）										
国家、地区	澳大利亚	巴巴多斯	加拿大	英国	日本	新西兰	特立尼达和多巴哥	以色列	美国	丹麦	瑞典	泰国
图书馆数量(家)	5	1	10	4	3	5	1	1	53	1	1	1

表格31:《林海雪原》英译本（1965 年版,110 家）的世界收藏图书馆一览表

序号	图书馆名单
1	澳大利亚国家图书馆
2	澳大利亚阿德雷德大学图书馆
3	澳大利亚墨尔本大学图书馆
4	澳大利亚国立大学图书馆

5	新西兰惠灵顿图书馆
6	新西兰奥克兰大学图书馆
7	加拿大阿尔伯塔大学图书馆
8	加拿大阿尔伯塔公共图书馆
9	加拿大英属哥伦比亚大学图书馆
10	加拿大维多利亚大学图书馆
11	加拿大达尔豪斯大学图书馆
12	加拿大渥太华公共图书馆
13	加拿大多伦多大学图书馆
14	加拿大温哥华图书馆
15	加拿大约克大学图书馆
16	加拿大协和大学图书馆
17	加拿大麦吉尔大学图书馆
18	法国远东图书馆
19	法国国立东方语言文化学院图书馆
20	法国索邦大学图书馆
21	德国杜塞尔多夫大学图书馆
22	德国波恩大学图书馆
23	德国巴伐利亚图书馆
24	英国杜伦大学图书馆
25	英国伦敦亚非学院图书馆
26	英国爱丁堡大学图书馆
27	英国爱丁堡公共图书馆
28	英国苏格兰图书馆
29	英国埃塞克斯大学图书馆
30	英国里德大学图书馆
31	牛津大学图书馆

32	英国谢菲尔德大学图书馆
33	中国香港中文大学图书馆（中国）
34	中国香港浸理会大学图书馆（中国）
35	美国亚拉巴马大学伯明翰分学图书馆
36	亚利桑那州立大学图书馆
37	加州州立大学撒克门托分校图书馆
38	加州州立大学斯坦尼斯洛斯分校图书馆
39	旧金山州立大学图书馆
40	圣何塞州立大学图书馆
41	加州大学南方图书馆
42	加州大学戴维斯分校图书馆
43	加州大学欧文分校图书馆
44	加州大学圣地亚哥分校图书馆
45	加州大学圣塔芭芭拉分校图书馆
46	加州大学河滨分校图书馆
47	康涅狄格学院图书馆
48	耶鲁大学图书馆
49	美国国会图书馆
50	佛罗里达州立大学图书馆
51	奥兰治城市图书馆
52	佛罗里达大学图书馆
53	阿姆斯壮州立大学图书馆
54	埃默里大学图书馆
55	佐治亚大学图书馆
56	夏威夷大学希洛分校图书馆
57	夏威夷大学马诺阿分校图书馆
58	格里内尔学院图书馆

59	伊利诺伊州立大学图书馆
60	芝加哥大学图书馆
61	伊利诺伊大学芝加哥分校图书馆
62	美国国际学院图书馆
63	阿默斯特学院
64	波士顿公共图书馆
65	圣十字学院图书馆
66	哈佛大学哈佛学院图书馆
67	东北大学图书馆
68	韦尔斯利学院玛格丽特图书馆
69	威顿学院图书馆
70	约翰霍普金斯大学图书馆
71	密歇根州立大学图书馆
72	北密歇根州立大学图书馆
73	古斯塔夫阿道尔夫学院图书馆
74	明尼苏达州立大学 曼卡托分校图书馆
75	密苏里大学哥伦比亚分校图书馆
76	贝克和泰勒技术服务公司图书馆
77	达特茅斯学院图书馆
78	普林斯顿大学东亚图书馆
79	普林斯顿大学图书馆
80	骑士大学图书馆
81	西东大学图书馆
82	水牛城公共图书馆
83	纽约皇后区公共图书馆
84	哥伦比亚大学图书馆
85	福特汉姆大学图书馆

86	玛丽蒙特学院图书馆
87	圣约翰大学图书馆
88	纽约州立大学石溪分校图书馆
89	纽约州立大学水牛城分校图书馆
90	纽约州立大学新帕尔茨分校
91	纽约州立大学古西堡分校
92	迈阿密大学图书馆
93	奥伯林学院图书馆
94	俄亥俄州立大学图书馆
95	威腾堡大学图书馆
96	塔尔萨大学图书馆
97	俄勒冈大学图书馆
98	美国里海大学图书馆
99	匹兹堡大学图书馆
100	德克萨斯大学阿灵顿分校
101	威廉玛丽学院
102	美国自由大学
103	瑞奇蒙大学
104	弗吉尼亚大学
105	弗吉尼亚理工学院
106	华盛顿大学（弗吉尼亚）
107	佛蒙特州大学图书馆
108	美国长青州立大学图书馆
109	华盛顿大学图书馆（华盛顿）
110	西华盛顿大学图书馆

　　从上表中可以很明显看出，英文版本美国收藏的图书馆数量远远超过其他国家和地区。而收藏《林海雪原》英文版的美国图书馆分布范围几乎覆盖了美

国各个州，可以说覆盖美国全境。

除了英文版之外，《林海雪原》另一重要外文译本为日文版。有两个译者，一是《林海雪原》(第1、2两部)，由冈本隆三译，黑潮出版社在1960—1961年出版。另一个译本是1962年平凡社推出的《中国现代文学选集》(卷10)、《林海冒原》(上)、《中国现代文学选集》(卷11)、《林海雪原》(下)，1962年平凡社出版，译者为饭塚朗。黑潮出版社的版本迄今有15家日本图书馆收藏；平凡社1962年有145家日本图书馆收藏。1970年东京河出书房新社出版了《曲波》(为《现代中国文学》第9卷)，同样为饭塚朗所译，有132家日本图书馆收藏。饭塚朗作为日本著名汉学家对向日本译介中国文学作出了重要贡献，他关注中国古典作品，对《红楼梦》进行了深刻的研究，同时也重视时代性、具有时代意义的当代文学作品，《林海雪原》的译文就是。

表格32：《林海雪原》日译本（144家）收藏图书馆名单一览表

序号	图书馆名称
1	爱知教育大学 附属图书馆（书）
2	爱知工业大学 附属图书馆（书）
3	爱知淑德大学 图书馆 星が丘分馆
4	爱知大学 车道图书馆（书）
5	爱知大学 丰桥图书馆（书）
6	爱知大学 名古屋图书馆（书）
7	青山学院女子短期大学 图书馆
8	青山学院大学 图书馆
9	跡见学园女子大学 新座图书馆
10	有明工业高等专门学校 图书馆
11	一般社团法人 中国研究所 图书馆
12	茨城女子短期大学 图书馆
13	茨城大学 附属图书馆（书）
14	岩木明星大学 图书馆
15	上野学园 图书馆（书）

16	宇都宫大学 附属图书馆
17	追手门学院大学 附属图书馆（书）
18	大分大学 学术情报拠点（图书馆）
19	大阪教育大学 附属图书馆
20	大阪产业大学 综合图书馆
21	大阪市立大学 学术情报综合中心（书）
22	大阪大学 附属图书馆 综合图书馆
23	大阪府立大学 学术情报中心
24	冈山大学 附属图书馆附属（书）
25	御茶水女子大学 附属图书馆（书）
26	带广畜产大学 附属图书馆（书）
27	开智国际大学 图书馆
28	鹿儿岛国际大学 附属图书馆（书）
29	鹿儿岛女子短期大学 附属图书馆
30	鹿儿岛大学 附属图书馆
31	神奈川大学 图书馆
32	金沢大学 附属图书馆文中文
33	关西外国语大学 图书馆
34	关西外国语大学 穗谷图书馆
35	学习院大学 图书馆（书）
36	北九州市立大学 图书馆
37	九州大学 附属图书馆（书）
38	九州大学 附属图书馆文
39	九州大学 附属图书馆 伊都图书馆伊都中央
40	共荣大学 图书馆（书）
41	京都外国语大学 附属图书馆
42	京都女子大学 图书馆（书）

43	京都大学 人文科学研究所（书）书室总馆
44	京都大学 附属图书馆（书）
45	京都大学 文学研究科 图书馆
46	京都大学 吉田南综合图书馆（书）
47	京都府立大学 附属图书馆（书）
48	近畿大学 产业理工学部图书馆（书）
49	岐阜大学 图书馆
50	钏路公立大学 附属图书馆（书）
51	熊本大学 附属图书馆图书馆
52	久留米大学 附属图书馆 医学部分馆
53	高知工科大学 附属情报图书馆
54	高知大学 综合情报中心（图书馆）中央馆
55	神户学院大学 图书馆 有濑馆
56	神户市外国语大学 学术情报中心（书）
57	神户女学院大学 图书馆
58	神户大学 附属图书馆 人文科学图书馆
59	神户大学 附属图书馆 综合图书馆 国际文化学图书馆
60	神户山手大学·神户山手短期大学 图书馆
61	国际日本文化研究中心
62	埼玉大学 图书馆（书）
63	相模女子大学 附属图书馆
64	财团法人 东洋文库
65	滋贺大学 附属图书馆
66	滋贺大学 附属图书馆 教育学部分馆
67	静冈大学 附属图书馆静（书）
68	静冈文化艺术大学 图书馆·情报中心
69	岛根大学 附属图书馆

70	首都大学东京 图书馆
71	信州大学 附属图书馆 中央图书馆（书）
72	信州大学 附属图书馆 教育学部图书馆
73	实践女子大学 图书馆（书）
74	上智大学 图书馆学部
75	椙山女学园大学 中央图书馆（书）
76	精华女子短期大学 附属图书馆
77	摄南大学 图书馆本馆
78	拓殖大学 八王子图书馆
79	大东文化大学 60 周年纪念图书馆
80	大东文化大学 图书馆
81	中央大学 中央图书馆中国言语
82	鹤见大学 图书馆
83	帝京大学 图书馆
84	帝塚山大学 图书馆 本馆（东生驹キャンパス图书馆）（书）
85	天理大学 附属天理图书馆本馆
86	东京家政学院大学 附属图书馆（书）
87	东京大学 驹厂图书馆驹厂（书）
88	东京大学 综合图书馆
89	东京大学 东洋文化研究所书室
90	东京大学大学院 人文社会系研究科 文学部书室
91	东京家政大学 图书馆图书馆
92	东北大学 附属图书馆本馆
93	东洋大学 附属图书馆
94	德岛大学 附属图书馆
95	同志社女子大学·情报中心 京田边图书馆田
96	同志社大学 图书馆

97	同志社女子大学·情报中心 今出川图书馆
98	长崎县立大学 シーボルト校 附属图书馆
99	长崎大学 附属图书馆
100	长野县短期大学 附属图书馆
101	名古屋大学 附属图书馆中央学 3F
102	名古屋大学 文学（书）书室
103	奈良县立（书）书情报馆一般
104	奈良女子大学 学术情报中心
105	新潟产业大学 附属图书馆
106	新潟大学 附属图书馆（书）
107	日本大学 综合学术情报中心
108	日本大学 文理学部图书馆中
109	梅花女子大学 图书馆
110	梅光学院大学 图书馆（书）
111	一桥大学 附属图书馆（书）
112	姬路独协大学 附属图书馆（书）
113	弘前大学 附属图书馆本馆
114	广岛修道大学 图书馆（书）
115	广岛大学 图书馆 中央图书馆
116	フェリス女学院大学 附属图书馆
117	福冈教育大学 学术情报中心 图书馆（书）
118	福岛大学 附属图书馆
119	藤女子大学 图书馆本馆
120	佛教大学 附属图书馆（书）
121	文教大学 越谷图书馆
122	ベルリン国立图书馆
123	法政大学 图书馆（书）

124	放送大学 附属图书馆
125	北陆大学 图书馆
126	星药科大学 图书馆
127	北海学园大学 附属图书馆（书）
128	北海道教育大学 附属图书馆
129	北海道大学 附属图书馆 北图书馆
130	北海道文教大学 鹤冈纪念图书馆（书）
131	三重大学 附属图书馆
132	宫崎公立大学 附属图书馆（书）
133	室兰工业大学 附属图书馆（书）
134	明治大学 图书馆
135	桃山学院大学 附属图书馆（书）
136	山口大学 图书馆 综合图书馆
137	山梨县立大学 图书馆
138	横滨国立大学 附属图书馆
139	横滨国立大学 教育附属图书馆
140	龙谷大学 大宫图书馆（书）
141	龙谷大学 濑田图书馆（书）
142	丽泽大学 图书馆（书）
143	和歌山大学 附属图书馆
144	和光大学 附属梅根纪念情报馆。

第三节　最为成功的十七年经典电影改编

文学作品的影视化是扩大其传播、影响的重要手段，而一些有价值的文学作品通过改编不同艺术形式，包括影视文化，从而不断被推广、评价、接受的过程也就是文学经典化的过程。《林海雪原》由于其创作的特定历史时代内容，自出版以来就获得了广泛的读者青睐，改编成现代京剧后在"文革"时期成为政治正确的之一，所受到的关注程度。改革开放后，文学创作政治禁忌逐渐减少，这样一部题材特殊的文学作品如何进一步影响当代读者，拓展传播范围，影视改编的重要性就在此凸显出来。

中国香港著名导演徐克，在少年读书时期就看过《智取威虎山》的样板戏，之后又读了《林海雪原》小说原著，将其拍成电影的愿望就一直留存了下来，几十年之后，这个想法终于在2014年变成了现实。电影创作小组在采访了曲波的夫人刘波、女儿曲毳毳等人后，在环境严峻的东北雪乡经历了130多天的紧张拍摄，终于将这部广大观众耳熟能详的红色经典成功翻拍出来。

3D版《智取威虎山》获得了十七项提名，并荣获五个奖项，包括2015年第30届中国电影金鸡奖最佳导演、最佳男主角、最佳剪辑；第52届台湾电影金马奖最佳视觉效果奖；第5届北京国际电影节天坛奖，最佳男配角；第十一届中美电影节金天使奖；2014"阳光奖"年度最佳电影。纽约最有影响之一的AMC院线引进《智取威虎山3D》，但可惜只是作为2D电影进行放映。

根据本书的检索发现，徐克导演的电影《智取威虎山》DVD影像在海外国家、地区共有178家图书馆进行收藏，大大超过了《林海雪原》1962年、1965年、1978年的三个英文版中任意一版，英文字母加上影像媒体的传播魅力再次得到体现，这些图书馆中绝大部分都是公共图书馆。应该说，自《林海雪原》在1956年8月面世至今的半个多世纪以来，电影传播是在欧美普通观众中影响最大的一种形式。

表格33：《林海雪原》电影DVD（178家）世界收藏图书馆名单一览表

序号	国家	图书馆名单
1		加拿大卡尔加里市公共图书馆
2		加拿大艾德蒙顿市公共图书馆
3		加拿大麦迪森·哈特市公共图书馆
4	加拿大8家	加拿大矮草市公共图书馆
5		加拿大木水牛市公共图书馆
6		加拿大维多利亚大学图书馆
7		加拿大汉密尔顿市公共图书馆

8	加拿大8家	加拿大兰顿社区图书馆
9	新西兰1家	奥克兰大学图书馆
10	美国阿拉斯加2家	阿拉斯加锚地市公共图书馆
11		亨茨维尔麦迪逊社区图书馆
12	美国阿肯色州1家	中阿拉斯加系列图书馆
13	美国加利福尼亚州16家	伯班克公共图书馆
14		卡尔斯巴德市图书馆
15		中洛杉矶公共图书馆系列
16		格伦多拉文化中心图书馆
17		美国海沃德公共图书馆
18		洛杉矶公共图书馆
19		洛斯加托斯公共图书馆
20		纳帕社区图书馆
21		国家城市公共图书馆
22		棕榈泉市公共图书馆
23		帕洛斯维德斯图书馆
24		圣地亚哥公共图书馆
25		西雅图公共图书馆
26		圣克拉拉市图书馆
27		圣克拉拉社区图书馆系列
28		圣莫尼卡公共图书馆
29	美国科罗拉多州2家	丹佛公共图书馆
30		杰弗逊社区图书馆
31	美国康涅狄格州5家	图书馆书目范围公司
32		格林尼治图书馆
33		哈特福德公共图书馆
34		新不列颠岛公共图书馆

35	美国康涅狄格州5家	韦斯特波特公共图书馆
36	美国佛罗里达州10家	阿拉古纳系列社区图书馆
37		博因顿海滩城市图书馆
38		布雷瓦德社区图书馆
39		李康蒂社区系列图书馆
40		勒鲁瓦柯林斯列昂社区系列图书馆
41		棕榈滩曼德尔图书馆
42		诺瓦东南大学图书馆
43		橘子社区系列图书馆
44		圣约翰社区图书馆
45		希尔斯堡社区公共图书馆
46	美国佐治亚州4家	亚特兰大富尔顿系列公共图书馆
47		多尔蒂公共图书馆
48		活橡树公共图书馆
49		彼得蒙特图书馆
50	美国夏威夷州2家	火奴鲁鲁香槟大学
51		美国陆军夏威夷图书馆
52	美国爱荷华州5家	埃姆斯公共图书馆
53		贝蒂诺夫公共图书馆
54		卡耐基公共图书馆
55		爱荷华市公共图书馆
56		爱荷华大学图书馆
57	伊利诺伊州24家	阿迪森公共图书馆
58		极光公共图书馆
59		巴灵顿地区图书馆
60		布卢明顿公共图书馆
61		芝加哥公共图书馆

62	伊利诺伊州24家	库克系列公共图书馆
63		德斯平原公共图书馆
64		艾尔克格罗夫村公共图书馆
65		富兰克林公园公共图书馆
66		格雷斯湖地区公共图书馆
67		绿山系列公共图书馆
68		拉格兰奇公园系列图书馆
69		湖畔别墅系列图书馆
70		莱尔系列图书馆
71		马科姆系列公共图书馆
72		莫林公共图书馆
73		莫顿丛林公共图书馆
74		奈尔斯公共图书馆
75		栎树公园公共图书馆
76		奥兰多公园图书馆
77		帕拉提系列公共图书馆
78		斯科基公共图书馆
79		沃伦维尔系列公共图书馆
80		威尔米特系列公共图书馆
81	美国印第安纳州3家	艾伦社区公共图书馆
82		东汉密尔顿公共图书馆
83		湖畔社区图书馆
84	美国堪萨斯州3家	约翰逊社区公共图书馆
85		北堪萨斯图书馆
86		托皮卡和肖尼社区公共图书馆
87	美国肯塔基州1家	列星敦公共图书馆
88	美国路易斯安那州1家	新奥尔良公共图书馆

89	美国马萨诸塞州8家	本特利大学图书馆
90		波士顿公共图书馆
91		CLMS 书目公司
92		梅里马克河图书馆
93		美国民兵系列图书馆
94		诺布尔公司图书馆
95		老科伦系列图书馆
96		斯普林菲尔德市图书馆
97	美国马里兰州1家	巴尔的摩社区图书馆
98	美国缅因州1家	波特兰公共图书馆
99	美国密歇根2家	安阿伯区系列图书馆
100		纳西去系列图书馆
101	美国明尼苏达州7家	希伯仑社区图书馆
102		普雷斯顿公共图书馆
103		拉姆齐社区图书馆
104		罗切斯特公共图书馆
105		圣保罗公共图书馆
106		明尼苏达大学明尼阿波利斯图书馆
107		明尼苏达华盛顿社区图书馆
108	美国密苏里州6家	中州公共图书馆
109		圣查尔斯城系列图书馆
110		圣路易斯社区图书馆
111		圣路易斯公共图书馆
112		斯普林菲尔德格林尼社区图书馆
113		杜鲁门大学图书馆
114	美国北卡罗来纳州2家	格林斯伯勒公共图书馆
115		亨德森社区公共图书馆

116	美国新罕布什尔州1家	新汉普夏公共书目
117	美国新泽西5家	伯灵顿社区图书馆
118		美世社区图书馆
119		米德尔敦黑人社区图书馆
120		大洋公共图书馆
121		文兰公共图书馆
122	美国新墨西哥州3家	新墨西哥州霍罗曼空军基地图书馆
123		洛斯阿拉莫斯社区图书馆
124		里约兰乔公共图书馆
125	美国内华达州1家	拉斯维加斯克拉克公共图书馆
126	美国纽约州6家	水牛城公共图书馆
127		纽约公共图书馆
128		奥内达加社区公共图书馆
129		皇后区公共图书馆
130		罗切斯特公共图书馆
131		韦斯特切尔图书馆
132	美国俄亥俄州7家	克利夫兰公共图书馆
133		湖畔公共图书馆
134		曼斯菲尔德社区公共图书馆
135		马西隆公共图书馆
136		中西部天普图书馆
137		推进搜索引擎自动化联盟公司
138		上阿灵顿公共图书馆
139	美国俄克拉荷马州2家	图尔萨社区系列图书馆
140		御者市公共图书馆
141	美国俄勒冈6家	容克社区公共图书馆
142		尤金公共图书馆

143		克拉玛斯社区公共图书馆
144	美国俄勒冈 6 家	克拉克马斯公共图书馆
145		林肯社区系列图书馆
146		华盛顿社区系列合作图书馆
147	美国宾夕法尼亚州 2 家	匹兹堡图书馆卡耐基分馆
148		坎伯兰社区系列图书馆
149	美国罗德岛州 1 家	海洋州立图书馆
150	美国南卡罗莱纳州 2 家	查尔斯顿公共图书馆
151		里奇兰图书馆
152	美国田纳西州 1 家	范德比尔特大学图书馆
153		达拉斯公共图书馆
154		登顿公共图书馆
155		哈里斯社区公共图书馆
156	美国德克萨斯州 8 家	休斯顿公共图书馆
157		欧文系列公共图书馆
158		麦卡伦公共图书馆
159		帕农系列公共图书馆
160		理查森公共图书馆
161	美国犹他州 2 家	盐湖城公共图书馆
162		盐湖城社区图书馆服务中心
163		阿灵顿公共图书馆
164	美国弗吉尼亚州 4 家	赛勒姆公共图书馆
165		里士满大学图书馆
166		威廉斯堡图书馆
167		国王系列图书馆
168	美国华盛顿州 8 家	皇后系列图书馆
169		皮尔斯社区系列图书馆

170		华盛顿西雅图公共图书馆
171		华盛顿州士波肯市公共图书馆
172	美国华盛顿州 8 家	华盛顿州林场社区图书馆
173		美军空军恒田基地图书馆
174		华盛顿州霍特科姆社区图书馆
175		威斯康星布朗社区图书馆
176	美国威斯康星州 4 家	东方海岸系列图书馆
177		密尔沃基社区联盟系列图书馆
178		南部中心系列图书馆

美国的公共图书馆，是美国社会生活的"细胞"。一部中国电影的 DVD 光盘，能够如此广泛地进入到这么多家公共图书馆，显示了这部中国电影在美国社会普通民众中间的广泛知名度，这是此前绝无仅有的。

第四节　《林海雪原》的学术评价

（一）对于《林海雪原》小说的研究与评价

笔者通过在 JSTOR 数据库查询发现，《林海雪原》自 1956 年面世至今，欧美学术界其研究、评价的文章，共有七篇影响较大的学术文章提及了《林海雪原》这部作品。详情见下表：

表格 34：《林海雪原》在海外的学术评价一览表

文章标题	作者	期刊名称	时间、卷数	出版机构
亚洲与非洲的书籍(Books of Asia and Africa)	John L. Bishop	《当代世界文学》(World Literature Today)	Vol. 38, No. 3 (Summer, 1964), p. 332	俄克拉荷马大学出版社 (Board of Regents of the University of Oklahoma)

现代中国作家：文学收入与畅销书 (The Modern Chinese Writer: Literary Incomes and Best Sellers)	Paul Bady	《中国季刊》(The China Quarterly)	No. 88 (Dec., 1981), pp. 645—657	剑桥大学出版社，代表伦敦大学亚非学院 (Cambridge University Press on behalf of the School of Oriental and African Studies)
对 Joe C. Huang 的《共产主义中国的英雄和反派：反映现实生活的当代中国小说》的评论 (Review: Heroes and Villains in Communist China: The Contemporary Chinese Novel as a Reflection of Life by Joe C. Huang)	D.W. Fokkema	《通报》(T'oung Pao)	Second Series, Vol. 62, Livr. 1/3 (1976), pp. 127—129	博睿学术出版社 (BRILL)
书评：当代中国长篇和短篇小说，1949—1974 年：一份有注解的文献集——Meishi Tsai, I—mei Tsai (Review: Contemporary Chinese Novels and Short Stories, 1949—1974: An Annotated Bibliography. by Meishi Tsai, I—mei Tsai)	T.D. Huters	《太平洋事务》(Pacific Affairs)	Vol. 53, No. 2 (Summer, 1980), pp. 328—329	英属哥伦比亚大学出版社 (Pacific Affairs, University of British Columbia)
"走资派"的形象——百花齐放年代的一些异端小说 (The Image of a "Capitalist Roader"——Some Dissident Short Stories in the Hundred Flowers Period)	Sylvia Chan	《中国杂志》(The Australian Journal of Chinese Affairs (1995 年更名为 The China Journal)	No. 2 (Jul., 1979), pp. 77—102	芝加哥大学出版社 (University of Chicago Press on behalf of the College of Asia and the Pacific, The Australian National University)

附录书目		《南大西洋报告》(South Atlantic Bulletin)	Vol. 40, No. 3, Program Issue: The Forty—Fifth Annual Convention (Sep., 1975), pp. 1—88	南大西洋现代语言协会(South Atlantic Modern Language Association)
附录书目		《亚洲研究》(The Journal of Asian Studies)	Vol. 22, No. 5, Bibliography of Asian Studies 1962 (Sep., 1963), pp. 17—59; Vol. 18, No. 5, Bibliography of Asian Studies 1958 (Sep., 1959), pp. 564—601	亚洲研究协会(Association for Asian Studies)

通过上表可以发现，哈佛大学的汉学家毕晓普(John L. Bishop)于1964年《当代世界文学（World Literature Today）》（文章名"亚洲与非洲的图书 Books of Asia and Africa"）的一篇文章中，对《林海雪原》的内容进行了介绍，认为《林海雪原》融合了细致的悬疑、幽默、英雄事迹等，正反面人物形象的描写非常突出，英文译本流畅易懂。法国汉学家保罗·巴迪(Paul Bady)在1981年12月于《中国季刊》（The China Quarterly）发表了题为《现代中国作家：文学收入与畅销书》（The Modern Chinese Writer: Literary Incomes and Best Sellers），文中研究了现代中国作家的收入，其中提到了《林海雪原》一书为作家带来了丰厚的经济回报，如一份名为《风雷》的红卫兵报纸附录中登载了曲波收到人民文学出版社支付的版税，为54349元；在另一份红卫兵报纸《文艺战报》中一份相似的名单显示版税为58000元。这个数据在一定程度上揭示了当时中国畅销书的销售状况。华裔学者陈佩华（Sylvia Chan）在1979年于 The Australian Journal of Chinese Affairs（现名为 The China Journal——《中国周刊》）发表的一文题为《走资派的形象——百花齐放年代的一些异端小说》（The Image of a "Capitalist Roader"—Some Dissident Short Stories in the Hundred Flowers Period），文中提到《林海雪原》，将主人翁杨子荣与《红岩》中的江姐、《青春之歌》中的林红、《红

旗谱》中的朱老忠作为共产主义理想的化身，表现共产党员们为共产主义事业奉献一切的精神。

另有两篇书评，一篇是 1976 年《通报》的第 62 期刊登的是荷兰汉学家佛克马（W.Fokkema）对黄宗智（Joe C. Huang）的《共产主义中国的英雄和反派：反映现实生活的当代中国小说》一书的评论，《林海雪原》是该书中研究分析的对象之一；另一篇是胡志德（T. D. Huters）在 1980 年在《太平洋事务》（Pacific Affairs）第 53 卷第 2 期发表的对蔡梅曦（Meishi Tsai）《当代中国长篇和短篇小说，1949—1974 年：一份有注解的文献集》（Contemporary Chinese Novels and Short Stories, 1949—1974：An Annotated Bibliography by Meishi Tsai）的评论，认为本书对《林海雪原》的概述没有能够让读者充分了解到该书所受欢迎的热烈程度，造成了作者、作品、读者之间的相互关联的缺失。

除此之外，《林海雪原》还作为参考文献或索引文献出现在三篇期刊文章内。

通过上述的七篇研究文章，可以发现，《林海雪原》作为十七年文学时代的代表，欧美学者对其的研究不仅限于文学方面，对书中正面、反面人物的性格特征描写展开讨论，对其艺术水平进行评价，也对书中人物的象征意义，书内反映的社会背景和现实进行了研究。特别是通过对于版税数据的揭示，客观上表现了当时新中国反映革命英雄主义形象的战争作品所受欢迎的程度。

在国外影响较大的读书网站 Goodreads 及问答社交网站 Quora 上的查询，笔者也找到了国外普通读者对《林海雪原》的评论。这是《林海雪原》英文版在 20 世纪 50 年代至今传播 60 多年的历程中，英语世界读者的最为真实的直接反馈。在 Goodreads 上有四人给与评分，均分 3.75，其中 37 岁的图书管理员 Sarah 给出 4 分的评价，并留下了自己的读后感，她认为《林海雪原》内容有趣、吸引人，翻译精准，并且她对故事发生的背景有所了解，同时对改编的电影《智取威虎山 3D》也给予了较高的评价。这些评论大部分是在 2015 年，显然是受徐克导演的电影影响而反过来又去找原书读的。影视传播带动图书的阅读，彼此互相促进，这是又一例证。

在 Quora 上一个关于推荐初、中级中文学习者适合的中文文学作品的题目下，弗吉尼亚大学现代中国文学教授罗福林（Charles Laughlin）推荐了《林海雪原》，他认为从写作角度，《林海雪原》及其他红色经典文学作品对俗语的运用更加普遍、易懂，但同时认为不是任何人都能够接受这种作品中的政治宣传意味。

（二）《智取威虎山》的京剧样板戏

笔者根据 JSTOR 数据库，发现对于《智取威虎山》现代京剧样板戏的研究评论文章比《林海雪原》图书的要多，总数为 13 篇。这主要是样板戏作为"文革"期间的一种特殊文化现象，一直受到欧美学术界的高度关注，而对于"文革"研究越来越多的情况下，样板戏所蕴含的政治意义得到了更多学者的关注。这 13 篇学术评论具体见下表：

表格 35：《智取威虎山》样板戏的学术评价一览表

文章标题	作者	期刊名称	时间、卷数	发表方
1.《智取威虎山》：画中的英雄（"Taking Tiger Mountain by Strategy"：Drawing Heroes）		《戏剧评论》（The Drama Review）	Vol. 15, No. 2, Theatre in Asia (Spring, 1971), pp. 268—270	麻省理工学院出版社（MIT Press）
2. 审查制度：八个范例（Censorship：8 Model Works）	Daniel S. P. Yang	《戏剧评论》（The Drama Review）	Vol. 15, No. 2, Theatre in Asia (Spring, 1971), pp. 258—261	同上
3. 研究京剧的社会心理学方法（A Psychosocial Approach to the Peking Opera）	John D. Mitchell and Emanuel K. Schwartz	《莱昂纳多》（Leonardo）	Vol. 7, No. 2 (Spring, 1974), pp. 131—138	同上
4. 评论：《穆桂英挂帅》和《智取威虎山》(Review：Woman General：Mu Gui Ying；Taking Tiger Mountain by Strategy）	Claudia Orenstein	《戏剧杂志》（Theatre Journal）	Vol. 51, No. 3, Theatre and Capital (Oct., 1999), pp. 322—323	约翰霍普金斯大学出版社（Johns Hopkins University Press）

5.对杜博妮、雷金庆的《二十世纪中国文学》的评论（The Literature of China in the 20th Century by Bonnie S. McDougall, Kam Louie）	Kirk A. Denton	（《中国季刊》(The China Quarterly)	No. 156, Special Issue: China's Environment (Dec., 1998), pp. 1074—1076	剑桥大学出版社（Cambridge University Press on behalf of the School of Oriental and African Studies）
6.作为宣传工具的音乐：中国受教条控制的艺术（Music as Propaganda: Art at the Command of Doctrine in the People's Republic of China)	Arnold Perris	《民族音乐学》(Ethnomusicology)	Vol. 27, No. 1 (Jan., 1983), pp. 1—28	伊利诺伊大学出版社（University of Illinois Press on behalf of Society for Ethnomusicology）
7.中国电影的戏剧风格和文化评论（Theatricality and Cultural Critique in Chinese Cinema)	Luo Hui	《亚洲戏剧杂志》(Asian Theatre Journal)	Vol. 25, No. 1 (Spring, 2008), pp. 122—137	夏威夷大学出版社（University of Hawaii Press）
8.新书（New Books）		《戏剧评论》(The Drama Review)	Vol. 17, No. 1, Russian Issue (Mar., 1973), pp. 143—144	麻省理工学院出版社（MIT Press）
9.当代中国文学中的恶人、受害者和伦理道德（Villains, Victims and Morals in Contemporary Chinese Literature)	Joe C. Huang	《中国季刊》(The China Quarterly)	No. 46 (Apr.—Jun., 1971), pp. 331—349	剑桥大学出版社（Cambridge University Press on behalf of the School of Oriental and African Studies）
10."文革"后的中国戏剧（1970—1972年（Chinese Opera after the Cultural Revolution (1970—72))	Colin Mackerras	同上	No. 55 (Jul.—Sep., 1973), pp. 478—510	同上

续表

11. 季度史与文档记录 (Quarterly Chronicle and Documentation)	Gerald Segal and Tony Saich	同上	No. 89 (Mar., 1982), pp. 132—161	同上
12. 图 书 注 释 (Book Notes)		同上	No. 54 (Apr.—Jun., 1973), pp. 400—402	同上
13. 洛伊丝·惠勒·斯诺的《舞台上的中国》(China on Stage by Lois Wheeler Snow)	Laurel Kendall	舞蹈研究学会新闻 (CORD News)	Vol. 6, No. 2 (Jul., 1974), pp. 32—33	舞 蹈 研 究 学 会 (Congress on Research in Dance)

由上表发现，其中几篇文章来自麻省理工学院出版社的《戏剧评论》(The Drama Review)，一篇名为《〈智取威虎山〉：画中的英雄》("Taking Tiger Mountain by Strategy": Drawing Heroes)，是对根据 1969 年 10 月京剧样板戏《智取威虎山》改编的图画书所进行的研究，对书中的绘画艺术给出了积极评价，认为连环画为戏剧作品的宣传开辟了新的道路。在一篇《审查制度：八个样板戏范例》(Daniel S. P. Yang 的 Censorship：8 Model Works)的文章中写到，八个样板戏是"文革"期间中国观众仅有的选择，每个剧目都包含革命主题。另外一篇介绍新书的书评中提到了京剧样板戏《智取威虎山》，这本新书是洛伊丝·惠勒·斯诺撰写的《舞台上的中国》(China on stage)一书，书中提到《智取威虎山》的内容及其他现代京剧、芭蕾舞剧等"文革"期间的艺术作品。在一篇由克劳迪娅·奥伦斯坦 (Claudia Orenstein) 撰写在《戏剧杂志》(Theatre Journal)的戏剧评论文章中，对《智取威虎山》的表现形式进行了介绍，认为《智取威虎山》采取的是现代形式，布景更复杂，服饰较简单，保留了一部分传统戏剧元素，重新构想人物、服饰、主题等以展现革命理想，区别于传统京剧《穆桂英挂帅》；并认为在 1976 年之前"文革"期间的中国，样板戏表演是文化领域的重中之重，此后样板戏表演得越来越少。而美国观众更期待传统的、色彩丰富的中国传统戏剧而非带有宣传色彩的此类剧目。《民族音乐学》(Ethnomusicology)上刊登了由 Arnold Perris 撰写的《作为宣传工具的音乐：中国受教条控制的艺术》(Music as Propaganda：Art at the Command of Doctrine in the People's Republic of China)，提到了《智取威虎山》作为革命京剧，其中的说教涵义十分明显。

其他几篇来自《中国季刊》等期刊文章也大都是将《智取威虎山》作为"文

革"时期样板戏的代表之一，对其内容、特点进行了一定的介绍。

（三）3D 电影《智取威虎山》

据目前受众较多且有较高影响力的互联网电影资料库 IMDB 评分来看，截止到 2015 年 11 月 20 日，上映近一年后的《智取威虎山 3D》，有 1405 位用户进行了打分，平均分为 6.6 分，86% 的评分者做出了 6 分及以上的选择，处于中等以上水平，一定程度上反映了观众对根据《林海雪原》这部十七年文学经典改编作品，以电影方式呈现所持有的态度是基本肯定的。其中美国观众投票人数有 181 人，平均分数 6.5，非美国观众 832 人评分，平均分 6.6[1]。具体见下表。

按照评分分析具体情况，列表如下：

表格 36：海外观众（1405 人）对于 3D 电影《林海雪原》的评价（来自 IMDB 网站）

投票人数	百分比	评分
128	9.1%	10
73	5.2%	9
224	15.9%	8
435	31.0%	7
273	19.4%	6
126	9.0%	5
51	3.6%	4
19	1.4%	3
21	1.5%	2
55	3.9%	1

评分人群的自然情况，列表如下：

	投票人数	平均分
男性 Males	1079	6.6

[1] 优酷网: http://v.youku.com/v_show/id_XODU0MjkzMzMy.html, 智取威虎山, 2015 年 11 月 30 日。

女性 Females	122	6.9
18 岁以下 Aged under 18	11	8.5
18 岁以下男性 Males under 18	9	8.9
18 岁以下女性 Females under 18	2	7.0
18—29 岁 Aged 18—29	504	6.8
18—29 岁男性 Males Aged 18—29	438	6.8
18—29 岁女性 Females Aged 18—29	59	7.0
30—44 岁 Aged 30—44	526	6.4
30—44 岁男性 Males Aged 30—44	475	6.4
30—44 岁女性 Females Aged 30—44	40	6.3
45 岁以上 Aged 45+	125	6.6
45 岁以上男性 Males Aged 45+	111	6.5
45 岁以上女性 Females Aged 45+	12	7.8
前 1000 名的用户 Top 1000 voters	53	6.1
美国用户 US users	181	6.5
非美国用户 Non—US users	832	6.6

美国另外一个专门提供电影相关评论、资讯和新闻的知名影评网站——烂番茄网上，参与评分人数为 688 人，本书搜集到的评论有 11 条，其中正面评论 7 条，负面 4 条，即正面评价占 64%，均分 5.9（总分 10 分）。688 位烂番茄评分观众中有 75% 的人给出 3.5 星（总分 5），均分 3.6。从评分来看，徐克的 3D 电影《智取威虎山》的改编是成功的。

表格 37：海外观众对于 3D 电影《林海雪原》的评价意见一览表

媒体名称、评论者	主要观点
时尚俱乐部 (A.V. Club)，作者 Ignatiy Vishnevetsky	认为徐克对中国历史和中国香港经典电影中汲取营养；回顾了《智取威虎山》京剧的历史，徐克为电影打造成壮观的动作场面，保留了风格化的人物特写，用慢镜头代替了京剧中的舞台语言；试图强调《智取威虎山》系列的文化传承——这就让人难以相信是出自真心；然而开场过于缓慢，次情节有些无聊，以及最后的场景过于不真实。

续表

伊特莱周刊 (Variety)，作者 Maggie Lee	回顾了小说和京剧的历史，电影保留了京剧的主线，增加了更戏剧性的故事；认为电影的可取之处在于其激动人心的节奏和巧妙融合各种角色的吸引人的动作场面；区别于京剧中百姓对解放军无条件的支持，电影将关系复杂化，更显生动，但主角杨子荣仍不是一个多层次的角色；影片的技术、美工都是非常出色的。
乡村之音 (Village Voice)，作者 Simon Abrams	徐克在片中表现了其擅长的壮观的打斗场面，具有很强的娱乐性；故事情节很简单。
电影评论 (Film Comment Magazine)，作者：Grady Hendrix	肯定了徐克的才华，电影表现了徐克在动作戏上的高超导演水平，尽管正片只有四场动作场景，给人的感觉确实有一直不断的动作戏；介绍了《林海雪原》《智取威虎山》京剧，以及徐克是如何受到影响；介绍了电影，其对原作的改变，认为电影回到了小说、现代京剧之前，到传统京剧中寻找灵感，截取了杨子荣上山的片段进行对比，电影中的打虎场景是从《水浒传》中而来的。
溶杂志 (The Dissolve)，作者：Noel Murray	提及了徐克的创作意图，证明这个扎根在中国半个世纪的故事的价值；影片前半部分更像传统的战争影片，后半部分则更多地表现了徐克对 CGI 的熟练使用，影片的效果非常炫目；徐克成功地将这样一个传统经典进行创新，不仅对年轻中国观众如此，对其他热爱动作电影的影迷也是如此。
罗杰艾·伯特在线 (Roger Ebert.com)，作者：Peter Sobczynski	介绍了徐克和影片；取材于历史事件，但核心还是一个人完成一件重要任务；CGI 技术的运用让场面极具观赏性；但影片的叙事造成了一些技术性问题，让影片看上去不是很平衡；整体来说是一部非常激动人心的好片。
国际电影 (Film Journal International)，作者：Daniel Eagan	大制作、场景宏大的电影，反映一定的爱国主义，对西方观众来说可能会有些宣传意味；从场景、人物形象、拍摄手法等方面来看，徐克想将影片现代化的努力较有成效；动作设计神奇；从西方标准来看，3D 效果的使用过多，虐待场景、情感控制等也过多；西方观众可能会对影片的爱国主义腔调感到奇怪。

负面评论如下：

评论者	主要观点
纽约时报 (New York Times)，作者：Ben Kenigsberg	认为本片是一部漫长的、比例失调的中国战争电影；片中不少特效显然是为 3D 设计的，但在北美，这部影片以 2D 形式放映；影片有着喧闹的配乐，显示出一种民族主义的迂腐趣味，对大场面的追求亦令人厌倦。甚至影片的高潮也是以两种方式呈现的。

洛杉矶时报 (Los Angeles Times)，作者：Martin Tsai	3D 化的场景，比如喷射的血液，以及一些荒谬的动作场景如滑雪等就是本片的最主要特征；故事本身就是完全表现共产党员的正面形象，对不了解中国媒体的观众来说很难支持片中的共产主义一方。
多伦多星报 (Toronto Star)，作者：Bruce Demara	动作场面、CGI 的使用非常不错；结局令人困惑；给人感觉徐克一边为观众服务，一边受到中国政府的要求，这种动作戏和宣传目的很难让西方观众满意。
SLANT 杂志 (Slant Magazine)，作者：Jeremy Polacek	影片的架构，现代的戏份只让影片角色陈腐，情节容易预料到；在场景描绘中用力过度。

除上表的评价之外，美国知名度较高的娱乐行业日报《好莱坞报道》（The Hollywood Reporter）这样说道："吴宇森的战争爱情片《太平轮》（上）自己沉了船，姜文的讽刺作品《一步之遥》又显得漫无目的。与之相比，徐克的《智取威虎山》就是一场直截了当的视觉盛宴，靠简单化的英雄和离奇荒诞的恶棍进行武功对决"，"《智取威虎山》明显深受《无间道》和《风声》两部电影的影响：情节上，卧底都能在敌人内部找到一个意想不到的同道中人；场面上，总有一个红颜祸水型的女主角能配合卧底，把一墙之隔的窃听者骗得团团转。"

通过表格 37 的观众评论可以发现，对于 3D 电影《林海雪原》的评论，已经出现在欧美英语世界最为主流的影视评论上，如美国最为著名的影视杂志《时尚俱乐部》(A.V. Club)、《伊特莱周刊》(Variety)、《电影评论》(Film Comment Magazine)、《国际电影》(Film Journal International)、《纽约时报》(New York Times)、《洛杉矶时报》(Los Angeles Times) 等主流媒体上，这是此前十七年文学经典作品中从来没有过的。尽管有的评论观点不一致，但基本上正面肯定的观点占据了相当的比例，即便是一些批评的观点，美国传媒界一贯以意识形态视角分析中国文学艺术作品的影子已经逐渐淡薄了，这是中国当代文学获得世界影响的一种巨大进步。

总之，《林海雪原》这部诞生于 1956 年的十七年文学作品，经过 60 年的对外传播，其间通过文本翻译、京剧样板戏以及新世纪改编的 3D 电影《智取威虎山》的传播，已经成为真正具有世界影响力的一部经典作品，并真正跻身于世界文坛。从英文版的图书到 3D 电影的收藏图书馆名单中就可以发现，其传播范围真正从欧美世界的大学、研究机构深入到欧美的普通民众之间，传播对象从专业人群拓展到普通民众。传播载体从图书，到京剧，再到 3D 电影，接受媒介每一步改变都变得更加易于传播、易于喜闻乐见。这从互联网电影评论网络 IMDB 评分、烂番茄网上的读者评分就可以得到清晰的证明。我们甚至可以说，只有到了今天，蕴含在《林海雪原》中的创作主旨，如以剿匪小分队为代表的革命英雄主义的精神和理想，以土匪"座山雕"所代表的落后势力其凶恶、残暴的一面，以及战争对和平生活触目惊心的破坏等，这些当年曲波在长篇小说中所要表达的理念才真正得到了广泛的传播。特别是对于电影中所呈现的相关人物的艺术形象，通过现代艺术手法展现得更加丰满，动作场面更加壮观，一些欧美媒体对电影艺术的评价则更多关注影片的制作以及艺术手法，基本看不到对于《林海雪原》小说以及京剧样板戏评价时的意识形态视角。从这个意义上，《林海雪原》在世界上所获得的影响，其传播历程是经过了 60 多年的历程才得以实现的，其中影视传播是一个成功的推动因素。

第九章 《我的前半生》在世界的传播与影响

由爱新觉罗·溥仪署名的自传体文学作品《我的前半生》，自 1964 年 3 月由群众出版社出版以来，就成为一个轰动世界的话题，关于本书的书内、书外、幕前幕后，一直是海内外媒体密切关注、唯恐遗漏的热点和卖点。一度纷纷扬扬的版权纠纷，更增加了该书的知名度。《我的前半生》由最初的"悔过书"、控制发行的"灰皮本"，再到 2009 年群众出版社再次推出的没有删节的全本，迄今该书中文版在境内的总印数已超过 187 万册（另一种说法是 200 万册[1]），并有英、日、德等多种译本行销世界各国和地区，尤其是《我的前半生》英文版迄今仍在亚马逊网站上热销。20 世纪 80 年代，根据此书改编、由意大利著名导演贝尔纳多·贝尔多鲁奇执导的电影《末代皇帝》，一举夺得九项奥斯卡金像奖，由此这位奇人和这部奇书更引起世人的广泛关注。可以说，《我的前半生》已经成为新中国 60 年历史上对外传播最成功一部作品。梳理总结该书之所以获得巨大成功的原因，对于探讨中国文化走出去的路径，具有深刻的启发意义。

那么，该书在海外的出版传播到底是个什么情形呢？海外读者对于这部作品有怎样的解读和反馈？学界少有此类探讨的文章，即便是涉及外译的情况，也大多语焉不详，本书根据掌握的有限史料，对《我的前半生》一书在海外的传播情况作一简单梳理，以就教于方家。

---

[1] 苌苌，《我的前半生的三个版本》，《中外文摘》，2011 年第 12 期。

第一节　海外出版商争先出版

　　《我的前半生》最初出版时确定的主旨思想，是把末代皇帝溥仪作为新中国从思想上教育改造人的成功案例，写出一个封建皇帝如何改造成为一个新人，充分反映中国共产党的改造罪犯事业的伟大胜利。本着这样的指导思想，当时作为唯一一家对外翻译发行的专业出版机构——外文出版社，便组织力量翻译这本书。最先出版了英文版，英文书名几经讨论后，最后确定为《从皇帝到公民》，译者詹纳尔（W. J. F. Jenner）精装／平装两种，1964 年率先出版了上册，印发15300 册；1965 年出版了该书的下册，同样首印 15300 册，精装／平装两种。1965 年出版了德文版，首发 4150 册。此后外文出版社四次再版该书，最为引人注目的是，2002 年外文出版社在 1964 年版本的基础上，增补了很多内容，后面附有詹纳尔的后记，书名改为《从皇帝到公民——爱新觉罗·溥仪自传》（From Emperor to Citizen: The Autobiography of Aisin—Gioro Pu Yi）。本文为了行文方便，只用《我的前半生》一书代替。

　　根据现有史料记载，当时外文出版社除自己翻译之外，还向海外中国同业——最早经销中国图书的世界各地经销商推荐这部图书，一些经销商了解了这部图书大致内容后，都很感兴趣，纷纷表示要翻译出版。日文版出版面世最早，根据孟向荣先生的研究可知，日文版是与中文版差不多同步，"早在 1961 年春天，陈毅副总理就曾指示，由外文出版社将《我的前半生》修改后的定稿译出对国外发行。笔者不知英文、德文等版本是何时译成出版的，但日文版产生得较快，它与中文版同步——从 1964 年 3 月到 1965 年 12 月，在日文版《人民中国》月刊连载了 22 次" [1]，连载后由当时中国在日本最大的图书代理商——日本大安株式会社在 1965 年结集出版发行，日文版出版后赠送国际书店 10 本，《人民中国》杂志社 5 本，作为对中方无偿提供日语译文和书中照片的回赠。根据现有史料记载，当时大安株式会社的小林先生来函介绍该书的宣传情况，称计划在日本《赤旗报》《朝日新闻》《每日新闻》《读卖新闻》《共同通信》等报刊上刊登连载和一些书评。该书在日本获得轰动性影响，但销售数字没有查到。《我的前半生》一书，在 1964 年日本一家专门经销出版中国图书的出版机构——中日出

---

[1] 孟向荣，《我的前半生出版始末》，《从横》，2006 年第 8 期。

版社的书单上有销售记录，该书的人民币价格是 2.15 元，曾经一次性进口 40 本，很快就销售一空，并有 86 元人民币的收入记录。

《我的前半生》法文版由当时中国在欧洲的代销商——法国凤凰书店 1965 年推荐，法国的 CALMANN—LEVFEDITEUR 来函，希望购买该书的法文版版权。

除英、法、德、日外，而《我的前半生》其他小语种文版，则计划由中国资助出版，计划语种有瑞典语，但遗憾的是中途夭折了。事情的经过是 1964 年瑞典的达耐留斯（Danelius Handels & Förlags AB）出版社成为中国图书在北欧的经销商之一，在中国所推荐的翻译书目中，该出版社当时的负责人之一赫尔木先生首先挑选了《小城春秋》《我的前半生》两书。几次洽谈后在 1965 年达成的合作条件是，《小城春秋》一书翻译费需要 3800 克朗，印刷装订 3000 册（2000 册纸面平装、1000 册半布面精装）的费用为 11800 克朗；《我的前半生》的翻译费是 3200 克朗，印刷装订费是 10000 克朗，瑞典文版是从英文版转译。外文局在 1965 年 10 月先期支付了 1000 克朗的前期费用。1967 年"文革"爆发后，出版《我的前半生》瑞典文版这项工作便中途停止了。

根据 OCLC 数据检索发现，自 1964 年至今，除外文出版社出版的英文、日文、法文、德文语种之外，还有海外出版社出版的英语、法语、西班牙语、波兰语、印尼语、泰语、韩语语等多个语种的 16 个版本。

表格 38：《我的前半生》外译版本一览表

序号	语种	译者	出版社	出版地	出版、再版年份
1	日文	新岛淳良，1928—；丸山昇，1931—；小野忍，1906—1980；野原四郎，1903—	大安株式会社	东京	1965 1977
2	英语	Kramer, Simon Paul	纽约普特南出版社（New York Putnam）	纽约	1967
3	英语	Kramer, Paul; Kuo Ying, Paul Tsai	A Barker 出版社	伦敦	1967
4	法语	Kramer, Paul 等	法国 Stock 出版社	巴黎	1967

5	西班牙语	Kramer, Paul	圭亚玻（Ediciones Grijalbo）出版社	巴塞罗那	1970/1988/1993
6	日文	小野忍，1906—1980	筑摩书房	东京	1977
7	英语	Kramer, Paul	魏登费尔德和尼科尔森（Weidenfeld and Nicolson）出版社	伦敦	1967/1987
8	意大利语		Bompiani	米兰	1987
9	英语	Kramer, Simon Paul	口袋书出版社（Pocket Books）	纽约	1987
10	英语	詹那尔（Jenner, W. J. F）	牛津大学出版社（Oxford University Press）	伦敦	1987
11	泰语	Yuphārēt Winaithon	泰国 Čhatčhamnāi, Sāmakkhī Sān	泰国	1988
12	韩语	김광렬．함종학．리영숙．채계옥．	韩国묘녕민外语出版社	汉城	1988
13	日文	小野忍，1906—1980	筑摩书房	东京	1992
14	波兰语	Mach, Jolanta	波兰 Wydawn. A. Liber 出版社	克拉科夫	2002
15	印尼语	Kramer, Paul; Yamani, Fahmy	印尼 Serambi Ilmu Semesta 出版社	雅加达	2010
16	英语	Kramer, Paul	天马出版社（Skyhorse Pub）	纽约	2010

由上表可知，除北京外文出版社之外，还有日本大安株式会社、日本筑摩书房、美国纽约普特南出版社、英国牛津大学出版社、西班牙卡莱尔特出版社、美国口袋书（Pocket Books）出版社、美国太平洋大学出版社（夏威夷火奴鲁鲁）等 17 个出版社。英文版重印比例较高，北京外文出版社的《我的前半生》英文版 1964 年版之后，分别在 1979 年、1989 年、2002 年四次重印。

其中传播范围最广的版本是纽约普特南出版社的英译本，截至今天全世界收藏图书馆达到了 575 家，具体名单如下：

表格 39：《我的前半生》英译本（575 家）世界收藏图书馆名单一览表

序号	国家	图书馆名称
1	澳大利亚	澳大利亚国立大学图书馆
2		澳大利亚拉脱维亚大学图书馆
3		澳大利亚新英格兰大学图书馆
4		澳大利亚塔斯马尼亚大学
5	加拿大	加拿大阿尔伯特大学图书馆
6		加拿大西蒙弗雷泽大学图书馆
7		加拿大英属哥伦比亚大学图书馆
8		加拿大维多利亚大学图书馆
9		加拿大卡尔顿大学图书馆
10		加拿大图书档案馆
11		加拿大麦克马斯特大学图书馆
12		加拿大皇后大学图书馆
13		加拿大莱尔森大学图书馆
14		加拿大多伦多公共图书馆
15		加拿大圭尔夫大学图书馆
16		多伦多大学集团 BATCHLOAD 图书馆
17		多伦多大学罗伯特图书馆
18		加拿大滑铁卢大学图书馆
19		加拿大西安大略大学图书馆
20		加拿大约克大学图书馆
21		加拿大爱德华王子岛大学图书馆
22		加拿大肯高迪亚大学图书馆
23	德国	德国马尔堡大学图书馆
24		美国陆军欧洲图书馆

25	英国	英国剑桥大学图书馆
26		英国邓弗里斯和加洛韦图书馆
27		伦敦亚非学院图书馆
28	中国香港	中国香港理工大学图书馆（中国）
29		中国香港科技大学图书馆（中国）
30	以色列	以色列国家图书馆
31		以色列海法大学图书馆
32	日本	日本早稻田大学图书馆
33	马来西亚	马来西亚吉兰丹大学图书馆
34	新西兰	新西兰怀卡托大学图书馆
35	土耳其	土耳其比尔肯特大学图书馆
36		土耳其博格兹茨大学（BOGAZICI）图书馆
37		土耳其哈西德佩大学（HACETTEPE）图书馆
38		土耳其 ISIK 大学图书馆
39		土耳其伊斯坦布尔 TEKNIK 大学图书馆
40		土耳其伊兹密尔理工大学图书馆
41		土耳其克里卡尔（KIRIKKALE）大学
42		土耳其中东技术大学图书馆
43		土耳其帕姆卡莱（PAMUKKALE）大学图书馆
44		土耳其图拉奇亚（TRAKYA）大学图书馆
45		土耳其乌鲁达（ULUDAG）大学图书馆
46		土耳其耶尔德勒姆·贝亚吉（YILDIRIM BEYAZIT）大学图书馆
47	中国台湾	台湾中央研究院现代史图书馆
48		台湾中央图书馆
49		台湾大学图书馆
50	美国阿拉斯加州	阿拉斯加伊力萨格维克学院 TUZZY CONSOR 图书馆

续表

51		亚拉巴马州 ARMSTRONG—OSBORNE 公共图书馆
52	美国阿拉巴马州	奥本大学图书馆
53		奥本大学蒙哥马利分校图书馆
54		伯明翰南方学院图书馆
55		翰丁顿学院图书馆
56		阿拉巴马大学图书馆
57	美国阿拉巴马州	阿拉巴马大学伯明翰分校图书馆
58		北阿拉巴马大学图书馆
59		华盛顿县公共图书馆
60		阿肯色州立大学图书馆
61		阿肯色市中心图书馆
62		亨德森州立大学图书馆
63		约翰·布朗大学图书馆
64	美国阿肯色州	莱昂学院图书馆
65		南阿肯色大学图书馆
66		阿肯色大学马林斯（MULLINS）分校图书馆
67		阿肯色大学 LITTLE ROCK 分校图书馆
68		阿肯色中心大学图书馆
69		亚利桑那州立大学天普分校图书馆
70		莫伦西社区公共图书馆
71	美国亚利桑那州	纳瓦霍社区图书馆
72		贝尔图书馆太阳城分馆
73		亚利桑那大学图书馆
74		阿拉米达社区中心图书馆
75	美国加利福尼亚州	阿拉米达免费图书馆
76		加州 ALIBRIS 图书馆
77		加州亚洲艺术博物馆

78	美国加利福尼亚州	加州伯班克公共图书馆
79		加州 BUTTE 社区图书馆
80		加州州立理工大学圣·路易斯堡分校图书馆
81		加州州立理工大学波莫纳分校图书馆
82	美国加利福尼亚州	加州州立大学弗雷斯诺分校图书馆
83		加州州立大学富尔顿分校图书馆
84		加州州立大学洛杉矶分校图书馆
85		加州州立大学北岭分校图书馆
86		加州州立大学斯坦尼斯洛斯分校图书馆
87		加州州立大学贝克斯菲尔德图书馆
88		加州州立大学东湾图书馆
89		加州州立大学长滩图书馆
90		加州州立大学萨克门托图书馆
91		加州州立大学圣博.娜迪诺图书馆
92		加州科洛萨社区免费图书馆
93		加州康特拉·科斯塔社区图书馆
94		加州圣马力诺·克劳尔公共图书馆
95		加州富尔顿公共图书馆
96		加州 GLENDORA 文化中心图书馆
97		加州洪堡州立大学图书馆
98		加州拉塞拉大学图书馆
99		加州曼隆学院图书馆
100		加州蒙特利密尔伯里国际研究所图书馆
101		加州使命学院图书馆
102		加州蒙特雷社区免费图书馆
103		加州帕萨迪纳城市公共图书馆
104		加州波莫纳公共图书馆

105	美国加利福尼亚州	加州里士满公共图书馆
106		加州河滨市公共图书馆
107		加州萨克拉门托市公共图书馆
108		加州圣地亚哥市中心图书馆
109		加州圣地亚哥州立大学图书馆
110		加州旧金山公共图书馆
111		旧金山公立大学图书馆
112		加州圣何塞州立大学图书馆
113		加州圣塔克拉拉社区中心图书馆
114		加州圣塔克拉拉大学图书馆
115		加州圣塔莫妮卡学院图书馆
116		加州沙斯塔学院图书馆
117		加州沙斯塔公共图书馆
118		加州西斯基尤社区中心图书馆
119		斯坦福大学图书馆
120		加州斯坦尼斯洛斯社区免费图书馆
121		加州大学南部分校联合图书馆
122		加州大学戴维斯分校图书馆
123		加州大学欧文分校图书馆
124		加州大学洛杉矶分校图书馆
125		加州大学河滨分校图书馆
126		加州大学圣地亚哥分校图书馆
127		加州大学圣塔芭芭拉分校图书馆
128		加州大学圣塔克鲁兹分校图书馆
129		加州雷德兰兹大学图书馆
130		旧金山大学格里森图书馆
131		加州文图拉社区图书馆
132		加州西岸浸理会学院图书馆

续表

133		丹佛公共图书馆
134		丹佛中学公共图书馆
135		瑞吉斯大学图书馆
136	美国克拉拉多州	克拉拉多大学博尔顿分校图书馆
137		克拉拉多大学丹佛分校奥瑞塔图书馆
138		丹佛大学图书馆
139		北克拉拉多大学图书馆
140		美国空军学院图书馆
141	康涅狄格州	康涅狄格州BIBLIOMATION图书馆联盟公司
142		康涅狄格州立中心大学图书馆
143		康涅狄格学院图书馆
144		费尔菲尔德大学图书馆
145		哈特福德社区公共图书馆
146		霍奇基斯中学图书馆
147		三一学院图书馆
148		布里奇波特大学图书馆
149		康涅狄格大学图书馆
150		哈特福德大学图书馆
151		耶鲁大学图书馆
152	哥伦比亚特区	哥伦比亚特区公共图书馆
153		乔治·华盛顿大学图书馆
154		霍华德大学图书馆
155		国会图书馆
156		哥伦比亚特区大学范内斯分校图书馆
157		美国国务院图书馆
158		威斯利神学院二级图书馆
159		科比特卡洛维纪念图书馆

160		布雷瓦德社区系列图书馆
161		艾拉·艾德图书馆
162		佛罗里达学院图书馆
163		佛罗里达学院杰克逊威尔分院图书馆
164		佛罗里达州立大学图书馆
165		杰克逊威尔大学图书馆
166		佛罗里达迈阿密·戴德社区公共图书馆
167	美国佛罗里达州	佛罗里达州立西北学院图书馆
168		佛罗里达橘子社区系列图书馆
169		圣·托马斯大学图书馆
170		佛罗里达州立图书馆
171		佛罗里达州立中心大学图书馆
172		佛罗里达大学图书馆
173		迈阿密大学图书馆
174		南佛罗里达大学图书馆
175		西佛罗里达大学图书馆
176		亚特兰大富尔顿公共图书馆
177		奥古斯特·里士满社区公共图书馆
178		哥伦布州立大学图书馆
179		埃默里大学图书馆
180		福瓦尔州立大学图书馆
181	美国佐治亚州	佐治亚西南州立大学图书馆
182		佐治亚州立大学图书馆
183		佐治亚州立大学周界学院图书馆
184		萨提拉区图书馆
185		北佐治亚大学图书馆
186		瓦尔多斯塔州立大学图书馆

187	美国夏威夷州	杨百翰大学夏威夷分校图书馆
188		夏威夷太平洋大学
189		夏威夷大学马诺阿分校
190	美国艾奥瓦州	伯灵顿市公共图书馆
191		艾奥瓦州立大学图书馆
192		艾奥瓦大学图书馆
193		北艾奥瓦大学图书馆
194		艾奥瓦西得梅因社区公共图书馆
195	美国爱达荷州	博伊西州立大学图书馆
196		杨百翰大学爱达荷分析图书馆
197		爱达荷学院图书馆
198		爱达荷大学图书馆
199	美国伊利诺伊州	布拉德利大学图书馆
200		丹维尔社区学院图书馆
201		东缅因州中学图书馆
202		费尔德自然历史博物馆
203		格林维尔学院图书馆
204		海伍德公共图书馆
205		伊利诺伊州立图书馆
206		玛丽·卡耐基图书馆
207		诺斯布鲁克社区公共图书馆
208		北伊利诺伊大学图书馆
209		皮庆社区公共图书馆
210		罗克福德社区市政教育图书馆
211		绍姆堡镇社区图书馆
212		南伊利诺伊大学图书馆
213		芝加哥大学图书馆

214	美国伊利诺伊州	伊利诺伊大学图书馆
215		西伊利诺伊大学图书馆
216	美国印第安纳州	艾伦社区公共图书馆
217		安德森大学图书馆
218		克劳福兹维尔区公共图书馆
219		柯尔沃学院图书馆
220		迪堡大学图书馆
221		厄勒姆学院里艾·丽图书馆
222		盖里公共图书馆
223		印第安纳公共图书馆
224		印第安纳大学印第安纳波利斯分校图书馆
225		玛丽安大学图书馆
226		普度大学图书馆
227		圣米因拉德教会中学图书馆
228		圣母大学图书馆
229	美国堪萨斯州	堪萨斯州立大学图书馆
230		曼哈顿公共图书馆
231		莫里尔免费图书馆
232		匹兹堡州立大学图书馆
233		堪萨斯西南图书馆
234		堪萨斯大学图书馆
235	美国肯塔基州	哈丁镇公共图书馆
236		亨德森社区学院图书馆
237		肯塔基大学图书馆
238	美国路易斯安那州	杰弗逊教区图书馆
239		路易斯安那大学什里夫港图书馆
240		新奥尔良公共图书馆

241	美国路易斯安那州	尼科尔斯州立大学艾伦德·曼图书馆
242		杜兰大学图书馆
243		路易斯安那大学拉法埃脱分校图书馆
244		路易斯安那大学门罗图书馆
245	美国马萨诸塞州	阿默斯特学院图书馆
246		波士顿公共图书馆
247		布拉德福学院图书馆
248		布兰迪斯大学图书馆
249		圣十字神学院图书馆
250		哈佛大学哈佛学院图书馆
251		哈佛大学燕京图书馆
252		马萨诸塞湾社区学院图书馆
253		马萨诸塞州技术研究院图书馆
254		民兵系列图书馆
255		北埃塞克斯社区学院图书馆
256		萨勒姆州立大学图书馆
257		史密斯学院图书馆
258		斯普林菲尔德理工社区学院图书馆
259		塔夫茨大学图书馆
260		马萨诸塞大学阿默斯特分校图书馆
261		韦尔斯利学院图书馆
262		温特沃斯理工学院图书馆
263		韦斯特菲尔德州立大学图书馆
264	美国马里兰州	卡罗兰社区图书馆
265		伊诺克普拉特免费图书馆
266		约翰霍普金斯大学图书馆
267		圣母图书馆

268	美国马里兰州	圣玛丽神学院图书馆
269		马里兰圣玛丽斯学院图书馆
270		索尔兹伯里大学图书馆
271		马里兰大学巴尔的摩社区图书馆
272		马里兰大学公园学院图书馆
273		美国海军学院图书馆
274	美国缅因州	贝茨学院图书馆
275		贝茨学院收藏博物馆
276		缅因州立图书馆
277		波特兰公共图书馆
278		波特兰公共图书馆收藏馆
279		缅因大学奥古斯塔分校
280		缅因大学肯特分校图书馆
281		缅因大学奥洛诺分校图书馆
282	美国密歇根州	贝利斯社区公共图书馆
283		凯迪拉克·韦克斯福德社区公共图书馆
284		中密歇根大学图书馆
285		底特律公共图书馆
286		东密歇根大学图书馆
287		火石镇公共图书馆
288		阿奎那学院吉瓦斯·豪恩斯坦因图书馆
289		大湍城公共图书馆
290		哈克利公共图书馆
291		亨利·福特学院图书馆
292		爱奥尼亚高中图书馆
293		杰克逊高中图书馆
294		卡拉马祖公共图书馆

295	美国密歇根州	苏必利尔州立大学图书馆
296		密歇根州立大学图书馆
297		中密歇根联盟图书馆
298		北密歇根大学图书馆
299		奥克兰大学图书馆
300		圣克莱尔社区图书馆
301		苏圣玛丽学院布拉德纳图书馆
302		郊区协作联盟图书馆
303		旅行区域图书馆
304		托睿社区公共图书馆
305		底特律大学图书馆
306		韦恩州立大学图书馆
307		西密歇根大学图书馆
308	美国明尼苏达州	卡尔顿学院图书馆
309		康科迪亚学院穆尔黑德图书馆
310		德鲁斯公共图书馆
311		古斯塔夫·阿道夫斯学院图书馆
312		希伯伦社区图书馆
313		卢瑟神学院图书馆
314		马卡莱斯特学院图书馆
315		圣约翰大学图书馆
316		圣奥拉夫学院图书馆
317		明尼苏达大学德鲁斯分校图书馆
318		薇诺娜州立大学图书馆
319	美国密苏里州	堪萨斯城市图书馆
320		西南浸理会大学图书馆
321		密苏里大学圣路易斯分校图书馆

续表

322	美国密苏里州	密苏里大学哥伦比亚分校图书馆
323		密苏里华盛顿大学图书馆
324		韦伯斯特图书馆
325		威斯敏斯特学院图书馆
326	美国密西西比州	杰克逊·海因系统图书馆
327	美国蒙大拿州	卡罗尔学院图书馆
328		萨利什库特奈学院图书馆
329	美国北卡罗来纳州	贝克和泰勒公司图书馆
330		海波特大学史密斯分院图书馆
331		马尔斯希尔大学图书馆
332		北卡罗来纳农工州立大学图书馆
333		北卡罗来纳州立大学罗立分院图书馆
334		北卡罗来纳卫斯理学院图书馆
335		北卡罗来纳大学夏洛特分校
336		北卡罗来纳大学格林斯伯勒分校图书馆
337		北卡罗来纳大学阿什维尔分校图书馆
338		北卡罗来纳大学教堂山分校图书馆
339		威克森林大学图书馆
340	美国北达科他州	大福克斯空军基地图书馆
341		米诺特州立大学戈登·奥尔森图书馆
342		北达科他州立图书馆
343		三一基督教学院图书馆
344	美国内布拉斯加州	克莱顿大学图书馆
345		戴娜学院戴娜生活图书馆
346		内布拉斯卫斯理基督大学图书馆
347		普拉茨茅斯公共图书馆
348		内布拉斯加大学林肯图书馆

349		新汉普夏公立图书馆目录中心
350		菲利普斯·艾塞特私立学院图书馆
351	美国内布拉斯加州	圣安塞尔姆学院图书馆
352		新汉普夏大学图书馆
353		贝永公共图书馆
354		卑尔根社区学院图书馆
355		考德威尔大学图书馆
356		凯迪社区图书馆
357		切里希尔公共图书馆
358		圣伊丽莎白学院图书馆
359		东橘图书馆
360		伊丽莎白免费图书馆
361		艾姆伍德公园公共图书馆
362		费尔莱·狄金森大学图书馆
363	美国新泽西州	利堡镇公共图书馆
364		汉密尔顿镇公共图书馆
365		莫沃市公共图书馆
366		莫里斯公共图书馆
367		密尔本市公共图书馆
368		莫里森社区图书馆
369		新泽西城市大学图书馆
370		纽瓦克公共图书馆
371		海洋社区学院图书馆
372		普林斯顿大学图书馆
373		骑士大学图书馆
374		里奇伍德市图书馆
375		罗格斯大学图书馆

续表

376	美国新泽西州	西东大学图书馆
377		斯托克顿大学图书馆
378		瓦恩兰市公共图书馆
379		威克夫市公共图书馆
380	美国新墨西哥州	美国印第安艺术研究院图书馆
381		新墨西哥矿业技术研究院图书馆
382		新墨西哥大学卡尔斯巴德市图书馆
383		新墨西哥大学图书馆
384		新墨西哥大学巴伦西亚图书馆
385		西新墨西哥大学图书馆
386	美国内华达州	亨德森系列公共图书馆
387		内华达大学图书馆
388	美国纽约州	水牛城社区公共图书馆
389		科尔盖特大学图书馆
390		哥伦比亚大学纽约图书馆
391		康奈尔大学图书馆
392		纽约大学巴鲁克社区学院图书馆
393		纽约大学布鲁克林学院图书馆
394		纽约大学城市学院图书馆
395		东沙福克中学教育协会系列图书馆
396		法明达州立学院图书馆
397		福特汉姆大学图书馆
398		四个社区系列图书馆
399		霍巴特和威廉史密斯学院图书馆
400		爱诺学院图书馆
401		长岛大学布鲁克林分校图书馆
402		曼哈坦维尔学院图书馆

403		拿萨社区学院图书馆
404		纽约城市理工学院图书馆
405		纽约公共图书馆
406		纽约学会图书馆
407		佩斯大学图书馆
408		佩斯大学森特威尔图书馆
409		皇后区公共图书馆
410		皇后学院图书馆
411		罗切斯特公共图书馆
412		罗克兰社区学院图书馆
413		圣劳伦斯大学图书馆
414		南部社区系列图书馆
415		纽约圣约翰大学系列图书馆
416	美国纽约州	纽约大学石溪分校图书馆
417		纽约大学艾迪龙达克分校图书馆
418		纽约大学奥尔巴尼分校图书馆
419		纽约大学宾汉姆顿分校图书馆
420		纽约大学水牛城分校图书馆
421		纽约大学新帕尔茨分校图书馆
422		纽约大学弗里多尼亚学院图书馆
423		纽约大学奥尼安塔学院图书馆
424		纽约大学普拉茨堡学院图书馆
425		纽约大学德里理工学院图书馆
426		联合学院图书馆
427		罗彻斯特大学图书馆
428		美国西点军校图书馆
429		白平原公共图书馆

430		阿克伦·萨米特社区图书馆
431		克利夫兰公共图书馆
432		费尔德菲系列社区图书馆
433		格兰威高地公共图书馆
434		格兰维尔公共图书馆
435		中心社区公共图书馆
436		俄亥俄海德堡大学图书馆
437		约翰·卡罗尔大学图书馆
438		肯特州立大学图书馆
439		玛丽埃塔学院图书馆
440		俄亥俄州迈阿密大学图书馆
441		弗农基督大学图书馆
442		马斯京根大学图书馆
443	美国俄亥俄州	奥伯林学院图书馆
444		美国 OCLC 目录数据中心图书馆
445		美国 OCLC 第一测试区
446		美国 OCLC 测试图书馆
447		美国 OCLC 总部图书馆
448		俄亥俄州立大学图书馆
449		西俄亥俄大学图书馆
450		南俄亥俄大学图书馆
451		俄亥俄大学奇立科西分校图书馆
452		俄亥俄卫斯理大学图书馆
453		辛辛那提和汉密尔顿镇公共图书馆
454		沙克高地城市高中图书馆
455		肖尼州立大学图书馆
456		托莱多卢卡斯社区公共图书馆

457	美国俄亥俄州	辛辛那提大学图书馆
458		达顿大学图书馆
459		托雷多大学图书馆
460		扬斯敦州立大学图书馆
461	美国俄克拉荷马州	东北州立大学图书馆
462		俄克拉荷马市政图书馆
463		东南俄克拉荷马州立大学图书馆
464		西南俄克拉荷马州立大学图书馆
465		图尔萨市社区图书馆
466		图尔萨大学图书馆
467	美国俄勒冈州	东俄勒冈大学图书馆
468		克拉马斯社区高中图书馆
469		俄勒冈州立大学科瓦利斯分校图书馆
470		波特兰州立大学图书馆
471		南俄勒冈大学图书馆
472		俄勒冈大学图书馆
473	美国宾夕法尼亚州	奥尔布赖特学院图书馆
474		阿尔图纳公共图书馆
475		B.F. 琼斯纪念图书馆
476		布莱恩马尔学院图书馆
477		巴克内尔大学图书馆
478		匹兹堡卡耐基图书馆
479		东匹兹堡大学图书馆
480		伊丽莎白学院图书馆
481		富兰克林社区图书馆
482		费拉德尔菲亚系列公共图书馆
483		印第安纳大学宾夕法尼亚分校图书纳

续表

484	美国宾夕法尼亚州	拉萨尔大学图书馆
485		兰开斯特社区系列图书馆
486		庄园学院图书馆
487		宾夕法尼亚曼斯菲尔德大学
488		宾夕法尼亚大学米勒斯维尔分校
489		诺里斯系列公共图书馆，蒙哥马利社区图书馆
490		联邦办公室图书馆
491		佩恩·哈布斯堡州立图书馆
492		宾夕法尼亚州立大学图书馆
493		天普大学图书馆
494		宾夕法尼亚大学图书馆
495		维拉诺瓦大学图书馆
496		威斯敏斯特大学图书馆
497		威尔克斯大学法利图书馆
498	美国罗德岛州	海军作战学院图书馆
499		罗德岛州立海洋图书馆
500		萨乌瑞吉纳大学图书馆
501	美国南卡罗来纳州	克雷姆森大学图书馆
502		厄斯金神学院图书馆
503		弗朗西斯·马恩大学詹姆斯·罗杰斯图书馆
504		帕瑞斯岛仓储图书馆
505		MEPKIN 修道院克莱尔·布斯·罗斯图书馆
506		里奇兰图书馆
507		美军使命学校图书馆
508		美军杰克逊堡图书馆
509		美军后勤保障图书馆
510		温斯洛普大学图书馆

511	美国南达科他州	北方州立大学图书馆
512		南达科他州立大学图书馆
513		南达科他大学图书馆
514	美国田纳西州	奥斯丁佩伊州立大学图书馆
515		贝尔蒙大学丽拉图书馆
516		东田纳西州立大学图书馆
517		诺克斯维尔社区公共图书馆诺克斯分馆
518		纳什维尔公共图书馆
519		田纳西理工大学图书馆
520		孟菲斯大学图书馆
521		南方大学图书馆
522	美国得克萨斯州	贝勒大学图书馆
523		卡帕·查瑞思公共图书馆
524		达拉斯公共图书馆
525		哈丁·西蒙斯大学图书
526		哈里斯社区公共图书馆
527		中西部州立大学默法特图书馆
528		瑞斯大学方德伦图书馆
529		萨姆休斯顿州立大学图书馆
530		斯蒂芬·奥斯汀州立大学图书馆
531		德克萨斯 A&M 大学金士顿图书馆
532		德克萨斯基督教大学图书馆
533		德克萨斯路德大学布伦伯格纪念图书馆
534		德克萨斯州立大学圣马芮科图书馆
535		三一大学科茨学院图书馆
536		北德克萨斯大学图书馆
537		德克萨斯大学奥斯汀分校图书馆
538		德克萨斯大学 EL 帕骚图书馆

539		杨百翰大学布里克姆图书馆
540		迪克西州立大学图书馆
541	美国犹他州	盐湖社区学院图书馆
542		犹他大学图书馆
543		阿默斯特社区图书馆
544		詹姆斯·麦迪逊大学图书馆
545		马歇尔图书馆
546	美国弗吉尼亚州	玛丽·鲍德温大学图书馆
547		诺福克州立大学图书馆
548		欧道明大学图书馆
549		里士满大学图书馆
550		弗吉尼亚华盛顿大学
551	美国佛蒙特州	佛蒙特大学贝利图书馆
552		佛蒙特州立大学图书馆
553		中华盛顿大学图书馆
554		国王社区图书馆
555		皮尔斯社区图书馆
556	美国华盛顿州	华盛顿州西雅图公共图书馆
557		华盛顿大学图书馆
558		瓦拉瓦拉社区学院图书馆
559		瓦拉瓦拉公共图书馆
560		华盛顿州立大学图书馆
561		湖滨系列图书馆
562		劳伦斯大学图书馆
563	美国威斯康辛州	密尔沃基社区联盟系列图书馆
564		威斯康星大学帕克赛德分校图书馆
565		威斯康星大学维克莱尔分校图书馆

566	美国威斯康星州	威斯康星大学绿湾分校图书馆
567		威斯康星大学麦迪逊分校图书馆
568		威斯康星大学密尔沃基分校图书馆
569	美国威斯康星州	威斯康星大学豪士科分校图书馆
570		威斯康星大学瀑布分校图书馆
571		威斯康星大学清流分校图书馆
572		马歇尔大学图书馆
573	美国怀俄明州	西弗吉尼亚大学帕克斯堡图书馆
574		西弗吉尼亚卫斯理学院菲佛图书馆
575		怀俄明大学图书馆

通过上表的名单可以发现，《我的前半生》一书英译本的图书馆数量达到了 575 家，远远超过了《青春之歌》《白毛女》等作品。从国家范围来看，该书的收藏国家增加了马来西亚、土耳其，特别是土耳其居然有 12 家图书馆收藏该书，这是其他图书所没有达到的，可以说《我的前半生》书是中国当代文学作品中，在 1978 年之前在世界传播范围最广的作品之一。

第二节　《我的前半生》日译本

由于溥仪特殊的身份，以及在日本侵华战争中所起到的"特殊"作用，所以日本社会各界对于《我的前半生》一书高度关注。日译本几乎与中文版本出版同时被翻译介绍到日本国内。最初该书是由日本共产党主办的大安书店在 1964 年翻译出版，日本各个方面的读者高度关注该书，据相关史料记载，该书日译本出版后，首版印刷量供不应求。

该书译者为日本著名汉学家小野忍 (1906—1980 年)，1929 年东京帝国大学毕业，1937 年加入中国文学研究会，1940 年入市满铁道株式会社，在华期间加入满铁调查部从事调查研究活动。1945 年日本战败后回国，历任国学院大学讲师，文部省事务官、东京大学讲师、副教授及教授、和光大学教授等职。其翻译的著作有《金瓶梅》《腐蚀》《子夜》《郭沫若自传》《小二黑结婚》《李家庄的变迁》等。

　　《我的前半生》是小野忍众多中国当代文学作品中翻译的作品之一。由于文笔准确、流畅，日本筑摩书店在 1977 年收入 "筑摩丛书" 系列，并在 1994 年再版。筑摩书房的版本，在日本影响最大，收藏图书馆超过 200 家，去掉日文版在中国的 2 家，英国的 1 家，全日本共有 197 家，其传播范围，可以通过下表略知一二。

表格 40：《我的前半生》日译本（200 家）收藏图书馆名单一览表

序号	图书馆名称
1	爱知淑德大学 图书馆
2	爱知大学 车道图书馆
3	爱知大学 丰桥图书馆
4	爱知大学 名古屋图书馆
5	青森大学 附属图书馆
6	青山学院女子短期大学 图书馆
7	青山学院大学 图书馆
8	旭川大学 图书馆
9	跡见学园女子大学 新座图书馆
10	跡见学园女子大学 茗荷谷图书馆
11	阿南工业高等专门学校 图书馆
12	有明工业高等专门学校 图书馆
13	一关工业高等专门学校
14	茨城キリスト教大学 图书馆
15	いわき明星大学 图书馆
16	岩手大学 图书馆
17	宇都宫大学 附属图书馆
18	爱媛大学 图书馆
19	爱媛大学 图书馆研
20	樱花学园大学・名古屋短期大学 图书馆

21	追手门学院大学 附属图书馆
22	大阪国际大学 守口图书馆
23	大阪产业大学 综合图书馆
24	大阪樟荫女子大学 图书馆
25	大阪樟荫女子大学 图书馆关屋
26	大阪市立大学 学术情报中心图书馆
27	大阪市立大学 学术情报中心图书馆
28	大阪市立大学 学术情报中心图书馆
29	大阪信爱女学院短期大学 图书馆
30	大阪成蹊大学·短期大学 图书馆
31	大阪大学 附属图书馆 综合图书馆
32	冲绳キリスト教学院 图书馆
33	茶之水女子大学 附属图书馆
34	嘉悦大学 情报媒体中心图书馆
35	香川大学 图书馆
36	鹿儿岛国际大学 附属图书馆
37	鹿儿岛国际大学 附属图书馆
38	关西外国语大学 图书馆 学术情报中心（中宫）
39	关西学院大学 图书馆法
40	学习院大学 图书馆
41	学校法人 常磐会学园短大
42	北九州市立大学 图书馆
43	北里大学 教养图书馆
44	北见工业大学 图书馆
45	九州大学 医学图书馆医分
46	九州大学 中央图书馆总馆
47	九州大学 中央图书馆

48	九州大学 理系图书馆
49	京都外国语大学 附属图书馆
50	京都教育大学 附属图书馆
51	京都产业大学 图书馆
52	京都女子大学 图书馆
53	京都精华大学 情报馆
54	京都橘大学 图书馆
55	京都大学 人文科学研究所 书室本馆
56	京都文教短期大学 图书馆
57	京都府立大学 附属图书馆
58	金城学院大学 图书馆
59	钏路公立大学 附属图书馆
60	熊本学园大学 图书馆
61	熊本县立大学学术情报媒体中心图书馆
62	久留米工业高等专门学校 图书馆
63	惠泉女学园大学 图书馆
64	高知大学 学术情报基盘图书馆 中央馆
65	神户学院大学 图书馆 有濑馆
66	神户市外国语大学 学术情报中心
67	神户亲和女子大学 附属图书馆
68	神户大学 附属图书馆 海事科学分馆
69	神户药科大学 图书馆
70	国际基督教大学 图书馆
71	国际日本文化研究中心
72	国际武道大学 图书馆
73	国立历史民俗博物馆 书室书库
74	驹泽大学 图书馆

75	佐贺大学 附属图书馆
76	札幌大谷大学 图书馆
77	四国学院大学 图书馆
78	静冈县立大学 附属图书馆 草薙图书馆
79	静冈产业大学 藤枝图书馆
80	静冈文化艺术大学 图书馆·情报中心
81	岛根县立大学 媒体中心
82	下关市立大学 附属图书馆
83	首都大学东京 图书馆
84	昭和女子大学 图书馆
85	白百合女子大学 图书馆
86	信州大学 附属图书馆 中央图书馆
87	实践女子大学 短期大学部 图书馆
88	实践女子大学 图书馆
89	城西国际大学 水田纪念图书馆
90	上智大学 图书馆学部
91	基督教大学 图书馆
92	专修大学 图书馆
93	园田学园女子大学 图书馆
94	拓殖大学 图书馆
95	大东文化大学 60 周年纪念图书馆
96	大东文化大学 图书馆
97	千叶商科大学 附属图书馆
98	千叶大学 附属图书馆
99	筑波大学 附属图书馆 中央图书馆
100	津田塾大学 图书馆
101	鹤冈工业高等专门学校 综合媒体中心图书馆

102	都留文科大学 附属图书馆
103	帝京科学大学 附属图书馆 东京西图书馆
104	帝京大学 图书馆
105	帝京大学 福冈医疗技术学部 附属图书馆
106	帝塚山学院大学 图书馆 狭山馆
107	帝塚山大学 图书馆 分馆（学园前キャンパス图书馆）
108	帝塚山大学 图书馆 本馆（东生驹キャンパス图书馆）
109	天理大学 附属天理图书馆本馆
110	户板女子短期大学 图书馆
111	东京外国语大学 附属图书馆
112	东京学芸大学 附属图书馆
113	东京成德大学·东京成德短期大学 图书馆
114	东京大学 经济学图书馆书
115	东京大学 驹场图书馆驹场
116	东京大学 大学院人文社会系研究科·文学部 书室
117	东京药科大学 情报中心
118	东京家政大学 图书馆图书馆
119	东北芸术工科大学 图书馆
120	东北公益文科大学 图书馆本馆
121	东北大学 附属图书馆本馆
122	东洋英和女学院大学 图书馆
123	东洋学园大学 图书馆本乡分馆
124	东洋学园大学 图书馆流山
125	德岛大学 附属图书馆
126	富山高等专门学校 图书馆情报中心射水分馆
127	富山高等专门学校 图书馆情报中心本乡分馆
128	富山大学 附属图书馆 艺术文化 图书馆

129	同志社女子大学 京田边图书馆田
130	同志社大学 图书馆
131	长崎外国语大学 教育研究媒体中心
132	长崎大学 附属图书馆
133	长崎大学 附属图书馆 经济学部分馆
134	长野县立大学 图书馆
135	名古屋造形大学 图书馆
136	名古屋大学 附属图书馆中央学 3F
137	名古屋大学 法学 书室法
138	奈良教育大学 图书馆
139	奈良县立书情报馆一般
140	奈良大学 图书馆
141	新潟大学 附属图书馆
142	日本兽医生命科学大学 附属图书馆
143	日本大学 艺术学部图书馆（所沢）
144	日本大学 文理学部图书馆
145	日本大学 法学部图书馆法
146	日本贸易振兴机构亚洲经济研究所 图书馆
147	人间环境大学 附属图书馆
148	人间文化研究机构 国文学研究资料馆开架
149	函馆大学 图书馆
150	羽衣国际大学 学术情报中心
151	梅光学院大学 图书馆
152	一桥大学 经济研究所 附属社会科学统计情报研究中心
153	姬路独协大学 附属图书馆
154	兵库县立大学 姬路环境人间学术情报馆
155	兵库县立淡路景观园芸学校 图书馆

156	弘前大学 附属图书馆本馆
157	广岛商船高等专门学校 图书馆
158	广岛大学 图书馆 中央图书馆
159	摩天女学院大学 附属图书馆
160	藤女子大学 图书馆
161	佛教大学 附属图书馆
162	文教大学 越谷图书馆
163	文京学院大学 ふじみ野图书馆
164	别府大学 附属图书馆
165	柏林国立图书馆
166	北京大学日本学研究中心书资料馆
167	法政大学创新管理研究中心
168	放送大学 附属图书馆
169	北陆学院大学纪念图书馆
170	北海学园大学 附属图书馆
171	北海道大学 附属图书馆
172	北海道大学 附属图书馆 北图书馆
173	北海道武藏女子短期大学 附属图书馆
174	北海道教育大学 附属图书馆 旭川馆
175	北海道教育大学 附属图书馆 钏路馆
176	北海道教育大学 附属图书馆 函馆馆
177	三重大学 附属图书馆
178	都城工业高等专门学校 图书馆
179	武藏大学 图书馆
180	武藏野大学 武藏野图书馆
181	室兰工业大学 附属图书馆
182	名桜大学 附属图书馆

183	明治学院大学 图书馆
184	明治大学 图书馆本
185	明星大学 日野校舍图书馆日野
186	桃山学院大学 附属图书馆
187	山口大学 图书馆 综合图书馆
188	山野美容艺术短期大学 图书馆
189	横滨市立大学 学术情报中心
190	立教大学 图书馆
191	立正大学图书馆 熊谷图书馆熊谷
192	立命馆大学 图书馆
193	琉球大学 附属图书馆
194	龙谷大学 深草图书馆
195	路德学院大学 图书馆
196	和歌山大学 附属图书馆
197	和洋女子大学 媒体中心图书馆

通过上表中的图书馆名单可以发现，该书与其他中国当代文学作品不同，不仅仅是传统的爱知大学、东京大学、九州大学等中国文学研究机构有收藏，而且其范围已经扩大到中国政治、中国近代历史研究的大学和研究机构。《我的前半生》一书已经超过了文学传播的范畴，进入到政治、经济及史学研究的领域。这是该书在日本如此广泛传播的主要原因。

第三节 《我的前半生》的学术评论

与其他作品一样，本书还依据 JSTOR 数据库，专门检索了英语世界的主流学术刊物，对于《我的前半生》英文版的评价与研究情况。笔者发现，该书英文版由外文出版社在 1966 年英语世界发行之后，作为中国研究最为专业的学术刊物，剑桥大学出版社的《中国季刊》和《现代亚洲研究》，分别发表了书评。特别是 1978 年补充版的《我的前半生》再次发行之后，《中国季刊》在 1989

年再一次刊发了书评和研究文章。具体如下表。

表格 41： 《我的前半生》英译本书评以及学术提及一览表

序号	作者	发布期刊、时间	出版社
1	Henry McAleavy	中国季刊 (The China Quarterly), No. 27 (Jul. — Sep., 1966), pp. 180—182	剑桥大学出版社 (Cambridge University Press)，1966
2	Sybille Van Der Sprenkel	现代亚洲研究 (Modern Asian Studies), Vol. 1, No. 3 (1967), pp. 307—308	剑桥大学出版社 (Cambridge University Press)，1967
3	Frances Wood	中国季刊 (The China Quarterly), No. 119, Special Issue: The People's Republic of China after 40 Years (Sep., 1989), pp. 660—661	剑桥大学出版社 (Cambridge University Press)，1989
4	Conrad Brandt	中国季刊 (The China Quarterly), No. 27 (Jul. — Sep., 1966), pp. 178—180	剑桥大学出版社 (Cambridge University Press)，1966
5	Jerome Ch'en	最后的皇帝 (The Last Emperor of China)	伦敦大学东方与非洲研究学报 (Bulletin of the School of Oriental and African Studies, University of London)，Vol. 28, No. 2 (1965), pp. 336—355
6	Marjorie Dryburgh	《白芨日记》中的中日关系 (Rewriting Collaboration: China, Japan, and the Self in the Diaries of Bai Jianwu)	亚洲研究杂志 (The Journal of Asian Studies)，Vol. 68, No. 3 (Aug., 2009), pp. 689—714
7	NORMAN A. KUTCHER	阳谋：乾隆时期的宦官专权研究 (Unspoken Collusions: The Empowerment of Yuanming yuan Eunuchs in the Qianlong Period)	哈佛亚洲研究 (Harvard Journal of Asiatic Studies)，Vol. 70, No. 2 (DECEMBER 2010), pp. 449—495

通过上面表格可以发现，英国著名汉学家亨利·麦克里维（Henry McAleavy）在 1966 年的书评中，首先肯定这是一本十分有趣、有价值的书，对于溥仪所亲历的日本侵占中国东三省等相关历史事件的心理活动的揭示，丰富了相关历史事件的不足。作者还高度评价了译者詹那尔的翻译和文笔。另外一篇书评由英国学者康拉德·勃兰特（Conrad Brandt）撰写，作者认为这是一本真实的书，认为溥仪由皇帝改变成为一个普通公民，是一个了不起的成就。这两

篇书评均发表在 1966 年同一期的《中国季刊》上，可见《我的前半生》一书在英国学术界所获得的关注程度。英国人类学家（Sybille Van Der Sprenkel）对于清代的法律规范有很多深刻的研究，发表在剑桥大学出版社在 1967 年《现代亚洲研究》的书评，肯定了这本书对于清代皇帝溥仪的心理历程描写是真实的，充满了大量的细节。但作者怀疑通过思想改造使溥仪心理彻底转变过来的现象，认为书中的一些证据是真实的，但还有宣传共产党政策的味道。

1989 年《中国季刊》特别举办了一期"中华人民共和国 40 年"的专题研究文章，其中邀请了在大英图书馆中文部工作的著名学者吴芳思（Frances Wood）博士，对于 1988 年牛津大学出版社再版的《我的前半生》一书进行评价，并与牛津大学出版社同年推出的当年溥仪的英语翻译庄士敦的英文著作《紫禁城的黄昏》（Twilight in the Forbidden City）进行对比。吴芳思肯定了溥仪书中的细节记录是真实的流畅的，新版的图书弥补了 1964 年英文版删节的部分，而庄士敦的书则是通过一个西方人的眼睛补充了当时的历史细节，但有些夸张。

表格 41 中还有三本学术研究专著的书评文章，都将英文版《我的前半生》作为历史史料进行了引用或者旁证。刊发的学术杂志均为英语世界影响较大、而且是十分专业的学术期刊，如《伦敦大学东方与非洲研究学报》《哈佛亚洲研究》和《亚洲研究杂志》，这也充分显示了该书在文学之外的学术研究价值。

第四节　读者反馈——对外传播最成功的作品

对于跨文化传播而言，一部作品的成功与否，关键是看这部作品的反馈效果是否达到了传播者的预期目标。

由于溥仪的特殊身份，自然会吸引全世界的广泛关注。一些社会活动家、历史学家、法学家以及新闻媒体在该书中文版出版之后纷纷到抚顺战犯管理所采访溥仪，以求揭开这个谜。境外媒体对溥仪的改造更是充满了怀疑和好奇，他们想方设法地要近距离接触溥仪，对其进行采访，想亲眼看见、了解这个末代皇帝、傀儡皇帝、战争罪犯是如何接受中国共产党改造的。根据相关史料记载，溥仪在抚顺监狱期间就有许多媒体对之进行了采访。如根据藤飞、宋伟宏的研究，在 1956 年到 1957 年，一批又一批的中外记者来到抚顺战犯管理所采访溥仪，他们极力想了解溥仪在高墙监狱里的生活状况、思想改造及政治态度，都想与溥仪这个特殊战犯直接对话。早 1956 年 8 月、9 月、10 月间，英国、法国、加拿大记者在管理所对溥仪进行了三次采访；12 月，中国香港大公报记者潘际坰在管理所也对溥仪进行了详细采访，并出版了影响广泛的《末代皇帝传奇》一书。1957 年 5 月，缅甸联邦民族院议长肖灰塔特地到管理所参观，并与溥仪进行了长谈。此外，曾出任远东国际军事法庭法官的梅汝璈到管理所检查工作时，也看望了溥仪 [1]。

作为记载溥仪个人心理历程的《我的前半生》的出版，补充了一些媒体报道细节的不足。那么，当时作为对外传播的一个重磅内容，是否达到了最初确定的目标：一是表明旧制度的腐朽和没落，二是把一个皇帝改造成为一个新人，反映党改造罪犯事业的伟大胜利？

作为面向海外专门出版发行中国外文图书的专业机构——外文局曾于 1966 年统计过中国外文图书在美国的反馈情况，在美国读者来信中，反响最正面、积极的就是《我的前半生》这本书。笔者根据相关资料，整理出下表：

表格 42：1966 年海外读者对于《我的前半生》的评价

序号	来信人	时间	评价摘要
1	Kenehel Jaels	1966 年 3 月	印象很好，内容有趣
2	Forest W .Baker	1966 年 3 月	①写得很好！原以为会有很多中国政府的宣传和官方的陈词滥调，但却没有发现；②但图书装订太差劲
3	Harry A.Mohler	1966 年 3 月	是一本有趣书，有更多的历史事实就更好了
4	Anna L Buke	1966 年 7 月	作者表现了前中国旧制度的腐朽性，我喜欢！对于改造寄生虫、说谎者和空洞政治家成功的图书，我都愿意看

在 60 多年前，一本图书的反馈多是依靠夹在书后面的读者意见表来收集，读者通常要填写意见后再交到邮局，几经周折后出版方才能得到这些来信，因此这些来信就成为最珍贵的效果评估依据。1966 年 3 月至 9 月，外文出版社英译室收到美国读者来信共计 106 封，信中提到《我的前半生》一书的仅有上述 4 封，占总体比例的 3.8%，但全部是正面的、积极的评价，可以说传播效果是比较理想的。除了读者来信的反馈十分珍贵之外，还有一个原因就是当时中、美

---

[1] 腾飞、宋伟宏，《国际社会对溥仪改造的关注》，《文史天地》，第 29—33 页，2018 年第 4 期。

严重对立的冷战背景下，西方社会对于中国所出版的所有图书期刊，都给打上共产党红色宣传的"烙印"，一个普通读者很难有自己的判断。《我的前半生》能够得到积极的评价是十分难得的。遗憾的是，只有美国读者的反馈记录，而法国、德国等欧洲读者的反馈，现在已经无法得到了。

所幸的是，外文出版社在 1964 年版本的基础上，此后在 1979 年、1989 年分别再版，最有影响的是在 2002 年 1 月出版了最新版，补充了内容，增加了译者詹纳尔（W. J. F. Jenner）的后记，全书由 1964 年的 200 多页，增加到 2002 年的 400 多页，在亚马逊网站推出后一直受到热捧。那么，半个世纪后的读者对这本书的评价是怎么样呢？除美国之外的其他地方读者又是怎样看这本书呢？

笔者收集了《我的前半生》一书今天在亚马逊上的读者留言，整理成下表：

表格 43：新世纪十年（2002—2012）海外读者对于《我的前半生》评价一览表

（数据来源为亚马逊网站）

序号	人名	国别	时间	评价摘要
1	F.Dawg	德国	2002.2.2	一本好书，有点单调，但作者溥仪提供了可靠的历史信息
2	Collins		2002.5.10	我是在中国学习期间，在北京紫禁城买的这本书，虽然翻译得有点生硬，但书中的内容真是让人大开眼界。看过贝纳多·贝托鲁奇《末代皇帝》电影的人都熟悉这个故事，但这本自传的内容远比电影要深刻得多……我希望要了解中国历史的人，尤其是在这样一个世纪之交的时代，都能够看看这本书。
3	Jim O' Grady	美国	2002.5.17	作为一个熟悉溥仪的人，我告诉你他是一个自怜、自私和任性的人。他承认没有任何不法行为，在他 40 年的皇帝生涯中，只有一两行涉及他的妻子——皇后婉容。他喜欢谈自己是一个英雄，而事实上他毁了他的家庭
4	Hiromi	伦敦	2004.7.7	虽然许多左翼学者和记者认为，由伟大的"思想改造方案"和"慷慨"的中国共产党，溥仪的确是"再教育"，从一个傲慢无礼的紫禁城里的小暴君到变成一个能干的工人，并获得共产主义思想。然而，事实上，那根本不是真的……当局显然已经认定溥仪是可以用于宣传目的，早在 1956 年就把他作为介绍给外国人的活广告了……

5	Sadam	立陶宛	2004.8.18	该书的前半部分是有趣的，它让人了解了皇帝的生活，并作为一些重大历史事件的目击者提供了许多历史事实。然而，第二部分的内容，对于生活在苏联的任何一个人，都是心知肚明的。
6	Nadia Azumi		2005.11.15	这本书介绍了末代皇帝溥仪的一生。作为一本翻译的书，我认为这本书写得很好，把历史已经发生的事情、正在发生的事情以及发生了什么事情，一直到溥仪的生命终结都写了出来。这本书很容易阅读，它有很多的黑白照片……如果你对中国文化着迷的话，我建议你阅读这本书。我在读高中的女儿，把末代皇帝这本书当作中国指南来用。我希望这个建议对你有用。
7	Steve.J	韩国	2006.1.2	这本书充满了悲伤和不可思议的事件……溥仪皇帝，是这本图书的主人公……他作为一个皇帝所享有的特权，有许多太监和仆人为他服务，他可以品尝丰富多彩的食物……但幸福和喜悦并没有持续多久，有一天日本侵略中国，中国沦为可怕的混乱的战争状态……总之，满洲只不过是日本政府一个傀儡，这是令人心碎的情况……中国共产党开始管理国家时，溥仪已经变成一个公民，一个普通人。通过这本书，我了解了很多事情。谁若是想了解中国历史，我推荐他阅读这本书。这本书不是一个末代皇帝的自传，而是一个中国最为混乱、动荡最为激烈时代的目击者证言。这就是为什么这本书比其他中国现代史书优秀的原因。
8	Caphas Lim "Cephas"	新加坡	2007.8.30	我买这本书时，是我在马来西亚度假的时候。我一直对溥仪着迷，他从皇帝的宝座下来，转变成一个普通公民，是一个很棒的故事。我认为他的结局有点颂扬共产党，但总之是一个很客观的评价，书中描写了他的生活、他的怯懦、他的痛苦，你几乎可以感受他的痛苦。我强烈地推荐这本书。
9	V.Engle	美国	2007.8.25	这是一本很好的再版重印书……
10	Jillith		2009.5.28	我强烈推荐这本书，它让我看到了作者曾经在紫禁城里的一切生活，尤其是高兴地看到他经过"改造后"的生活道路……

11	Luc REYNAERT	比利时	2009.8.8	这是难得一见的书，它揭示了紫禁城里绝对权力的皇帝与大臣、太监、皇室家族之间的真实生活。皇帝拥有绝对的权利,但他被阴谋包围着,没有什么人可以信赖……当共产党人征服中国大陆,他们没有杀了皇帝,把他试图重塑成一个普通公民,把他变成一个"人"。他写出了一个令人惊讶的溥仪的自传,显示人类深不可测的能量和绝对的权力。
12	J		2009.9.13	……本书提供了日本人如何利用溥仪而更好地控制中国的许多信息,溥仪也提到了日本人的很多暴行。但令人惊讶的是,他不断地歌颂共产主义……本书也揭示了溥仪本人的弱点,非常以自我为中心的,傲慢,没有同情心,残酷的夸张……他已经成为共产党宣传的典型。
13	James W. Taylor	美国	2010.7.20	中国的末代皇帝写了一本很好的自传……要想了解清朝晚期的历史以及他个人从皇帝到囚犯的历史,都应该看看这本书。
14	Ni Yachen	美国	2011.8.31	这是一个宏大的中国末代皇帝的叙事,很感动人,但也揭示了为什么共产主义在中国崛起的原因。令我着迷的是,溥仪承认个人的错误和缺点,并因此深刻反省自己………

由上表可知，14 个留言的读者中美国有四人，德国、英国、立陶宛、新加坡、比利时、韩国各一人，没有留下国别的有四人。从 14 个读者的留言来看，有三个共同点：

一是本书对于紫禁城里皇帝的生活的揭示给所有读者以深刻的印象，一些细节的描写、介绍是非常成功的，因此 14 位读者的感受都很相近，有的读者甚至把这本书当作参观北京故宫的指南来用；

二是本书成功地写出了中国末代皇帝溥仪的一生历程，他本人的忧虑、痛苦和自责等情感，都深深吸引了这些读者；

三是作为中国末代皇帝，以历史亲历者身份介绍了中国最为混乱的 20 世纪初叶一些重大历史事件，对于海外读者，尤其是西方读者了解中国现代史具有巨大作用。从 14 位读者的反馈看，《我的前半生》的效果恐怕是胜过许多本历史理论书籍的。

2002 年至 2011 年间的 14 位读者反馈与 1966 年美国读者反馈相近，而且比之更加详细和深入，基本实现了 1964 年出版这本书时的基本宗旨。把《我的前半生》一书说成是中国 60 年来对外传播最为成功的作品之一，是名副其实的。

不同的是，东西方读者对于中国现代史关注的侧重点完全不同。我们看到韩国、新加坡的读者更容易理解本书所要传达的思想感情，尤其是日本利用溥仪控制中国的前因后果都深有同感，而比利时、德国、英国、美国等西方的读者则更加关注新中国成立后，对溥仪经过改造后成为自食其力的公民的过程的关注，尤其是对书中溥仪自我反省的认识多有不解，甚至有读者把这种"反省"与苏联的高压统治相提并论，并因此怀疑这是中国共产党的"宣传"。

笔者注意到今天四位美国读者与 1966 年四位美国读者的评价中间，有着十分相近的地方，那就是对于本书所揭示的内容是感兴趣的，但对于是否是中国共产党的"宣传"一直保持着高度敏感，尽管已经有了获得奥斯卡金像奖的《末代皇帝》的电影面世，一些历史背景已经昭然若揭，而警惕"中国宣传"这一观点，21 世纪的今天与 1966 年没有多少改变。这表明中国文化的海外传播被西方社会从冷战时代就形成的"妖魔化"仍然具有巨大的市场，如何破解这个难题已经成为中国对外传播领域必须面对的挑战。

其实，中国有着悠久的自我反思、自我检讨、"吾日三省吾身"的历史文化传统，溥仪作为一个末代皇帝，在书中所写下的自我反思的文字，并非都是来源于强制性的"思想改造"。站在中国文化传统的基点上，新中国把一些战犯进行思想改造，包括把一个皇帝改造成为一个新人，都源于这样一个文化传统，这没有什么可奇怪的。而这种在中国约定俗成的东西，在西方读者的眼里就是难以理解的。可见东西方普通读者之间的思想鸿沟，不仅源于截然不同的政治制度，更多地还源于截然不同的文化背景。

由《我的前半生》一书的读者评论可以发现，中华文化海外传播的重任早已超越一些浅层次的政治制度、社会现象的说明和解读，从思想宗教、文化差异以及历史传统方面传播一个悠久的文化中国，已经十分迫切和必须。而这不仅需要一些临时性策略、工程计划，还要有系统、长期性的政策支持体系，这也许是对《我的前半生》一书在海外出版传播半个世纪以来效果分析研究最大的启发。

第十章　《红色娘子军》在世界的传播影响

　　"文化大革命"时期由于极"左"思潮的影响，1966年至1976年的十年间，中国当代文学的创作受到了巨大的冲击，甚至谈不上具有一定艺术成就与世界影响的文学作品。但在极左政治思潮下，也使一些有限的文学作品得到了前所未有的传播资源，因此获得了广泛的知名度，甚至做到了家喻户晓的程度。八个样板戏就是"文革"十年期间获得了集中传播，并因此获得世界影响的作品。

　　八个样板戏中，《智取威海山》在第八章中已经阐述过了，本章将阐述《红色娘子军》在世界的传播与影响。

第一节　《红色娘子军》的国内传播

　　《红色娘子军》是由上海电影制片厂在1960年拍摄的历史故事电影，由著名导演谢晋执导，著名演员祝希娟、王心刚、向梅、陈强等主演。讲述了第二次国内革命战争时期海南红色娘子军的斗争故事，围绕吴琼花从南霸天的仆人成长为一名革命战士的经历，用写实的手法塑造了一个旧社会妇女在反抗和斗争中成长的典型形象。

　　《红色娘子军》在1961年放映后，很快风靡全国，该片曾创造了总观影人数6亿人次的历史纪录。在1961年底的中国首届百花奖评选中，从四十五部故事片脱颖而出，在九项大奖中，《红色娘子军》独揽四项，即最佳电影故事片奖、最佳电影导演奖（谢晋）、最佳电影女演员奖（祝希娟）和最佳电影配角奖（陈强）。此时，《红色娘子军》还获得了第三届亚非电影节万隆奖和卡罗·维·发利国际电影节最佳剧本奖。

由于电影展现了故事主人公吴琼花的鲜明性格以及成长历程，加上电影中若隐若现的吴琼花与洪常青的爱情潜流，《红色娘子军》一公映便获得了大众的热烈欢迎。而将电影《红色娘子军》改编为芭蕾舞剧，则最早缘起于周恩来总理的一次谈话。1963 年秋，周恩来总理前往北京天桥剧场观看北京舞蹈学校实验芭蕾舞团（北京芭蕾舞团前身）演出的芭蕾舞剧《巴黎圣母院》，此剧的编导者是丁玲之女蒋祖慧。演出结束后，周恩来在剧团团长等人的陪同下来到了休息室，同编导及主要演职人员进行有关于芭蕾舞创作的座谈。在座谈中，周恩来说："这几年你们演了不少外国名剧，学到了不少东西，能不能在这个基础上搞点革命化、大众化的作品？不能老是跳王子、仙女的。当然，芭蕾是外来艺术，一开始就完全民族化比较困难，可不可以先编个外国革命题材的芭蕾舞剧，比如反映巴黎公社或者十月革命的故事等？"此后文化部长林默涵落实总理的委托，不久他就召集了中央歌剧舞剧院院长赵沨、北京舞蹈学校校长陈锦清、中国舞蹈家协会的胡果刚、游惠海，以及芭蕾舞团编导李承祥、王锡贤等人召开座谈会，专门讨论关于编演芭蕾舞现代剧的问题。讨论中，大家提出了《王贵与李香香》《红岩》等六七个题材，林默涵也建议《达吉和她的父亲》，故事很动人，还反映了民族团结。李承祥和王锡贤觉得这些题材固然不错，但服装上却或长裙或长裤，芭蕾舞恐怕不好表现。于是进而提出他们正在考虑改编《红色娘子军》，且已有了一个初步构想。林默涵当即表态，认为娘子军的故事片，反映很好，家喻户晓，黄准同志创作的影片主题歌也很动听，可以考虑。赵沨也同意林默涵的意见，认为红色娘子军女同志多，适合芭蕾舞的特点。于是在1964 年 2 月，组成了由李承祥、蒋祖慧、王锡贤任编导，创作过芭蕾舞剧《鱼美人》音乐的吴祖强、杜鸣心等任作曲，马运洪任舞美设计，以及包括白淑湘、刘庆棠、钟润良、李新影、王国华等主要芭蕾演员的创演班子。

芭蕾舞剧毕竟在长期的历史发展中已形成了一定的西方艺术表演程式，用它来为中国的现代艺术服务，首先就面临着一个从内容到形式的大胆革新，而且这种革新又必须是一种继承中的革新，即仍须保持其作为芭蕾舞剧的原味，这对于所有的创演人员而言不可不说是一大挑战。编导人员在创作的过程中充分施展了自己的想象力、创造力和感受力，不但对传统的芭蕾语汇进行了活用，更创造性地融入了京剧、民间舞、武术等舞蹈语汇，使形式和内容得到了尽可能完美的结合。比如芭蕾舞中向来用以表现男女爱情的双人舞，在《红色娘子军》中就被大胆地用来表现琼花与老四的激烈搏斗；再如京剧中的"亮相"和"走步"，也被很好地揉进了人物的出场和舞蹈，使原本飘忽、纤弱的芭蕾具有了中国式的厚重；此外，富有民族特色的"五寸刀舞""黎族舞""斗笑舞"等也都被几位编导绝妙地加以运用，大大丰富了该剧的表现力。总之，编导们的勇于创新、大胆尝试使芭蕾舞惯有的温雅风格为之一改，取而代之的是充满了革命气息、刚健而激情四射的舞剧风格。

1964 年 9 月下旬，距离电影《红色娘子军》首映后三年，芭蕾舞剧《红色娘子军》在北京天桥剧场进行正式彩排。这次彩排，其实是一次半公开式的首演，林默涵除了自己亲临现场，还邀请了廖承志、周扬、江青、周恩来等领导前来观看，以了解他们对此剧的反映。彩排的结果显然令所有的编演人员都欣喜万分。初次观看舞剧的领导们都对之大为赞赏。观看第三场演出的周恩来，剧终时眼眶都潮湿了。他鼓着掌走上舞台与编演人员合影留念时，第一句话就是："我的思想比你们保守啦！我原来想，芭蕾舞要马上表现中国的现代生活恐怕有困难，需要过渡一下，先演个外国革命题材的剧目，没想到你们演得这样成功。过两天，一位外国元首来华访问，就由你们演出招待。"随后，他又招手请乐池里的指挥黎国荃和乐队同志们上台，并同他们一一握手表示祝贺。

国庆期间，革命现代芭蕾舞剧《红色娘子军》在首都公演，引起了极大的轰动。各大报刊纷纷刊登社会各界的评论和观众来信，对舞剧给予了毫不吝啬的赞赏。当时最具权威性的《人民日报》也接连几天发表了相关评论，称赞此剧是"把社会主义的革命精神带进芭蕾舞剧领域的一次成功的尝试"，"是芭蕾舞剧艺术的一次大革命"。10 月 8 日，毛泽东、刘少奇、朱德、彭真等领导人在中南海小礼堂观看《红色娘子军》一剧。毛泽东看后，高兴地对大家说："方向是对的，革命是成功的，艺术上也是好的。"最高领导人的肯定，无疑是对舞剧的最高赞赏，令剧组的全体人员大受鼓舞。10 月底，《红色娘子军》剧组应邀前去广州、深圳等地巡演，所到之处，无不引起巨大的反响。许多观众纷纷写信给剧组和当地的报刊媒体，表达自己观看舞剧后的喜悦与兴奋。在深圳演出时，《红》剧还特别受到了中国香港观众的追捧，一位曾持有怀疑的态度文艺界人士看后由衷地感叹说："出乎意料，中国的现代生活和芭蕾舞的表演程式竟结合得这样完美……"。[1]

在获得国内上下一致好评的同时，《红色娘子军》剧还赢得了外国来宾的赞叹。苏联部长会议主席柯西金——这位生活在欧洲芭蕾中心的政治家——在华访问期间观看了演出后，惊讶地说："好！我们还没有你们这么大胆呢！"而阿尔巴尼亚文化部的有关领导观看演出后，在大为赞叹之余更决定将此剧引回本国，以供他们的演员和观众学习、欣赏。

芭蕾舞剧《红色娘子军》被称为"中国芭蕾舞台上唯一能与《天鹅湖》一比高低的'红色经典'"。从诞生之日起，就以其生动的剧情、优美的旋律、绚烂的舞蹈赢得了国内外的一致盛赞。其对西方传统艺术形式的创造性活用，对中国民间艺术形式的创造性借鉴，以及对两者的创造性糅合，更是令人叹赏。

1966年11月28日，经过江青修改的芭蕾舞剧《红色娘子军》连同京剧《红灯记》《智取威虎山》《海港》《沙家浜》《奇袭白虎团》以及芭蕾舞剧《白毛女》、交响音乐《沙家洪》被正式封为"革命样板戏"，成为"无产阶级文艺的最高典范"之一。[2]。

"文化大革命"期间，"样板戏"的特殊性决定了它必然担当起政治化宣传的角色，而当时最具权威性的报刊的大力宣传无不体现出主流媒体对于"样板戏"的高度重视。作为官方主要舆论阵地的《人民口报》和《红旗》杂志更是不惜版面篇幅，全文刊载"样板戏"的剧本、舞台剧照、演出经验和相关的评论性文章，使"样板戏"成为当时人们无法回避的社会热点。全国各地很快掀起一股学习"样板戏"的热潮。"样板戏"图书出版热也随之升温，竭力担当起政治化宣传的重任。从1970年开始，有关"样板戏"的普及本和乐谱相继出版，其中包括革命现代京剧《红灯记》《智取威虎山》，革命现代舞剧《红色娘子军》等一批剧目。

除报纸、期刊以及图书的宣传之外，广播、电视、电影很快也被调动起来。"1968年3月，中央广播事业局军管小组下达的'要反复广播革命样板戏'的意见"之后，"样板戏"作为中央人民广播电台的固定节目，长时间播放，其传播频率迅速增加，在短时间内形成了全国性的影响。在电视方面，1968

[1] 贺晶晶，样板戏《红色娘子军》研究，中央民族大学2008年硕士论文，中国知网数据库。
[2] 贺晶晶，样板戏《红色娘子军》研究，中央民族大学2008年硕士论文，中国知网数据库。

年 9 月 30 上映的钢琴伴唱《红灯记》是最早的一部屏幕复制片。随后，有关"样板戏"的电视纪录片不断出现，如 1970 年 8 月上映的《智取威虎山》和《红灯记》，以及 1971 年 1 月上映的《沙家浜》。在此基础上，对于"样板戏"电影的拍摄也被提上了议事日程，由北京电影制片厂出品的《智取威虎山》，在 1970 年 10 月成为第一部上映的"样板戏"电影。随后，八部"样板戏"的电影陆续诞生，例如 1971 年《红灯记》由八一电影制片厂出品，《沙家浜》由长春电影制片厂出品，而芭蕾舞剧《红色娘子军》则由北京电影制片厂出品。1972 年《奇袭白虎团》、芭蕾舞剧《白毛女》、钢琴伴唱《红灯记》也分别拍摄成功。1973 年，《海港》拍摄完毕，由北京电影制片厂和上海电影制片厂联合出品。"样板戏"电影的发行是在行政手段的干预下来完成的，国家行政权力，调动了财政、文化组织等各个部门，为放映和传播创造一切有利条件，使广大民众能够广泛接触到"样板戏"电影这一艺术形态。

根据郭秦云的研究，"文革"期间"样板戏"的传播与接受，是从传播的政治化到社会化的一个转变过程。"样板戏"在政治话语的强力推行下，在国家主流媒体的大力宣传下，也全面营造了当时整体性的社会生活方式，从而使"样板戏"快速实现了从"政治存在"到"社会性"存在的转变。主要体现在以下几个方面：

一是有关"样板戏"的演出频繁地出现在国家性的重要场合，并以主打剧目为中心在全国各地进行大规模的巡演，显然已经构成了一种社会性的传播效应。如 1967 年 5 月 23 口"样板团"在首都的公演，涉及了全国各大剧场，对"样板戏"进行宣传造势。1970 年 5 月，在纪念"延安文艺座谈会上的讲话"发表 28 周年之际，京剧《智取威虎山》《红灯记》、交响剧《沙家洪》、钢琴伴唱《红灯记》等一批"样板戏"隆重上演。从而表明国家意识形态对以"样板戏"为代表的无产阶级艺术范式的确立。为了把革命"样板戏"有效地传播到广大民众中去，从中央到地方对"样板戏"的宣传形成了一个严密的组织形式。例如，在 1972 年，中国舞剧团、中央乐团、北京京剧团及上海京剧团《智取威虎山》剧组与上海市舞蹈学校《白毛女》剧组深入到全国各地进行巡回演出，为广大工农兵群众演出共计一百二十多场，观众达到了三十万人次。这种以国家性名义为组织形式的巡回演出，不仅增强了普通民众对"样板戏"的认识与了解，而且加快了"样板戏"在全国范围内的普及与传播。

二是"样板戏"传播的生活化。传播生活化最早是由"样板戏"邮票的发行而拉开的序幕。在"文革"这一特殊时期,八个"样板戏"全部被搬上邮票发行的版面之中,共有 5 枚 23 套之多。其中仅现代舞剧《白毛女》邮票的发行就占 4 套 6 枚。而钢琴伴唱《红灯记》在"文革"期间发行了 70 套纪念特种邮票中,多枚成套邮票发行量占居首位。在"样板戏"邮票的发行中,英雄人物当然是中心人物,仅《智取威虎山》中杨子荣的版面和发行枚数就占到"第一"。并且"样板戏"邮票打破了英雄人物独占版面的常规,把反面人物也列入"样板戏"邮票的发行之中,如京剧《奇袭白虎团》中的美国军事顾问和白虎团团长等。接着,"样板戏"剧照也成为对广大民众宣传、普及"样板戏"的有效手段。1970 年第 11 期以 12 个版面刊登了《沙家浜》剧照,1972 年第 5 期以 10 个版面刊载了《海港》剧照,并于 1976 年 5 月,出版了由《中国摄影》编辑部编辑的《革命样板作品剧照写集》,全力展现革命英雄的精神风采:如赤胆忠心、机智沉着的杨子荣,豪情壮志、气冲霄汉的李玉和,智勇双全、顽强抗敌的严伟才,以及运筹帷幄、胸怀大志的江水英等,进一步强化了"样板戏"剧照在广大民众中的传播与普及作用。

而连环画以其简便、易懂的方式,也成为宣传"样板戏"的重要手段之一。1970 年,连环画《智取威虎山》在《文汇报》上首先发表,受到了广泛欢迎。此后,以"样板戏"为题材的一系列连环画不断出现,如《红灯记》《红色娘子军》《奇袭白虎团》等。在"文革"枯燥的政治生活中,"样板戏连环画"的出现,无疑为人们的生活增添了别样的乐趣。而 1970—1971 年间,"样板戏"年画的出版也形成一股热潮,其中主要以电影版的为主,分为双屏、四屏和多屏等多种样式,涉及各种不同的版样。年画在民间有着广泛的群众基础,具有一种喜庆祥和的特色,表达着人们对于美好生活的向往与期盼。因此"样板戏"年画的发行,受到了普通百姓的热烈欢迎。例如:《海港》中工人们高举红旗向前方的昂扬斗志,《红色娘子军》中,吴清华手捧红旗潸然泪下的感人场面,《白毛女》中喜儿和大春瞭望东方的执着神情,以及《智取威虎山》中杨子荣跃马扬鞭的英雄气概,都成为"样板戏"年画中不可缺少的经典画面。除此之外,有关"样板戏"图案的各种日用品也开始广泛兴起,包括日常生活中所用的杯、盘、碗、碟等,都成为宣传"样板戏"的有效工具。凡此种种,无非是要形成一个巨大的传播网络来覆盖民众所有的生活空间,使人们在无形中对"样板戏"

形成一种固定的心理审美态势 [1]。

第二节 《红色娘子军》的国际传播

样板戏作为一种在"文革"期间特殊的"政治文化"艺术形式，获得了前所未有的广泛传播。这种传播不仅实现了社会化、生活化传播，也迅速拓展到在国家外交层面，实现了国际政治交往传播，扩大了"样板戏"国际传播的层次与领域，大大提升了"样板戏"的国际知名度。在八个样板戏中，唯有《红色娘子军》作为国家文化的代表，在国家政治外交、国际文化交流的场次最多。下表是根据《人民日报数据库》检索出的自 1961 年至 1976 年"文革"结束这十五年间，《红色娘子军》国际政治交往传播的时间、主题和传播对象国家的数据。

表格 44：《红色娘子军》在"文革"期间的表演对象、日期一览表
（数据来源《人民日报数据库》）

序号	《人民日报》版面、刊登时间	题目	国家	报道摘要
1	1961.08.04 第 5 版	祝贺我人民解放军建军节 阿尔巴尼亚国防部举行庆祝会	阿尔巴尼亚	阿尔巴尼亚国防部 1 日晚在地拉那军官之家举行庆祝会，庆祝中国人民解放军建军三十四周年。庆祝会结束后，放映了中国影片《红色娘子军》。
2	1961.09.29 第 5 版	庆祝中华人民共和国成立十二周年苏蒙保波广泛开展庆祝活动	苏联、蒙古、保加利亚、波兰	苏联、蒙古、保加利亚、波兰纷纷举行晚会、电影晚会和展览会等，庆祝中华人民共和国成立十二周年。苏联科学院亚洲国家研究所２７日晚上举行了庆祝晚会。副所长齐赫文斯基在会上报告了十二年来中国人民在社会主义改造和建设事业中所取得的巨大成就。齐赫文斯基在讲话中着重谈到了苏中两国人民之间的兄弟般的友谊，并表示将继续为增强这种友谊而工作。27 日晚，在莫斯科"艺术"电影院举行了中国故事片《红色娘子军》的首映式。首映式由苏联文化部副部长达尼洛夫主持。

[1] 郭秦云：《"文革"时期板戏的传播与接受研究》，延安大学 2012 年硕士论文，中国知网数据库。

3	1961.11.10 第4版	中拉友协举行电影招待会 招待古巴教育代表团	古巴	中国拉丁美洲友好协会今晚举行电影招待会,欢迎以莱昂·比塞特为首的古巴教育代表团。中拉友协副会长周而复、教育部副部长刘皑风等陪同古巴朋友一起观看了影片《红色娘子军》。
4	1962.01.24 第4版	马里西卡索市人民踊跃参观我展品 热烈欢迎中国摄影艺术	马里	中国摄影艺术展览会9日到14日在马里南部的西卡索市展出,受到当地人士的热烈欢迎。西卡索是以1898年英勇反抗法帝国主义侵略和1946年以来争取民族独立斗争著称的英雄城市,这个城市的人口有一万七千人。在展览会期间,还举行了七场中国电影招待会,共放映了十四部影片,其中有《革命家庭》《红色娘子军》《鸡毛信》《欢庆十年》和《马里散记》。这些影片受到观众热烈欢迎,观众人数达到二万二千人次。一位观众在看了电影后说,"通过这些中国电影,我懂得了只有拿起武器才能有效地保卫民族独立"。
5	1962.03.10 第3版	"旧社会的女仆新国家的主人",哈瓦那刘胡兰妇女学校庆祝三八节,会上放映中国电影《红色娘子军》	古巴	在国际妇女节的前夕,哈瓦那一个以刘胡兰命名的妇女进修学校的女教师和学生们举行庆祝三八节大会,并纪念中国人民的这位优秀女儿。在这所进修学校中学习的都是过去遭受压迫和侮辱的女仆。中国驻古巴大使馆的妇女代表应邀出席了大会,并在大会上介绍了刘胡兰的生活和斗争。会上还放映了中国电影《红色娘子军》。
6	1962.07.09 第3版	我国电影周在平壤开幕	朝鲜	为庆祝朝中友好合作互助条约签订一周年而举办的"中国电影周",今天在平壤开幕。这一电影周是由朝鲜文化省和朝中友好协会联合举办的。从今天起到13日止,平壤市各电影院将放映中国影片《红色娘子军》《洪湖赤卫队》《达吉和她的父亲》《林海雪原》《摩雅傣》和《51号兵站》等故事片。
7	1962.11.07 第5版	带着中阿友好关系必将日益巩固发展的信念,我政府代表团离阿尔及尔回国,我驻阿使节举行首次我国电影招待会受到热烈欢迎	阿尔及利亚	由许光达大将率领的中国政府代表团参加了阿尔及利亚第一个国庆日庆祝活动之后,今天下午离开阿尔及尔回国。招待会上放映了《红色娘子军》等著名的中国影片。这是第一次在阿尔及利亚首都放映中国影片。

8	1962.11.19 第 3 版	哈瓦那放映《红色娘子军》和《粮食》，古巴观众热烈欢迎中国影片	古巴	从 12 日开始，古巴首都哈瓦那的八家电影院开始放映中国影片《红色娘子军》和《粮食》。这两部影片中反映出来的中国人民反帝国主义和爱国主义的精神受到古巴观众的热烈欢迎。
9	1962.12.08 第 3 版	比利时布鲁塞尔大学生举办"中国周"	比利时	布鲁塞尔自由大学的共产党员学生在布鲁塞尔举行"中国周"。举办这个"中国周"的目的是向比利时公众介绍中国革命历史和社会主义建设各方面的巨大成就。在"中国周"期间，将举行中国书籍杂志展览会和放映《万水千山》和《红色娘子军》两部中国影片。
10	1963.01.20 第 4 版	出席美洲妇代会的代表，观看我国影片《红色娘子军》	拉丁美洲	美洲妇女代表大会的代表们今天晚上在哈瓦那美术宫观看了反映中国妇女参加解放斗争的中国影片《红色娘子军》以及庆祝中华人民共和国成立十三周年的纪录片，代表们对中国电影表示热烈的欢迎。
11	1963.03.02 第 4 版	我影片《红色娘子军》在马里放映受到欢迎	马里	马里国家电影局昨晚在巴马科一家最大的电影院放映了有邦巴拉语说明的中国影片《红色娘子军》，受到观众们的热烈赞扬和欢迎。在可以容纳一千多名观众的影院里，昨晚，座无虚席。在影片放映过程中，观众们一再热烈鼓掌。《发展报》为这部影片刊登了好几次介绍，赞扬这部影片。
12	1963.05.19 第 4 版	中非友协举行茶会，欢迎坦噶尼喀妇女代表团	坦噶尼喀	中国非洲人民友好协会今天下午举行茶会，热烈欢迎以碧碧·蒂蒂·穆罕默德夫人为首的坦噶尼喀妇女代表团。中非友协副会长丁西林、朱光、张铁生等同坦噶尼喀的朋友们欢聚在一起，畅叙中国人民和坦噶尼喀人民的深厚友谊。宾主一同观看了在茶会上放映的中国彩色故事片《红色娘子军》。
13	1963.05.21 第 3 版	中非友协举行电影招待会欢迎非洲朋友	阿尔及利亚、坦噶尼喀、安哥拉、桑给巴尔	中国非洲人民友好协会今晚举行电影招待会，热烈欢迎正在北京访问的阿拉伯工会联合会代表团、阿尔及利亚工人总联合会代表团、坦噶尼喀劳联代表、安哥拉全国工人联合会代表团和桑给巴尔进步工会联合会代表。招待会上放映了中国影片《红色娘子军》。

14	1963.07.05 第 3 版	阿尔及利亚国际博览会中国馆馆长为"中国馆日"举行招待会，博览会开幕以来约五千观众参观了中国馆，许多观众希望得到《毛泽东选集》和中国书刊	阿尔及利亚	参加阿尔及利亚国际博览会的中国馆馆长李永亭，今晚在博览会为"中国馆日"举行了招待会。中国大使馆参赞冼依和博览会主任莫克拉尼在招待会上讲了话。他们都强调要加强和发展两国之间的友好关系。招待会后，放映了中国故事片《红色娘子军》和一些中国纪录片。这些影片受到观众的热烈欢迎。
15	1963.09.21 第 4 版	古巴观众热烈欢迎我国电影，盛赞中国电影敌我分明具有战斗性和革命教育意义	古巴	最近在古巴首都哈瓦那上演的《海鹰》《奇袭》《虎穴追踪》《五十一号兵站》《风暴》和《革命家庭》等中国影片受到古巴观众的热烈欢迎。古巴—中国友好协会也经常在哈瓦那组织电影晚会，受到广大群众的热烈欢迎。看过五遍中国影片《万水千山》的革命武装部的一位战士说，"这部影片鼓舞我们的革命意志"。保卫革命委员会的一位干部在看过《红色娘子军》后说，"中国革命军队的组织性和纪律性给了我深刻的印象"。电影评论员何塞菲娜·鲁伊斯在《绿橄榄树》杂志上评论《奇袭》这部影片说，"古巴战士可以清楚地看到战胜帝国主义所用的策略"；"这是一部从教育和娱乐意义上看来每个战士都应该看的影片"。
16	1963.10.15 第 3 版	古巴影评家赞扬中国电影的革命精神，罗德里格斯说中国电影为争取实现社会主义理想作出贡献	古巴	古巴著名电影评论家巴尔德斯·罗德里格斯昨天在《世界报》上发表文章，赞扬中国电影为社会主义和无产阶级政治服务的方针。这位评论家写道，中国电影事业为社会主义而斗争。目前在哈瓦那上演的《青春之歌》同《万水千山》《风暴》《上甘岭》《聂耳》《红色娘子军》这些影片一样，是中国电影事业为争取实现社会主义理想做出贡献的范例。
17	1963.12.13 第 3 版	阿尔及利亚放映中国影片，受到观众热烈欢迎	阿尔及利亚	阿尔及利亚人民电影协会今天组织电影专场，放映中国影片《白毛女》《红色娘子军》和苏联影片《母亲》。这三部影片今天上午分别在阿尔及尔的三家影院上映，受到几百名阿尔及尔男女观众的热烈欢迎。在多尼亚扎德电影院放映了《红色娘子军》之后，电影的组织者和观众还就妇女解放和妇女在革命中的作用问题进行了座谈。

18	1963.12.25 第3版	阿民族解放阵线机关报刊热烈欢迎中国领导人，周总理访问显示中阿两国的相互支持，阿尔及利亚电台强调要发展中阿两国的团结和政治经济文化合作	阿尔及利亚	阿尔及利亚电视台大量播送了有关周恩来总理访问的节目。昨天晚上，电视台播送了有关周恩来总理和陈毅元帅到达以及昨天下午在阿尔及尔机场举行欢迎仪式的好几个场面，还放映了关于中国情况的纪录片和影片《红色娘子军》。
19	1964.01.19 第3版	中马友谊之花	马里	《红色娘子军》在马里放映的本身就是中马友谊的结晶。一位马里朋友为这部影片录制了邦巴拉语（马里最普遍的语言）解说的录音带，这就使得广大的马里劳动人民都能看懂这部影片。 影片从一九六三年二月二十七日在巴马科最大的影院"雷克斯"开始放映以后，立刻轰动了巴马科全市，接着又到各地城乡巡回演出，影片所到之处，不论是男女老幼，万人空巷争看《红色娘子军》，结果这部影片放映的场次和观众人数打破了马里放映影片以来的最高纪录。
20	1964.04.25 第6版	我影片《红色娘子军》在亚非电影节上受到热烈欢迎	亚非电影节	第三届亚非电影节二十二日晚上放映了中国彩色故事片《红色娘子军》。影片受到了热烈的欢迎。
21	1964.09.30 第4版	文化部、中柬友协和中非友协联合举行文艺晚会	柬埔寨、刚果(布)	中华人民共和国文化部、中柬友协和中非友协今晚联合举行文艺晚会，热烈欢迎柬埔寨国家元首诺罗敦·西哈努克亲王及夫人和刚果（布）总统阿方斯·马桑巴—代巴。
22	1964.10.04 第2版	文化部和对外文委联合举行招待晚会，欢迎柬埔寨和刚果（布）贵宾，各国贵宾观看芭蕾舞剧《红色娘子军》	柬埔寨、刚果(布)	文化部和对外文化联络委员会今天联合举行晚会，由中央歌剧舞剧院芭蕾舞剧团演出芭蕾舞剧《红色娘子军》，招待前来参加中华人民共和国成立十五周年庆典的各国贵宾。

23	1964.10.16 第1版	结束在我国的友好访问，日本共产党代表团离广州回国，广东省委和广州市委负责人设宴欢送	日本	昨晚，中共广东省委书记处书记林李明、李坚真和中共广州市委书记处书记焦林义等设宴欢送以吉田资治为首的日本共产党代表团全体同志。在洋溢着热情、团结、亲切气氛的宴会上，宾主频频举杯为中日两党和两国人民的战斗友谊、为马克思列宁主义在全世界的胜利而干杯。宴会后，代表团全体同志观看了中央歌剧舞剧院芭蕾舞剧团演出的芭蕾舞剧《红色娘子军》。
24	1964.11.12 第2版	中央歌剧舞剧院在深圳演出现代芭蕾舞剧，中国香港观众热烈赞扬《红色娘子军》	中国香港	前来深圳观看演出的中国香港观众，热烈欢迎中央歌剧舞剧院芭蕾舞剧团演出的大型现代芭蕾舞剧《红色娘子军》，并且为我国舞蹈工作者在革新芭蕾舞剧方面取得了重大成就而感到自豪。
25	1964.12.20 第4版	文化部、中阿友协举行晚会，欢迎西德基副总理和夫人	阿拉伯联合共和国	文化部、中国阿联友好协会今晚举行晚会，热烈欢迎阿拉伯联合共和国副总理阿齐兹·西德基和夫人，以及由西德基副总理率领的阿联工业经济代表团的全体成员。国务院副总理薄一波陪同阿齐兹·西德基和夫人以及其他阿联贵宾，观看了中央歌剧舞剧院芭蕾舞剧团演出的芭蕾舞剧《红色娘子军》。
26	1965.01.14 第1版	印度尼西亚友好代表团离京去广州，广东省副省长设宴欢送印度尼西亚客人	印度尼西亚	由印度尼西亚空运部部长伊斯坎达和副部长苏哥托率领的印度尼西亚友好代表团，今天乘飞机离开北京前往广州。代表团将由广州出境回国。印度尼西亚驻中国大使查禾多和使馆官员也到机场送行。 印度尼西亚朋友在北京期间，参观访问了中国革命博物馆、中国人民革命军事博物馆、人民大会堂、故宫和颐和园，观看了芭蕾舞剧《红色娘子军》。
27	1965.01.26 第1版	文化部和中国印度尼西亚友协举行晚会，欢迎印度尼西亚贵宾陈毅副总理陪同贵宾观看芭蕾舞剧《红色娘子军》	印度尼西亚	印度尼西亚第一副总理兼外交部长苏班德里约博士和他率领的代表团全体贵宾，今晚出席文化部和中国印度尼西亚友好协会为他们举行的欢迎晚会，观看了中央歌剧舞剧院芭蕾舞剧团演出的芭蕾舞剧《红色娘子军》。

28	1965.02.11 第1版	苏联代表团回国途中到京，周总理陈毅副总理到机场欢迎并设宴招待	苏联	由部长会议主席阿·尼·柯西金率领的苏联代表团，在访问越南民主共和国以后，路经我国，今天下午乘飞机到达北京。宴会以后，阿·尼·柯西金主席等由周恩来总理和陈毅副总理等陪同，观看了现代芭蕾舞剧《红色娘子军》。
29	1965.02.17 第4版	外交部举行文艺晚会，招待各国驻华使节	各国驻华使节	外交部今晚举行文艺晚会，由中央歌剧舞剧院芭蕾舞剧团演出中国芭蕾舞剧《红色娘子军》，招待各国驻华使节和他们的夫人。外交部副部长刘晓和夫人、韩念龙，以及楚图南、李应吉和夫人、江明和夫人、潘振武、董越千和夫人等，陪同各国使节观看了演出。
30	1965.02.19 第1版	刘主席、周总理回访尼雷尔总统并进行会谈，坦桑尼亚贵宾由刘主席等陪同观看芭蕾舞剧《红色娘子军》	坦桑尼亚	尼雷尔总统和夫人以及随同前来我国访问的其他坦桑尼亚贵宾，今天应邀出席文艺晚会，观看了首都文艺工作者演出的现代芭蕾舞剧《红色娘子军》。
31	1965.03.17 第1版	陈毅副总理回访叙外长并继续会谈，陆定一副总理接见叙利亚代表团团员，文化部和对外文委举行文艺晚会欢迎哈桑·穆拉维德外长等贵宾	叙利亚	陈毅副总理兼外交部长今天上午前往宾馆回访阿拉伯叙利亚共和国外交部长哈桑·穆拉维德。叙利亚贵宾由陆定一副总理兼文化部长陪同，在晚会上观看了首都文艺工作者演出的现代芭蕾舞剧《红色娘子军》。
32	1965.05.04 第1版	杜尔总统夫人离平壤到上海 刘主席夫人王光美专程到上海欢迎，上海各界群众热烈欢迎，曹荻秋和夫人欢宴贵宾	几内亚	几内亚共和国总统塞古·杜尔的夫人，在访问朝鲜民主主义人民共和国后，今天中午乘专机到达上海，受到上海各界数千人的热烈欢迎。宴会后，杜尔夫人和其他几内亚贵宾观看了中央歌剧舞剧院芭蕾舞剧团演出的现代芭蕾舞剧《红色娘子军》。
33	1965.07.28 第1版	周总理在上海举行宴会，欢送欧斯曼总统，周恩来总理欧斯曼总统举行会谈，索马里贵宾在上海参观工厂并观看芭蕾舞剧	索马里	欧斯曼总统等贵宾由周恩来总理、李先念副总理和上海市副市长曹荻秋等陪同，观看了中央歌剧舞剧院芭蕾舞剧团演出的大型革命现代芭蕾舞剧《红色娘子军》。

续表

34	1965.08.26 第5版	刘宁一等饯别印度尼西亚客人	印度尼西亚	中华全国总工会主席刘宁一、劳动部部长马文瑞，今晚举行宴会，欢送印度尼西亚劳工事务部长、亚非工人会议组织委员会主席苏托莫·马托普拉多托和由他率领的代表团。宴会结束后，印度尼西亚贵宾观看了现代芭蕾舞剧《红色娘子军》。
35	1965.08.27 第1版	尼泊尔和阿尔及利亚贵宾出席文艺晚会，陈毅副总理和夫人陪同贵宾观看芭蕾舞剧	尼泊尔、阿尔及利亚	尼泊尔王国大臣会议副主席比斯塔和夫人以及随同来访的其他尼泊尔贵宾，由国务部部长比塔特率领的阿尔及利亚政府代表团的贵宾，由尼泊尔国务会议常务委员会委员巴尼亚特率领的尼泊尔友好代表团的贵宾，今天晚间出席了为欢迎他们而举行的文艺晚会，观看首都文艺工作者演出的现代芭蕾舞剧《红色娘子军》。
36	1965.08.30 第1版	坚持斗争冲破障碍前来参加大联欢，日中友协青年代表团胜利到京，中日青年一万人举行体育大联欢	日本	为参加中日青年友好大联欢在东京坚持斗争获胜的又一批日本青年朋友——以春日嘉一团长为首的日中友好协会青年代表团一行十二人，今晚乘飞机从广州到达北京，受到首都各界青年七百多人的热烈欢迎。日中友好协会青年代表团离开机场后，乘车直赴天桥剧场，和正在那里观看现代芭蕾舞剧《红色娘子军》的中日青年朋友会见。中日友好协会会长廖承志、共青团中央书记处书记杨海波等和刚到的日本青年朋友——握手，表示热烈的祝贺。
37	1965.09.15 第5版	北京市人委和中柬友协举行晚会 欢迎柬金边市政代表团	柬埔寨	由柬埔寨王廷驻金边代表、金边市市长狄潘率领的金边市市政代表团，今晚出席了北京市人民委员会和中柬友协举办的文艺晚会，观看了芭蕾舞剧《红色娘子军》。
38	1965.09.19 第4版	谢富治副总理接见并宴请阿尔巴尼亚客人	阿尔巴尼亚	谢富治副总理今晚接见了阿尔巴尼亚劳动党中央政治局候补委员、内务部部长卡德里·哈兹比乌中将和由他率领的阿尔巴尼亚内务部代表团全体同志。谢富治副总理和他们进行了亲切友好的谈话。接见时在座的有徐子荣、王炳南、杨奇清、汪金祥、刘复之、于桑、李天焕、宋烈、邢相生、陈伯清等。阿尔巴尼亚驻中国大使馆临时代办巴巴尼也在座。接见以后，谢富治副总理举行宴会，热烈欢迎阿尔巴尼亚的同志们。今晚卡德里·哈兹比乌团长和代表团全体同志，还观看了芭蕾舞剧《红色娘子军》。

39	1965.10.19 第1版	文化部和中非友协举行文艺晚会欢迎马桑巴—代巴总统夫人和萨布里副总统夫人	刚果(布)	文化部和中国非洲人民友好协会今晚举行文艺晚会，热烈欢迎刚果（布）马桑巴—代巴总统夫人、阿联阿里·萨布里副总统夫人。刘少奇主席的夫人王光美、董必武副主席的夫人何莲芝、陈毅副总理的夫人张茜等出席了晚会，陪同贵宾们观看了中央歌剧舞剧院芭蕾舞剧团演出的芭蕾舞剧《红色娘子军》。这出塑造了中国妇女为争取独立自由而进行不屈不挠斗争的英雄形象的芭蕾舞剧，获得贵宾们的热烈赞赏。
40	1965.10.29 第3版	《红色娘子军》是出色的创造法国古典芭蕾舞团团长基劳德赞扬我芭蕾舞的发展	法国	今年四五月间，法国古典芭蕾舞团曾经前来我国访问演出。团长克劳德·基劳德在回去以后发表访华观感，赞扬我国芭蕾舞的迅速发展。基劳德说，中国舞蹈家们成功地把传统的京剧舞蹈动作与西洋芭蕾糅合起来，这是一种出色的创造。他赞赏中国现代芭蕾舞剧《红色娘子军》的改革非常成功，并认为在欧洲由于没有适合的剧本，要演出这样大型的描写现代生活的芭蕾舞剧是一件十分困难的事。
41	1966.03.02 第1版	日共代表团向人民英雄纪念碑献花圈，文化部举行文艺晚会欢迎日共同志	日本	以日本共产党中央委员会总书记宫本显治同志为首的日本共产党代表团，今天下午到天安门广场，向人民英雄纪念碑献了花圈。花圈上写着："献给中国革命的人民英雄"。日本共产党代表团副团长、日共中央政治局常务委员、中央书记处书记冈正芳，代表团团员藏原惟人、米原昶等，由中共中央总书记邓小平，政治局候补委员、书记处书记康生，以及刘宁一、赵毅敏等同志陪同出席晚会，观看了现代芭蕾舞剧《红色娘子军》。
42	1966.04.19 第3版	社会主义国家公安体育组织，第七届男子篮球赛继续进行 一些国家篮球队的运动员游览颐和园	苏联及保加利亚等东欧社会主义国家	社会主义国家公安体育组织第七届男子篮球赛今天下午在北京工人体育馆继续进行。中国队以八十三比五十四战胜了保加利亚队。今天晚上，参加这届比赛的各国球队的运动员，观看了中国芭蕾舞剧《红色娘子军》。

43	1966.05.01 第4版	中阿两国领导人亲切联欢共庆"五一",谢胡卡博同志由刘少奇周恩来同志陪同看芭蕾舞	阿尔巴尼亚	"五一"国际劳动节的前夕,刘少奇、周恩来等同志,同谢胡、卡博同志和阿尔巴尼亚党政代表团的全体同志,举行了联欢。谢胡同志、卡博同志和阿尔巴尼亚全体贵宾,由刘少奇、周恩来、陈毅、薄一波等同志陪同,观看了中央歌剧舞剧院芭蕾舞剧团演出的现代芭蕾舞剧《红色娘子军》。
44	1966.06.27 第1版	阿尔巴尼亚艺术家举行盛大歌舞晚会,热情招待我党政代表团 霍查列希谢胡同志陪同周恩来同志到会,全场热烈欢呼	阿尔巴尼亚	阿尔巴尼亚教育和文化部二十五日晚间在地拉那国家歌剧和芭蕾舞剧院举行盛大歌舞晚会,招待由中共中央副主席、国务院总理周恩来同志率领的中国党政代表团。在晚会上,阿尔巴尼亚演员们以充沛的革命激情演出了中国芭蕾舞剧《红色娘子军》的片断。当帷幕升起,舞台上出现红色娘子军宣布成立、琼花参军等动人场面时,观众不断发出暴风雨般的掌声,人们被舞剧高度的思想性和演员的精湛表演艺术所深深感动。
45	1966.07.01 第6版	叙利亚教联主席说毛泽东思想哺育了中国革命文艺 马里和苏丹的两位朋友热烈赞扬中国的建设成就和新教育制度	叙利亚	哈提卜说,他在访问中国期间观看了许多歌颂中国革命的舞台艺术,如大型音乐舞蹈史诗《东方红》、芭蕾舞剧《红色娘子军》,还观看了话剧《赤道战鼓》等反映世界人民革命斗争的文艺剧目。这些剧目表明了中国人民非常关心世界革命,这是毛泽东思想哺育的结果。毛主席是始终同世界人民站在一起的。
46	1966.07.06 第6版	亚非作家观看现代芭蕾舞剧《红色娘子军》	亚非作家	出席亚非作家紧急会议的代表和观察员今晚观看了表现中国妇女革命精神的大型现代芭蕾舞剧《红色娘子军》。
47	1966.07.19 第5版	阿中友谊日益发展的重要标志 地拉那上演我现代大型芭蕾舞剧《红色娘子军》	阿尔巴尼亚	由阿尔巴尼亚歌剧和芭蕾舞剧院和阿尔巴尼亚国家民间歌舞团演出的中国现代大型芭蕾舞剧《红色娘子军》,十六日晚在这里第一次同观众见面,受到极其热烈的欢迎。
48	1966.08.04 第5版	周总理接见赞比亚友好代表团 中非友协举行晚会欢迎赞比亚客人	赞比亚	周恩来总理今天下午接见赞比亚工商部长钦巴和由他率领的赞比亚友好代表团全体成员,同他们进行了亲切友好的谈话。在晚会上,赞比亚客人由中非友协副会长南汉宸、对外贸易部代理部长林海云等陪同,观看了中央歌剧舞剧院芭蕾舞剧团演出的芭蕾舞剧《红色娘子军》。

49	1966.08.10 第3版	中巴友协举行盛大酒会，热烈欢迎贾巴尔·汗议长和夫人 朱委员长和夫人、周总理陈毅副总理等出席	巴基斯坦	巴基斯坦国民议会议长阿卜杜勒·贾巴尔·汗和夫人以及巴基斯坦其他贵宾，今天应邀出席中巴友协为欢迎他们而举行的晚会，观看了中国芭蕾舞剧《红色娘子军》。
50	1966.08.21 第3版	周恩来总理同卡曼加副总统继续会谈，卡曼加副总统访问"穷棒子"和"活愚公"并观看《红色娘子军》	赞比亚	周恩来总理今天继续同赞比亚副总统鲁本·奇坦迪卡·卡曼加举行会谈。会谈是在亲切友好的气氛中进行的。晚会上贵宾们由陈毅副总理和夫人张茜陪同，观看了革命现代芭蕾舞剧《红色娘子军》。
51	1966.09.22 第1版	希尔同志看芭蕾舞剧《红色娘子军》，周恩来等同志陪同观看演出	澳大利亚	澳大利亚共产党（马克思列宁主义者）主席爱·弗·希尔同志和夫人乔·希尔，今天应邀出席为欢迎他们而举行的文艺晚会，观看了现代革命芭蕾舞剧《红色娘子军》。
52	1966.12.13 第4版	五大洲朋友热情赞扬我国文艺革命取得划时代的成就，毛主席的文艺方向是世界革命文艺的方向	阿尔巴尼亚、锡兰（斯里兰卡）	今年在我国访问演出的阿尔巴尼亚人民军歌舞团著名歌唱演员依卜拉欣·都基齐，看了芭蕾舞剧《红色娘子军》后，激动地说，这是真正无产阶级艺术，是真正马列主义的艺术，是真正毛泽东思想的艺术。在中国工作的锡兰专家普瑞说："芭蕾舞剧《红色娘子军》很好，不论从内容和形式来看，都是成功的，这是贯彻了毛主席的革命化、民族化、大众化和艺术为政治服务的方针的结果。"
53	1966.12.25 第6版	革命芭蕾舞剧《红色娘子军》在阿尔巴尼亚	阿尔巴尼亚	革命芭蕾舞剧《红色娘子军》的诞生，具有划时代的意义。它受到了广大工农兵群众和世界上一切革命的朋友的热烈拥护和赞扬。
54	1967.01.06 第4版	罗马尼亚军队歌舞团离京回国	罗马尼亚	由领队阿波斯托尔·埃米尔上校和团长迪努·斯太利安上校率领的罗马尼亚社会主义共和国军队歌舞团，结束在我国的访问演出，今晚乘火车离开北京回国。歌舞团在北京访问演出期间，观看了首都和部队文艺工作者演出的京剧革命现代戏《红灯记》、芭蕾舞剧《红色娘子军》、话剧《赤道战鼓》和宽银幕电影大型音乐舞蹈史诗《东方红》，参观了中国人民革命军事博物馆、泥塑《收租院》等。欧洲伟大的社会主义明灯——英雄的阿尔巴尼亚，在今年排练上演了我国革命芭蕾舞剧《红色娘子军》。

55	1967.01.19 第 6 版	阿国家歌舞团离京去我国南方演出	阿尔巴尼亚	由巴·佩约率领的阿尔巴尼亚国家歌舞团今天乘专机离开北京前往我国南方各地访问演出。对外文委副主任周一萍等有关方面负责人和首都六百多名红卫兵小将前往机场热烈欢送。来自反帝反修前线的阿尔巴尼亚文艺战士们在首都访问演出期间，观看了首都文艺工作者演出的京剧革命现代戏《红灯记》、革命芭蕾舞剧《红色娘子军》、话剧《赤道战鼓》，参观了泥塑《收租院》等。
56	1967.02.04 第 2 版	卡博巴卢库、康生、叶剑英等同志在我国防部文艺晚会上同声高呼：毛主席万岁！恩维尔·霍查同志万岁！	阿尔巴尼亚	国防部今晚举行文艺晚会，招待由阿尔巴尼亚劳动党中央政治局委员、部长会议副主席兼国防部长贝基尔·巴卢库和阿尔巴尼亚劳动党中央委员、阿尔巴尼亚人民军政治部主任希托·恰科率领的阿尔巴尼亚军事代表团。晚会在《东方红》《北京—地拉那》《爹亲娘亲不如毛主席亲》雄伟洪亮的歌声中开始。接着演出了现代革命芭蕾舞剧《红色娘子军》。整个演出受到了热烈欢迎，得到高度的评价和赞扬。
57	1967.02.15 第 6 版	毛里塔尼亚外交、计划部长比拉尼在参观北大。陈毅副总理陪同贵宾观看《红色娘子军》。	毛里塔尼亚	毛里塔尼亚伊斯兰共和国外交、计划部长比拉尼·马马杜·瓦尼，和由他率领的毛里塔尼亚伊斯兰共和国政府代表团成员，今天晚上观看革命现代芭蕾舞剧《红色娘子军》。
58	1967.04.17 第 5 版	反映我国人民高举毛泽东思想伟大红旗取得的辉煌成就，我国春季出口商品交易会在广州隆重开幕，来自五大洲几十个国家和地区的贸易界朋友参加交易会	五大洲几十个国家和地区的贸易界朋友	参加交易会的有来自世界五大洲几十个国家和地区的贸易界朋友。大批外国朋友和海外华侨、港澳同胞，来到交易会后的第一件事，就是购买《毛主席语录》、毛主席著作和毛主席像章。今晚，交易会举行了有三千多来宾参加的盛大酒会。对外贸易部和交易会的负责人出席了酒会。酒会结束后,北京工农兵芭蕾舞剧团演出了芭蕾舞剧《红色娘子军》。

59	1967.05.17 第6版	充分显示我国人民在伟大领袖毛主席领导下取得的新成就 我出口商品交易会在广州胜利闭幕	几内亚、马里、刚果（布）、赞比亚、柬埔寨、尼泊尔、巴基斯坦、叙利亚、日本等	一九六七年春季中国出口商品交易会，在无产阶级"文化大革命"的凯歌声中，十五日在广州胜利闭幕。参加交易会的有来自五大洲的六十多个国家和地区的贸易界朋友、华侨和港澳同胞共七千八百多人，是历次交易会最多的一次。几内亚、马里、刚果（布）、赞比亚、柬埔寨、尼泊尔、巴基斯坦、叙利亚等亚非国家派出了贸易代表团、政府贸易官员、国营贸易公司代表以及贸易考察团参加了这次交易会。日本各友好商社共派出八百多名代表参加了这次交易会。参加交易会的各国朋友和华侨、港澳同胞，还观看了革命现代京剧《智取威虎山》《奇袭白虎团》，革命芭蕾舞剧《红色娘子军》的演出，听了革命交响乐《沙家浜》。
60	1967.07.31 第4版	庆祝中国人民解放军建军四十周年，总参总政举行文艺晚会招待各国使节和武官	各国使节和武官	文艺晚会在雄壮的《东方红》《爹亲娘亲不如毛主席亲》和毛主席语录歌《我们的文学艺术都是为人民大众的》歌声中开始。接着演出了大型革命现代芭蕾舞剧——《红色娘子军》。演出受到了热烈的欢迎。
61	1967.10.02 第7版	地拉那盛会热烈庆祝中国人民的光辉节日，王树声说阿人民革命化运动为发展社会主义革命作出宝贵贡献	阿尔巴尼亚	阿尔巴尼亚首都地拉那各界代表一千多人，二十八日下午在地拉那文化宫隆重集会，最热烈地庆祝中华人民共和国成立十八周年。庆祝大会结束后，阿尔巴尼亚国家芭蕾舞剧院演出了中国革命芭蕾舞《红色娘子军》，受到与会者十分热烈的欢迎。庆祝大会是由阿中友协和阿尔巴尼亚对外文委联合举办的。
62	1967.10.04 第5版	地拉那"一手拿镐、一手拿枪"业余艺术团在京首次演出 满怀激情歌颂毛主席和霍查同志 热情歌颂中阿两国人民战斗友谊	阿尔巴尼亚	阿尔巴尼亚地拉那"一手拿镐、一手拿枪"业余艺术团，今晚在人民大会堂举行首次演出，受到极为热烈的欢迎。观众今天还看到阿尔巴尼亚文艺战士在中国舞台上演出中国革命的样板戏芭蕾舞《红色娘子军》片断。
63	1967.10.04 第6版	各国外宾观看芭蕾舞剧《红色娘子军》	各国外宾	前来我国参加国庆活动和进行友好访问的各国外宾，今晚出席文艺晚会，观看了由工农兵芭蕾舞剧团演出的革命现代芭蕾舞剧《红色娘子军》。

64	1967.10.07 第 6 版	让战斗的友谊之歌响彻全世界——阿尔巴尼亚地拉那"一手拿镐、一手拿枪",业余艺术团演出观后	阿尔巴尼亚	演出中的另一个节目,革命芭蕾舞剧《红色娘子军》(片断)是十分朴实而动人的。佐依察·哈婢同志扮演的吴清华博得了热烈的掌声。阿尔巴尼亚的战友们演出《红色娘子军》,是对我国京剧、芭蕾舞、交响音乐等艺术革命的大力支持,同时鼓舞着我们进一步去创造光辉灿烂的无产阶级新文艺。
65	1967.10.14 第 1 版	中央"文革"隆重举办晚会招待最亲密战友,中阿两国革命文艺工作者同台演出《红色娘子军》 周恩来陈伯达康生李富春江青等同志陪同谢胡阿利雅等同志一起观看	阿尔巴尼亚	中共中央文化革命小组今天隆重举办文艺晚会,由阿尔巴尼亚地拉那"一手拿镐、一手拿枪"业余艺术团和中国工农兵芭蕾舞剧团,联合演出中国革命现代芭蕾舞剧《红色娘子军》,招待由谢胡同志率领的阿尔巴尼亚党政代表团。
66	1967.10.17 第 4 版	中阿两国文艺工作者联合演出 中国革命现代芭蕾舞剧《红色娘子军》	阿尔巴尼亚	阿尔巴尼亚地拉那"一手拿镐、一手拿枪"业余艺术团和中国工农兵芭蕾舞剧团,昨天和今天在首都联合演出中国革命现代芭蕾舞剧《红色娘子军》,受到首都革命群众极其热烈的欢迎。
67	1967.12.22 第 5 版	越南南方战友观看革命芭蕾舞剧《红色娘子军》	越南	由团长阮春龙、副团长黎氏芝、山禄率领的越南南方人民代表团,今晚出席了中越友协为欢迎他们举行的文艺晚会,观看中国革命现代芭蕾舞剧《红色娘子军》。
68	1968.06.21 第 1 版	雷尔总统由周总理等陪同出席文艺晚会,非洲国家使节为尼雷尔总统访华举行宴会	坦桑尼亚	北京市革命委员会今天晚上举行文艺晚会,热烈欢迎尼雷尔总统和夫人,以及坦桑尼亚其他贵宾。晚会演出了革命现代芭蕾舞剧《红色娘子军》。
69	1968.08.06 第 5 版	欢迎来我国访问的巴基斯坦外交部长,我外交部举行文艺晚会 国务院副总理兼外交部长陈毅等出席晚会	巴基斯坦	外交部今天举行文艺晚会,欢迎前来我国进行友好访问的巴基斯坦外交部长阿沙德·侯赛因。国务院副总理兼外交部长陈毅和其他有关方面负责人,陪同阿沙德·侯赛因部长和夫人以及其他随行人员,观看了工农兵芭蕾舞剧团演出的革命现代芭蕾舞剧《红色娘子军》。

70	1968.09.21 第5版	我外交部举行晚会欢迎南也门代表团，扎莱部长等由陈毅副总理陪同，观看革命现代芭蕾舞剧《红色娘子军》	南也门	外交部今晚举行晚会，欢迎南也门外交部长塞弗·艾哈迈德·扎莱和由他率领的南也门人民共和国代表团。晚会上，扎莱部长等由国务院副总理陈毅等陪同，观看了工农兵芭蕾舞剧团演出的革命现代芭蕾舞剧《红色娘子军》。
71	1968.10.16 第4版	我革命样板戏在广州交易会上演出，钢琴伴唱《红灯记》和革命现代芭蕾舞剧《红色娘子军》，受到外国朋友以及海外华侨和港澳同胞热烈欢迎	海外华侨和港澳同胞	来自世界五大洲参加一九六八年秋季中国出口商品交易会的外国朋友，以及海外华侨和港澳同胞，今晚在广州中山纪念堂观看了无产阶级革命文艺的新品种——钢琴伴唱《红灯记》和革命现代芭蕾舞剧《红色娘子军》。
72	1968.10.25 第5版	阿政府经济代表团结束在广州访问，在广州期间，参观了毛主席早年主办的"农民运动讲习所"旧址	阿尔巴尼亚	阿尔巴尼亚战友在广州期间，参观了毛主席早年主办的"农民运动讲习所"旧址、正在广州举行的一九六八年秋季中国出口商品交易会和广州石棉厂，观看了革命现代芭蕾舞剧《红色娘子军》
73	1968.11.10 第5版	欢迎巴基斯坦武装部队友好代表团，我国防部举行文艺晚会	巴基斯坦	我国防部今晚举行文艺晚会，热烈欢迎由巴基斯坦陆军总司令叶海亚·汗上将率领的巴基斯坦武装部队友好代表团。国防部副部长萧劲光陪同巴基斯坦客人观看了工农兵芭蕾舞剧团演出的革命现代芭蕾舞剧《红色娘子军》。
74	1968.11.16 第5版	参加交易会的港澳爱国同胞和海外华侨，热烈欢呼革命样板戏是文艺划时代的伟大成就	港澳爱国同胞和海外华侨	交易会上演出的无产阶级革命文艺新品种——钢琴伴唱《红灯记》、革命现代芭蕾舞剧《红色娘子军》和其他革命样板戏，使到会的数千港澳爱国同胞和海外华侨赞不绝口。
75	1968.11.17 第4版	世界艺术史上的伟大创举——参加广州交易会的五大洲朋友盛赞革命样板戏	日本	一位来自日本大阪的女青年，看了钢琴伴唱《红灯记》和革命现代芭蕾舞剧《红色娘子军》后说，这两个革命样板戏，通过崇高的艺术形象体现了毛主席的伟大革命思想，给日本妇女的解放斗争指出了明确的方向。《红灯记》和《红色娘子军》中的英雄人物，给我们提供了很好的学习榜样。样板戏是唤起人民反对复活日本军国主义、反对美帝国主义的强有力的武器，我们希望在日本演出这些革命现代戏，让更多的日本人民受到教育。

76	1969.02.27 第 6 版	几内亚政府代表团在京参加文艺晚会，观看革命现代芭蕾舞剧《红色娘子军》	几内亚	由恩法马拉·凯塔部长率领的几内亚政府代表团，今天出席了为欢迎他们访问中国而举行的文艺晚会。几内亚客人由国务院副总理李先念和有关方面负责人陪同，观看了工农兵芭蕾舞剧团演出的革命现代芭蕾舞剧《红色娘子军》。
77	1969.05.16 第 5 版	我国防部举行文艺晚会 欢迎叙利亚军事代表团	叙利亚	我国国防部今晚举行文艺晚会，欢迎由阿拉伯叙利亚共和国军队和武装部队总参谋长、国防部第一副部长穆斯塔法·塔拉斯少将率领的阿拉伯叙利亚共和国军事代表团。我国国防部副部长萧劲光，以及有关方面负责人张天云、吴瑞林、曹里怀、姬鹏飞、丁西林、陈舒怀等陪同叙利亚朋友观看了中国舞剧团（原工农兵芭蕾舞剧团）演出的革命现代芭蕾舞剧《红色娘子军》。
78	1969.07.16 第 6 版	我外交部和中巴友协举行晚会，热烈欢迎巴基斯坦政府友好代表团，贵宾们观看了革命现代芭蕾舞剧《红色娘子军》	巴基斯坦	外交部和中巴友协今天举行晚会，热烈欢迎巴基斯坦总统行政委员会委员努尔·汗空军中将和由他率领的巴基斯坦政府友好代表团。国务院副总理李先念、中国人民解放军副总参谋长吴法宪和有关方面负责人邝任农、李强、韩念龙、谢怀德、吴晓达陪同巴基斯坦贵宾观看了革命现代芭蕾舞剧《红色娘子军》。

| 79 | 1969.10.03 第2版 | 各国代表团应邀出席文艺晚会 观看革命现代舞剧《红色娘子军》，周恩来陈伯达康生等同志陪同贵宾观看演出 | 朝鲜、越南，柬埔寨、阿尔巴尼亚、刚果、巴基斯坦、毛里塔尼亚、尼泊尔、坦桑尼亚、几内亚、阿尔及利亚、罗马尼亚、巴勒斯坦。 | 为欢迎前来参加中华人民共和国成立二十周年庆祝活动的各国代表团，十月二日晚举行了文艺晚会。晚会上由中国舞剧团演出革命现代舞剧《红色娘子军》。前来参加中华人民共和国成立二十周年庆祝活动的各国代表团应邀出席了晚会。他们中间有：由朝鲜劳动党中央委员会政治委员会常务委员会委员、中央委员会书记、朝鲜民主主义人民共和国最高人民会议常任委员会委员长崔庸健率领的朝鲜党政代表团，由越南劳动党中央委员会政治局委员、越南民主共和国政府总理范文同率领的越南党政代表团，由阿尔巴尼亚劳动党中央政治局委员、阿尔巴尼亚人民共和国部长会议副主席哈基·托斯卡率领的阿尔巴尼亚党政代表团，由越南南方民族解放阵线中央委员会主席团主席、越南南方共和临时革命政府顾问委员会主席阮友寿率领的越南南方民族解放阵线和越南南方共和临时革命政府代表团，由柬埔寨王国政府首相朗诺中将率领的柬埔寨国家代表团，由刚果共和国（布拉柴维尔）全国革命委员会领导机构成员、总理、政府会议主席阿尔弗雷德·拉乌尔少校率领的刚果共和国（布拉柴维尔）全国革命委员会和政府代表团，由巴基斯坦陆军参谋长阿卜杜勒·哈米德·汗中将率领的巴基斯坦政府友好代表团，由毛里塔尼亚外交部长哈姆迪·乌尔德·穆克纳斯率领的毛里塔尼亚政府代表团，由尼泊尔交通、运输和公共工程大臣普·吉里率领的尼泊尔王国政府代表团，由坦桑尼亚总统办公室负责地方行政和乡村发展国务部长、国民议会议员、坦盟全国执行委员会中央委员会委员彼·阿·基苏莫率领的坦桑尼亚友好代表团，由几内亚民主党全国政治局委员、内政部长兰萨纳·迪亚内率领的几内亚民主党全国政治局和政府代表团，由阿尔及利亚劳动社会事务部长穆罕默德·赛义德·马祖兹率领的阿尔及利亚民主人民共和国政府代表团，罗马尼亚社会主义共和国政府代表、罗马尼亚驻中国大使杜马，巴勒斯坦民族解放运动代表团团长、巴勒斯坦民族解放运动（法塔赫）领导成员阿布·卡塞姆，巴勒斯坦民族解放运动（法塔赫）领导成员阿布·萨勒姆。 |

80	1969.10.12 第 5 版	为庆祝中华人民共和国成立二十周年，我现代陶瓷展览会在瑞典哥德堡开幕	瑞典	斯德哥尔摩消息：为庆祝中华人民共和国成立二十周年，中国现代陶瓷展览会二日在瑞典第二大城市哥德堡开幕。一些女观众说："我们非常喜爱这里展出的中国革命艺术品，如《红灯记》、《红色娘子军》和《白毛女》等。这些艺术品给了我们巨大的鼓舞。"
81	1969.12.23 第 1 版	中共中央文化革命小组举行文艺晚会，招待在京的兄弟党负责同志和阿人民军艺术团同志观看革命样板戏，周恩来、陈伯达、康生等同志陪同观看演出	阿尔巴尼亚	中共中央文化革命小组连日来举行文艺晚会，招待现在北京的马列主义兄弟党的负责同志和正在我国访问演出的阿尔巴尼亚人民军艺术团的同志，观看革命现代京剧《智取威虎山》、《红灯记》、《沙家浜》，革命现代舞剧《红色娘子军》。
82	1970.02.10 第 5 版	阿人民军艺术团艺术指导撰文畅谈访华观感，热烈赞扬阿中两国人民的战斗友谊 中国革命文艺取得了伟大的成就	阿尔巴尼亚	不久前曾在中国进行友好访问和演出的阿尔巴尼亚人民军艺术团艺术指导加乔·阿夫拉兹最近在《光明报》上发表文章，畅谈访华观感。文章热烈赞扬中阿两国人民之间的战斗友谊和中国在文艺方面所取得的伟大成就。
83	1970.03.25 第 4 版	北京市革委会举行文艺晚会 欢迎巴勒斯坦朋友，郭沫若等陪同阿拉法特主席等观看《红色娘子军》	巴勒斯坦	北京市革命委员会今天举行文艺晚会，欢迎由亚西尔·阿拉法特主席率领的巴勒斯坦民族解放运动（法塔赫）代表团访问中国。人大常委会副委员长郭沫若和北京市革命委员会副主任吴德，陪同阿拉法特主席等巴勒斯坦朋友，观看了由中国舞剧团演出的革命现代舞剧《红色娘子军》。陪同观看演出的，还有有关方面负责人姬鹏飞、马文波、丁西林等。
84	1970.05.05 第 2 版	周总理陪同柬国家元首西哈努克和夫人，观看了革命现代舞剧《红色娘子军》	柬埔寨	柬埔寨国家元首、柬埔寨民族统一阵线主席诺罗敦·西哈努克亲王和夫人，今晚由国务院总理周恩来陪同，观看了革命现代舞剧《红色娘子军》。

85	1970.06.04 第 2 版	拉希姆·汗中将在北京参观访问中国人民解放军空军司令员吴法宪等陪同参观	巴基斯坦	巴基斯坦空军司令阿卜杜勒·拉希姆·汗中将及其随行人员，在中国人民解放军空军司令员吴法宪陪同下，一日观看了中国人民解放军北京部队空军某部飞行表演，参观了该部队家属"五·七"制药厂和指战员家史泥塑展览。巴基斯坦客人受到了部队指战员和家属的热烈欢迎。拉希姆·汗中将在京期间，由人民解放军空军副司令员邝任农陪同，观看了中国舞剧团演出的革命现代舞剧《红色娘子军》，并参观游览了十三陵和长城。
86	1970.06.20 第 5 版	艾南希副主席等索马里贵宾观看革命现代舞剧《红色娘子军》李先念副总理和郭沫若副委员长陪同观看演出	索马里	索马里民主共和国最高革命委员会副主席穆罕默德·艾南希，和由他率领的索马里政府代表团，今天晚上观看了由中国舞剧团演出的革命现代舞剧《红色娘子军》。
87	1970.07.11 第 2 版	坦桑尼亚代表团和赞比亚代表团观看革命现代舞剧《红色娘子军》	坦桑尼亚赞比亚	由坦桑尼亚财政部长阿米尔·贾马勒率领的坦桑尼亚政府代表团和由赞比亚发展和财政部长伊利贾·穆登达率领的赞比亚政府代表团的全体成员，在我国政府有关方面负责人方毅、郭鲁等陪同下，今天晚上观看了革命现代舞剧《红色娘子军》。
88	1970.08.08 第 2 版	鲁巴伊主席观看《红色娘子军》，南也门贵宾访问清华大学受到热烈欢迎	南也门人民共和国	南也门人民共和国总统委员会主席萨勒姆·鲁巴伊·阿里和由他率领的南也门代表团，由中国人民解放军副总参谋长吴法宪、国防部副部长粟裕陪同，今天晚上观看了由中国舞剧团演出的革命现代舞剧《红色娘子军》。
89	1970.08.29 第 5 版	凯莱齐等阿尔巴尼亚同志 观看革命现代舞剧《红色娘子军》	阿尔巴尼亚	由阿卜杜勒·凯莱齐同志率领的阿尔巴尼亚政府经济代表团的全体同志，今晚在首都天桥剧场观看了革命现代舞剧《红色娘子军》。
90	1970.09.11 第 6 版	锡兰经济代表团在北京参观 受到工厂工人和公社社员的热烈欢迎	锡兰（斯里兰卡）	由蒂基里·班达·伊兰加特尼部长率领的锡兰经济代表团，近日来在北京参观了工厂、人民公社，受到工人和社员群众的热烈欢迎。锡兰贵宾今天晚上由对外经济联络委员会主任方毅陪同，观看了由中国舞剧团演出的革命现代舞剧《红色娘子军》。革命文艺战士的成功演出，受到了贵宾们的热烈鼓舞欢迎。

续表

91	1970.09.25 第6版	巴海军司令穆扎法尔·哈桑中将结束在上海的访问后回到北京	巴基斯坦	巴基斯坦客人在上海期间，曾到东海舰队参观访问。广大指战员敲锣打鼓，挥动着红彤彤的《毛主席语录》，列队热烈欢迎穆扎法尔·哈桑中将等客人参观舰艇部队。巴基斯坦客人还参观了上海工业展览会和工厂，观看了上海民兵表演和革命现代舞剧《红色娘子军》。客人们所到之处，都受到了热烈欢迎。中国人民解放军上海警备区负责人周纯麟设宴招待了巴基斯坦客人。
92	1970.10.03 第3版	越南和巴基斯坦贵宾观看革命现代舞剧《红色娘子军》	越南、巴基斯坦	由阮昆副总理率领的越南民主共和国政府经济代表团和由巴基斯坦旁遮普省省督穆罕默德·阿蒂库尔·拉赫曼中将率领的巴基斯坦政府友好代表团，今晚在国务院副总理李先念陪同下，观看了中国舞剧团演出的革命现代舞剧《红色娘子军》。
93	1970.10.04 第4版	凯莱齐等阿尔巴尼亚同志观看革命现代京剧《沙家浜》金炅炼等朝鲜同志观看革命现代舞剧《红色娘子军》	朝鲜	由朝鲜民主主义人民共和国对外经济委员会委员长金炅炼率领的朝鲜政府经济代表团和由副团长、朝鲜贸易省副相方泰律率领的朝鲜政府贸易代表团，今晚观看了中国舞剧团演出的革命现代舞剧《红色娘子军》。
94	1970.10.16 第5版	法国前总理德姆维尔和夫人在京参观	法国	法国前总理莫里斯·顾夫·德姆维尔和夫人在北京参观访问了工厂、农村人民公社、学校和名胜古迹，对中国人民在社会主义建设中取得的成就表示赞扬。德姆维尔和夫人还观看了革命现代舞剧《红色娘子军》。
95	1970.10.29 第4版	坦桑尼亚军事代表团在京参观访问	坦桑尼亚	由坦桑尼亚人民国防军作战和训练部长阿里·马福德上校率领的坦桑尼亚军事代表团，最近几天在北京由中国人民解放军有关部门负责人张东桓陪同，参观访问了首都钢铁公司、红星中朝友好人民公社和北京大学，受到了广大革命群众的热烈欢迎。这期间，坦桑尼亚贵宾还观看了革命现代舞剧《红色娘子军》和革命现代京剧《奇袭白虎团》。
96	1970.11.12 第5版	结束在我国的友好访问，几内亚政府经济代表团离上海回国	几内亚	以几内亚农村经济手工业国务秘书提布·通卡拉为团长的几内亚共和国政府经济代表团，结束了对我国的友好访问，今天从上海乘飞机回国。几内亚政府经济代表团在上海期间，还观看了革命现代舞剧《白毛女》、《红色娘子军》，游览了上海市容。

97	1970.11.25 第4版	罗政府代表团观看革命现代舞剧《红色娘子军》李先念副总理陪同勒杜列斯库等贵宾观看演出	罗马尼亚	罗马尼亚共产党中央执行委员会委员、常设主席团委员、罗马尼亚社会主义共和国部长会议副主席格奥尔基·勒杜列斯库同志和由他率领的罗马尼亚政府代表团，今晚观看了革命现代舞剧《红色娘子军》。
98	1970.12.23 第4版	越南南方民族解放阵线中央代表团观看革命现代舞剧《红色娘子军》，邓尘施团长阮文广邓海云副团长等在李德生郭沫若萧劲光同志陪同下，观看演出	越南	越南南方民族解放阵线中央委员会代表团团长、越南南方民族解放阵线中央委员会主席团委员邓尘施，副团长阮文广、邓海云和全体团员，今晚观看了为欢迎他们而演出的革命现代舞剧《红色娘子军》。
99	1971.01.03 第1版	英共（马列）访华代表团离京回国，周恩来纪登奎等同志到机场热烈欢送雷格·伯奇等同志	英国	以英国共产党（马克思列宁主义）主席雷格·伯奇为团长的英国共产党（马克思列宁主义）访华代表团，结束了对我国的友好访问，今天乘飞机离开北京回国。英国同志在北京期间，参观了北京第一机床厂、北京重型电机厂、北京工艺美术工厂、红星中朝友好人民公社、北京市第三聋哑学校和北京市东城区"五七"干校，观看了革命现代京剧《智取威虎山》、革命现代舞剧《红色娘子军》，欣赏了钢琴伴唱《红灯记》、革命交响音乐《沙家浜》和钢琴协奏曲《黄河》。
100	1971.01.29 第1版	舒凯尔议长和由他率领的阿联友好团，观看革命现代舞剧《红色娘子军》，郭沫若副委员长李先念副总理等陪同观看	阿拉伯联合共和国	阿拉伯联合共和国国民议会议长穆罕默德·拉比卜·舒凯尔博士和由他率领的代表阿联总统、阿拉伯社会主义联盟和阿联政府的友好团全体成员，今天晚上观看了由中国舞剧团演出的革命现代舞剧《红色娘子军》。阿联驻中国大使阿卜德和大使馆外交官员也应邀观看了演出。
101	1971.03.10 第6版	我驻阿联大使和中国馆馆长在开罗国际博览会中国馆举行招待会	埃及	来宾们参观了中国馆，并且观看了中国彩色影片革命现代舞剧《红色娘子军》。会后，松山芭蕾舞团的演员们演出了现代芭蕾舞剧《白毛女》和《红色娘子军》的片断，受到与会者的热烈欢迎。
102	1971.03.13 第6版	中拉友协、对外友协为中智友好举行酒会	智利	中国拉丁美洲友好协会、中国人民对外友好协会为中智友好今天举行酒会。酒会后，放映了彩色影片革命现代舞剧《红色娘子军》。

续表

103	1971.03.14 第6版	我外交部举行电影 招待会 招待各 国驻华使节和使馆 成员	各国驻华 使节和使 馆成员	中华人民共和国外交部今天下午举行电影招待 会,招待各国驻中国使节和使馆成员。招待会上 放映了彩色影片革命现代舞剧《红色娘子军》。
104	1971.03.21 第5版	尼泊尔贵宾观看革 命现代舞剧《红色 娘子军》,夏尔马 议长等由郭沫若副 委员长陪同观看演 出	尼泊尔	尼泊尔全国评议会议长拉姆·哈里·夏尔马和夫 人,以及由夏尔马议长率领的尼泊尔全国评议会 友好代表团,今晚由人大常委会副委员长郭沫若 陪同,观看了中国舞剧团演出的革命现代舞剧《红 色娘子军》。
105	1971.04.18 第6版	加拿大乒乓球代表 团离广州回国	加拿大	加拿大乒乓球代表团是十六日上午从北京乘飞机 来广州的。加拿大客人在广州停留期间,参观了 中国出口商品交易会,观看了革命现代舞剧《红 色娘子军》。
106	1971.04.18 第6版	美国乒乓球代表团 离广州回国	美国	美国乒乓球代表团是昨天下午从上海乘飞机到广 州的。美国客人在广州停留期间观看了革命现代 舞剧《红色娘子军》。美国乒乓球代表团抵离广 州时,中华全国体育总会广东省分会和中国人民 对外友好协会广州分会负责人以及广东省乒乓球 运动员到机场和车站迎送。
107	1971.04.20 第6版	结束在我国的友好 访问 阿什拉芙 公主离广州回国	伊朗	十八日下午,阿什拉芙公主等伊朗贵宾参观了中 国出口商品交易会,游览了市区。晚上,观看了 革命现代舞剧《红色娘子军》。
108	1971.04.21 第6版	哥伦比亚乒乓球代 表团离广州回国, 广东省乒乓球运动 员同哥运动员进行 友谊赛受到数千观 众欢迎	哥伦比亚 乒乓球运 动员	十九日晚,广东省乒乓球运动员同哥伦比亚乒乓 球运动员进行了友谊比赛,受到数千名观众的热 烈欢迎。广东省革命委员会副主任袁德良和广州 市革命委员会副主任邓秀芳等观看了比赛。哥伦 比亚乒乓球代表团在广州期间,参观了中国出口 商品交易会,观看了革命现代舞剧《红色娘子军》。
109	1971.05.03 第2版	马里政府代表团观 看《红色娘子军》	马里共和 国	马里全国解放军事委员会委员、外交和合作部部 长夏尔·桑巴·西索科上尉,和由他率领的马里 共和国政府代表团成员,今天晚上观看了由中国 舞剧团演出的革命现代舞剧《红色娘子军》。
110	1971.05.03 第6版	我国驻英代办处临 时代办 欢宴访英 的印度支那三个妇 女代表团	印度	宴会始终在热烈、友好的气氛中进行。宴会后放 映了中国现代革命舞剧《红色娘子军》影片。

111	1971.05.04 第 4 版	伊朗王国法蒂玛·巴列维公主观看革命现代舞剧《红色娘子军》	伊朗	伊朗王国法蒂玛·巴列维公主，今晚在北京观看了中国舞剧团演出的革命现代舞剧《红色娘子军》。
112	1971.05.05 第 5 版	为苏丹友好代表团访问中国 苏丹驻华使馆临时代办举行招待会	苏丹	这几天，苏丹贵宾在我国有关方面负责人陈楚等陪同下，访问了清华大学，观看了革命现代舞剧《红色娘子军》，游览了长城、十三陵等名胜古迹。苏丹贵宾所到之处，受到革命群众的热烈欢迎。
113	1971.05.07 第 6 版	庆祝尼中和平友好条约签订十一周年，尼中友协在加德满都举行大会	尼泊尔	会后，放映了中国影片《红旗渠》和《红色娘子军》，受到尼泊尔朋友的热烈欢迎。
114	1971.05.10 第 6 版	菲律宾商会贸易代表团部分成员离开北京回国	菲律宾	菲律宾商会贸易代表团在京期间，对外贸易部副部长李强和中国国际贸易促进委员会负责人王文林分别会见并宴请了代表团。会见和宴请时，宾主进行了友好的谈话。代表团还进行了参观访问，游览了名胜古迹，观看了革命现代舞剧《红色娘子军》。
115	1971.05.11 第 6 版	热烈庆祝印度支那人民最高级会议一周年我驻法大使宴请在法的越柬老朋友	印度	宴会洋溢着十分友好、热烈的气氛。黄镇大使和印度支那三国四方的代表阮氏萍部长在宴会上祝酒，热烈祝贺印度支那人民抗美救国战争取得的辉煌胜利。宴会后，放映了中国革命现代舞剧彩色影片《红色娘子军》。
116	1971.05.12 第 6 版	热烈庆祝芬兰—中国协会成立二十周年，芬兰—中国协会在赫尔辛基举行集会	芬兰	中国大使史梓铭也在会上讲了话。他热烈祝贺芬兰—中国协会成立二十周年，并且代表中国人民对外友好协会向芬兰—中国协会赠送了一部中国革命现代舞剧彩色影片《红色娘子军》。
117	1971.05.21 第 6 版	意大利政府经济代表团观看《红色娘子军》	意大利	意大利政府经济代表团团长马里奥·扎加里、副团长阿曼多·费拉卡西以及代表团全体成员，今天晚上观看了由中国舞剧团演出的革命现代舞剧《红色娘子军》。
118	1971.05.23 第 6 版	庆祝新华社和朝中社签订新闻合作协定十一周年，我驻朝鲜大使馆临时代办举行宴会	朝鲜	宴会后，朝鲜新闻界战友们欣赏了中国革命现代舞剧彩色影片《红色娘子军》。

119	1971.05.24 第 4 版	沙拉达公主和沙阿驸马等尼泊尔贵宾观看《红色娘子军》郭沫若副委员长等陪同观看演出	尼泊尔	尼泊尔王国沙拉达公主和沙阿附马,以及由沙阿驸马率领的尼泊尔全国体育协会代表团,今晚在郭沫若副委员长以及于立群同志陪同下,观看了革命现代舞剧《红色娘子军》。
120	1971.06.03 第 6 版	我驻阿尔巴尼亚大使馆人员与阿尔巴尼亚少年儿童联欢	阿尔巴尼亚	会上还放映了中国革命现代舞剧彩色影片《红色娘子军》,受到阿尔巴尼亚小朋友的极其热烈的欢迎。
121	1971.06.04 第 2 版	中共中央对外联络部和我外交部举行文艺晚会 热烈欢迎罗马尼亚党政代表团 齐奥塞斯库同志和夫人,以及毛雷尔等同志由周恩来江青黄永胜 姚文元叶群邱会作郭沫若等同志陪同观看革命现代舞剧《红色娘子军》	罗马尼亚	中共中央对外联络部、中华人民共和国外交部,今晚举行文艺晚会,热烈欢迎罗马尼亚社会主义共和国党政代表团。 罗马尼亚党政代表团团长尼古拉·齐奥塞斯库同志和夫人埃列娜·齐奥塞斯库同志,和代表团团员扬·格·毛雷尔同志、马·曼内斯库同志、杜·波帕同志、扬·伊利埃斯库同志、乔·马科维斯库同志、奥·杜马同志和全体随行人员,杜马大使的夫人和大使馆外交官员,应邀观看了革命现代舞剧《红色娘子军》。陪同观看演出的,有周恩来、江青、黄永胜、姚文元、叶群、邱会作、郭沫若等党和国家领导同志。
122	1971.06.14 第 5 版	南斯拉夫贵宾观看《红色娘子军》,在京参观公社和工厂等受到群众热烈欢迎	南斯拉夫	南斯拉夫外交部长米尔科·特帕瓦茨和由他率领的南斯拉夫政府代表团全体成员和随团记者,今天晚上观看了由中国舞剧团演出的革命现代舞剧《红色娘子军》。
123	1971.06.14 第 5 版	秘鲁贵宾观看《红色娘子军》	秘鲁	秘鲁渔业部长哈维尔·坦塔莱安·巴尼尼将军,以及随同他来我国访问的其他秘鲁贵宾,今天晚上观看了由中国舞剧团演出的革命现代舞剧《红色娘子军》。
124	1971.06.14 第 5 版	叙利亚文化部长举行电影招待会,放映影片中国革命现代舞剧《红色娘子军》	叙利亚	叙利亚文化部长法齐·卡雅利最近在大马士革金迪电影院举行电影招待会,放映了中国革命现代舞剧《红色娘子军》彩色影片。

125	1971.06.21第5版	我驻坦桑使馆举行电影招待会　尼雷尔总统卡瓦瓦第二副总统等出席观看《红色娘子军》彩色影片	坦桑尼亚	坦桑尼亚总统尼雷尔、第二副总统卡瓦瓦，最近出席了中国驻坦桑尼亚大使馆在这里的国家大厦为他们举行的电影招待会，观看了中国革命现代舞剧《红色娘子军》彩色影片。
126	1971.06.25第5版	我国一些驻外使节举行电影招待会，放映彩色影片《红色娘子军》等受到热烈欢迎	阿尔巴尼亚	中国驻阿尔巴尼亚大使刘振华五月十九日晚在大使馆举行电影招待会，放映中国革命现代舞剧彩色影片《红色娘子军》。应邀观看影片的有：阿尔巴尼亚外交部长奈斯蒂·纳赛、农业部长皮罗·多德比巴、建筑部长希纳西·德拉戈蒂、交通部长米洛·基尔科、卫生部长拉姆比·齐奇什蒂等。
127	1971.07.04第6版	几内亚军事代表团在京参观访问，受到部队指战员们的热烈欢迎	几内亚	日晚上，几内亚贵宾由彭绍辉副总参谋长陪同，观看了革命现代舞剧《红色娘子军》。
128	1971.07.10第5版	庆祝蒙古人民革命胜利五十周年中蒙友协、对外友协举行电影酒会	蒙古	中国蒙古友好协会、中国人民对外友好协会，今天晚上举行电影酒会，庆祝蒙古人民革命胜利五十周年。蒙古人民共和国驻我国大使馆临时代办巴达玛拉嘎巧和夫人，以及大使馆其他成员应邀出席了电影酒会。出席电影酒会的我国有关方面负责人有：丁西林、陆维钊、韩叙、魏玉明、王斌等。酒会后，放映了革命现代舞剧《红色娘子军》彩色影片。
129	1971.07.15第5版	罗马尼亚武装部队举行集会　约内尔上将和林千武官讲话共颂，罗中人民和军队的战斗友谊	罗马尼亚	罗马尼亚武装部队二十八日在布加勒斯特举行集会，热烈庆祝中国人民解放军建军四十四周年。集会结束后，与会者参观了中国人民解放军战斗和生活图片展览，并且观看了中国革命现代舞剧《红色娘子军》彩色影片。
130	1971.07.30第6版	革命现代舞剧彩色影片《红色娘子军》在港澳上映，受到广大爱国同胞热烈欢迎	港澳	革命现代舞剧彩色影片《红色娘子军》七月一日起在中国香港、澳门两地同时上映，受到港澳广大爱国同胞的热烈欢迎和赞扬。两个星期中，观看这部影片的各阶层观众共达二十多万人次。这部影片目前正在中国香港继续上映。

131	1971.08.07 第 6 版	我驻匈波德蒙捷保苏使节和武官分别举行招待会，庆祝中国人民解放军建军四十四周年	波兰	在此以前，中国驻波兰大使馆武官铁雷为庆祝中国人民解放军建军四十四周年，还于七月二十三日举行了电影招待会，会上放映了中国革命现代舞剧《红色娘子军》彩色影片。
132	1971.08.08 第 2 版	奈温主席和夫人由周总理李副总理陪同，观看革命现代舞剧《红色娘子军》	缅甸	缅甸联邦革命委员会主席、政府总理奈温和夫人以及随行人员，今天由国务院总理周恩来、副总理李先念等陪同，出席文艺晚会，观看了由中国舞剧团演出的革命现代舞剧《红色娘子军》。
133	1971.08.11 第 6 版	朝政府经济代表团和索政府代表团观看京剧《红色娘子军》试验演出 李先念副总理姬鹏飞代部长等陪同贵宾观看	朝鲜	由团长、郑准泽副首相和副团长、贸易省副相方泰律率领的朝鲜民主主义人民共和国政府经济代表团和由阿尔特外长率领的索马里民主共和国政府代表团，今天晚上观看了革命现代京剧《红色娘子军》试验演出。
134	1971.09.06 第 5 版	《红色娘子军》彩色影片在威尼斯国际电影节放映受到观众热烈欢迎 人们赞扬舞剧赋予芭蕾舞以革命内容和新的形式； 通过影片，看到了坚强英勇的中国人民	意大利	中国革命现代舞剧《红色娘子军》彩色影片三日在第三十二届威尼斯国际电影节正式放映，受到广大观众的热烈欢迎和赞扬。
135	1971.09.06 第 5 版	我驻加拿大黄华大使举行电影招待会，放映《红色娘子军》受到欢迎，加外长夏普等出席	加拿大	中华人民共和国驻加拿大大使黄华二日晚举行电影招待会，放映革命现代舞剧彩色影片《红色娘子军》。加拿大外长米切尔·夏普以及其他四百多位来宾出席了招待会。

136	1971.09.07 第 1 版	中国舞剧团应邀赴阿尔巴尼亚等国演出，到地拉那时受到曼绍·巴拉同志和文化工作者等数百人的热烈欢迎，中国舞剧团途经布加勒斯特时受到罗马尼亚有关方面的热情接待	阿尔巴尼亚、罗马尼亚	中国舞剧团这次前往阿尔巴尼亚等国访问，将演出革命现代舞剧《红色娘子军》、《白毛女》和钢琴协奏曲《黄河》。舞剧团的主要演员有刘庆棠、薛菁华、宋琛、郁蕾娣、李新盈、王国华、蔡丽珍、张纯增，乐队指挥是韩中杰、王若忠，钢琴演奏者殷诚忠。舞剧团的秘书长是金畅如，副秘书长是仇良、徐远。
137	1971.09.12 第 4 版	我国舞剧团在地拉那举行首次演出，阿人民伟大领袖霍查同志等出席观看	阿尔巴尼亚	中国舞剧团九月十日晚在地拉那歌剧芭蕾舞剧院举行首次演出。演出的中国革命现代舞剧《红色娘子军》，受到阿尔巴尼亚观众的热烈欢迎。
138	1971.09.16 第 6 版	我舞剧团在阿继续演出和进行参观访问，舞剧团的演出和参观访问受到观众和职工的热烈欢迎	阿尔巴尼亚	以中国人民外交学会秘书长周秋野为团长，刘庆棠、刁克源为副团长的中国舞剧团九月十四日晚在地拉那歌剧芭蕾舞剧院专场演出了钢琴协奏曲《黄河》和革命现代舞剧《红色娘子军》，招待阿尔巴尼亚各区的妇女代表。
139	1971.09.19 第 5 版	中国舞剧团在阿尔巴尼亚斯库台访问演出，受到当地党政领导同志和人民的热烈欢迎	阿尔巴尼亚	十六日晚，斯库台区的文艺工作者为中国舞剧团演出了精彩的文艺节目，博得了中国文艺战友的热情赞扬。十七日下午，中国舞剧团在斯库台"米吉安尼"剧院演出了钢琴协奏曲《黄河》和革命现代舞剧《红色娘子军》、《白毛女》的片断以及其他歌舞节目，受到阿尔巴尼亚观众的热烈欢迎。
140	1971.09.21 第 5 版	我舞剧团在都拉斯举行文艺晚会，舞剧团的演出受到两千五百多观众的热烈欢迎	阿尔巴尼亚	中国舞剧团十八日晚在阿尔巴尼亚海港城市都拉斯"工人"体育馆举行文艺晚会，演出了钢琴协奏曲《黄河》，革命现代舞剧《红色娘子军》和《白毛女》的片断，以及其他歌舞节目，受到了两千五百多名观念的热烈欢迎和赞扬。出席观看演出的有：阿尔巴尼亚劳动党都拉斯区委第一书记伊利亚兹·雷卡、区人民会议执委会主席费鲁兹·马塔伊、阿尔巴尼亚教育和文化部副部长曼绍·巴拉等。

141	1971.09.22 第5版	塞拉西皇帝应邀出席我大使宴会 宴会是在友好的气氛中进行的	埃塞俄比亚	宴会后，塞拉西皇帝和其他贵宾观看了中国革命现代舞剧《红色娘子军》、革命现代京剧《智取威虎山》以及《庆祝伟大的中华人民共和国成立二十一周年》等彩色影片的片断。
142	1971.09.23 第6版	我舞剧团部分成员访问霍查同志故乡，受到当地党政领导同志和群众的热烈欢迎和盛情接待 舞剧团参加义务劳动，并在爱尔巴桑访问演出	阿尔巴尼亚	中国舞剧团在爱尔巴桑"拉比诺特"体育场演出了钢琴协奏曲《黄河》、革命现代舞剧《红色娘子军》和《白毛女》的片断以及其他歌舞节目，受到了来自爱尔巴桑、利布拉什德、格拉姆什和培拉特区一万五千多观众的热烈欢迎。
143	1971.10.01 第5版	阿中友协越中友协罗对外文协等举行电影招待会，庆祝中华人民共和国成立二十二周年 我建设成就图片展览分别在河内、布加勒斯特、巴马科开幕	阿尔巴尼亚	为庆祝中华人民共和国成立二十二周年，阿尔巴尼亚中国友好协会、阿尔巴尼亚对外文化和友好联络委员会和"新阿尔巴尼亚"电影制片厂九月二十八日晚在地拉那文化宫举行电影晚会，放映中国革命现代舞剧《红色娘子军》彩色影片。
144	1971.10.04 第2版	热烈庆祝中华人民共和国成立二十二周年，港澳爱国同胞连日举行各种庆祝活动	港澳	港澳爱国文艺工作者和工人、农民、渔民、学生等各界的业余文艺演出队，连日来分别举行了国庆文艺汇演，演出了革命话剧《沙家浜》、革命粤剧《智取威虎山》、革命舞剧《白毛女》，以及革命舞剧《红色娘子军》的选场、选段。他们的演出，受到广大爱国同胞和外国朋友的热烈欢迎。
145	1971.10.04 第6版	我驻智利大使举行国庆招待会	智利	在这以前，我国驻智利大使林平九月二十三日晚举行电影招待会，庆祝中华人民共和国成立二十二周年。招待会上放映了中国彩色影片革命现代舞剧《红色娘子军》。

146	1971.10.05 第5版	我舞剧团在地拉那连日演出 列希、巴卢库、托斯卡、卡博、穆夫蒂乌、科列加等同志出席观看，涅奇米叶·霍查、费奇列特·谢胡、维托·卡博等同志会见我舞剧团	阿尔巴尼亚	观众怀着极大的兴趣观看了中国舞剧团演出的钢琴协奏曲《黄河》和革命现代舞剧《红色娘子军》、《白毛女》的片断以及其他歌舞节目，对中国演员的表演报以热烈的掌声。演出结束后，阿尔巴尼亚同志向中国演员赠送了花篮，祝贺演出成功。
147	1971.10.07 第5版	圆满结束对阿尔巴尼亚的访问演出，中国舞剧团到达布加勒斯特	阿尔巴尼亚	中国舞剧团在阿尔巴尼亚访问期间为阿尔巴尼亚广大观众演出了中国革命现代舞剧《红色娘子军》、《白毛女》和钢琴协奏曲《黄河》以及其他歌舞节目，受到了阿尔巴尼亚战友的热烈欢迎和高度赞扬。中国舞剧团除在地拉那演出外，还到斯库台、都拉斯和爱尔巴桑进行了访问演出。
148	1971.10.11 第5版	中国舞剧团在布加勒斯特举行首次演出，齐奥塞斯库同志和夫人等出席观看	罗马尼亚	中国舞剧团十月九日晚在布加勒斯特歌剧院举行访问罗马尼亚首次演出。演出的中国革命现代舞剧《红色娘子军》和钢琴协奏曲《黄河》，受到罗马尼亚观众的热烈欢迎。
149	1971.10.14 第4版	中国舞剧团在罗马尼亚进行参观、演出活动	罗马尼亚	中国舞剧团在布加勒斯特歌剧院再次演出革命现代舞剧《红色娘子军》和钢琴协奏曲《黄河》。
150	1971.10.18 第5版	中阿人民心连心——记中国舞剧团在阿尔巴尼亚的访问演出	阿尔巴尼亚	最使舞剧团的同志们感到光荣和深受鼓舞的是，阿尔巴尼亚人民的伟大领袖恩维尔·霍查同志、阿尔巴尼亚人民共和国人民议会主席团主席哈奇·列希同志、部长会议主席穆罕默德·谢胡同志以及其他党政领导人观看了革命现代舞剧《红色娘子军》的首次演出。
151	1971.10.25 第6版	罗共中央执委波佩斯库举行酒会招待我舞剧团，舞剧团在布拉索夫和克卢日演出受到观众热烈欢迎	罗马尼亚	中国舞剧团十月十四日至十七日在罗马尼亚中部的布拉索夫市进行了演出和访问。舞剧团演出的革命现代舞剧《红色娘子军》和钢琴协奏曲《黄河》受到当地观众的热烈欢迎。

152	1971.10.25 第 6 版	法国、尼泊尔等国友好团体热烈庆祝我国庆	法国、尼泊尔	有三百五十多位客人参加了集会。会后放映了中国影片《红色娘子军》。比中协会还在安特卫普举行了庆祝集会。
153	1971.11.01 第 4 版	亚非乒乓球友好邀请赛组织委员会中华全国体育总会举行文艺晚会，欢迎参加友好邀请赛的各国和地区的朋友	亚非国家	亚非乒乓球友好邀请赛组织委员会、中华全国体育总会今天举行文艺晚会，欢迎参加亚非乒乓球友好邀请赛的各个国家和地区的朋友。晚会上，中国舞剧团演出了革命现代舞剧《红色娘子军》。
154	1971.11.16 第 5 版	中国舞剧团在南斯拉夫举行访问演出 萨拉热窝市长卢布尔雅那市长分别举行酒会和招待会欢迎舞剧团 我大使和舞剧团正副团长为舞剧团在萨拉热窝市演出举行招待会	南斯拉夫	中国舞剧团十一月六日晚，在南斯拉夫波斯尼亚和黑塞哥维那共和国首府萨拉热窝"斯肯德里亚"文化中心，举行访问南斯拉夫首次演出。演出的中国革命现代舞剧《红色娘子军》和钢琴协奏曲《黄河》，受到约三千名南斯拉夫观众的热烈欢迎
155	1971.11.17 第 6 版	中罗人民情谊深——记中国舞剧团在罗马尼亚的访问演出	罗马尼亚	最使人难忘的是罗马尼亚共产党总书记、国务委员会主席尼古拉·齐奥塞斯库同志，在百忙中抽出时间观看了中国革命现代舞剧《红色娘子军》在布加勒斯特的首次演出，并在演出休息时亲切接见了中国舞剧团的负责人和主要演员，这对中国舞剧团的全体同志是一个很大的鼓舞。中国舞剧团在罗马尼亚访问期间，先后在首都布加勒斯特、工业城市布拉索夫和文化城市克卢日演出了革命现代舞剧《红色娘子军》、《白毛女》和钢琴协奏曲《黄河》以及其他歌舞节目共十一场。每场都座无虚席，有时连门口和过道也挤得水泄不通。
156	1971.11.20 第 6 版	我舞剧团在贝尔格莱德举行访问演出南斯拉夫联邦执委会主席接见舞剧团负责人并进行热情友好谈话	南斯拉夫	中国舞剧团十七日晚在贝尔格莱德市南斯拉夫话剧院演出革命现代舞剧《红色娘子军》和钢琴协奏曲《黄河》。

157	1971.11.21 第6版	日本松山芭蕾舞团在湖南访问演出	日本	松山芭蕾舞团在长沙期间，参观了毛主席早期革命活动纪念地湖南省第一师范学校、中共湘区委员会旧址清水塘和湖南省自修大学，还参观了泥塑《收租院》展览。中国人民对外友好协会湖南分会曾举行文艺晚会，由湖南省文艺工作者为日本朋友演出了革命现代舞剧《红色娘子军》。
158	1971.11.26 第6版	我舞剧团在南斯拉夫访问演出，我驻南大使曾涛举行招待会	南斯拉夫	中国舞剧团十八日、二十日、二十一日在贝尔格莱德继续为南斯拉夫首都观众演出了革命现代舞剧《红色娘子军》和《白毛女》的片断、钢琴协奏曲《黄河》以及其他歌舞节目。中国演员的演出受到了观众们的热烈欢迎。
159	1971.12.02 第6版	圆满结束对阿、罗、南的友好访问演出，我舞剧团满载三国人民的深情厚谊回京 舞剧团在南斯拉夫期间为汽车工人演出受到热烈欢迎	南斯拉夫	中国舞剧团演出了革命现代舞剧《红色娘子军》、《白毛女》的片断和钢琴协奏曲《黄河》以及南斯拉夫革命歌曲等节目。"红旗"汽车制造厂的广大工人群众和职员以极大的兴趣观看了中国演员的演出，并对演出的每一个节目报以热烈的掌声。工人们在听中国演员演唱南斯拉夫革命歌曲时，表现得很激动。演出休息时，工人们表示：南中两国人民有着共同的革命经历，中国舞剧团的演出使我们感到很亲切，这次演出增进了南中两国人民的友谊。
160	1971.12.06 第6版	中南人民友谊的桥梁 ——记中国舞剧团在南斯拉夫的访问演出	南斯拉夫	中国舞剧团在南斯拉夫期间，在贝尔格莱德、萨拉热窝、卢布尔雅那和克拉古耶伐次等地进行了十场演出。演出的中国革命现代舞剧《红色娘子军》、《白毛女》（片断）、钢琴协奏曲《黄河》和其他歌舞节目，受到广大观众的热烈欢迎。
161	1971.12.12 第4版	中国代表团举行电影招待会 招待美国友好人士，乔冠华团长等接待了他们并进行了友好的谈话	美国	招待会上放映了中国彩色影片《红色娘子军》，受到客人们的热烈欢迎。
162	1972.01.06 第6版	中美人民的深厚友谊	美国	在中国代表团举行的电影招待会上，许多美国朋友兴致勃勃地观看了中国革命现代舞剧《红色娘子军》，并且一再鼓掌称赞。一位朋友赞扬说，赋予西方的芭蕾舞艺术以这样的革命内容，这确实是新创造。一位妇女感动得流下了眼泪，舍不得离去。有些人随着影片的乐曲，唱起了《国际歌》。

续表

163	1972.01.16 第 4 版	难忘的日子 ——记中国舞剧团在阿尔尼亚、罗马尼亚、南斯拉夫访问演出	阿尔巴尼亚、罗马尼亚、南斯拉夫	秋高气爽的九月中国舞剧团离开伟大祖国,应邀到阿尔巴尼亚、罗马尼亚和南斯拉夫作为期三个月的访问演出。在毛主席革命文艺路线的指引下,经历了无产阶级"文化大革命"烈火锤炼的革命现代舞剧《红色娘子军》、《白毛女》和钢琴协奏曲《黄河》,受到这三个国家人民的热烈欢迎和赞扬。这是对中国革命文艺工作者的很大鼓舞。
164	1972.01.22 第 5 版	埃及举办中国电影周,《红色娘子军》等影片受到观众热烈欢迎	埃及	电影周期间,放映了《红色娘子军》、《地道战》、《地雷战》、《南征北战》、《英雄儿女》以及《南京长江大桥》等中国影片。
165	1972.02.23 第 1 版	尼克松总统和夫人观看革命现代舞剧《红色娘子军》	美国	尼克松总统和夫人今天应邀出席文艺晚会,观看了革命现代舞剧《红色娘子军》。应邀出席文艺晚会的,还有罗杰斯国务卿、基辛格博士等美国客人。
166	1972.03.07 第 5 版	我经济建设成就展览会在秘鲁首都闭幕,近十二万观众参加了展览	秘鲁	展览会展出期间,还放映了革命现代舞剧《红色娘子军》等一些中国影片,受到了观众的欢迎。
167	1972.03.12 第 4 版	智利社会党总书记,阿尔塔米拉诺观看《红色娘子军》,人大常委会副委员长郭沫若等陪同观看演出	智利	智利社会党总书记阿尔塔米拉诺和政治局委员卡姆,今天晚上应邀观看了由中国舞剧团演出的革命现代舞剧《红色娘子军》。
168	1972.03.13 第 5 版	友谊的凯歌——记中国经济建设成就展览会在秘鲁	秘鲁	电影馆放映的中国影片,受到观众的热烈的欢迎。有的观众评论说,《红色娘子军》这部影片是真正的艺术,它反映了崇高的革命情操,充满着向上的精神,使人们获得鼓舞和力量。
169	1972.03.14 第 5 版	美国全国广播公司电视台,放映中国影片《红色娘子军》黄华代表应邀在电视台观看	美国	纽约消息:美国全国广播公司电视台在三月十二日下午放映了中国革命现代舞剧影片《红色娘子军》。这家电视台在美国各地的分台也同时转播了这项节目。
170	1972.03.27 第 5 版	意大利中国友好协会在罗马放映,中国电影《红色娘子军》《地道战》	意大利	意大利中国友好协会三月二十三日和二十四日在罗马的克利斯塔洛电影院放映中国革命现代舞剧《红色娘子军》和《地道战》两部影片,受到约一千名观众的热烈欢迎和赞扬。

171	1972.04.05 第 1 版	周恩来总理、李先念副总理同明托夫总理　和由他率领的政府代表团继续举行会谈　马耳他贵宾观看革命现代舞剧《红色娘子军》	马耳他	多米尼克·明托夫总理和由他率领的马耳他政府代表团全体团员，今天应邀出席文艺晚会，观看了革命现代舞剧《红色娘子军》。
172	1972.04.09 第 6 版	为瑞典工业展览会在北京展出，我国际贸易促进委员会举行文艺晚会	瑞典	中国国际贸易促进委员会为瑞典工业展览会在北京展出今天举行文艺晚会，招待瑞典工业展览会展览团的朋友们。晚会上，由中国舞剧团演出了革命现代舞剧《红色娘子军》。
173	1972.04.14 第 3 版	在李先念副总理、吴德代主任等陪同下，拉姆古兰总理等观看革命现代舞剧《红色娘子军》毛里求斯贵宾由姬鹏飞部长陪同游览了长城	毛里求斯	西沃萨古尔·拉姆古兰总理和夫人以及其他毛里求斯贵宾，今天晚上应邀出席文艺晚会，观看了由中国舞剧团演出的革命现代舞剧《红色娘子军》。
174	1972.04.19 第 3 版	对外友协举行文艺晚会，欢迎秘鲁和阿富汗贵宾，李先念等陪同观看革命现代舞剧《红色娘子军》，秘鲁贵宾在京继续参观访问	秘鲁、阿富汗	中国人民对外友好协会今晚举行文艺晚会，欢迎秘鲁贵宾和阿富汗贵宾。晚会上中国舞剧团演出了革命现代舞剧《红色娘子军》。
175	1972.05.24 第 1 版	夏克拉大使为叙利亚政府代表团访华举行宴会，哈达姆副总理等贵宾观看革命现代舞剧《红色娘子军》	叙利亚	叙利亚副总理兼外交部长哈达姆率领的叙利亚政府代表团全体成员，今天晚上由外交部长姬鹏飞等陪同，观看了中国舞剧团演出的革命现代舞剧《红色娘子军》。
176	1972.05.28 第 3 版	缅甸联邦政府经济代表团离京去南京等地访问	缅甸	缅甸联邦政府经济代表团在北京期间，曾参观了工厂、人民公社，游览了名胜古迹。代表团还观看了革命现代舞剧《红色娘子军》。

续表

177	1972.06.02 第 5 版	智利政府经济代表团观看《红色娘子军》	智利	由团长贡萨洛·马特内尔、副团长古特·德克曼率领的智利政府经济代表团，今天晚上观看了中国舞剧团演出的革命现代舞剧《红色娘子军》。智利驻中国大使乌里维应邀观看了演出。
178	1972.06.05 第 6 版	我上海舞剧团在平壤首次演出《红色娘子军》	朝鲜	中国上海舞剧团六月四日晚在平壤大剧场首次演出革命现代舞剧《红色娘子军》，受到观众的热烈欢迎。
179	1972.06.08 第 6 版	我上海舞剧团在平壤举行最后一场演出，郑准泽副首相等观看演出并祝贺舞剧团，访朝演出圆满结束	朝鲜	中国上海舞剧团六月六日晚在平壤大剧场演出最后一场革命现代舞剧《红色娘子军》，受到朝鲜观众的热烈欢迎。
180	1972.06.27 第 2 版	北京市革委会、对外友协举行文艺晚会，热烈欢迎西丽玛沃·班达拉奈克总理，周恩来吴德韩念龙王国权等陪同贵宾，观看革命现代舞剧《红色娘子军》	斯里兰卡共和国	北京市革命委员会、中国人民对外友好协会今天晚上举行文艺晚会，热烈欢迎斯里兰卡共和国总理西丽玛沃·班达拉奈克夫人。晚会上，中国舞剧团演出了革命现代舞剧《红色娘子军》。斯里兰卡贵宾由李先念徐今强陪同参观北京制药厂
181	1972.07.05 第 5 版	应邀前往日本访问演出 我上海舞剧团离京	日本	中国上海舞剧团应日中文化交流协会邀请，在团长孙平化、副团长宗秀荣等珊率领下，今天晚上乘火车离开北京前往日本进行访问演出。中国上海舞剧团访问日本期间，将向日本人民演出革命现代舞剧《白毛女》、《红色娘子军》，钢琴协奏曲《黄河》
182	1972.07.09 第 2 版	法政府代表团观看《红色娘子军》，姬鹏飞、章文晋、黄镇等陪同观看演出	法国	由法国外交部长莫里斯·舒曼率领的法国政府代表团，今天晚上观看了中国舞剧团演出的革命现代舞剧《红色娘子军》。

183	1972.07.12 第4版	北京市革委会和对外友协举行文艺晚会 欢迎伊斯梅尔等民主也门贵宾。李先念等陪同贵宾观看革命现代舞剧《红色娘子军》	也门	为欢迎也门民主人民共和国总统委员会委员、临时最高人民委员会主席、民族阵线中央委员会总书记伊斯梅尔和由他率领的也门民主人民共和国政府代表团，北京市革命委员会和对外友协今天晚上举行文艺晚会，由中国舞剧团演出了革命现代舞剧《红色娘子军》。
184	1972.07.22 第6版	我绘画、工艺展览会在加拿大开幕	加拿大	展览将会对增进中加两国人民的相互谅解和友谊、促进我们两国之间的文化和艺术交流作出积极贡献。在展览期间将放映中国影片革命现代舞剧《红色娘子军》、《白毛女》和纪录片《"文化大革命"期间的出土文物》。
185	1972.07.23 第5版	我上海舞剧团在东京演出《红色娘子军》 受到观众热烈欢迎 美浓部亮吉知事等出席	日本	中国上海舞剧团七月二十一日在东京日生剧场首次演出革命现代舞剧《红色娘子军》，并且演奏了钢琴协奏曲《黄河》,受到全场观众的热烈欢迎。
186	1972.07.31 第1版	周恩来总理举行盛大宴会 热烈庆贺西哈努克亲王访问五国成功,周总理和西哈努克亲王在宴会上讲话;宴会后举行了盛大文艺晚会,宾努首相、英·萨利特使等柬博寨贵宾以及欧非五国和朝、越,越南南方共和驻华使节应邀出席	柬埔寨、朝鲜、越南	在宴会后举行的盛大文艺晚会上，中国人民解放军歌舞团演唱了西哈努克亲王创作的歌曲《万岁人民中国! 万岁毛泽东! 》和《怀念中国》。还演唱了《柬埔寨民族解放之歌》和《中柬人民友谊之歌》等歌曲。上海京剧团《海港》剧组、中国京剧团、上海市《龙江颂》剧组为贵宾们演出了革命现代京剧《海港》、《红色娘子军》、《龙江颂》的片断。,江青、叶剑英、张春桥、姚文元、李先念、纪登奎、李德生、汪东兴、徐向前、郭沫若等出席作陪
187	1972.08.04 第5版	中国上海舞剧团在名古屋演出 日本友好团体举行盛大酒会欢迎舞剧团	日本	中国上海舞剧团八月二日晚，在名古屋市爱知县体育馆演出了钢琴协奏曲《黄河》、革命现代舞剧《白毛女》、《红色娘子军》选段以及其他一些音乐、舞蹈节目，受到四千多名观众的热烈欢迎。
188	1972.08.04 第6版	我驻布隆迪大使举行招待会	布隆迪	招待会结束后放映了中国革命现代舞剧《红色娘子军》彩色影片，受到观众的热烈欢迎。

续表

189	1972.08.05 第6版	我驻比利时大使举行招待会	比利时	招待会在友好气氛中进行。会上放映了中国革命现代舞剧《红色娘子军》彩色影片。
190	1972.08.16 第5版	中加人民友谊的桥梁 在加拿大举行的中国绘画、工艺展览会侧记	加拿大	在展览会上放映的《白毛女》、《红色娘子军》等中国影片受到观众的热烈欢迎。每当上映这些影片时，电影厅内都几乎满座，许多观众在电影放映前半小时就来厅内等候。
191	1972.08.31 第5版	我驻黎巴嫩大使为巴勒斯坦朋友举行电影晚会	巴勒斯坦	中国驻黎巴嫩大使徐明八月二十四日晚在大使馆举行电影晚会，招待巴勒斯坦解放组织所属的巴勒斯坦青年福利最高委员会主任易卜拉欣·巴卢斯和其他巴勒斯坦朋友。在晚会上放映了《亚洲乒乓球联盟成立会议》纪录影片和中国革命现代舞剧《红色娘子军》彩色影片。
192	1972.09.19 第3版	北京市革委会、对外友协举行文艺晚会欢迎乔纳副总统等赞比亚贵宾翁莱代外长率领的多哥友好代表团应邀出席	赞比亚	北京市革命委员会、中国人民对外友好协会，今天晚上举行文艺晚会，欢迎赞比亚共和国副总统迈因扎·乔纳和夫人，以及由乔纳副总统率领的赞比亚友好代表团。晚会上，中国舞剧团演出了革命现代舞剧《红色娘子军》，受到贵宾们的鼓掌欢迎。
193	1972.09.21 第1版	巴列维王后陛下等应邀出席文艺晚会伊朗贵宾参观京郊人民公社和工艺美术展览受到热烈欢迎	伊朗	伊朗法拉赫·巴列维王后陛下，和陪同来访的王后母亲法里德·迪巴夫人、首相阿米尔·阿巴斯·胡韦达等伊朗贵宾，今天晚上应邀出席了文艺晚会。晚会上，中国舞剧团演出了革命现代舞剧《红色娘子军》。文艺工作者们的演出，受到伊朗贵宾们的热烈鼓掌欢迎。法拉赫·巴列维王后陛下向演员们赠送了花篮，祝贺他们演出成功。
194	1972.09.23 第6版	英国议员团离京去上海等地访问后回国	英国	议员团在北京期间，参观了工厂、农村人民公社、学校和医院，游览了名胜古迹，观看了革命现代舞剧《红色娘子军》。
195	1972.09.26 第5版	中日人民友好潮流不可阻挡——记中国上海舞剧团访日演出	日本	中国上海舞剧团应邀到日本进行了三十六天的友好访问演出，受到广大群众和各界人士的热烈欢迎。舞剧团先后访问了东京、大阪、神户、名古屋和京都，演出革命现代舞剧《白毛女》、《红色娘子军》、钢琴协奏曲《黄河》和综合音乐舞蹈节目将近二十场，观众达四万多人次。

196	1972.09.27 第 3 版	大平外相、二阶堂官房长官观看革命现代舞剧《红色娘子军》	日本	日本外务大臣大平正芳、内阁官房长官二阶堂进和田中角荣总理大臣的其他随行人员，以及随同来访的记者团和技术人员，今天晚上应邀出席文艺晚会，观看了由中国舞剧团演出的革命现代舞剧《红色娘子军》。
197	1972.09.27 第 5 版	我经济贸易展览会在罗马开幕 周化民副部长和马泰奥蒂部长先后讲话	罗马	中国经济贸易展览会展览面积达四千平方米，全馆共分四部分：农产品和食品、轻工业产品和纺织品、手工艺品和重工业产品，展出产品共四千多种。展览会举行期间，还将放映《红色娘子军》、《白毛女》等中国影片。
198	1972.09.29 第 1 版	田中角荣总理大臣举行答谢宴会，周恩来总理和田中首相祝愿中日两国人民的伟大友谊不断发展。	日本	宴会厅里悬挂着中华人民共和国国旗和日本国国旗。田中角荣总理大臣和周恩来总理先后在宴会上致祝酒词（全文见第三版），祝愿中日两国人民的伟大友谊不断发展。他们祝酒以后，乐队分别奏中国国歌和日本国歌。席间，乐队以日本古谣《樱花樱花》、中国歌曲《伟大的北京》开始，交替演奏日本歌曲和中国歌曲，其中包括田中首相家乡乐曲《越后狮子》、大平外相家乡民谣《金毗罗船》、二阶堂官房长官家乡民谣《小原节》、日本儿童歌谣和《红色娘子军》选曲等。周恩来、叶剑英、郭沫若、阿沛·阿旺晋美、周建人、傅作义、姬鹏飞、吴德、方毅、白相国、廖承志、韩念龙、萧劲光、于桑、王国权等应邀出席 大平正芳和二阶堂进等出席作陪。
199	1972.10.13 第 3 版	谢尔外长和夫人，观看革命现代舞剧《红色娘子军》，谢尔外长和夫人一行分别参观工艺美术展览和公社等	德意志联邦共和国	德意志联邦共和国外交部长瓦尔特·谢尔和夫人，今天晚上由外交部长姬鹏飞和许寒冰同志陪同，出席文艺晚会，观看了由中国舞剧团演出的革命现代舞剧《红色娘子军》。
200	1972.11.07 第 6 版	我经济贸易展览会在挪威闭幕	挪威	展览会展出了我国农业、轻工业和重工业产品及手工艺品共两千二百多种，展出面积一千五百平方米。在展览会举办期间，还放映了《白毛女》、《红色娘子军》等中国影片，出售了纪念品，受到观众的热烈欢迎。

201	1972.11.21 第3版	上海市革委会举行文艺晚会 欢迎宾努首相和夫人、英·萨利特使等贵宾 张春桥马天水等陪同柬埔寨贵宾观看演出	柬埔寨	晚会上，上海京剧团、上海市舞蹈学校的文艺工作者，为贵宾演出了革命现代舞剧《红色娘子军》、《白毛女》和革命现代京剧《智取威虎山》、《龙江颂》、《沙家浜》的折子戏。演出结束后，宾努首相和夫人、英·萨利特使等，由张春桥主任等陪同走上舞台，同演员们亲切握手，并赠送花篮。
202	1972.12.12 第1版	贝阿沃吉总理等几内亚贵宾观看革命现代舞剧《红色娘子军》 姬鹏飞、刘西尧等陪同观看演出	几内亚	由几内亚总理兰萨纳·贝阿沃吉博士率领的几内亚共和国政府代表团今天晚上应邀出席文艺晚会，观看中国舞剧团演出的革命现代舞剧《红色娘子军》。
203	1972.12.29 第1版	阿拉达耶外长观看革命现代舞剧《红色娘子军》	达荷美 （贝宁）	达荷美外交部长米歇尔·阿拉达耶少校和由他率领的达荷美共和国政府代表团全体团员，今天晚上观看了由中国舞剧团演出的革命现代舞剧《红色娘子军》。
204	1973.01.09 第3版	姬鹏飞外长同梅迪奇外长继续会谈，意大利贵宾在京参观中央民族学院、观看革命现代舞剧《红色娘子军》	意大利	意大利外交部长朱塞佩·梅迪奇及其随行人员，今天上午参观了中央民族学院。晚上，意大利贵宾应邀观看了由中国舞剧团演出的革命现代舞剧《红色娘子军》。
205	1973.01.13 第1版	周恩来总理、蒙博托总统继续会谈，蒙博托总统和夫人等扎伊尔贵宾观看革命现代舞剧，《红色娘子军》，并游览了长城和定陵	扎伊尔	扎伊尔共和国总统蒙博托·塞塞·塞科中将和夫人，今天晚上应邀出席文艺晚会，观看了中国舞剧团演出的革命现代舞剧《红色娘子军》。
206	1973.01.13 第3版	芬兰政府工商代表团， 观看革命现代京剧《红色娘子军》	芬兰	由芬兰外贸部长尤西·林纳莫率领的芬兰政府工商代表团，今天晚上由外贸部副部长周化民陪同，观看了由中国京剧团演出的革命现代京剧《红色娘子军》。

207	1973.02.11 第 3 版	日本松山芭蕾舞团演员中国舞剧团演员，同台演出革命现代舞剧《红色娘子军》，江青张春桥姚文元吴德等观看演出并祝演出成功	日本	前来我国排练革命现代舞剧《红色娘子军》的日本松山芭蕾舞团的演员，今天晚上和中国舞剧团的演员在北京天桥剧场同台演出了《红色娘子军》。
208	1973.02.19 第 4 版	布托总统夫人出席文艺晚会，李先念副总理和林佳楣等陪同观看演出	巴基斯坦	布托总统夫人今晚应邀出席文艺晚会，观看了中国舞剧团演出的革命现代舞剧《红色娘子军》。
209	1973.03.13 第 5 版	我经济贸易展览会在亚丁闭幕	也门	展出期间，放映了《地雷战》、《英雄儿女》、《奇袭》、《红色娘子军》和《白毛女》等中国影片，受到也门观众的热烈欢迎。
210	1973.04.08 第 4 版	英国工业技术展览会在京闭幕	英国	英国展览团的朋友在京期间，还参观了工厂、人民公社、学校、医院，游览了名胜古迹，并观看了革命现代舞剧《红色娘子军》等文艺节目。
211	1973.04.21 第 4 版	埃切维里亚总统和夫人在京参观并出席文艺晚会，在邓小平等陪同下参观红星中朝友好人民公社受到热烈欢迎，在李先念吴德乔冠华等陪同下观看革命现代舞剧《红色娘子军》	墨西哥	墨西哥总统路易斯·埃切维里亚·阿尔瓦雷斯和夫人由国务院副总理邓小平、人大常委会委员林巧稚陪同，今天上午参观了北京郊区红星中朝友好人民公社。
212	1973.05.12 第 5 版	日本松山芭蕾舞剧团纪念建团二十五周年，首次演出中国现代革命舞剧《红色娘子军》，三木副首相夫人和廖承志团长等观看演出	日本	日本松山芭蕾舞剧团为纪念建团二十五周年，五月十日在东京文京公会堂首次演出了中国现代革命舞剧《红色娘子军》，受到了二千多名观众的热烈赞赏和欢迎。

213	1973.06.24 第1版	马里国家元首特拉奥雷出席文艺晚会，由邓小平等陪同观看革命现代舞剧《红色娘子军》	马里	马里共和国国家元首兼政府总理穆萨·特拉奥雷上校等马里贵宾，由国务院副总理邓小平，外交部长姬鹏飞，北京市革命委员会主任吴德陪同，今晚出席文艺晚会，观看了中国舞剧团演出的革命现代舞剧《红色娘子军》。
214	1973.09.13 第2版	蓬皮杜总统应邀出席文艺晚会，观看革命现代舞剧《红色娘子军》，我国领导人周恩来江青吴德等陪同贵宾观看演出	法国	法兰西共和国总统乔治·蓬皮杜今天晚上应邀出席文艺晚会，观看了中国舞剧团演出的革命现代舞剧《红色娘子军》。
215	1973.10.13 第1版	特鲁多总理应邀出席文艺晚会，贵宾们由邓小平、吴德等陪同观看革命现代舞剧《红色娘子军》	加拿大	加拿大总理皮埃尔·埃利奥特·特鲁多，今天晚上应邀出席文艺晚会，观看了革命现代舞剧《红色娘子军》。
216	1973.10.26 第5版	我影片在希腊萨洛尼卡国际电影节放映受到欢迎	希腊	中国影片《红色娘子军》和《考古新发现——长沙马王堆一号汉墓》十月八日在第二届萨洛尼卡国际电影节上放映，受到希腊人民的热烈欢迎。这是中国影片第一次在希腊上映。
217	1973.12.10 第1版	比兰德拉国王和艾什瓦尔雅王后应邀出席文艺晚会，李先念、吴德等陪同贵宾观看革命现代舞剧《红色娘子军》	尼泊尔	尼泊尔国王比兰德拉陛下和王后艾什瓦尔雅陛下及其随行人员，今天晚上应邀出席文艺晚会，观看了由中国舞剧团演出的革命现代舞剧《红色娘子军》。
218	1974.01.02 第5版	一九七三年——中日两国建交后的第一年，中日人民友好往来日益发展局面一新	日本	一年来，日本朋友和友好团体在各地广泛地举办了中国图片展览会、中国物产展览会、访华报告会和促进日中友好的座谈会，以各种形式介绍中国的情况。日本松山芭蕾舞剧团在东京演出了中国现代革命舞剧《白毛女》和《红色娘子军》。
219	1974.04.09 第6版	一九七四年开罗国际博览会闭幕	埃及	博览会期间，大约二万三千埃及人民观看了中国馆放映的中国故事片和纪录片《红色娘子军》、《地道战》、《地雷战》等。这些影片受到观众的热烈欢迎。

220	1974.05.08 第3版	桑戈尔总统和夫人出席文艺晚会，李先念副总理和林佳楣同志、吴德主任等陪同塞内加尔贵宾 观看革命现代舞剧《红色娘子军》	塞内加尔	塞内加尔共和国总统列奥波尔德·塞达·桑戈尔和夫人以及随同来访的其他塞内加尔贵宾，今天晚上应邀出席文艺晚会，观看了由中国舞剧团演出的革命现代舞剧《红色娘子军》。
221	1974.05.20 第1版	马卡里奥斯总统等塞浦路斯贵宾观看革命现代舞剧《红色娘子军》，邓小平、吴德等陪同塞浦路斯贵宾观看演出	塞浦路斯	马卡里奥斯总统和其他塞浦路斯贵宾，今天晚上应邀出席文艺晚会，观看了由中国舞剧团演出的革命现代舞剧《红色娘子军》。
222	1974.06.08 第4版	法国工业科学技术展览会在京闭幕	法国	法国工业科学技术展览会今天在北京展览馆闭幕。展览会自五月二十二日开幕以来，首都有大批群众前往参观。展览会展出期间，中法两国技术工作人员举行了一百四十八个项目的座谈会，通过技术交流，增进了中法两国人民之间的相互了解和友谊。法国朋友在北京期间，还参观了工厂、农村人民公社、学校，游览了长城、故宫，观看了革命现代京剧《杜鹃山》、革命现代舞剧《红色娘子军》和杂技节目。
223	1974.06.16 第5版	巴塞罗那国际博览会的中国馆	西班牙	五月末六月初，"中华人民共和国馆"展览团带着中国人民对西班牙人民的友谊，第一次来到濒临地中海的巴塞罗那，参加国际博览会。在短短的九天展出期间，西班牙人民对新中国和中国人民的友好感情给人们留下了难忘的印象。
224	1974.09.22 第4版	马科斯总统夫人应邀出席文艺晚会，李先念副总理等陪同贵宾观看革命现代舞剧，菲律宾贵宾参观双桥人民公社受到热烈欢迎	菲律宾	菲律宾共和国总统马科斯的夫人伊梅尔达·罗穆亚尔德斯·马科斯及其随行人员今天晚上应邀出席文艺晚会，观看中国舞剧团演出的革命现代舞剧《红色娘子军》。

225	1974.10.20 第2版	德意志联邦共和国联邦议院代表团离京回国，阿沛·阿旺晋美副委员长等到机场欢送	德意志联邦共和国	由联邦议院副议长里夏德·耶格尔率领的德意志联邦共和国联邦议院代表团，结束了对我国的友好访问，今天上午乘飞机离开北京回国。十月十五日晚上，代表团由阿沛·阿旺晋美副委员长陪同在北京观看了革命现代舞剧《红色娘子军》。代表团在北京期间还参观了故宫和无产阶级"文化大革命"期间出土的历史文物，游览了长城、定陵和颐和园。
226	1974.11.21 第5版	友谊歌声万代传——中央乐团访问日本散记	日本	今年十月中旬，日本人民迎来了中日通航后来自中国的第一批艺术使者——中国中央乐团。 在二十几天的友好访问期间，中央乐团先后到过东京、横滨、大阪、神户、名古屋、京都、松山、广岛、福冈等十八个城市，正式举行了二十场音乐会。他们演出了在毛主席的革命文艺路线的指引下，在无产阶级"文化大革命"中诞生的钢琴协奏曲《黄河》、革命交响音乐《智取威虎山》选段、交响组曲《白毛女》、现代革命音乐作品以及一些优秀的古曲和民间乐曲。这些体现毛主席"古为今用，洋为中用"、"百花齐放，推陈出新"文艺方针的音乐节目，受到日本人民、各界人士的热烈欢迎，引起了强烈的反映。
227	1975.04.03 第1版	张春桥副总理同努伊拉总理会谈，努伊拉总理和夫人出席文艺晚会，倪志福等陪同突尼斯贵宾观看革命现代舞剧《红色娘子军》	突尼斯	国务院副总理张春桥同突尼斯共和国总理赫迪·努伊拉今天上午举行了会谈。
228	1975.04.19 第6版	我经济贸易展览会在巴拿马城闭幕，巴拿马群众祝贺中国人民二十五年来取得的巨大成就	巴拿马	在展出期间，放映了《红色娘子军》、《白毛女》和《万紫千红》等影片。巴拿马第四电视台还向全国转播了彩色影片革命现代舞剧《红色娘子军》。

229	1975.05.15 第5版	我艺术团结束在西班牙港的演出	特立尼达和多巴哥	中国艺术团结束了在特立尼达和多巴哥首都西班牙港的访问和演出，五月十二日离开这里前往这个国家的其他城市。中国艺术团在西班牙港共演出了五场，接待了观众五千五百多人。中国艺术团的表演具有鲜明的民族特点、高昂的革命激情、浓郁的生活气息，受到了观众的热烈欢迎。钢琴演奏者殷诚忠演奏了革命现代舞剧《红色娘子军》选曲，他的娴熟的钢琴技巧、奔放的革命热情，使观众深受感动。《特立尼达卫报》报道说："中国表演者，他们的音乐、舞蹈和歌唱演员，以他们的熟练技巧和精湛的艺术使他们的观众屏息倾听。"
230	1975.06.09 第5版	我艺术团在委内瑞拉演出受到热烈欢迎	委内瑞拉	中国艺术团六月七日晚上结束了两天内在委内瑞拉中央大学举行的三场演出。钢琴独奏演员殷诚忠以深厚的革命感情演奏了革命现代舞剧《红色娘子军》选曲《常青就义》。许多观众为他演奏结尾时《国际歌》的庄严曲调所感动。舞蹈节目《草原女民兵》，也受到了热烈欢迎。为了表达中国人民对委内瑞拉人民的真诚友谊，女高音朱逢博演唱了一首著名的委内瑞拉民歌《平原心声》，受到长时间的热烈欢呼。
231	1975.07.17 第6版	我国经济和贸易展览会在厄瓜多尔闭幕，罗德里格斯总统参观展览会并赞扬中国人民取得的成就	澳大利亚	中华人民共和国经济和贸易展览会在厄瓜多尔首都基多展出十四天后，于七月十三日闭幕。展览会期间还放映了《白毛女》、《红色娘子军》、《今日中国》、《大寨田》、《针刺麻醉》等中国电影。九万多人观看了这些电影。许多观众看完电影后祝贺中国人民在文艺革命中取得的成就。
232	1975.10.28 第5版	意大利萨勒诺市举办"意中友好周"	意大利	意中友好协会和萨勒诺市旅行社等组织从十月二十日到二十五日在意大利南部城市萨勒诺举办了"意中友好周"。在友好周期间，展出了一百多幅反映中国社会主义革命和社会主义建设巨大成就的图片，放映了《红色娘子军》、《一代新人在成长》、《针刺麻醉》、《考古新发现》等中国影片，并举办了介绍中国工、农业生产和文教、卫生等方面情况的报告会和讨论会。

233	1976.05.14 第 5 版	布鲁塞尔国际博览会闭幕，三十多万人参观中国馆	比利时	比利时第四十九届布鲁塞尔国际博览会五月九日闭幕。博览会是在四月二十四日开幕的，二十三个国家正式参加了博览会。中国是第一次参加这个博览会，它的参加受到了比利时公众的热烈欢迎。在十五天中，有三十多万人从比利时各地及邻国前来参观中国馆。比利时首相莱奥·廷德曼斯，国防兼布鲁塞尔事务大臣保罗·范登博埃南、中产阶级大臣路易·奥利维埃、布鲁塞尔市市长范·阿尔特朗等参观了中国馆。博览会在四月二十八日举行了"中国日"。在博览会举行期间，中国馆还放映了《白毛女》、《红色娘子军》等三十多部中国电影。
234	1976.05.24 第 5 版	各国朋友爱看中国电影，我影片在伊朗、希腊、法国和几内亚放映深受欢迎	伊朗、希腊、法国和几内亚	第一届德黑兰国际妇女电影节于五月六日到十四日在伊朗首都德黑兰举行。伊朗、中国等十多个国家的影片在这届电影节放映。中国彩色影片《红色娘子军》放映了两次，受到了观众的热烈欢迎。

由上表可以看出，在 1961 年至 1976 年的十五年间，《红色娘子军》一共在国家政治外交场合露面的次数为 234 次，出访国家超过 100 多个。这主要原因在于该作品用用欧美世界广泛流行的芭蕾舞艺术形式，表现了民族解放与民族独立的革命理想主义内容，真正实现了"洋为中用"的艺术创新。《红色娘子军》虽然是一个"特殊时代"的产物，但因为作为中国当代艺术大胆创新的代表，做为国家代表性的文化产品，在国际政治交往的平台上得以集中推广，在相关国家、地区进行主动传播，大大提高了《红色娘子军》的国际知名度，其艺术成就也得到了国际社会广泛的认可。

第三节《红色娘子军》英译本的传播范围

《红色娘子军》的剧本对外翻译，特别是面向海外发行英译本，对于该作品国际影响的确立也起到了不可忽视的作用。本书发现，目前在英语世界影响较大的英译本有两种，一是 1972 年由纽约兰登出版集团翻译推出的《中国舞台：一个美国女演员在中国（China on Stage：An American Acterss in the People's Republic）》，收录了《智取威虎山》《红灯记》、《沙家浜》《杜鹃山》《红色娘子军》五部"样板戏"的英译剧本，这个剧本的英译本均直接选取了外文出版社的译本。其中《红色娘子军》（Red Detachment of Women）的译本是由中央芭蕾舞团集体署名。该书的编选者为美国记者埃德加·斯诺的夫人路易斯·斯诺（Lois Wheeler Snow）。由于该书的出版恰逢美国总统尼克松访华期间，美国社会对于中国所发生的一切都充满了兴趣，斯诺夫人熟悉中国，对中国充满感情，因此她在该书的前言中充满热情地写到："对于这样一个刚从战争中恢复的国家来说，中国在建国后戏剧方面的创造力是惊人的"。她在每部外文出版社的英译本基础上，加上了自己的简介。还在前言中回顾了中国京剧艺术的发展历史，阐述了新中国成立后京剧艺术的发展现状，表达了对于"样板戏"在内容上受到政治的束缚的遗憾，但同时肯定了"样板戏"的艺术创新成就。书后附有对于中国传统戏剧术语图文并茂的解释，并从艺术的角度向英语世界的读者推荐中国的"样板戏"[1]，该书在全世界的收藏图书馆数量为 626 家，去掉 2 家中国大陆图书馆，馆藏数量为 624 家。这个馆藏范围代表了包含《红色娘子军》在内的中国当代戏剧在全世界最大的传播范围，也是 1978 年前中国当代文学作品中传播范围最广的。二是由美国约翰·戴出版公司在 1975 年出版的《中国五幕话剧》（Five Chinese Communist Play）英译本中，由马丁·艾博（Martin Ebon）编译，收录了《白毛女》《红色娘子军》《智取威虎山》《红灯记》《杜鹃山》等五个最为知名的"样板戏"，马丁·艾博作为一个严肃的学者，在前言中写道："西方人应该避免一种高高在上的姿态看待已经很明显影响了或依然持续影响着中国文学艺术的狂热和偏执，现代京剧不是某种具有异域风情的原始部落仪式，却是对一种传统文化的继承，它应该是全人类的文化遗产"[2]。马丁·艾博的译本在全世界收藏图书馆数量达到 501 家，少于斯诺夫人的选本，而且由于斯诺夫人的译本是直接采用外文出版社的英译本，因此本书将斯诺夫人的译本作为《红色娘子军》在海外传播范围的代表。具体见下表 45。

---

[1] Lois Wheeler Snow, *China on Stage: An American Acterss in the People's Republic*, New York：Randon House, 1972.p11.

[2] Martin Ebon, *Five Chinese Communist Play*. New York：John Day Co.1975：pxxi.

续表

表格 45：《红色娘子军》英译本（624 家）的世界收藏图书馆一览表

序号	国家、地区	图书馆名称
1	澳大利亚 11 家	佛林德斯大学图书馆
2		国立澳大利亚大学图书馆
3		米德尔塞克斯大学 SAE 学院
4		国立新南威尔士图书馆
5		新南威尔士参考图书馆
6		国立昆士兰图书馆
7		阿德莱德大学图书馆
8		墨尔本大学图书馆
9		新南威尔士图书馆
10		纽卡斯尔大学奥治美特图书馆
11		悉尼理工大学图书馆
12	加拿大 30 家	阿尔伯塔大学图书馆
13		卡尔加里大学图书馆
14		兰加拉学院图书馆
15		西蒙菲莎大学图书馆
16		汤普逊河大学图书馆
17		英属哥伦比亚大学图书馆
18		维多利亚大学图书馆
19		温哥华公共图书馆
20		温尼伯大学图书馆
21		伊丽莎白纪念大学 / 纽芬兰岛图书馆
22		达尔豪西大学吉拉姆图书馆
23		圣文森特大学图书馆
24		布鲁克大学图书馆

25		卡尔顿大学图书馆
26		渥太华公共图书馆
27		瑞尔森大学图书馆
28		渥太华大学图书馆
29		多伦多大学 BATCHLOAD 图书馆
30		多伦多大学 ROBARTS 图书馆
31		多伦多大学 DOWNSVIEW 图书馆
32		滑铁卢大学图书馆
33	加拿大30家	温莎大学雷悌（LEDDY）图书馆
34		西部大学图书馆
35		维尔费·劳里埃大学图书馆
36		约克大学图书馆
37		爱德华王子大学图书馆
38		康科迪亚大学图书馆
39		麦吉尔大学图书馆
40		里贾纳大学图书馆
41		萨斯喀彻温大学图书馆
42	瑞士1家	瑞士纳特图书馆
43		德国柏林洪堡大学图书馆
44		约翰·克里斯汀—森肯伯格大学图书馆
45	德国5家	海德堡大学雷根斯堡图书馆
46		慕尼黑大学图书馆
47		美国陆军欧洲基地图书馆
48		大英图书馆
49	英国8家	苏格兰国立图书馆
50		伦敦亚非学院图书馆
51		利兹大学图书馆

52	英国8家	牛津大学图书馆
53		谢菲尔德大学图书馆
54		约克大学图书馆
55		威罗尔图书馆
56	中国香港2家	中国香港浸会大学图书馆
57		中国香港大学图书馆
58	以色列4家	特拉维夫贝蒂阿里拉图书馆
59		希伯来大学图书馆
60		特拉维夫大学图书馆
61		海法大学图书馆
62	日本1家	早稻田大学图书馆
63	马来西亚1家	马来西亚国立大学图书馆
64	新西兰4家	新西兰国家图书馆
65		新西兰诺拉米拉图书馆
66		坎特伯雷大学图书馆
67		维多利亚大学惠灵顿图书馆
68	菲律宾1家	菲律宾圣托马斯大学图书馆
69	波兰1家	波兰联合图书馆
70	瑞典1家	瑞典国家图书馆
71	新加坡1家	南洋理工大学图书馆
72	中国台湾2家	台湾中央研究院
73		台湾大学图书馆
74	美国阿拉斯加2家	阿拉斯加大学锚地图书馆
75		阿拉斯加大学阿森图书馆
76	美国阿拉巴马州2家	空军大学图书馆
77		杰克逊维尔州立大学图书馆

78	美国阿肯色州 6 家	阿肯色州立大学图书馆
79		阿肯色中央图书馆
80		东南阿肯色大学图书馆
81		阿肯色大学派恩布拉夫图书馆
82		阿肯色大学马林斯图书馆
83		阿肯色中心大学图书馆
84	美国亚利桑那州 4 家	亚利桑那州立大学天普图书馆
85		亚利桑那州华楚卡堡图书馆
86		北亚利桑那大学图书馆
87		亚利桑那大学图书馆
88	美国加利福尼亚州 67 家	ALIBRIS 图书在线
89		奥拉大学图书馆
90		伯林盖姆公共图书馆
91		加州理工科技研究院图书馆
92		波莫纳加州州立理工大学图书馆
93		加利福尼亚州立大学奇科分校图书馆
94		加州州立大学—多明格斯希尔斯分校图书馆
95		加州州立大学弗雷斯诺分校图书馆
96		加州州立大学富尔顿分校图书馆
97		加州州立大学洛杉矶分校图书馆
98		加利福尼亚州立大学圣马科斯分校图书馆
99		加利福尼亚州立大学贝克斯菲尔德图书馆
100		加州州立大学西湾图书馆
101		加州州立大学长滩图书馆
102		加州州立大学萨克拉门托图书馆
103		加利福尼亚州立大学圣伯纳迪诺分校图书馆
104		查普曼大学图书馆

105		哥伦比亚学院图书馆
106		加州多明尼克大学图书馆
107		洪堡特州立大学图书馆
108		科恩郡系列图书馆
109		国王郡图书馆
110		圣罗耀拉·玛丽蒙大学图书馆
111		默塞德郡图书馆
112		密尔斯学院图书馆
113		加州艺术表演与设计专业博物馆
114		奥克斯纳德公共图书馆
115		佩珀丁大学图书馆
116		波音特洛玛基督大学图书馆
117		里奥翁学院图书馆
118	美国加利福尼亚州67家	萨克拉门托公共图书馆
119		萨利纳斯公共图书馆
120		圣地亚哥州立大学图书馆
121		旧金山公共图书馆
122		旧金山州立大学图书馆
123		圣何塞州立大学
124		沙斯塔学院图书馆
125		索拉诺社区学院图书馆
126		索诺玛州立大学图书馆
127		斯坦福大学图书馆
128		斯托肯·圣·约翰郡公共图书馆
129		卡莱门麦肯纳学院图书馆
130		加州大学伯克利分校图书馆
131		加州大学戴维斯分校施莱德图书馆

132		加州大学欧文分校图书馆
133		加州大学洛杉矶分校图书馆
134		加州大学北部分校图书馆
135		加州大学河滨分校图书馆
136		加州大学圣塔芭芭拉分校图书馆
137		旧金山大学克拉森图书馆
138	美国加利福尼亚州 67 家	南加州大学图书馆
139		太平洋大学图书馆
140		加州西方大学
141		文图拉郡公共图书馆
142		维克多瓦尔学院图书馆
143		惠蒂尔学院图书馆
144		约洛郡图书馆
145		科罗拉多梅萨大学图书馆
146		科罗拉多州立大学柯林斯堡分校图书馆
147		科罗拉多州立大学普韦布洛图书馆
148		丹佛大学艺术博物馆
149	美国科罗拉多州 9 家	科罗拉多大学波尔顿分校图书馆
150		科罗拉多大学丹佛分校图书馆
151		丹佛大学图书馆
152		北科罗拉多大学图书馆
153		美国空军学院图书馆
154		布里斯托尔公共图书馆
155		康涅狄格学院诗歌
156	美国康涅狄格州 14 家	西哈特福德公共图书馆
157		法明顿社区图书馆
158		图书馆在线公司图书馆

159		康涅狄格图书馆在线
160		曼彻斯特城市图书馆
161		诺格塔克社区学院图书馆
162		辛斯伯利市公共图书馆
163	美国康涅狄格州 14 家	南康涅狄格州立大学图书馆
164		康涅狄格大学图书馆
165		东哈特福德公共图书馆
166		东康涅狄格州立大学图书馆
167		耶鲁大学图书馆
168		华盛顿美国大学图书馆
169		美国天主教大学图书馆
170		乔治·华盛顿大学图书馆
171		乔治敦大学图书馆
172	华盛顿特区 8 家	霍华德大学图书馆
173		霍华德大学天普瑞分校图书馆
174		美国国会图书馆
175		美国国务院图书馆
176		佛罗里达大西洋大学图书馆
177		佛罗里达国际大学图书馆
178		佛罗里达图书仓储中心
179		佛罗里达州立大学图书馆
180		杰克逊维尔公共图书馆
181	美国佛罗里达州 19 家	里郡系列公共图书馆
182		迈阿密戴德郡系列公共图书馆
183		佛罗里达北部学院图书馆
184		大西洋大学棕榈滩图书馆
185		彭萨科拉州立学院图书馆

186		佛罗里达州立学院 海牛萨拉萨塔分院图书馆
187		斯泰森大学图书馆
188		天普希尔斯堡郡系列公共图书馆
189		佛罗里达中央大学图书馆
190	美国佛罗里达州 19 家	佛罗里达迈阿密大学图书馆
191		佛罗里达北部大学卡培迪图书馆
192		佛罗里达南部大学图书馆
193		佛罗里达西部大学图书馆
194		卢沃西亚郡公共图书馆
195		佐治亚州立大学奥尔巴尼分校
196		亚特兰大富尔顿公共图书馆
197		奥古斯特大学图书馆
198	美国佐治亚州 8 家	埃默里大学图书馆
199		佐治亚州立大学图书馆
200		霍尔郡系列公共图书馆
201		佐治亚大学图书馆
202		西佐治亚大学图书馆
203	美国夏威夷州 2 家	美国海军卡奥内赫湾基地图书馆
204		夏威夷大学马诺图书馆
205		艾奥瓦柯尔学院图书馆
206	美国艾奥瓦州 4 家	艾奥瓦州立大学图书馆
207		艾奥瓦大学图书馆
208		北艾奥瓦大学图书馆
209	美国爱达荷州 1 家	博伊西州立大学图书馆
210		布莱克本学院图书馆
211	美国伊利诺伊州 33 家	布拉德利大学图书馆
212		芝加哥公共图书馆

续表

213		丹维尔地区社区学院图书馆
214		东伊利诺伊大学图书馆
215		埃尔金高中图书馆
216		总督州立大学图书馆
217		哈伯学院图书馆
218		伊利诺伊州立图书馆
219		伊利诺伊州立大学图书馆
220		杰德森学院图书馆
221		罗耀拉芝加哥大学北京研究中心图书馆
222		蒙茅斯学院图书馆
223		梅因山谷学院图书馆
224		纽伯里图书馆
225		北部学院图书馆
226	美国伊利诺伊州 33 家	北部公园大学图书馆
227		北伊利诺伊大学图书馆
228		西北大学图书馆
229		奥林社区学院图书馆
230		巴拉丁系列公共图书馆
231		帕克兰学院图书馆
232		洛克山谷学院图书馆
233		罗克福德大学图书馆
234		罗斯福大学图书馆
235		南伊利诺伊大学图书馆
236		南伊利诺伊大学艾德华兹维尔分校图书馆
237		三联高中图书馆
238		特里顿学院图书馆
239		芝加哥大学图书馆

240	美国伊利诺伊州 33 家	伊利诺伊大学图书馆
241		伊利诺伊大学芝加哥分校图书馆
242		西伊利诺伊大学图书馆
243	美国印第安纳州 8 家	鲍尔州立大学图书馆
244		德保大学图书馆
245		厄勒姆学院莉莉图书馆
246		卡瑞公共图书馆
247		哈蒙德公共图书馆
248		汉诺威学院达根图书馆
249		印第安纳大学图书馆
250		印第安纳大学南本德分校图书馆
251	美国堪萨斯州 9 家	堪萨斯州立大学图书馆
252		堪萨斯曼哈顿公共图书馆
253		牛顿公共图书馆
254		西南堪萨斯系列图书馆
255		堪萨斯州立图书馆
256		堪萨斯大学图书馆
257		沃什本大学图书馆
258		威奇塔州立大学图书馆
259		温菲尔德公共图书馆
260	美国肯塔基州 20 家	阿斯伯里大学图书馆
261		贝尔郡公共图书馆
262		科尔宾公共图书馆
263		东肯德基大学图书馆
264		弗洛伊德郡公共图书馆
265		哈兰郡公共图书馆
266		亨瑞郡公共图书馆

续表

267	美国肯塔基州20家	罗冈郡公共图书馆
268		路易斯韦尔免费公共图书馆
269		穆伦贝格郡公共图书馆
270		北肯塔基大学图书馆
271		普拉斯基郡公共图书馆
272		罗恩郡公共图书馆
273		思考特郡公共图书馆
274		谢尔比郡公共图书馆
275		肯德基大学图书馆
276		路易斯韦尔大学图书馆
277		华伦郡公共图书馆
278		华盛顿郡公共图书馆
279		西肯德基大学图书馆
280	美国路易斯安那州8家	东巴吞鲁日教区图书馆
281		拉斐特公共图书馆
282		路易斯安那州立大学图书馆
283		路易斯安那大学什里夫波特图书馆
284		新奥尔良公共图书馆
285		路易斯安那州立图书馆
286		杜兰大学图书馆
287		路易斯安那大学什里夫波特分校图书馆
288	美国马萨诸塞州19家	阿默斯特学院图书馆
289		波士顿公共图书馆
290		波士顿大学图书馆
291		布里奇沃特州立图书馆
292		圣十字学院图书馆
293		卡里学院图书馆

294		哈佛大学哈佛学院图书馆
295		哈佛大学施勒森格图书馆
296		哈佛大学燕京图书馆
297		马萨苏特学院图书馆
298		民兵系列图书馆
299		东北大学图书馆
300	美国马萨诸塞州 19 家	史密斯学院图书馆
301		塔夫茨大学图书馆
302		马萨诸塞大学阿默斯特分校图书馆
303		马萨诸塞大学洛厄尔分校图书馆
304		卫斯理学院图书馆
305		威顿学院图书馆
306		威廉姆斯学院图书馆
307		巴尔的摩城市学院图书馆
308		霍华德郡系列图书馆
309		霍华德社区学院图书馆
310	美国马里兰州 8 家	圣母图书馆
311		麦克丹尼尔学院图书馆
312		摩根州立大学图书馆
313		马里兰大学公园学院图书馆
314		美国海军司令部图书馆
315		科尔比学院图书馆
316		科尔比学院收藏博物馆
317	美国缅因州 5 家	缅因大学肯特分校图书馆
318		缅因大学奥诺分校图书馆
319		南缅因大学图书馆

320	美国密歇根州 15 家	安德鲁斯大学图书馆
321		加尔文神学院图书馆
322		密歇根中央大学图书馆
323		东密歇根大学图书馆
324		法明顿社区图书馆
325		平河社区图书馆
326		卡拉马祖学院图书馆
327		卡拉马祖公共图书馆
328		奥克兰大学图书馆
329		苏圣玛丽学院布拉纳德图书馆
330		谢菲尔德公共图书馆
331		密歇根大学图书馆
332		密歇根大学福莱特图书馆
333		西密歇根大学图书馆
334		维拉德图书馆
335	美国明尼苏达州 5 家	德鲁斯公共图书馆
336		罕尼平郡图书馆
337		明尼苏达大学德鲁斯分校图书馆
338		明尼苏达大学明尼阿波利斯分校图书馆
339		明尼苏达大学马诺图书馆
340	美国密苏里州 11 家	卡弗—斯托克顿学院图书馆
341		杜瑞大学图书馆
342		哈里斯斯托州立大学图书馆
343		林肯定性图书馆
344		圣路易斯玛丽维尔大学图书馆
345		密苏里州立大学图书馆
346		圣路易斯市城市图书馆联盟

347	美国密苏里州 11 家	圣路易斯公共图书馆
348		密苏里大学堪萨斯城市图书馆
349		密苏里大学哥伦比亚分校图书馆
350		密苏里华盛顿大学图书馆
351	美国密西西比州 2 家	亚当州立大学图书馆
352		杰克逊海地系列图书馆
353	美国蒙大拿州 2 家	蒙大拿州立大学博物馆
354		洛克山谷学院图书馆
355	美国北卡罗来纳州 16 家	贝克和泰勒公司图书馆
356		卡罗莱纳郡中央公共图书馆服务中心
357		戴维森学院图书馆
358		杜克大学图书馆
359		埃伦大学图书馆
360		卡斯托郡公共图书馆
361		高点大学史密斯图书馆
362		北卡罗来纳州立大学罗利分校图书馆
363		罗宾逊郡公共图书馆
364		圣奥古斯丁大学图书馆
365		圣安德鲁大学图书馆
366		北卡罗来纳州立大学夏洛特分校图书馆
367		北卡罗来纳大学格林斯伯勒分校图书馆
368		北卡罗来纳大学艺术学院图书馆
369		北卡罗来纳大学查伯尔学院图书馆
370		维克森林大学图书馆
371	美国达科他州 1 家	詹姆斯敦大学图书馆

372	美国内布拉斯加州3家	多恩艺术与科技大学图书馆
373		内布拉斯加州林肯大学图书馆
374		黑斯廷斯学院图书馆
375	美国新罕布什尔州5家	达特茅斯学院图书馆
376		戈比图书馆服务中心
377		基恩州立学院图书馆
378		新汉普夏图书馆书目中心
379		圣宝丽中学图书馆
380	美国新泽西州28家	阿斯伯里公园公共图书馆
381		大西洋郡社区学院图书馆
382		大西洋郡中央图书馆
383		伯根菲尔德免费公共图书馆
384		布卢姆菲尔德学院图书馆
385		卡姆登郡公共图书馆
386		新泽西学院图书馆
387		新泽西伊丽莎白学院图书馆
388		哥伦比亚郡图书馆
389		恩格尔伍德图书馆
390		福特李公共图书馆
391		格洛斯特郡图书馆
392		伊文顿公共图书馆
393		泽西城市免费图书馆
394		基恩大学图书馆
395		莫里斯派免费公共图书馆
396		米尔本免费公共图书馆
397		蒙茅斯大学图书馆
398		蒙特克莱尔州立大学图书馆

399	美国新泽西州 28 家	新泽西城市大学图书馆
400		纽瓦克公共图书馆
401		海洋学院图书馆
402		普林斯顿大学图书馆
403		罗恩大学图书馆
404		罗杰斯大学图书馆
405		卢瑟福公共图书馆
406		圣彼得斯大学图书馆
407		西东大学图书馆
408	美国新墨西哥州 4 家	东墨西哥大学图书馆
409		新墨西哥州立大学图书馆
410		美国圣达菲艺术与设计大学图书馆
411		新墨西哥大学图书馆
412	美国内华达州 1 家	内华达大学里诺分校图书馆
413	美国纽约州 47 家	纽约诗人学院图书馆
414		普顿北威彻斯特教育委员会图书馆
415		首都教育委员会图书馆
416		克林顿·埃塞克斯·富兰克林图书馆
417		科尔盖特大学图书馆
418		哥伦比亚大学纽约市图书馆
419		康奈尔大学图书馆
420		纽约大学巴鲁克学院图书馆
421		纽约大学布鲁克林学院图书馆
422		纽约大学城市学院图书馆
423		纽约大学雷曼学院图书馆
424		纽约大学梅格尔—埃弗斯学院图书馆
425		埃默里学院图书馆

续表

426		福特汉姆大学图书馆
427		第四郡系列图书馆
428		汉密尔顿学院图书馆
429		霍夫斯特拉大学图书馆
430		亨特学院图书馆
431		伊萨卡学院图书馆
432		纽约公共图书馆
433		纽约大学图书馆
434		橘子郡社区学院图书馆
435		佩斯大学森特维尔市图书馆
436		皇后区大学公共图书馆
437		皇后大学图书馆
438		皇后区社区学院图书馆
439	美国纽约州47家	罗切斯特公共图书馆
440		圣劳伦斯大学图书馆
441		萨拉劳伦斯学院图书馆
442		锡耶纳学院图书馆
443		斯基德莫尔学院图书馆
444		南方层阶图书馆
445		圣约翰大学图书馆
446		美国纽约州立大学石溪分校图书馆
447		纽约州立大学阿伯尼图书馆
448		约州州立大学宾汉姆顿分校图书馆
449		纽约州立大学水牛城分校图书馆
450		纽约州立大学新帕尔兹分校图书馆
451		纽约州立大学杰纳西奥分校图书馆
452		纽约州立大学帕彻斯分校图书馆

453	美国纽约州 47 家	纽约州立大学可特兰分校图书馆
454		纽约锡拉丘兹大学图书馆
455		圣罗斯学院图书馆
456		罗彻斯特大学图书馆
457		美军西点军校图书馆
458		韦斯特切斯特系列图书馆
459		白色平原郡公共图书馆
460	美国俄亥俄州 30 家	艾肯夏米尔特郡公共图书馆
461		安提可学院图书馆
462		凯瑟西部后备大学图书馆
463		悉达维尔大学图书馆
464		克利夫兰州立大学图书馆
465		丹尼森大学图书馆
466		芬德林汉考克公共图书馆
467		俄亥俄国际学院图书馆
468		肯特州立大学图书馆
469		肯特州立大学斯塔克图书馆
470		玛丽埃塔学院图书馆
471		俄亥俄迈阿密大学图书馆
472		莫利图书馆
473		俄亥俄西北地区图书苍储基地
474		奥伯林学院图书馆
475		俄亥俄西北图书仓储办公区
476		北俄亥俄大学图书馆
477		俄亥俄州立大学图书馆
478		俄亥俄大学图书馆
479		俄亥俄卫斯理大学图书馆

480	美国俄亥俄州 30 家	辛辛那提和汉米尔顿公共图书馆
481		目录自动检索图书馆
482		伍斯特学院图书馆
483		托莱多鲁斯郡公共图书馆
484		阿克伦大学图书馆
485		阿克伦大学韦恩学院图书馆
486		乌苏林学院图书馆
487		威尔明顿学院图书馆
488		威腾堡大学图书馆
489		夏维尔大学图书馆
490	美国俄克拉荷马州 4 家	东北州立大学图书馆
491		俄克拉荷马城市大学图书馆
492		西南俄克拉荷马大学图书馆
493		俄克拉荷马大学图书馆
494	美国俄勒冈州 7 家	俄勒冈州立大学科瓦利斯分院图书馆
495		波特兰州立大学图书馆
496		里德学院图书馆
497		南俄勒冈大学图书馆
498		俄勒冈大学图书馆
499		西俄勒冈大学图书馆
500		威拉姆特大学图书馆
501	美国宾夕法尼亚州 28 家	布林马尔学院图书馆
502		布鲁克斯社区学院图书馆
503		卡耐基·梅隆大学图书馆
504		查塔姆大学图书馆
505		栗山学院罗伯图书馆
506		宾夕法尼亚大学克林顿分校图书馆

507		德萨尔斯大学图书馆
508		迪金森学院图书馆
509		杜魁斯尼大学图书馆
510		东正大学图书馆
511		宾夕法尼亚大学艾丁伯勒图书馆
512		富兰克林马歇尔学院图书馆
513		费城免费图书馆
514		葛底斯堡学院图书馆
515		朱尼亚塔学院图书馆
516		拉法埃脱学院图书馆
517	美国宾夕法尼亚州28家	里海大学图书馆
518		宾夕法尼亚洛克海文分校图书馆
519		蒙哥马利郡诺威斯顿公共图书馆
520		宾夕法尼亚州立大学图书馆
521		圣约瑟夫大学图书馆
522		宾夕法尼亚大学彭斯堡分校图书馆
523		萨斯奎汉纳大学图书馆
524		天普大学图书馆
525		宾夕法尼亚大学图书馆
526		宾州匹兹堡大学图书馆
527		艺术大学图书馆
528		西切斯特大学图书馆
529	美国波多黎各州1家	波多黎各大学图书馆
530		海洋州立图书馆
531	美国罗德岛州3家	罗杰威廉姆斯大学图书馆
532		罗德岛大学图书馆

续表

533	美国南卡罗莱纳州 8 家	本尼迪克学院图书馆
534		查尔斯顿郡图书馆
535		南查尔斯顿大学图书馆
536		查尔斯顿学院图书馆
537		哥伦比亚学院图书馆
538		南卡罗来纳大学图书馆
539		温斯罗普大学图书馆
540		沃福德学院图书馆
541	美国南达科他州 1 家	奥古斯特大学图书馆
542	美国田纳西州 9 家	东田纳西州立大学图书馆
543		菲斯克大学图书馆
544		诺克斯郡公共图书馆诺克斯维尔分馆
545		孟菲斯公共图书馆
546		中田纳西州立大学图书馆
547		罗德学院图书馆
548		田纳西理工大学图书馆
549		孟菲斯大学图书馆
550		田纳西大学图书馆
551	美国德克萨斯州 25 家	艾伯林基督大学图书馆
552		奥斯汀公共图书馆
553		达拉斯公共图书馆
554		德尔马芮学院图书馆
555		达斯廷米迦勒塞库拉纪念博物馆
556		海塔口郡系列公共图书馆
557		卢博克公共图书馆
558		梅赛德斯纪念图书馆
559		中西部州立大学蒙费特图书馆

560		橙色公共图书馆
561		圣休士顿州立大学图书馆
562		塔尔顿州立大学图书馆
563		斯皮尔纪念图书馆
564		德克萨斯州立大学圣马科图书馆
565		德州理工科技大学
566		休士顿大学德明顿分校图书馆
567	美国德克萨斯州25家	德克萨斯大学图书馆
568		德克萨斯大学阿灵顿分校图书馆
569		德克萨斯大学奥斯汀分校图书馆
570		德克萨斯大学达拉斯分校图书馆
571		德克萨斯大学帕索分校图书馆
572		德克萨斯大学泰勒分校图书馆
573		德克萨斯大学奥斯汀哈里阮芬图书馆
574		德州因卡梅大学
575		韦科麦克伦南郡图书馆
576	美国犹他州2家	杨百翰大学图书馆
577		犹他大学图书馆
578		汉普登—西德尼学院图书馆
579		汉普顿大学图书馆
580		欧道明大学图书馆
581		雪兰多大学图书馆
582	美国弗吉尼亚州15家	南弗吉尼亚大学图书馆
583		斯威特布莱尔学院图书馆
584		林奇堡大学图书馆
585		玛丽·华盛顿大学图书馆
586		里士满大学图书馆

587	美国弗吉尼亚州 15 家	弗吉尼亚大学图书馆
588		弗吉尼亚英联邦大学图书馆
589		弗吉尼亚理工大学图书馆
590		弗吉尼亚联合大学图书馆
591		华盛顿·李大学图书馆
592		威廉·玛丽图书馆
593	美国佛蒙特州 4 家	本宁顿学院图书馆
594		米德尔伯里学院图书馆
595		诺威治大学图书馆
596		圣麦克学院图书馆
597	美国华盛顿州 13 家	华盛顿中央大学图书馆
598		森特勒利亚学院传媒图书馆
599		东华盛顿大学图书馆
600		常青州立大学图书馆
601		传统大学图书馆
602		高利学院图书馆
603		国王郡系列图书馆
604		华盛顿西雅图公共图书馆
605		华盛顿大学图书馆
606		瓦拉·瓦拉公共图书馆
607		华盛顿州立大学图书馆
608		西华盛顿大学图书馆
609		惠特曼学院图书馆
610	美国威斯康星州 9 家	卡罗尔大学图书馆
611		威斯康星大学帕克赛德分校图书馆
612		威斯康星大学艾尤·克莱尔分校
613		威斯康星大学拉克罗斯分校图书馆

614		威斯康星大学麦迪逊分校图书馆
615		威斯康星大学密渥尔基分校图书馆
616	美国威斯康星州 9 家	威斯康星大学奥斯科史分校图书馆
617		威斯康星大学史蒂文森分校图书馆
618		威斯康星大学斯托分校图书馆
619		费尔佛蒙特州立大学图书馆
620		格伦维尔州立大学图书馆
621	美国西弗吉尼亚州 5 家	马歇尔大学图书馆
622		谢弗德大学图书馆
623		西弗吉尼亚大学图书馆
624	美国怀俄明州 1 家	怀俄明大学图书馆

通过上表的 624 家图书馆名单可以发现，该书英译本的传播范围，已经大大超过了《青春之歌》《白毛女》等其他中国文学作品的收藏图书馆数量。一些图书馆名称上看，已经从传统的中国研究、东亚文学、汉语言教学机构拓展到东亚艺术、音乐等大学、学院，甚至一些高中图书馆都有收藏。从收藏图书馆数量上看，《红色娘子军》的传播范围是相当广泛的，可以说是中国当代文学作品中世界影响最大的作品。

第四节 《红色娘子军》影像制品的传播范围

《红色娘子军》自 1961 年电影公映以来，曾先后以电影拷贝、录像带、VCD/DVD 光盘等多种形式传播到世界各地。在影像载体中，以 2006 年的 DVD 光盘传播范围最广。2006 年由中国香港古典音乐中国黄河出版社，推出了电影版《红色娘子军》的 DVD 光盘在全世界图书馆名单为 229 家，具体名单如下。

表格 46：《红色娘子军》DVD（229 家）在全世界的收藏图书馆一览表

序号	国家、地区	图书馆名单
1	阿联酋 1 家	沙迦美国大学

2	澳大利亚3家	格里菲斯大学图书馆
3		墨尔本图书馆
4		昆士兰大学图书馆
5	加拿大12家	艾德蒙顿公共图书馆
6		道格拉斯学院图书馆
7		昆特兰理工大学图书馆
8		西蒙弗雷泽大学图书馆
9		西温哥华图书馆
10		伊丽莎白纪念大学/ 纽芬兰岛分校图书馆
11		渥太华公共图书馆
12		多伦多公共图书馆
13		西安大略大学图书馆
14		约克大学图书馆
15		麦吉尔大学图书馆
16		萨斯喀彻温大学图书馆
17	英国2家	国王学院伦敦分校图书馆
18		利兹音乐学院图书馆
19	日本9家	日本爱知教育大学图书馆
20		九州产业大学图书馆
21		国立民族学博物馆
22		埼玉大学图书馆
23		中京大学图书馆
24		福山大学图书馆
25		北海道大学图书馆
26		北海道大学文学研究所图书馆
27		立命馆大学图书馆
28	新西兰1家	维多利亚大学惠灵顿图书馆

29	美国阿拉巴马州 2 家	奥本大学图书馆
30		桑福德大学图书馆
31	美国阿肯色州 2 家	阿肯色州立大学琼斯伯勒分校图书馆
32		阿肯色州立大学穆林思分校图书馆
33	美国亚利桑那州 1 家	亚利桑那州立大学图书馆
34	美国加利福尼亚州 21 家	奥拉大学图书馆
35		加利福尼亚艺术研究院图书馆
36		加州大学长滩分校图书馆
37		培普丹大学图书馆
38		波因特洛马拿撒勒大学图书馆
39		旧金山音乐学院图书馆
40		辛普森大学图书馆
41		斯坦福大学图书馆
42		卡莱门麦肯纳学院图书馆
43		加州大学洛杉矶分校图书馆
44		加州大学伯克利分校图书馆
45		加州大学欧文分校图书馆
46		加州大学戴维斯分校图书馆
47		加州大学默塞德分校图书馆
48		加州大学河滨分校图书馆
49		加州大学圣地亚哥分校图书馆
50		加州大学圣塔芭拉分校图书馆
51		加州大学克鲁兹分校图书馆
52		加州雷德兰兹大学图书馆
53		南加州大学图书馆
54		威斯蒙特学院图书馆

55	美国科罗拉多州2家	学院图书馆
56		科罗拉多大学博尔顿分校图书馆
57	美国康涅狄格州3家	康涅狄格学院图书馆
58		三一学院图书馆
59		康涅狄格大学图书馆
60	美国华盛顿特区1家	美国大学图书馆
61	美国特拉华州1家	特拉华大学图书馆
62	美国佛罗里达州7家	贝休恩·库克曼大学图书馆
63		佛罗里达国际大学图书馆
64		佛罗里达州立大学音乐图书馆
65		林恩大学图书馆
66		诺瓦东南大学图书馆
67		佛罗里达迈阿密大学图书馆
68		天普大学图书馆
69	美国佐治亚州4家	贝里学院图书馆
70		圣约学院图书馆
71		南佐治亚大学图书馆
72		佐治亚大学图书馆
73	美国艾奥瓦州6家	康奈尔大学图书馆
74		多特学院图书馆
75		康奈尔学院图书馆
76		艾奥瓦州立大学图书馆
77		卢瑟学院图书馆
78		艾奥瓦大学图书馆
79	爱达荷州2家	杨百翰大学爱达荷分校图书馆
80		爱达荷学院图书馆

81	伊利诺伊州7家	伊利诺伊州立大学图书馆
82		北部公园大学图书馆
83		东北伊利诺伊大学图书馆
84		北部伊利诺伊大学图书馆
85		西北伊利诺伊大学图书馆
86		芝加哥大学图书馆
87		惠顿学院图书馆
88	美国印第安纳州14家	安德森大学图书馆
89		伯塞尔学院图书馆
90		巴特勒大学图书馆
91		迪堡大学图书馆
92		厄勒姆学院图书馆
93		富兰克林学院图书馆
94		汉诺威学院杜冈图书馆
95		印第安纳大学图书馆
96		曼彻斯特大学图书馆
97		玛丽安大学图书馆
98		泰勒大学图书馆
99		特里恩大学图书馆
100		印第安纳波利斯大学图书馆
101		圣母大学图书馆
102	美国堪萨斯州3家	贝克大学图书馆
103		堪萨斯州立大学图书馆
104		塔博尔学院图书馆
105	美国肯塔基州6家	阿巴拉契学院亚洲中心图书馆
106		东肯塔基大学图书馆
107		肯塔基州立大学图书馆

108	美国肯塔基州 6 家	莫尔黑德州立大学图书馆
109		路易斯维尔大学图书馆
110		路易斯维尔大学音乐图书馆
111	美国路易斯安那州 2 家	路易斯安娜州立大学图书馆
112		罗耀拉大学图书馆
113	美国马萨诸塞州 8 家	阿默斯特学院图书馆
114		新英格兰音乐学院图书馆
115		东北大学图书馆
116		马萨诸塞大学阿默斯特分校图书馆
117		马萨诸塞大学洛厄尔分校图书馆
118		韦尔斯利学院玛格丽特图书馆
119		韦斯特菲尔德州立大学图书馆
120		威廉姆斯学院图书馆
121	美国马里兰州 3 家	安妮阿伦德尔社区公共图书馆
122		陶森大学图书馆
123		马里兰大学公园学院图书馆
124	美国缅因州 2 家	贝茨学院图书馆
125		缅因大学奥罗诺分校图书馆
126	美国密歇根州 3 家	基石大学图书馆
127		希尔斯代尔学院摩西图书馆
128		密歇根大学图书馆
129	美国明尼苏达州 7 家	协和学院图书馆
130		皇冠学院图书馆
131		哈姆林大学图书馆
132		明尼苏达州立大学曼卡托图书馆
133		明尼苏达大学杜鲁斯分校图书馆
134		明尼苏达大学明尼阿波利斯分校图书馆

135	美国明尼苏达州 7 家	圣托马斯大学图书馆
136	美国密苏里州 2 家	密苏里大学堪萨斯城市图书馆
137		密苏里大学堪萨斯城市劳尔图书馆
138	美国北卡罗来纳州 5 家	美国乔万大学图书馆
139		西卡罗莱纳大学图书馆
140		依隆大学图书馆
141		高点大学史密斯图书馆
142		北卡罗来纳大学格林斯伯勒图书馆
143	美国北达科他州 1 家	河谷市州立大学图书馆
144	美国内布拉斯加州 2 家	内布拉斯加大学林肯分校图书馆
145		内布拉斯加大学奥马哈分校图书馆
146	美国新罕布什尔州 2 家	普利茅斯州立大学图书馆
147		新罕布什尔州大学图书馆
148	美国新泽西州 3 家	佐治亚法庭大学图书馆
149		蒙特克莱尔州立大学图书馆
150		普林斯顿大学图书馆
151	美国新墨西哥州 3 家	东新墨西哥大学图书馆
152		东新墨西哥大学鲁亦多所图书馆
153		新墨西哥大学图书馆
154	美国内华达州 1 家	内华达大学离诺分校图书馆
155	美国纽约州 9 家	哥伦比亚大学图书馆
156		康奈尔大学图书馆
157		爱诺娜学院图书馆
158		茱莉亚高中图书馆
159		纽约新高中图书馆
160		伦斯勒理工学院图书馆
161		罗伯茨—韦斯利安学院图书馆

162	美国纽约州9家	沙拉劳伦斯学院图书馆
163		纽约圣约翰大学图书馆
164	美国俄亥俄州12家	博林格林州立大学图书馆
165		约翰卡罗尔大学格拉塞利图书馆
166		肯特州立大学图书馆
167		奥伯林学院图书馆
168		美国OCLC目录数据测试图书馆
169		俄亥俄州立大学图书馆
170		阿克伦大学图书馆
171		辛辛那提大学图书馆
172		威尔逊图书馆
173		WMS自动化图书馆
174		莱特州立大学图书馆
175		扬斯敦州立大学图书馆
176	美国俄克拉荷马州2家	俄克拉荷马城市大学杜尼拉布朗图书馆
177		俄克拉荷马大学图书馆
178	美国俄勒冈州3家	康科迪亚大学图书馆
179		路易斯克拉克学院图书馆
180		里德学院图书馆
181	美国宾夕法尼亚州10家	阿勒格尼学院图书馆
182		宾夕法尼亚布鲁姆斯堡大学图书馆
183		弥赛亚学院莫里图书馆
184		穆冷博格学院图书馆
185		宾夕法尼亚州立大学图书馆
186		薛顿希尔大学图书馆
187		山顶大学图书馆
188		宾夕法尼亚大学图书馆

189	美国宾夕法尼亚州 10 家	西切斯特大学图书馆
190		威斯敏斯特学院图书馆
191	美国南卡罗来纳州 1 家	威福德学院图书馆
192	美国南达科他州 2 家	奥古斯塔纳大学图书馆
193		北方州立大学图书馆
194	美国田纳西州 4 家	贝尔蒙特大学图书馆
195		林肯大学图书馆
196		美国纳克所思公司
197		田纳西大学查塔努加分校图书馆
198	德克萨斯州 13 家	艾柏林基督大学布朗图书馆
199		贝勒大学图书馆
200		圣安东尼奥学院图书馆
201		南卫理公会大学图书馆
202		西南大学神学院图书馆
203		德克萨斯科技大学图书馆
204		德克萨斯大学图书馆
205		德克萨斯州立大学圣马科斯分校图书馆
206		休士顿大学图书馆
207		北德克萨斯大学图书馆
208	德克萨斯州 13 家	圣托马斯大学图书馆
209		德克萨斯大学达拉斯分校图书馆
210		德克萨斯大学埃尔帕索分校图书馆
211	美国犹他州 1 家	杨百翰大学图书馆
212	美国弗吉尼亚州 6 家	布里奇沃尔学院图书馆
213		克里斯托弗纽波特大学图书馆
214		威廉玛丽学院图书馆
215		乔治梅森大学图书馆

216	美国弗吉尼亚州 6 家	弗吉尼亚大学图书馆
217		弗吉尼亚联邦大学图书馆
218	美国佛蒙特州 1 家	尚普兰学院图书馆
219	美国华盛顿州 3 家	太平洋路德大学图书馆
220		华盛顿大学图书馆
221		西华盛顿大学图书馆
222	美国威斯康星州 4 家	贝洛伊特学院图书馆
223		迦太基学院图书馆
224		尼可莱理工学院图书馆
225		维泰博大学图书馆
226	美国西弗吉尼亚州 3 家	马歇尔大学图书馆
227		西弗吉尼亚大学健康科学中心图书馆
228		西弗吉尼亚大学图书馆
229	美国怀俄明州 1 家	怀俄明大学图书馆

通过上表的收藏图书馆名单可以发现，《红色娘子军》影像制品的馆藏范围，与英语译本的馆藏进一步互相印证，有些收藏了译本的大学、研究机构的图书馆，同时也收藏了该影像制品，而影像 DVD 的 200 家图书馆中有些并没有收藏英译本，如一些高中图书馆、社区大学图书馆、公共免费图书馆。这说明了中国当代文学在海外获得影响的路径——影像传播会大大降低文字的传播障碍，更形象、更直观的方式拓宽受众面。

《红色娘子军》在日本的传播也值得关注，其中有关该题材的图书、剧本和录像带大有 42 种，其中有一个基于绘画本的日文译本，名为《絵ものがたり红色娘子军：注释・日语译》，由日本光生馆出版于 1972 年，编者为香坂顺一、上野惠司。香坂顺一曾经在 1931 年创办汉语检定协会，上野教授日本共立女子大学（博导）教授、综合文化研究所所长、日本近代汉语学会会长、日本汉语检定协会理事长。两人为著名汉学家。该译本的收藏图书馆为 28 家，具体如下：

表格 47：《红色娘子军》日译绘图本（28 家）日本收藏图书馆一览表

序号	图书馆名称
1	爱知大学 丰桥图书馆图
2	青山学院大学 图书馆
3	岩手大学 图书馆
4	大阪产业大学 综合图书馆
5	大阪市立大学 学术情报中心
6	大阪市立大学 学术情报中心文
7	大阪大学 附属图书馆 综合图书馆
8	鹿儿岛大学 附属图书馆
9	北九州市立大学 图书馆
10	九州大学 中央图书馆
11	共荣大学 图书馆图
12	京都橘大学 图书馆
13	久留米大学 附属图书馆 御井学舍分馆
14	神户松阴女子学院大学图书馆
15	札幌学院大学 图书馆
16	滋贺县立大学 图书情报中心
17	实践女子大学 图书馆图
18	摄南大学 图书馆本馆
19	相爱大学图书馆
20	帝京大学 图书馆
21	东京女子大学 图书馆
22	日本大学 图书馆 国际关系学部分馆
23	梅光学院大学 图书馆大图
24	福岛大学 附属图书馆
25	三重大学 附属图书馆

26	琉球大学 附属图书馆
27	龙谷大学 濑田图书馆图
28	了德寺大学 附属图书馆图

　　本章不吝篇幅，整理了《人民日报》数据库中对于 1961 年至 1976 年累计 234 次的中外巡演数据，从中可以发现《红色娘子军》做为"特殊时代"的标志性文艺作品，在国际政治交往的主流平台上得以集中对外传播的力度和频次。借助国家外交平台，将该作品的中外巡演的足迹遍布欧洲、亚洲、非洲、拉丁美洲等 100 多个国家与地区，其艺术创新成就被世界广泛认可。这种传播的效果通过图书、光盘的收藏图书馆数量得到了确认：《红色娘子军》英译本（624 家）、DVD 光盘（229 家）等收藏图书馆数据，其传播范围是最广泛的。就《红色娘子军》所具有的广泛世界影响而言，可以说该作品的世界影响最大的中国当代文学经典之一。

基本结论

本书以《白毛女》、《小二黑结婚》、《太阳照在桑乾河上》、《暴风骤雨》、《新儿女英雄传》、《组织部新来的青年人》、《青春之歌》、《林海雪原》、《我的前半生》、《红色娘子军》等 10 部作品为例，按照世界收藏图书馆数量、读者反馈和学术研究评价三个维度进行了初步梳理之后，发现中国当代文学作品获得世界影响的因素是多方面的，既有作品本身的内容、文学创作水平等内在因素，也有文学传播介、传播时机等外在因素。本书按照世界收藏图书馆数量将《白毛女》等 10 部作品进行排名（不分题裁，仅以官藏数量），具体列表如下：

表格 48：《白毛女》等 10 部作品世界影响力（世界收藏图书馆数量）排名表

序号	体裁、译本	出版机构、时间	世界图书馆收藏数量
1	《红色娘子军》英译本	纽约兰登出版集团（1972 年）	624
2	《我的前半生》英译本	纽约普特南出版社（1967 年）	575
3	《白毛女》英译本（收入《中国五幕戏剧》）	约翰.戴出版公司（1970 年）	501
4	《组织部新来的青年人》英译本(收入《蝴蝶及其他故事》作品集）	中国文学出版社（1983 年）	230
5	《红色娘子军》DVD	中国香港中国黄河出版社（2006 年）	229
6	《我的前半生》日译本	日本筑摩书店（1977 年）	200
7	《太阳照在桑乾河上》英译本	外文出版社（1984 年）	189

续表

8	《林海雪原》DVD	***	178
9	《暴风骤雨》英译本	外文出版社（1972年）	172
10	《林海雪原》日译本	平凡社（1962年）	144
11	《小二黑结婚》日译本（收入《赵树理集》）	平凡社（1962年）	143
12	《太阳照在桑乾河上》日译本（收入《中国现代文学全集：丁玲卷》）	河出书房（1970年）	143
13	《青春之歌》英译本	外文出版社（1978年）	139
14	《林海雪原》英译本	外文出版社（1965年）	110
15	《新儿女英雄传》英译本	外文出版社（1979年）	98
16	《小二黑结婚》的英译本	外文出版社（1980年）	90
17	《白毛女》日译本	日本未来出版社（1952年）	45
18	《红色娘子军》日译本	日本光生馆（1972年）	29
19	《青春之歌》日译本	日本青年出版社（1977年）	26
20	《暴风骤雨》日译本	日本鸽子书房出版社（1951年）	25
21	《新儿女英雄传》日译本	东京彰考书院（1951年）	22

通过上表，以笔者看来，其主要因素具有如下三点：

第一、文学作品内容的特性是获得世界影响的核心因素。通过上表可以发现，《我的前半生》英译本全世界收藏图书馆为575家，排名第三，日译本日本收藏图书馆为200家，如果加上俄语、西班牙、法语、德语等其他语言的译本，累计馆藏数量应该超过了1000家图书馆。就该书的语言表现艺术水平而言，恐怕无法与《白毛女》、《太阳照在桑乾河上》、《小二黑结婚》等作品相比，但分析其获得广泛关注的原因，在于该书的内容，溥仪作为中国最后一个封建社会向现代社会激烈变革的亲历者，其以自传方式所记录的内容具有历史唯一性，因此该书所获得的广泛影响是可以想见的。这里特别值得研究关注的是，该书同时也作为中国共产党对外传播自己执政理念的一个典型案例，与《白毛女》的主旨——"旧社会把人变成鬼、新社会把鬼变成人"具有一致的思想逻辑。《我的前半生》在全世界所获得的成功传播，得益于当时国家主管对外传播领域相关领导人的英明决策，尽管欧美学术界以及部分读者对于该书的评价中，也有部分人提到具有相当的宣传色彩，但是溥仪作为新中国"思想改造"的特殊典型，《我的前半生》一书堪称是中华人民共和国对外传播最为成功的案例。

第二、文学作品的传播媒介传播渠道、传播环境也是获得世界影响的关键因素。通过上表的排名可以发现，在《白毛女》等 10 部作品中，《红色娘子军》英译本所以能够以 624 家世界收藏图书馆数量排在 10 部作品的第一名，《红色娘子军》的 DVD 排名第五，全世界收藏图书馆为 229 家。如果将英译本、DVD 和日译本等不同体裁的作品累计，则收藏图书馆数量为 1004 家，绝对堪称中国当代文学作品中世界影最大的作品。分析其原因，恐怕有三：①是《红色娘子军》用欧美世界欢众喜舞乐见的芭蕾舞形式，创造性地表现了一个革命女性成长的故事。芭蕾舞、电影等视觉传播更加直观、更加形象，拓展了中国文艺作品的受众群体；②是《红色娘子军》做为"文革""特殊时代"的标志性文艺作品，借助国际政治交往平台得以集中地对外传播，迅速地推广到了 100 多个国家，获得了广泛的世界知名度；③是该剧的英译本（收入《中国舞台：一个美国女演员在中国》）一书，恰好在中美建交之际出版发行，在欧美舆论对于中国有一个十分难得的缓和气氛下，由世界最为著名的出版机构——兰登出版集团恰将《红色娘子军》等其他戏剧译本面向全世界进行发行与传播，再加上编者埃德加.斯诺夫人对于中华人民共和国 1949 年之后在文学艺术方面所取得的成就不吝赞美之词，使该部作品获得了广泛的影响。而同是外文出版社的英译本，如许孟雄先生的《暴风骤雨》尽管翻译水平十分精湛，外文出版社也是在 1972 年面向全世界发行传播，则仅有 172 家图书馆收藏，与纽约兰登出版集团的 624 家图书馆具有 400 多家的差距。这个差距，就是文学传播媒介传播渠道、传播环境的不同所使然。

表格 49：《白毛女》等 10 部作品世界影响力（学术热词搜索）排名一览表

中英文名称	学术评价 (JSTOR)	读 者 反 馈 (IMDb、goodreads)		热词搜索 (googlo 学术，万)
白毛女（The White—haired Girl）	214	63	89	13300
我的前半生（from emperor to citizen）	7	82116	6789	2290

红色娘子军（The Red Detachment of Women）	173	68	56	1130
青春之歌（song of youth）	13	32	13	796
林海雪原（Tracks in the snowy forest）	7	1405	16	669
组织部新来的青年人（A Young Newcomer to Organization Department, The butterfly and other stories）	45	0	8	628
新儿女英雄传（Daughters and Sons）	0	0	0	34.7
小二黑结婚（Marriage of Young Blacky）	0	0	0	12
暴风骤雨（the hurricane）	0	0	5	3.63
太阳照在桑乾河上（The Sun Shines Over River Sanggan）	32	0	0	0.649

第三、影像传播与文字传播之间的差距也同样是获得世界影响不可忽视的因素。《白毛女》等10部中国当代文学作品，在中国大陆以及亚洲周边国家、地区的汉语读者、受众中，其文学成就、时代影响基本上没有大小之分，有的只有先后之别。但通过上表49的排名可以发现，这些在中国读者、观众中鼎鼎大名的文学作品，却在西方世界中显现出很大的差距。这是影像传播与文字传播之间的差距所使然。比如《白毛女》要远比《小二黑结婚》、《青春之歌》等排名靠前，这主要是由于芭蕾舞剧这个欧美世界广泛接受的艺术形式，也使《红色娘子军》、《白毛女》这样一个翻身革命的内容在西方世界传播时，有一种天然的亲切感。

类似的例子还有《我的前半生》，由于该书英译本在1967年就被英语世界的读者广泛关注，因此1987年由著名导演贝纳尔多·贝托鲁奇导演的《末代皇帝》公映时就赢得了大批欧美世界的读者，许多读者回过头来再次购买该书的英文译本进行阅读。影视传播反过来进一步推动和扩大了该书的文学影响。凡是有影视传播与文学作品相互促进的中国当代文学作品，在西方读者中的知名度就越大，读者反馈和留言评价的数量就呈现梯级增加。表49中，本书整理了西方英语世界观众数量最大、相对较为专业的影视评分平台——IMDB上，对于

10 部中国当代文学作品影视产品的评分人数，可以发现，《末代皇帝》（依据《我的前半生》改编电影）的数量排名第一，人数达到 8 万人，徐克的 3D 电影《林海雪原》排名第二，人数为 1405 人，而芭蕾舞剧《红色娘子军》与《白毛女》和电影《青春之歌》，分别是 68 人、63 人、32 人，《小二黑结婚》等其他五部作品则是只有名字，没有观众评价。在世界最大的读者阅读平台 goodreads 上，读者评价人数与 IMDB 基本一致。这种悬殊的读者评价数量，其形成原因主要在于文学作品的传播手段、传播形式之间的差距。在文学传播效果方面，影视传播的直观性、形象性可以大大跨越文本传播的语言障碍，而如果采用读者、观众习惯或者熟悉的文学艺术表现形表现手段进行传播，毋庸置疑，文学效果则会进一步扩大和增强。

本书利用 googlo 学术搜索、JSTOR 数据库，对于 10 部作品进行了主题检索，所获得的学术搜索热度、学术研究文章、专业书评数量进行了排名。从中可以发现，以学术搜索热度与专业学术数据库对于中国当代文学 10 部作品的关注基本上相同的。第一名则是《白毛女》，学术搜索次数为 1.33 亿次（截至 2018 年 10 月 30 日），JSTOR 数据库有 214 篇学术文章，其中有 2 篇为专业书评，其他为学术提及次数；而第二名学术搜索热度是《我的前半生》，为 2290 万次，但在 JSTOR 专业数据库的学术文章有 7 篇，其中有 2 篇书评，其他均为学术提及；学术搜索热度排名的第三名是《红色娘子军》，达到了 1130 万，而 JSTOR 专业数据库的评价与研究文章提及则是 173 篇，其中有 3 篇为专业书评；学术热词搜索的第四名为《青春之歌》，数量为 796 万，而 JSTOR《青春之歌》的研究文章达到了 13 篇。学术热词搜素程度与专业学术文章数据库之间的这种基本一致，源于欧美文学批评界、影视戏剧界、欧洲汉学、北美汉学等不同领域的学者对于中国当代文学所采取的基本一致的理论研究框架。搜素热词在短期内是变化不定的，只有经过长期的对比才能有所发现。而学术研究的关注点则是相对稳定的，两着之间有时是能够一致的，有时则是截然不同的。

本书选取 JSTOR 数据库主要是以英语、法语、德语、西班牙语等西方文字为主，基本上没有俄语、阿拉伯语、日语、汉语等东方文字的学术研究文章，数据库本身存在着局限。IMDB 主要是以电视、电影等视频为主，goodreads 主要是以英语世界的读者居多。限于专业研究数据库以及读者评价的局限，本书这种对于中国当代文学 10 部作品的读者评价、学术研究评价（含学术搜索热度数据采集），比较偏重欧美世界。但 10 部作品的馆藏数据中，有 9 种数据来自于日本图书馆，弥补了偏重欧美的不足。

总之，对于中国当代文学世界影响效果的评估探索，本书依据传播学的理论研究视角，通过世界收藏图书馆数量、学术研究评价、读者反馈等三个维度，对于文学影响这样一个复杂的理论问题进行了初步探索。这种探索是极为粗浅的，有的地方存在着不完整，甚至可能还有很多错误。但这种探索对于中国当代文学的启示在于，中国当代文学是基于汉语言所进行的文学创作，数千年历史的中华文化积淀，使中国当代文学必然带有一定程度的历史传统因素。而这种中国的历史特性，必须要面向汉语言之外的读者进行传播。文学史是由文学家、文学作品和文学读者构成的，中国当代文学的逻辑层面是当代的、中国的、世界的三者相统一，因此中国当代文学史必须把汉语言之外的传播者、读者包括进来，否则中国当代文学史是不完整的。综观国内各高校的中国当代文学史教材，都缺少中国当代文学的国际传播这一极为重要板块，更少见域外读者对于中国当代的接受效果研究。在这样的理论前提下，本书这种基于传播效果研究对于中国当代文学影响评价的探索是有意义的。

参考文献

主要外文期刊（含官网）

1.The China Journal 曾为（The Australian Journal of Chinese Affairs）.

2.Chinese Literature：Essays, Articels, Rrviews.

3.Positions：east Asia cultures critique.

4.Chinese Culture.

5.Pacific Affairs.

6.Paper on China.

7.The China Quarterly.

8.Chinese literature.

9.China Perspectives.

10.Concentric：Literary and Cultural Studies.

11.Harvard Journal of Asiatic Studies.

12.Modern Chinese Literature and Culture.

13.World Literature Today.

14.T'oung Pao.

15.The Journal of Asian Studies.

16.The Journal of Contemporary China.

17.The American Journal of Chinese Studies.

18.South Atlantic Bulletin.

19.Journal of the Oriental Society of Australia.

20.The Drama Review.

21.Journal of the Chinese Language Teachers Association.

22.The China Review.

23.China Review International.

24.Asian Journal of Social Science.

25.Ethnomusicology.

26.Asian Theatre Journal.

27.Comparative Studies in Society and History.

主要外文著作

28.Yi Tsi Mei Feuerwerker：*Ding Ling's fiction, Ideology and Narrative in Modern Chinese Literature*, Harvard University Press，1982.

29.Douwe Wessel Fokkema：*Literary Doctrine in China and Soviet Influence 1956—1960*,The Netherlands,1965.

30.McDougall / Kam Louie：*The Literature of China in the Twentieth Century*. Columbia University Press ,1999.

31.Pang—Yuan Chi / David Der—Wei Wang：*Chinese Literature in the Second Half of a Modern century*：A Critical Survey, Indianan University Press.2000.

32.Minglu Gao：*Total Modernity and the Avant—Garde in Twentieth—Century Chinese Art*. The MIT Press.2011.

33.Martha Cheung & Jane Lei：*An Oxford Anthology of Contemporary Chinese Drama*; Oxford University Press,1997.

34.C. T. Hsia：*A History of Modern Chinese Fiction*. Yale University Press .1971.

35.Hsu Kai yu：*Literature of the People's Republic of China*, Bloomington and London：Indiana University Press, 1980.

36.Shiaoling Yu：*Chinese Drama after the Culture Revolution,1979—1989*：An Anthology. Edwin Melle,1996.

37.Yi bing Huang：*Contemporary Chinese Literature：from the Cultural Revolution to the future*. Palgrave Macmillan, 2007.

主要数据库（含网站）

38.OCLC：Online Computer Library Center, Inc.

39.JSTOR：Journal Storage.

40.MCLC resource center.

41.EASL European Association of Sinological Librarians.

42.SOAS：School of Oriental and African Studies, Center for Asian and African Literatures.

43.Goodreads.

44.Amazon book.

45.IMDB.

46. Flixster

47. Rottentomatoes.

主要中文专著

48. 王培元：延安鲁艺风云录，广西师范大学出版社，2004。

49. （美）杰克．贝尔登：中国震撼世界，北京出版社，1980。

50. 何明星：中华人民共和国外文图书出版发行编年史（上、下），学习出版社，2013。

51. （日）山田晃三：《白毛女》在日本，文化艺术出版社，2007。

52. （法）乔治．萨杜尔著，徐昭、胡承伟译：世界电影史，中国电影出版社，1995。

53. 黄修己编：赵树理研究资料，北岳文艺出版社，1985。

54. 赵树理研究文集（下卷），中国文联出版公司，1995。

55. 日本学者中国文学研究译丛（第一辑），吉林教育出版社，1986。

56. 宋绍香译／编：中国解放区文学俄文版序跋集，中国文史出版社2004。

57. （俄）费德林等著，宋绍雷译：苏联学者论中日现代文学，新华出版社，1994。

58. 国外中国文学研究论丛，中国文联出版公司，1985。

59. 孙瑞珍、王中忱：丁玲研究在国外，湖南人民出版社，1985。

60. 宋绍香译、编：中国解放区文学俄文版序跋集，中国文史出版社，2004。

61. 洪子诚：中国当代文学史，北京大学出版社，1999。

62. 徐刚：后革命时代的焦点，云南人民出版社，2013。

63. 姜智芹：中国新时期文学在国外的传播与研究，齐鲁出版社，2011。

64. 金宏宇：中国现代长篇小说名著版本校评，人民文学出版社，2004。

65. 唐小兵：再解读——大众文艺与意识形态，北京大学出版社，2009。

66. 杨厚均：革命历史图景与民族国家想象——新中国革命历史长篇小说再解读，湖北教育出版社，2005。

67. 金宏宇：中国现代长篇小说名著版本校评，人民文学出版社，2004年。

68. 刘江凯：认同与"延异"——中国当代文学的海外接受，北京大学出版社，2012年版。

69. 黄发有：中国当代文学传媒研究，人民文学出版社，2014年。

70. 张柠、董外平编：思想的时差，海外学者论中国当代文学，北京大学出版社，2013年。

71. （英）伊格尔顿：二十世纪西方文学史，北京大学出版社，2007年。

72. 陈平原：二十世纪中国小说史（第一卷），北京大学出版社，1989年。

73. （美）本特尼克．安德森：想象的共同体：民族主义的起源与散布，上海人民出版社，2005年。

74. （德）顾彬：二十世纪中国文学史，华东师范大学出版社，2008年。

75. （法）戴仁主编：法国与当代中国学，中国社会科学出版社，1998年。

76. （美）宇文所安：剑桥中国文学史，生活·读书·新知三联书店，2013年。

77. （美）梅维恒：哥伦比亚中国文学史，新星出版社，2016年。

78. 沈志华主编：俄罗斯解密档案选编，中苏关系（第二卷、第三卷、第四卷），中国出版集团、东方出版中心，2015 年。

主要学术文章：

79. 王宁："世界文学语境中的中国当代文学"，《当代作家评论》，2014 年 6 期。

80. （美）宋明炜："规训与狂欢的叙事：《青春之歌》与《青春万岁》"，载张柠、董外平主编的《思想的时差——海外学者论中国文学》，第 303 至 339 页，北京大学出版社，2013 年。

81. 程光炜："我们如何整理历史——十七年文学研究潜含的问题"，《文艺研究》，2010 年 10 期。

82. 何吉贤："白毛女与中国当代文学 70 年"，《文艺报》，2015 年 12 月 18 日。

83. 任东升、张静："沙博理：中国当代翻译史上一位特殊翻译家"，《东方翻译》，2011 年第 4 期。

84. 袁成亮、袁翠："从歌剧到舞剧：《白毛女》的变迁"，《党史纵横》，2006 年 6 期。

85. 白秀峰："日本松山芭蕾舞团与中国"，《炎黄纵横》，2011 年第 5 期。

86. 龚明德："《太阳照在桑乾河上》版本变迁"，《新文学史料》，1991 年第 1 期。

87. 宋绍香："丁玲作品在俄苏：译介、研究及评价"，《现代中文学刊》，2013 年第 4 期。

88. 宋绍香："周立波文学在国外"，《理论与创作》，1990 年第 2 期。

89. 程娟娟："《暴风骤雨》的版本变迁研究"，《现对中国文化与文学》，2011 年 2 期。

90. 李卫国："互动中的盘旋——十七年的读者与文学"，复旦大学 2004 届博士论文，中国知网。

91. 闫梅："太阳照在桑乾河上版本研究"，陕西师范大学硕士论文，2013 年，中国知网。

92. 胡志辉："从弱小到强大——汉译英的六十年发展之路"，中华读书报，2009 年 9 月 23 日。

93. 熊坤静、李晓丽："长篇小说《新儿女英雄传》创作的前前后后"，《党史博彩》，2014 年第 1 期。

94. 王蒙："《组织部新来的青年人》发表之后"，《百年潮》，,2006 年第 7 期。

95. 温奉桥：《〈组织部来了个年轻人〉研究 50 年述评》,《中国海洋大学学报(社会科学版)》，2006 年第 5 期。

96. 芘芘："我的前半生的三个版本"《中外文摘》，2011 年第 12 期.

97. 孟向荣："我的前半生出版始末"，《从横》，2006 年第 8 期.